J. KENNER

Procureur dans le sud de la Californie, J. Kenner consacre tout son temps libre à sa passion : l'écriture de livres érotiques.

Retrouvez toute l'actualité de l'auteur sur son blog : http://juliekenner.com/

DÉLIVRE-MOI

J. KENNER

DÉLIVRE-MOI

Traduit de l'anglais (États-Unis)
par Florence Dolisi

MICHEL LAFON

Titre original
RELEASE ME

Pocket, une marque d'Univers Poche,
est un éditeur qui s'engage pour la préservation
de son environnement et qui utilise du papier fabriqué
à partir de bois provenant de forêts gérées
de manière responsable.

ISBN : 978-2-266-23788-8

Chapitre premier

Une brise fraîche venue de l'océan caresse mes épaules nues, et je frissonne. J'aurais mieux fait d'écouter ma colocataire et de prendre un châle pour ce soir. Je suis à Los Angeles depuis quatre jours à peine et je n'ai pas eu le temps de m'habituer à ces températures estivales qui chutent dès le coucher du soleil. À Dallas, il fait chaud en juin, il fait encore plus chaud en juillet, et en août c'est l'enfer.

Ce n'est pas le cas en Californie, du moins pas en bord de plage.

Leçon numéro un : toujours prévoir un pull quand on sort après la tombée de la nuit.

C'est vrai, je pourrais retourner à l'intérieur pour me joindre à la fête. Me mêler aux millionnaires, bavarder avec les célébrités, contempler les peintures avec déférence. J'assiste au vernissage d'une exposition, après tout ; et si mon patron m'a amenée ici, c'est pour que je rencontre du monde. Je dois saluer les invités, jouer de mon charme, bavarder avec eux. Je m'extasierai un autre jour sur le paysage qui s'anime devant moi : des nuages rouge sang explosent dans un ciel orange pâle, des vagues bleu gris miroitent, parsemées de flaques d'or…

Appuyée contre la balustrade, je me penche en avant. La beauté sublime et hors d'atteinte du soleil couchant m'attire irrésistiblement. Je regrette de n'avoir pas apporté le Nikon cabossé de mes années de lycée. Mais il n'aurait pas trouvé sa place dans mon tout petit sac à main brodé de perles… Et arborer un gros étui en bandoulière sur ma petite robe noire aurait été une horrible faute de goût.

Mais c'est mon tout premier coucher de soleil sur l'océan Pacifique, et j'ai décidé de marquer le coup. Je sors mon iPhone, je prends une photo et l'envoie aussitôt sur Twitter. Maintenant, tout le monde sait que Nikki Fairchild ne peut pas résister à un beau paysage.

— Du coup, l'expo en devient presque superflue, vous ne trouvez pas ?

Je reconnais cette voix féminine et rauque. C'est celle d'Evelyn Dodge, actrice à la retraite devenue agent, puis mécène… et mon hôtesse pour la soirée.

— Je suis désolée. Je dois avoir l'air d'une touriste surexcitée, je le sais, mais nous n'avons pas ce genre de coucher de soleil à Dallas.

— Ne vous excusez pas. J'ai choisi cet appartement pour la vue, et chaque fois que je paye le loyer, je me dis : *Encore heureux que le panorama soit spectaculaire !*

Elle a réussi à me mettre à l'aise et j'éclate de rire.

— Vous vous cachez ? me lance-t-elle.

— Pardon ?

— Vous êtes la nouvelle assistante de Carl, n'est-ce pas ?

Elle fait allusion à celui qui n'est mon patron que depuis trois jours.

— Oui, c'est ça. Nikki Fairchild.

— Ça y est, je me souviens ! Nikki, du Texas !

Elle me détaille des pieds à la tête. Elle s'attendait peut-être à me voir avec des cheveux longs, bottes de cow-boy aux pieds. Est-elle déçue ?

— Et vous êtes censée charmer qui, ce soir ? me demande-t-elle.

— Pardon ?

En fait, je sais exactement où elle veut en venir.

Elle lève un sourcil goguenard :

— Ma chère, Carl préférerait marcher sur des charbons ardents plutôt que de se pointer à une exposition de peinture. Il cherche des investisseurs et vous êtes son appât.

Après s'être raclé la gorge, elle ajoute :

— Ne vous en faites pas, vous n'êtes pas obligée de me dire de qui il s'agit. Et ce n'est pas moi qui vais vous reprocher de vous faire discrète. Carl est brillant, mais par moments, c'est un connard.

— J'ai signé pour son côté brillant, lui dis-je.

Et elle éclate de rire.

Elle a vu juste, pourtant : je suis l'appât de Carl.

« Mettez une robe de soirée. Quelque chose d'un peu sexy », m'a-t-il précisé quelques heures plus tôt.

Et moi, j'ai pensé : *Il est sérieux ? Vraiment sérieux ?*

J'aurais pu lui dire de la porter lui-même, sa foutue robe, mais j'ai préféré me taire. Parce que je veux garder ce boulot. Je me suis battue pour l'obtenir. En seulement dix-huit mois, la C-Squared Technologies, la boîte de Carl, a lancé trois applications Web avec un succès absolu. Des résultats excellents, qui ont attiré l'attention de ses pairs. Carl est maintenant considéré comme l'homme à suivre. Plus important : il peut m'en apprendre beaucoup. Je me suis préparée à l'entretien d'embauche avec un sérieux frôlant l'obsession, et j'ai décroché le poste. Un coup énorme, pour moi. Alors, qu'est-ce que ça peut faire s'il me demande de porter une robe un peu sexy ? C'est un petit prix à payer…

Merde !

— Je vais retourner à l'intérieur. Je suis son appât, après tout, dis-je.

— Oh bon sang ! J'ai réussi à vous culpabiliser ou à vous mettre dans l'embarras… Oubliez ça. Et laissez-les reprendre un petit verre avant d'y retourner. Ils seront plus réceptifs, vous pouvez me croire.

Evelyn tient un paquet de cigarettes. Elle le tapote pour en faire sortir une, puis me le tend. Je refuse. J'adore l'odeur du tabac, ça me rappelle mon grand-père, mais fumer ne m'apporte rien.

— Je suis trop vieille et trop ancrée dans mes habitudes pour arrêter… Mais Dieu me préserve de fumer dans ma propre maison ! Tous ces gens me brûleraient en effigie, se lamente-t-elle. Vous n'allez pas me faire la leçon sur les dangers du tabagisme passif, au moins ?

— Non, promis.

— Vous auriez du feu, par hasard ?

Je lui montre mon sac à main minuscule :

— Juste de quoi contenir un tube de rouge à lèvres, une carte de crédit, mon permis de conduire et mon téléphone.

— Pas de préservatif ?

— Ah bon ? C'est ce genre de soirée ? demandé-je sèchement.

— Décidément, je savais que vous alliez me plaire !

Elle parcourt le balcon du regard et ajoute :

— Une fête sans la moindre bougie, c'est nul !

Quand je pense que c'est moi qui l'ai organisée ! Oh… et puis merde…

Elle porte la cigarette éteinte à ses lèvres et aspire, les yeux clos, l'air extatique. J'aime bien cette femme, c'est plus fort que moi. Contrairement à toutes les autres ici ce soir, moi y comprise, elle est à peine maquillée. Et sa robe tient plutôt du cafetan, avec son imprimé batik aussi fascinant que la femme qui le porte.

Ma mère dirait que c'est une grande gueule insolente, qui ne doute jamais de rien, bref, qu'elle est beaucoup trop sûre d'elle. Ma mère la haïrait. Moi, je la trouve géniale.

Elle laisse tomber sa cigarette toujours éteinte sur le carrelage et l'écrase du bout de sa chaussure. Puis elle fait signe à l'une des filles tout en noir du service traiteur. La serveuse s'approche de nous avec son plateau chargé de flûtes de champagne. Pendant une minute, elle se bagarre avec la porte coulissante ouvrant sur le balcon. J'imagine les flûtes qui dégringolent et se brisent sur le carrelage, je vois les éclats de verre s'éparpiller en scintillant comme une cascade de diamants… Et je me vois me pencher pour ramasser un pied de verre brisé. Quand je m'en empare, son bord acéré pénètre la chair molle à la base de mon pouce… La souffrance me donnant de la force, je le serre encore plus, un peu comme certaines personnes serrent leur patte de lapin en espérant qu'elle va leur porter bonheur.

Cette vision se confond avec mes souvenirs, si saisissante que j'en vacille. Elle est soudaine, puissante, un peu déconcertante aussi. Ça fait si longtemps que je n'ai pas ressenti le besoin de souffrir… Qu'est-ce qui me prend de penser à ça en ce moment, alors que je me sens solide et sûre de moi ?

Je vais bien, me dis-je. *Je vais bien, je vais bien, je vais bien.*

— Prenez-en une, ma chère, me suggère Evelyn d'un ton léger, en me tendant une flûte.

J'hésite, je cherche des signes sur son visage… S'est-elle rendu compte que mon masque a glissé ? A-t-elle entrevu l'âpreté que je porte en moi ? Elle semble toujours aussi affable.

— Ne discutez pas, insiste-t-elle, se méprenant sur mon hésitation. J'ai acheté une douzaine de caisses de champagne et je déteste gaspiller les bonnes choses… Non, pas moi, je n'aime pas les bulles.

Elle vient de refuser le verre que lui proposait la serveuse.

— Pour moi, ce sera une vodka bien frappée, avec quatre olives, lui dit-elle. Dépêchez-vous, Mademoiselle ! Qu'est-ce que vous attendez ? Que je me dessèche comme une feuille que le vent emporte ?

La fille secoue la tête, un peu crispée. On dirait un petit animal terrorisé… Du genre à donner une patte pour porter chance à quelqu'un.

Evelyn se retourne vers moi :

— Alors, vous aimez L.A. ? Qu'est-ce que vous avez vu ? Vous avez visité des trucs ? Vous avez le plan avec toutes les maisons de stars ? Dieu du ciel, surtout ne me dites pas que vous vous êtes laissé avoir par toutes ces bêtises pour touristes !

— Pour l'instant, j'ai surtout vu des kilomètres d'autoroute et l'intérieur de mon appartement.

— C'est tout aussi déprimant, vous me direz. Carl a vraiment bien fait de traîner votre petit cul maigrichon ici ce soir.

J'ai pris sept kilos depuis l'époque où ma mère

surveillait tout ce que j'avalais. Sept kilos bienvenus, donc. Je suis très contente de la taille de mon cul, et je ne dirais pas qu'il est maigrichon. Je sais qu'Evelyn a voulu me faire un compliment, alors je souris :

— Moi aussi, je suis ravie d'être ici. Ces peintures sont vraiment étonnantes.

— Oh non, s'il vous plaît… Ne me faites pas le coup de la conversation polie ! me lance-t-elle sans me laisser le temps de protester. Je suis sûre que vous êtes sincère, ces toiles sont merveilleuses, c'est vrai, mais là, vous venez d'avoir le regard vide d'une fille trop bien élevée, et c'est inacceptable ! Pas au moment où j'allais faire la connaissance de la vraie Nikki !

— Désolée ! Je vous jure que je n'essaie pas de me dérober.

Et parce que je l'apprécie sincèrement, je ne lui dis pas qu'elle se trompe, qu'elle n'a pas devant elle la vraie Nikki Fairchild. Elle a rencontré la Nikki-en-société. Comme la poupée Barbie, cette Nikki se trimballe avec tout un tas d'accessoires ; sauf que, dans mon cas, il ne s'agit pas d'un Bikini ni d'une décapotable, mais du *Guide des événements sociaux*, d'Elizabeth Fairchild.

Ma mère connaît les bonnes manières en société sur le bout des doigts. Elle affirme que c'est parce qu'elle a grandi dans le Sud. Il m'arrive de me plier à ses règles, dans les moments de faiblesse, mais la plupart du temps je la considère juste comme une garce autoritaire. Quand j'avais trois ans, elle m'a emmenée boire un thé pour la première fois au Manoir de Turtle Creek, à Dallas, et depuis ce jour, ces foutues règles sont gravées dans ma mémoire. Comment marcher, comment parler, comment s'habiller, ce qu'il faut manger, combien de verres on peut boire, quel genre de blagues on peut raconter…

J'ai tout cela en moi, chaque astuce, chaque nuance, et j'affiche mon sourire de circonstance comme une armure contre le reste du monde. Résultat, je ne serais sûrement jamais capable de me montrer sous mon vrai jour lors d'une soirée, même si ma vie en dépendait.

Mais cela, Evelyn n'a pas besoin de le savoir.

— Où vivez-vous, dites-moi ? me demande-t-elle.

— À Studio City. Je partage un appartement avec ma meilleure amie du lycée.

— Si je comprends bien, autoroute pour aller au boulot et autoroute pour rentrer chez vous. Pas étonnant que vous n'ayez vu que du béton. Personne ne vous a dit qu'il fallait vous installer à l'ouest de la ville ?

— Prendre un appartement toute seule là-bas me coûterait les yeux de la tête.

Je constate aussitôt que ma réflexion la surprend. Quand je fais des efforts – quand je suis la Nikki-en-société, je veux dire –, tout le monde pense que je viens d'une famille friquée, je n'y peux rien. Sûrement parce que c'est vrai… Je viens d'une famille friquée, mais ça ne veut pas dire que je le sois moi aussi.

— Quel âge avez-vous ?

— Vingt-quatre ans.

Evelyn hoche la tête d'un air pensif, comme si cette information lui révélait des choses extrêmement importantes sur mon compte.

— Vous allez bientôt vouloir un endroit à vous. Appelez-moi quand ce sera le cas, et nous vous trouverons un appart' avec une jolie vue. Pas aussi belle que celle-ci, bien sûr, mais on peut arriver à trouver mieux qu'un échangeur autoroutier.

— Ce n'est pas affreux à ce point…

— Évidemment, réplique-t-elle d'un ton qui sous-entend exactement le contraire.

Puis elle englobe d'un grand geste l'océan qui vire au noir et le ciel scintillant d'étoiles :

— Si vous aimez les belles vues, vous pouvez revenir ici quand ça vous chante pour partager la mienne. Vous êtes la bienvenue.

— Je risque de vous prendre au mot. J'aimerais beaucoup revenir avec un appareil photo correct, histoire de prendre un ou deux clichés.

— C'est une invitation permanente. Je fournis le vin, et vous le divertissement. Une jeune femme perdue dans la ville… Qu'est-ce que ça va donner ? Un drame ? Une comédie romantique ? En tout cas pas une tragédie, j'espère. Comme toutes les filles, j'adore pleurer un bon coup de temps en temps, mais vous, je vous aime bien. Il vous faut une fin heureuse.

Je me raidis, mais Evelyn ne se doute pas qu'elle a touché un point sensible. C'est exactement pour cette raison que j'ai emménagé à Los Angeles. Nouvelle vie, nouvelle histoire, nouvelle Nikki…

J'élargis le sourire de ma Nikki-en-société et je lève ma flûte de champagne :

— Aux fins heureuses et à cette fête incroyable ! Mais je vous retiens depuis trop longtemps…

— Foutaises ! C'est moi qui vous monopolise ; et nous le savons toutes les deux.

Nous nous glissons à l'intérieur. Le bourdonnement des conversations alcoolisées remplace le chuchotement calme et doux de l'océan.

— Je suis une très mauvaise hôtesse, m'avoue Evelyn. Je fais ce que je veux, je parle à qui je veux, et si certains de mes invités se sentent négligés, qu'ils aillent se faire voir, je m'en moque !

J'en reste bouche bée. J'entendrais presque les cris d'orfraie de ma mère en direct de Dallas.

— En outre, cette fête ne me concerne pas au premier chef, précise-t-elle. J'ai organisé cette petite sauterie pour présenter Blaine et son art à la communauté. C'est à lui de s'occuper de ses invités, pas à moi. OK, on baise ensemble, mais de là à lui passer tous ses caprices…

Evelyn vient de fouler aux pieds l'image que je me faisais de la parfaite maîtresse de maison accueillant l'incontournable événement mondain du week-end. Je crois que je suis un peu amoureuse de cette femme…

— Je n'ai pas encore rencontré Blaine. C'est lui, n'est-ce pas ?

Je lui désigne un homme long et fin comme un roseau. Il est chauve, mais porte un petit bouc roux. C'est pas sa couleur naturelle, j'en mettrais ma main au feu. Une petite foule bourdonne autour de lui comme un essaim d'abeilles attirées par le nectar d'une fleur. D'ailleurs, ses fringues en ont l'éclat.

— Oui, c'est ma vedette, me confirme Evelyn. L'homme du jour. Il a du talent, pas vrai ?

Elle m'indique son immense salon. Tous les murs sont couverts de toiles. Excepté quelques bancs, les meubles qui occupaient cette pièce quelques heures plus tôt ont cédé la place à des chevalets portant d'autres peintures.

Ce sont des portraits, je crois. Mais les modèles sont nus, et le résultat ne ressemble à rien de ce que l'on trouve dans les livres d'art classique. On sent une tension dans leur posture. Un brin de provocation, de crudité. Ils sont conçus et élaborés avec une grande maîtrise. Et pourtant ils me dérangent, comme s'ils m'apprenaient plus de choses sur ceux qui les regardent que sur les modèles ou leur créateur.

Mais j'ai bien l'impression d'être la seule à réagir ainsi. Les gens qui entourent Blaine sont tous aux anges, et j'entends d'ici leurs flots de louanges.

— J'ai mis la main sur un gagnant, avec ce type, me dit Evelyn. Mais voyons, qui aimeriez-vous rencontrer ? Rip Carrington et Lyle Tarpin, ça vous dirait ? Ces deux-là, c'est le drame garanti, vous pouvez me croire ! Votre colocataire sera verte de jalousie quand elle apprendra que vous leur avez parlé !

— Vraiment ?

Les sourcils de mon hôtesse se lèvent à l'unisson.

— Rip et Lyle ? Ils se bagarrent depuis des semaines, vous n'êtes pas au courant ?

Elle me dévisage, les yeux plissés, et ajoute :

— Leur sitcom et le fiasco de la nouvelle saison, ça ne vous dit rien ? Tout le monde en parle sur Internet ! Vous ne savez vraiment pas qui c'est ?

— Désolée… Ces derniers temps, je n'ai pas eu une minute à moi, vous savez. Je travaille pour Carl, je vous laisse imaginer ce que c'est.

Étrange, ce besoin que j'éprouve de me justifier. Et d'ailleurs, à propos de Carl… Je jette un coup d'œil autour de moi, mais je n'aperçois mon patron nulle part.

— N'empêche que vous avez de sérieuses lacunes, me fait remarquer Evelyn. La culture, et ça inclut la pop-culture, c'est aussi important que… vous avez fait quoi comme études, déjà ?

— Je ne crois pas vous avoir parlé de mes études. J'ai une double spécialisation en électrotechnique et en informatique.

— Vous êtes donc belle *et* intelligente. Encore une chose que nous avons en commun… Mais du coup, avec un tel niveau d'études, je me demande pourquoi vous avez accepté le poste de secrétaire de Carl…

— Je ne suis pas sa secrétaire, je vous assure, lui dis-je en riant. Carl cherchait un technicien ou une technicienne pour l'aider à promouvoir ses produits ; moi, il me fallait un boulot où je puisse apprendre ces aspects commerciaux dont j'ignore tout pour l'instant. Pour me mettre dans le bain, en quelque sorte. Il a d'abord un peu hésité à m'engager, parce que mes compétences penchent résolument du côté de la technique, mais j'ai fini par le convaincre que j'apprends vite.

Mon hôtesse me dévisage avec attention.

— Vous êtes ambitieuse, à ce que je vois.

Je hausse une épaule d'un air désinvolte :

— Nous sommes à Los Angeles, non ? La ville des ambitieux…

— Eh bien, dites donc ! Carl a de la chance de vous avoir. Je me demande combien de temps il va réussir à vous garder. Mais, voyons… y a-t-il quelqu'un qui vous intéresse dans cette pièce ?

Elle fouille son salon du regard et finit par pointer du doigt un homme d'une cinquantaine d'années au milieu d'un parterre d'admirateurs.

— Lui, c'est Charles Maynard, me dit-elle. Charlie et moi, on est des vieilles connaissances. Un type carrément intimidant. Il faut apprendre à le connaître, mais ça en vaut vraiment la peine. Ses clients sont soit des célébrités, soit des hommes d'affaires plus friqués que Dieu lui-même. Enfin, bref, ce type a toujours des tas d'histoires fabuleuses à raconter.

— Il est avocat ?

— Oui, chez Bender, Twain et & McGuire. Une entreprise extrêmement prestigieuse.

— Je sais…

Ouf ! je vais pouvoir lui montrer que je ne suis pas complètement ignare, même si Rip ou Lyle sont des inconnus pour moi.

— L'un de mes meilleurs amis y travaille, lui dis-je. Il a commencé ici, et en ce moment il bosse pour eux à New York.

— OK, allons-y, Miss Texas. Je vais vous présenter.

Nous faisons un pas dans la direction de Maynard, mais Evelyn m'arrête aussitôt. L'homme a sorti son téléphone et vocifère des instructions. Je saisis au passage quelques jurons bien sentis… Je regarde Evelyn du coin de l'œil. D'un air pas vraiment surpris, elle me précise :

— C'est un type adorable, en réalité… J'en sais quelque chose, j'ai bossé avec lui ! À l'époque où j'étais agent, on a monté ensemble tellement de biopics pour nos clients célèbres que j'en ai perdu le compte. En nous démenant pour que certains scandales n'apparaissent pas à l'écran, je précise.

À en juger par son expression, elle doit revivre cette époque glorieuse. Elle me tapote le bras :

— Attendons quand même qu'il se calme un peu, et pendant ce temps-là, nous…

Les mots meurent sur ses lèvres, et elle scrute à nouveau la pièce avec une moue concentrée.

— Il n'est pas encore parmi nous, je crois, mais…

Oh, mais si, il est là ! Lui, vous devez absolument le rencontrer, ma chère. Tiens, en parlant de panoramas splendides, il se fait construire une maison qui aura une vue à côté de laquelle la mienne ressemblera à… à la vôtre, je dirais.

Elle s'est tournée vers son vestibule, où je ne vois que des têtes qui bougent et un défilé de haute couture.

— Il n'accepte presque jamais ce genre d'invitation, mais on est amis depuis longtemps, lui et moi, souligne-t-elle.

Je ne parviens toujours pas à voir de qui elle me parle… Puis la foule s'écarte, et j'aperçois l'homme de profil. J'ai la chair de poule, tout à coup, et pourtant il ne fait pas froid. Bien au contraire, j'ai très, très chaud…

Il est grand, et si beau que ce mot lui-même ne lui rend pas justice. Mais il est bien plus que cela encore. Il domine la pièce simplement parce qu'il s'y trouve… Je me rends compte que nous ne sommes pas les seules à le regarder, Evelyn et moi. Tous les invités ont remarqué son arrivée. Il doit sentir le poids de nos regards sur lui, mais cette attention soutenue ne semble pas l'affecter. Il sourit à la fille qui sert le champagne, s'empare d'une flûte et se met à discuter d'un ton léger avec une femme qui vient de l'aborder en minaudant.

— Foutue serveuse ! râle Evelyn. Elle a oublié ma vodka !

Mais je ne l'écoute que d'une oreille.

— Damien Stark… dis-je.

Ma voix me surprend.

C'est à peine plus qu'un souffle.

Evelyn affiche un air tellement sidéré que je le remarque du coin de l'œil.

— Eh bien dites-moi… J'ai tapé en plein dans le mille, on dirait, chuchote-t-elle d'un air entendu.

— En effet. M. Stark… Justement l'homme que je voulais voir.

Chapitre 2

— Damien Stark, c'est le Saint-Graal, m'a expliqué Carl plus tôt dans la soirée.

En ajoutant aussitôt :

— Bon sang, Nikki, vous êtes vraiment canon !

Il s'attendait à me voir rougir, sûrement ; ou alors, il pensait que cet aimable compliment allait lui valoir un merci. Devant mon absence de réaction, il s'est remis à parler affaires :

— Vous savez qui est Stark, n'est-ce pas ?

— Vous avez lu mon CV. La bourse, vous vous rappelez ?

J'ai pu bénéficier de la Bourse scientifique internationale Stark pendant quatre de mes cinq années à l'université du Texas, et pour moi ces dollars en plus chaque semestre ont fait toute la différence. Bien sûr, même sans cette bourse, il aurait fallu vivre sur Mars pour ne jamais avoir entendu parler de ce type. À peine âgé de trente ans, cet ancien champion de tennis, un solitaire, s'est servi des millions gagnés sur les courts ou versés par les sponsors pour se réinventer. Sa nouvelle identité d'homme d'affaires a très vite éclipsé sa période « tennisman ». Et depuis, l'immense empire de Stark amasse des milliards chaque année.

— Oui, oui… a répondu Carl d'un ton distrait.

Il a ajouté :

— Mardi prochain, l'équipe Avril va effectuer une présentation à la Stark Applied Technology.

À la C-Squared, chaque équipe-produits se voit affublée d'un nom de mois. Ne comptant que vingt-trois employés, la boîte n'a pas encore pioché dans les mois d'automne et d'hiver…

— C'est fabuleux, ai-je répliqué, tout à fait sincère.

Les inventeurs, les développeurs de logiciel et les nouveaux entrepreneurs piaffant d'impatience sont prêts à tout pour s'entretenir avec Damien Stark. C'était un peu comme si Carl avait décroché le gros lot avec ce rendez-vous. J'avais eu raison de me démener pour obtenir ce job.

— Carrément, oui ! a approuvé Carl. Nous allons leur montrer la version bêta de notre logiciel d'entraînement en 3D. Brian et Dave sont avec moi sur le coup.

Brian et Dave, les deux développeurs de logiciels qui ont écrit presque tout le code du programme en question. Ses applications dans le domaine sportif étant innombrables et la Stark Applied Technology se consacrant essentiellement à la médecine du sport et à l'entraînement, j'en suis arrivée à la conclusion que Carl était sur le point de lancer un nouveau produit gagnant.

— Je tiens à votre présence parmi nous, a ajouté mon patron.

J'ai failli lever triomphalement le poing, mais je me suis contenue, nous évitant ainsi une situation embarrassante.

— Pour le moment, nous sommes censés rencontrer un certain Preston Rhodes. Vous savez qui c'est ?

— Non.

— Personne ne le sait. Parce que ce Rhodes est un sous-fifre.

Donc, Carl n'avait pas obtenu de rendez-vous avec Stark en personne.

— Petite devinette, Nikki : comment un génie en pleine ascension… moi ! peut-il décrocher une rencontre en tête à tête avec un type audacieux et dynamique comme Damien Stark ?

— En faisant travailler son réseau.

Je n'étais pas la première de ma classe pour rien.

— Et c'est pour ça que je vous ai engagée, ma chère.

Tout en se tapotant la tempe, Carl m'a regardée des pieds à la tête, en s'attardant sur mon décolleté. Au moins, il n'a pas poussé la maladresse jusqu'à confirmer tout haut ce que je soupçonnais : manifestement, il espérait que ma poitrine – si son logiciel ne se révélait pas assez convaincant – allait inciter Stark à assister personnellement à la rencontre. Honnêtement, je n'étais pas certaine que les atouts dont je dispose suffisent à cette tâche. Je suis agréable à regarder, certes, mais plutôt dans le genre voisine d'à côté, ou petite fiancée de l'Amérique. Or, je sais que Stark a un faible pour les top models mondialement connus.

Je l'ai appris il y a six ans. À l'époque, il arpentait encore les terrains de tennis, et moi, je chassais le diadème dans les concours de beauté. Ce jour-là, en tant que célébrité, Stark s'était retrouvé juge à l'élection de Miss Tri-County Texas. Nous n'avons échangé que quelques mots lors de la réception organisée pendant l'événement, mais notre rencontre est restée gravée dans ma mémoire.

Postée près du buffet, je contemplais de minuscules carrés de cheese-cake. Je crevais d'envie d'en engloutir, mais j'avais peur que ma mère ne devine mon écart de conduite rien qu'en humant mon haleine. Stark était arrivé avec cette assurance qui peut paraître de l'arrogance chez certains hommes, mais ne faisait qu'ajouter à son sex-appeal. Il m'avait d'abord dévisagée, puis son attention s'était portée sur les cheese-cakes. Il en avait enfourné, mâché et avalé deux, avec un grand sourire à mon intention. Ses yeux étranges, l'un ambre et l'autre presque noir, semblaient pétiller d'allégresse.

Je m'étais creusé la cervelle pour trouver un truc intelligent à lui dire, et j'avais misérablement échoué. J'étais restée là, un sourire poli collé aux lèvres, me demandant si son baiser pouvait transmettre le goût du cheese-cake sans les calories.

Il s'était penché vers moi et cette proximité accrue avait failli me couper le souffle. Puis il m'avait dit :

— Je crois que nous sommes des âmes sœurs, mademoiselle Fairchild.

— Pardon ?

Il pensait au cheese-cake, sûrement. Doux Jésus, quelle tête avais-je faite quand il en avait mangé ? Pas envieuse, j'espère ? Une idée consternante.

— Nous préférerions être ailleurs, vous et moi, m'avait-il précisé.

Presque imperceptiblement, il avait incliné la tête vers l'issue de secours la plus proche. Une vision m'avait aussitôt envahie : cet homme me prenant par la main et m'entraînant à toutes jambes vers la sortie.

La précision de l'image était effrayante. Surtout que je l'aurais suivi sans hésiter.

— Euh… ben… avais-je marmonné.

Ses yeux s'étaient plissés quand il avait souri. Il avait voulu me dire quelque chose, mais je ne saurais jamais quoi parce que Carmela D'Amato était arrivée d'un pas majestueux et avait glissé son bras sous le sien :

— Damien, mon chéri… Tu viens ? On doit y aller…

Son accent italien était aussi épais que ses cheveux noirs et ondulés. La presse people, ça n'a jamais été ma tasse de thé, mais difficile d'éviter les potins quand on fréquente les concours de beauté. J'avais lu les gros titres et les articles qui racontaient que le grand champion de tennis du moment sortait avec le top model italien.

— Mademoiselle Fairchild… m'avait-il dit avec un petit hochement de tête en guise d'au revoir.

Puis il avait tourné les talons et escorté Carmela dans la foule. Je les avais regardés quitter le bâtiment, en me disant, pour me consoler, que j'avais lu des regrets dans son regard quand nous nous étions séparés. Des regrets et de la résignation.

Je me faisais des idées, sûrement. Pourquoi aurait-il eu des regrets ? Mais ce joli petit fantasme m'avait permis de tenir jusqu'à la fin du concours.

Bien entendu, je n'ai pas soufflé mot de cette rencontre à Carl. Certaines choses, il vaut mieux les garder pour soi. Et particulièrement mon impatience à l'idée de revoir Damien Stark.

— Venez, Miss Texas, murmure Evelyn, me tirant de ma rêverie. Allons lui dire un petit bonjour.

Je sens une petite tape sur mon épaule. Je me retourne : c'est Carl, juste derrière moi. Il sourit de toutes ses dents, comme un mec qui viendrait de tirer un coup. Mais on ne me la fait pas, à moi. En fait, il est simplement euphorique à l'idée d'approcher enfin le célèbre Damien Stark.

Moi aussi, d'ailleurs.

La foule s'est de nouveau déplacée et je ne vois plus notre cible. Je n'ai pas encore aperçu son visage, d'ailleurs, juste son profil – et même ce profil a disparu. Evelyn me précède, nous progressons dans la foule, nous arrêtant de temps à autre quand elle veut échanger quelques mots avec ses invités. Un homme trapu portant une veste à carreaux se déplace soudain vers la gauche, me révélant à nouveau la silhouette de Damien Stark.

Avec six ans de plus, il est tout simplement superbe. L'impétuosité de la jeunesse a laissé place à une assurance d'homme mûr. Il est Jason, Hercule, Persée ! Il est si fort, si beau, si héroïque que le sang des dieux coule forcément dans ses veines. Sinon, comment expliquer la présence parmi nous d'un être aussi parfait ? Son visage est un ensemble harmonieux de lignes et d'angles sculptés par l'ombre et la lumière, lui conférant une beauté tout à la fois classique et très spéciale. Ses cheveux d'ébène absorbent complètement la lumière, comme les ailes d'un corbeau, mais ils n'en ont pas l'aspect lisse. En fait, il est un peu ébouriffé : on dirait qu'il vient de passer la journée en mer…

Contrastant avec le pantalon de ville et la chemise blanche apprêtée, cette chevelure ajoute à son élégance désinvolte. Il est facile de croire que cet homme est autant à l'aise sur un court de tennis que dans un conseil d'administration.

Ses célèbres yeux vairons me captivent. Ils ont de la nervosité en eux, du danger, de noires promesses. Et plus important encore, ils sont fixés sur moi. Stark observe mon approche.

En traversant la salle, j'ai une étrange impression de déjà-vu ; je marche d'un pas égal, hyperconsciente de mon corps, de ma posture, des endroits où je pose le pied. C'est idiot, j'ai le sentiment de participer à un concours de beauté, comme au bon vieux temps.

Je refuse de le dévisager. Une sorte d'agitation s'est emparée de moi. Comme si Stark pouvait voir sous l'armure que je porte en plus de ma petite robe noire. Et je n'aime pas ça.

Encore un pas, un autre…

Je pose les yeux sur lui, je ne peux pas m'en empêcher. Nos regards se croisent et je jurerais que tout l'air est aspiré hors de la pièce. Mon vieux fantasme prend vie, ce qui me plonge dans la plus grande confusion. Puis la sensation de déjà-vu s'efface, et il ne reste que ce moment électrique et puissant.

Et tellement sensuel…

J'ai l'impression de tournoyer dans l'espace, sauf que je suis bien là, avec un sol sous mes pieds, des murs autour de moi, et les yeux de Damien Stark dans les miens. J'y vois de la chaleur et de la résolution, très vite remplacées par un désir brut et primal, si intense que j'ai peur de me briser sous son poids.

Carl me prend par le coude et m'aide à retrouver mon équilibre ; je viens de trébucher, je m'en rends compte alors.

— Ça va ? s'inquiète-t-il.

— Je ne suis pas encore habituée à ces chaussures… Merci.

Je jette un coup d'œil à Stark dont le regard a perdu de sa vivacité. Sa bouche n'est plus qu'une ligne fine. Il s'est passé un truc bizarre, mais c'est terminé.

Quand nous le rejoignons enfin, j'ai presque réussi à me convaincre que j'ai rêvé.

Pendant qu'Evelyn présente Carl à Stark, je réfléchis à ce que je vais dire à cet homme. Voilà, c'est mon tour. Mon patron pose une main sur mon épaule et me pousse discrètement vers Stark. Sa paume en sueur est moite sur ma peau nue. Je crève d'envie de m'en débarrasser d'un haussement d'épaules.

— Voici Nikki, la nouvelle assistante de Carl, dit Evelyn.

Je tends la main :

— Nikki Fairchild. Ravie de vous rencontrer.

Je ne lui précise pas que nous nous sommes déjà croisés. Je n'ai pas envie de lui rappeler que j'ai défilé devant lui en maillot de bain il y a quelques années.

— Enchanté, mademoiselle Fairchild, me dit-il sans me serrer la main.

Je sens mon estomac se nouer, mais je ne sais si c'est parce que je suis nerveuse, déçue ou en colère. Son regard passe de Carl à Evelyn. Il fait tout pour éviter le mien.

— Je vous prie de m'excuser, leur dit-il. Je dois m'en aller, on m'attend.

Et voilà, il a disparu, avalé par la foule, comme un magicien dans un panache de fumée.

— Mais putain, qu'est-ce que… ? s'exclame Carl, résumant ce que je ressens à la perfection.

Un peu trop calme à mon goût, Evelyn me dévisage, sa bouche expressive déformée par une moue perplexe.

Je n'ai pas besoin qu'elle parle pour deviner ses pensées. Elle se pose exactement la même question que moi, je le sais très bien : *Ça alors ! Qu'est-ce qui vient de se passer ?*

Et aussi, encore plus perturbant : *Mais bon sang, à quel moment a-t-elle merdé, cette petite ?*

Chapitre 3

Cette humiliation nous accable pendant ce qui me paraît une éternité. Soudain, Carl me prend le bras et fait mine de m'entraîner loin d'Evelyn.

— Nikki ? me lance ma nouvelle amie.

Elle est inquiète, je le lis dans ses yeux.

— Ça… ça va, lui dis-je.

Complètement perdue, j'éprouve une étrange sensation d'engourdissement. C'était ça, la rencontre que j'attendais avec impatience ?

— Bordel, mais qu'est-ce qui s'est passé, Nikki ? Et vous avez intérêt à me répondre ! s'exclame Carl dès qu'il estime que nous nous sommes suffisamment éloignés de notre hôtesse.

— Je n'en ai pas la moindre idée.

— Foutaise ! réplique-t-il sèchement. Vous vous êtes déjà rencontrés, c'est ça ? Vous l'avez contrarié ? Vous avez postulé pour un boulot chez lui avant de venir me voir ? Qu'est-ce que vous avez foutu, Nichole ?

En entendant mon prénom prononcé ainsi à voix haute, je me fais toute petite. Je proteste, pour la forme :

— Je n'y suis pour rien ! Il est célèbre, il est excentrique ; il s'est montré très grossier, mais ce n'était pas personnel ! Il n'a rien à me reprocher, puisqu'il ne me connaît pas !

Ma voix grimpe dans les aigus, et je me force à baisser d'un ton. *Respire, Nikki.*

Je serre le poing si fort que mes ongles s'enfoncent dans ma paume. Je me concentre sur la douleur, sur le simple fait de respirer. Je dois rester calme. Je dois rester impassible. Je ne peux pas laisser la façade de ma Nikki-en-société se lézarder aussi brutalement.

Près de moi, Carl respire un grand coup en passant les doigts dans ses cheveux :

— Il me faut un verre… Venez !

— Je vais bien, merci.

Je ne me sens pas bien du tout, en fait, mais à cet instant je n'ai qu'une envie, qu'on me laisse tranquille. Dans une pièce qui grouille de monde, ça va être difficile…

Je vois bien que Carl veut parler, pourtant. Il se demande ce qu'il doit faire. Tenter une nouvelle approche ? Quitter la fête et se comporter comme si rien ne s'était passé ?

— OK, grommelle-t-il en s'éloignant d'un pas hautain.

Au moment où il disparaît dans la foule, je l'entends marmonner :

— Putain de merde…

J'exhale longuement et la tension quitte mes épaules. Je veux retourner sur le balcon, mais je me fige en constatant que mon petit coin privé ne l'est plus tant que ça. J'y vois au moins huit personnes qui bavardent en souriant. Moi, je ne suis pas d'humeur causante et je n'ai pas du tout envie de sourire.

Je rebrousse chemin et me dirige vers l'un des chevalets dressés au milieu de la salle. Je contemple d'un air impassible la toile qu'il soutient. C'est une femme nue agenouillée sur un sol carrelé, les bras levés au-dessus de la tête, les poignets attachés par un ruban rouge. Le ruban est lui-même relié à une chaîne fixée à la verticale dont l'extrémité sort du champ. Les bras sont tendus, comme si la femme tirait vers le bas, comme si elle cherchait à se libérer. Le ventre est satiné, le dos si cambré qu'on distingue les côtes. Les seins sont petits, tétons dressés, et les fines aréoles brunes semblent luire grâce au talent de l'artiste. Le visage n'est pas aussi détaillé. Elle penche un peu la tête de côté, ses traits comme voilés de gris. J'en conclus que la femme qui pose a honte de son excitation. Elle aimerait bien se libérer, mais ne le peut pas.

Le plaisir et la honte de cette femme piégée sur la toile sont exhibés aux yeux du monde entier.

De légers frissons me parcourent. Je prends soudain conscience que nous avons quelque chose en commun, cette fille et moi. Moi aussi, j'ai été submergée par une puissante vague de sensualité, et moi aussi j'en ai tiré un plaisir infini.

Mais Stark l'a éteint aussitôt, comme on éteint la lumière. Me laissant honteuse comme la femme sur la toile.

Qu'il aille se faire foutre ! La petite conne de la peinture est peut-être gênée, mais moi, pas question ! J'ai vu cette chaleur dans ses yeux et ça m'a excitée. Fin de l'histoire. Passons à autre chose.

Je contemple la peinture avec attention. Cette femme est faible. Je ne l'aime pas, et je n'aime pas cette toile.

Au moment où je décide de repartir – j'ai retrouvé toute ma confiance en moi –, je me heurte à Damien Stark en personne.

Et merde !

Il me retient par la taille pour m'empêcher de vaciller. Je recule aussitôt, mais mon cerveau a eu le temps de traiter les sensations éprouvées à son contact. Il est mince, musclé, et j'ai bien trop conscience des endroits où mon corps a touché le sien. Ma paume, mes seins… Sur ma taille, là où sa main s'est posée, ça picote encore, tant le contact était électrique.

— Mademoiselle Fairchild…

Il me regarde droit dans les yeux, et ce regard me coupe le souffle.

Je me racle la gorge et lui décoche un sourire poli. Du genre *Va te faire foutre*.

— Je vous dois des excuses, Mademoiselle.

Tiens donc !

À ma grande surprise, je réplique :

— Oui, en effet.

J'attends la suite, mais rien ne vient. Il reporte son attention sur la peinture :

— Une toile intéressante, mais vous auriez fait un bien meilleur modèle.

Hein ?

— Elles sont nulles, vos excuses.

Il me désigne le visage de la femme.

— Cette fille est faible, insiste-t-il.

Du coup, j'en oublie ses excuses. Je suis sciée, ce type vient d'exprimer à haute voix ce que j'ai cru déceler dans l'œuvre.

— Ce contraste doit plaire à certains, j'imagine. Le désir, la honte… En ce qui me concerne, je préfère les trucs plus audacieux. Je préfère les femmes qui assument leur sensualité.

Il me fixe en disant cela. Il y a trois possibilités : soit il s'excuse enfin pour l'affront qu'il m'a fait subir, soit mon sang-froid l'épate, soit il se comporte de façon complètement déplacée. Je décide qu'il vient de me faire un compliment, donc de lui répondre en conséquence. Ce n'est sans doute pas l'option la plus sûre, mais c'est la plus flatteuse en tout cas. Bref, je réplique :

— C'est très gentil à vous, merci, mais je crois qu'aucun peintre ne voudrait de moi.

Il recule d'un pas et m'examine des pieds à la tête avec une lenteur délibérée. J'ai l'impression que cet instant dure des heures, alors que quelques secondes seulement viennent de s'écouler. Entre nous, ça crépite. Je brûle d'envie de m'approcher de lui, de combler le fossé qui nous sépare, mais je reste clouée sur place.

Il contemple mes lèvres un instant, puis relève la tête. Nos regards se croisent, et soudain c'est plus fort que moi, je m'approche. La tempête qui fait rage dans ces maudites prunelles m'attire irrésistiblement.

— Vous exagérez, me dit-il simplement.

D'abord, je ne comprends pas où il veut en venir ; ma proximité lui déplairait-elle ? Puis tout s'éclaire, c'est sa façon de me faire comprendre qu'à son avis je pourrais tout à fait poser pour un peintre.

— Vous feriez un modèle parfait, reprend-il. Mais pas ainsi… Pas étalée sur une toile exposée aux yeux de tous, sans appartenir à personne tout en appartenant à tout le monde.

Il penche un peu la tête de côté, comme pour me regarder sous un autre angle.

— Non, murmure-t-il ensuite, cette fois sans préciser sa pensée.

Je ne suis pas du genre à rougir, mais à ma grande honte, mes joues sont brûlantes. C'est minable ! Moi qui viens de dire mentalement à ce type d'aller se faire foutre, je ne parviens même pas à me contrôler !

— J'espérais avoir l'occasion de discuter avec vous ce soir, lui dis-je.

L'un de ses sourcils se soulève imperceptiblement. Du coup, il a l'air poliment amusé :

— Vraiment ?

— J'ai pu bénéficier de votre bourse pendant des années. Je voulais vous remercier.

Aucune réaction.

Je persévère :

— J'ai dû travailler pendant toute ma période de lycée, alors cet argent m'a énormément aidée par la suite. Sans lui, je ne crois pas que j'aurais pu décrocher deux diplômes. Donc, merci beaucoup.

Je ne mentionne toujours pas le concours de beauté. Pour ce que j'en sais, Damien Stark et moi, nous repartons de zéro.

— Et que faites-vous, maintenant que vous avez quitté la noble institution de l'université ?

Il s'est exprimé sur un ton si cérémonieux que je comprends aussitôt qu'il me taquine. Je fais comme si de rien n'était et lui réponds avec le plus grand sérieux :

— J'ai rejoint l'équipe de C-Squared. Je suis la nouvelle assistante de Carl Rosenfeld.

Evelyn le lui a déjà dit, mais je suppose qu'il n'y a pas prêté attention.

— Je vois…

En fait, il ne voit rien du tout, manifestement.

— C'est un problème, monsieur Stark ?

— Deux diplômes. Une moyenne excellente. Les recommandations élogieuses de tous vos professeurs. Admise aux programmes de doctorat du MIT[1] et de Cal Tech.

Je le dévisage, abasourdie. Le comité pour la Bourse scientifique internationale Stark accorde trente de ces bourses chaque année. Comment peut-il connaître si bien mon parcours universitaire ?

— Je trouve simplement intéressant de constater qu'au lieu de diriger une équipe de développement-produits, vous vous retrouviez à exécuter les basses œuvres du patron dans le rôle de son assistante.

— Mais…

Je ne sais pas quoi répliquer. Cet interrogatoire surréaliste me désarçonne complètement.

— Vous partagez son lit, mademoiselle Fairchild ?

— Comment ?

— Pardonnez-moi, ma question n'était sans doute pas assez claire. Je vous demande si vous baisez avec Carl Rosenfeld.

— Je… Non !

La réponse a franchi mes lèvres bien trop vite ; l'idée m'est insupportable et j'ai voulu l'écarter sur-le-champ. Je regrette aussitôt ma réaction. En fait, j'aurais dû gifler ce type.

Comment ose-t-il me poser une question pareille ?

— Tant mieux, réplique-t-il.

Son ton est si tranchant, et d'une telle intensité, que mon envie de lui balancer une bonne repartie bien sentie s'évanouit sur-le-champ. En fait, mes pensées

1. Massachusetts Institute of Technology. (*N.d.T.*)

viennent de prendre un tour radicalement différent : je suis émoustillée, c'est indéniable. Et fâcheux. Je lance un regard furibond à la femme du portrait. Je la hais encore plus, maintenant. Le comportement de Stark me déplaît ; quant au mien, n'en parlons pas. Nous avons pourtant quelque chose en commun, lui et moi. Nous imaginons tous deux la petite robe noire glissant de mes épaules…

Merde !

Stark ne cherche même pas à cacher son amusement :

— Je vous ai choquée, j'ai l'impression.

— Et comment, vous m'avez choquée ! Vous vous attendiez à quoi ?

Il ne me répond pas, mais rit à gorge déployée. C'est comme si un masque venait de tomber, comme si je voyais enfin le vrai Damien. Je souris. J'aime bien cette idée : comme moi, il avance masqué.

— Je peux me joindre à la fête ?

C'est Carl. Je crève d'envie de le rembarrer.

— Quel plaisir de vous revoir, monsieur Rosenfeld… ricane Stark, son masque à nouveau bien en place.

Carl me jette un coup d'œil et je constate qu'il brûle de curiosité. Je chuchote :

— Excusez-moi, je file me repoudrer le nez.

Je m'échappe et me réfugie dans la fraîcheur des élégantes toilettes d'Evelyn. Notre prévenante hôtesse a installé un peu partout du dentifrice, de la laque et même des tubes de mascara jetables. Un exfoliant parfumé à la lavande est posé sur la console en pierre, et j'en presse une noix dans ma paume. Les yeux fermés, je me frotte les mains ; j'ai l'impression de me dépouiller de ma coquille, de mettre au jour quelque chose de neuf, de brillant, d'éclatant.

Je me rince les mains sous l'eau chaude, puis en caresse une du bout des doigts. Ma peau est douce, à présent. Lisse et sensuelle.

Je croise mon regard dans le miroir. Je chuchote :

— Arrête…

Malgré moi, ma main descend jusqu'à l'ourlet de ma robe, juste sous le genou. Une robe ajustée en haut et à la taille, mais légèrement évasée pour émettre un froufrou aguichant quand je bouge.

Mes doigts dansent sur mon genou, puis effleurent paresseusement l'intérieur de ma cuisse. Je croise à nouveau mon regard dans la glace, et je ferme les yeux. C'est le visage de Stark que je veux voir. Je l'imagine dans le miroir, ses yeux braqués sur moi.

Il y a de la sensualité dans la caresse que je me donne. Un érotisme languide qui pourrait se muer en véritable ébullition. Mais ce n'est pas là que je veux aller… Bien au contraire, c'est ce que je veux détruire.

Je me fige quand je la sens… la cicatrice saillante et irrégulière qui abîme la chair autrefois parfaite de ma cuisse. Je la presse en me remémorant la souffrance que m'a causée cette blessure-là en particulier. C'était il y a cinq ans, le week-end où ma sœur Ashley est morte, le jour où j'ai failli me désagréger sous le poids de mon chagrin.

Mais c'est le passé. Je ferme les yeux de toutes mes forces, le corps brûlant, la cicatrice pulsant sous mes doigts.

Cette fois, quand je me regarde dans le miroir, je ne vois plus que moi, Nikki Fairchild, de nouveau maîtresse d'elle-même.

Je me drape dans cette confiance retrouvée et retourne parmi les convives. Les deux hommes m'observent. Impossible de déchiffrer l'expression de Stark. En revanche, Carl ne cherche même pas à cacher sa joie. On dirait un gamin de six ans le matin de Noël.

— Dites au revoir, Nikki. Nous partons. Nous avons beaucoup de choses à faire. Des tas de trucs.

— Quoi ? Maintenant ?

Je ne prends pas la peine de lui cacher ma surprise.

— Figurez-vous que M. Stark ne sera pas en ville mardi prochain. Par conséquent, la présentation est avancée à demain.

— Demain ? Samedi ?

— C'est un problème ? me demande Stark.

— Non, bien sûr que non, mais…

— M. Stark y assistera en personne, insiste Carl. En personne, répète-t-il, au cas où je n'aurais pas bien saisi la première fois.

— D'accord. Mais d'abord, je tiens à saluer Evelyn…

Je fais mine de m'éloigner, mais la voix de Stark me retient :

— Si Mlle Fairchild pouvait rester…

— Comment ? s'exclame Carl, exprimant tout haut ma pensée.

— La maison que je me fais construire est presque terminée. Je suis venu dans l'espoir de dénicher la peinture parfaite pour une pièce bien particulière. Et j'aimerais avoir un point de vue féminin. Je veillerai à ce qu'elle rentre chez elle saine et sauve, bien entendu.

— Mais… d'accord. Elle sera heureuse de vous apporter son aide.

D'abord tenté de protester, Carl s'est ravisé.

Et puis quoi encore ? me dis-je. C'était une chose de porter cette robe, c'en est une autre de zapper les préparatifs de la présentation parce qu'un multimillionnaire égoïste claque des doigts ! Bon, certes, ledit multimillionnaire est super sexy…

Carl ne me laisse pas le temps de formuler une réponse cohérente.

— Nous nous verrons demain matin, me dit-il. La présentation est prévue à quatorze heures.

Et voilà, il s'est volatilisé, et moi je fulmine à côté d'un Damien Stark très content de lui.

— Bon sang, mais pour qui vous prenez-vous ?

— Je sais très bien qui je suis, mademoiselle Fairchild. Et vous ?

— OK, je vous pose la question autrement : pour qui me prenez-vous ?

— Dites-moi, est-ce que je vous attire ?

— Je… Quoi ?

Je m'empêtre dans ma réponse. Il m'a complètement désarçonnée, et j'ai du mal à retrouver ma contenance.

— Ce n'est absolument pas le problème !

Il me regarde avec un sourire en coin ; je comprends que je viens de me trahir.

— Je suis l'assistante de Carl, pas la vôtre, lui dis-je lentement, d'un ton ferme. Et dans la description de mon poste, il n'est nullement question de la décoration de votre fichue baraque.

Je n'ai pas crié, mais ma voix est tendue comme un câble, et mon corps l'est encore plus.

Cet enfoiré de Stark me semble non seulement parfaitement à l'aise, mais aussi extrêmement goguenard.

— S'il est spécifié dans votre contrat que vous

devez aider votre patron à trouver des capitaux, vous allez peut-être devoir reconsidérer la façon dont vous vous comportez. Insulter les investisseurs potentiels, ce n'est pas très malin, vous en conviendrez.

Soudain effrayée, je réplique :

— Peut-être, mais si vous comptez nous refuser votre soutien financier parce que je ne me couche pas en agitant ma jupe sous votre nez, c'est que vous n'êtes pas l'homme que la presse décrit : le Damien Stark qui investit dans des projets de qualité, pas par amitié ou pour faire plaisir à ses relations, ou parce qu'il pense qu'un pauvre petit inventeur a besoin de son pognon. Le Damien Stark que j'admire n'est motivé que par le talent, et rien d'autre. Mais ce ne sont sans doute que des bobards d'attaché de presse…

Je me redresse, prête à subir les reparties cinglantes qu'il ne va pas manquer de m'infliger en retour. Je ne suis pas préparée à sa réaction…

Stark éclate de rire.

— Vous avez raison, me dit-il. Je ne compte pas investir dans C-Squared parce que j'ai rencontré Carl lors d'une soirée, et même si vous vous retrouviez dans mon lit, je n'accorderais pas forcément un financement à votre entreprise.

De nouveau, mes joues sont brûlantes. De nouveau, il a réussi à me déstabiliser.

— Mais une chose est sûre : je vous veux, ajoute-t-il.

J'ai la bouche sèche et je dois déglutir avant de parler :

— Pour vous aider à choisir une toile ?

— Oui, pour l'instant.

Pas question de lui demander ce qu'il a prévu pour plus tard.

— Pourquoi tenez-vous tant à connaître mon opinion ?

— Parce que j'ai besoin d'un point de vue honnête. La plupart des femmes à mon bras ne me disent pas ce qu'elles pensent vraiment, mais ce qui va me satisfaire selon elles.

— Je ne suis pas l'une de ces femmes à votre bras, monsieur Stark.

Je laisse ces quelques mots flotter un moment entre nous, puis je lui tourne délibérément le dos et m'éloigne. Il me regarde, je le sens, mais je ne m'arrête pas ni ne me retourne. Et puis, lentement, je souris. Je vais jusqu'à ajouter un petit balancement à ma démarche. J'ai bien l'intention de savourer cette victoire.

Sauf que la victoire en question n'est pas aussi exquise que prévu. En fait, elle est même un peu amère. Parce que, secrètement, je ne peux m'empêcher de songer à quel effet cela me ferait d'être la fille au bras de Damien Stark.

Chapitre 4

Je traverse toute la pièce avant de m'arrêter. Mon cœur bat la chamade. J'ai compté cinquante-cinq pas, et je ne sais plus où aller. Alors je reste là, devant l'une des peintures de Blaine. Un autre nu, une femme allongée sur un lit blanc austère. Seul le premier plan apparaît distinctement. Le reste de la pièce, les murs, les meubles, ne sont que suggérés dans des gris floutés.

Cette femme est extrêmement pâle, comme si elle n'avait jamais connu le soleil. Mais son visage raconte tout autre chose. Il exprime une délectation si intense qu'il semble émettre de la lumière.

Une seule éclaboussure de couleur sur cette toile : un long ruban rouge. Négligemment noué au cou de la femme, il descend entre ses seins lourds et glisse entre ses jambes, puis devient flou à l'arrière-plan avant d'atteindre le bord de la toile. Le ruban subit pourtant une certaine tension et le spectateur comprend aussitôt ce que raconte l'artiste : l'amant de cette femme est là, hors champ, et il tient le ruban, le fait glisser sur elle, et la femme se tortille désespérément contre ce bout de tissu pour trouver le plaisir que son amant lui refuse.

Je déglutis. Je m'imagine le contact du satin doux et froid me caressant entre les jambes. M'excitant jusqu'à la rupture, me faisant jouir… Et dans mon fantasme, l'homme qu'on ne voit pas, c'est Damien Stark.

Mauvaise idée, vraiment.

Je m'éloigne discrètement en direction du bar, seul endroit dans toute la pièce où je ne serai plus bombardée par toute cette imagerie érotique. Honnêtement, j'ai besoin de faire un break. L'art érotique ne me fait pas cet effet, d'habitude. Sauf que l'art n'y est pour rien.

Une chose est sûre, je vous veux.

Qu'a-t-il voulu dire par là ?

Ou plus exactement, qu'est-ce que j'aimerais qu'il ait voulu dire par là ? Question idiote, bien sûr. Je sais très bien ce que j'aimerais : la même chose qu'il y a six ans. Je sais aussi que ça n'arrivera pas. Même les fantasmes, je vais devoir les repousser.

Je fouille la pièce du regard, pour contempler les œuvres d'art, bien sûr. Cette nuit, j'ai envie de me raconter des histoires, on dirait. En fait, je cherche Stark, mais quand je le repère enfin, je me dis que je n'aurais pas dû prendre cette peine. Il discute avec une jeune femme grande et mince, aux cheveux noirs coupés très court. Splendide, débordante d'énergie, elle ressemble à Audrey Hepburn dans *Sabrina*.

Ses traits délicats embrasés de plaisir, elle rit en le touchant d'un geste désinvolte et intime. Rien qu'à les regarder, je sens mes tripes se nouer. Dieu du Ciel, je ne connais même pas cet homme ! Je ne suis quand même pas jalouse, non ?

Je réfléchis à cette éventualité, et, dans l'esprit de

cette soirée, je me raconte encore des bobards : ce n'est pas de la jalousie, c'est de la colère. J'en veux à Stark d'avoir flirté de façon si cavalière avec moi alors qu'une autre femme le fascine visiblement. Une femme adorable, superbe, rayonnante.

— Du champagne ? me propose le barman en me tendant une flûte.

C'est tentant, très tentant, mais je secoue la tête. Je n'ai pas envie de me saouler, j'ai envie de me tirer d'ici.

Des invités arrivent encore. Le salon grouille de monde. Je cherche Stark du regard, mais il a disparu dans la foule. Et plus aucune trace d'Audrey Hepburn non plus. Je suis sûre que, là où ils sont, ils s'amusent bien, ces deux-là.

Je me faufile le long du mur, jusqu'à un couloir barré par une corde de velours conduisant sans doute aux parties privées de la maison. À mes yeux, c'est ce qui se rapproche le plus d'un petit coin tranquille, pour l'instant.

Je dégaine mon téléphone et appelle Jamie.

— Tu vas halluciner ! s'exclame-t-elle en squeezant les politesses d'usage. Je viens de faire des cochonneries avec Douglas !

— Oh bon Dieu, Jamie ! Mais qu'est-ce qui t'a pris ?

J'ai parlé sans réfléchir. Cette révélation sur Douglas n'est pas une bonne nouvelle, mais j'éprouve tout de même un certain soulagement : elle m'oblige à m'intéresser aux problèmes de ma coloc'. Les miens peuvent attendre.

Douglas, c'est le voisin d'à côté, et nos chambres ont un mur en commun. Je ne suis là que depuis quatre jours, mais j'ai déjà une idée de la fréquence de ses parties de jambes en l'air. Ma meilleure amie est donc devenue une nouvelle marque sur son tableau de chasse… Ce n'est pas spécialement réconfortant.

Bien sûr, du point de vue de Jamie, c'était Douglas, le gibier.

— On buvait un verre de vin près de la piscine. On est allés dans le spa, et ensuite…

Elle ne termine pas sa phrase, mais je n'ai aucun mal à deviner ce qui s'est passé après le « et ensuite… »

— Il est encore là ? Tu es chez lui, peut-être ?

— Ça va pas, non ? Je l'ai foutu dehors il y a une heure.

— Jamie…

— Quoi ? J'avais besoin de dépenser mon énergie. Ça fait du bien, tu sais. Je suis archirelax, maintenant. Tu vas avoir du mal à en croire tes yeux…

Je fronce les sourcils. Jamie ramène des mecs à la maison comme on ramasse des chiens errants. Par contre, ils ne restent pas longtemps. Même pas jusqu'à l'aube. En tant que colocataire, je trouve ça commode. Il n'y a rien de plus désagréable que de tomber sur un type puant, mal rasé et à moitié à poil qui explore le frigo à trois heures du matin. Mais l'amie que je suis aussi s'inquiète pour elle.

Elle, de son côté, se fait du souci pour moi, mais pour des raisons exactement opposées : je n'ai jamais ramené de mec à la maison. Du coup, Jamie me trouve un peu bizarre.

Ce n'est pas le moment de discuter de ça avec elle, mais pourquoi Douglas ? Pourquoi avoir jeté son dévolu sur Douglas ?

— Je vais devoir détourner le regard chaque fois que je le croise, si je comprends bien ?

— Mais non, il est sympa ! Pas de quoi en faire tout un plat !

Je ferme les yeux, excédée. Qu'on puisse s'exposer à ce point – à la fois physiquement et émotionnellement – me plonge dans un océan de perplexité. « Pas de quoi en faire tout un plat » ? Je ne sais pas ce qu'il lui faut !

— Et toi ? Tu as trouvé tes mots, cette fois-ci ?

Je fronce les sourcils. Jamie étant ma meilleure amie depuis toujours, elle me connaît un peu trop bien à mon goût. Elle sait tout de ma rencontre ambiguë avec le super canon Damien Stark au concours de miss. Quand je lui ai raconté ce fiasco, elle a eu une réaction typique de ma Jamie : si j'avais réussi à parler avec ce type, il aurait plaqué Carmela pour se consacrer à mon cas. À l'époque, je lui ai dit qu'elle était folle, mais sa réflexion avait été comme de l'amadou sur mon fantasme à combustion lente.

— Je lui ai parlé…

— Oh ! C'est vrai ? s'exclame-t-elle d'une voix qui grimpe dans les aigus.

— Et il assistera à la présentation.

— Et… ?

Avec un rire forcé, je réponds :

— C'est tout, Jamie. C'était le but.

— Ah… OK. Non, sérieusement, c'est fabuleux, Nikki. T'as carrément assuré.

Quand elle décrit les choses de cette façon, je suis forcément d'accord avec elle.

— Alors, il ressemble à quoi, maintenant ?

Je réfléchis quelques instants. Pas évident de répondre à cette question.

— Il est… intense.

Séduisant, sexy, surprenant… et troublant, aussi. Ou plutôt, c'est la façon dont je réagis en sa présence qui est troublante.

— Intense ? répète Jamie comme un perroquet. Eh ben dis donc, quelle révélation ! Mais ce type possède la moitié de la galaxie, ma chérie ! Tu l'imagines, amical et mielleux ? Non, il doit plutôt être du genre sombre et dangereux…

Je fronce les sourcils. D'une certaine façon, Jamie vient de me décrire Damien Stark à la perfection.

— T'as d'autres trucs à me raconter ? Comment sont les peintures ? T'as vu des gens célèbres ? Ah oui, j'oubliais, tu n'y connais rien… Tu serais incapable de reconnaître Brad Pitt même si tu lui rentrais dedans.

— En fait, il y a Rip et Lyle, qui se font des risettes malgré leurs différends. Je me demande si leur série sera maintenue l'année prochaine.

Vu le silence à l'autre bout du fil, je comprends que j'ai frappé fort. Je ne dois surtout pas oublier de remercier Evelyn. Arriver à surprendre ma colocataire, c'est un véritable exploit.

— Espèce de salope ! lâche-t-elle. Je te préviens, si tu ne me rapportes pas l'autographe de Rip Carrington, je me trouve une autre meilleure copine.

— Je vais essayer, je te le promets. Au fait, tu pourrais venir ? Je n'ai pas de voiture pour rentrer.

— Quoi ? Tu veux dire que Carl s'est évanoui, terrassé par la surprise quand Stark lui a appris qu'il serait présent à votre réunion ?

— En quelque sorte. Il est parti la préparer. La présentation a été avancée à demain.

— Et toi, tu es toujours à la fête, c'est bizarre…

— Stark voulait que je reste.

— Non, vraiment ?

Elle a presque crié, soudain très intéressée.

— Ce n'est pas ce que tu crois. Il veut acheter une toile et il a besoin d'un avis féminin.

— Et comme tu es la seule gonzesse à cette fête...

Audrey Hepburn me revient alors en mémoire. *Je ne suis absolument pas la seule nana à cette fête*, me dis-je, perplexe. À quoi joue-t-il, ce type ? Sèchement, je réplique :

— Il me faut une bagnole. C'est oui ou c'est non ? Tu viens me chercher ?

Je reporte mon irritation sur elle, ce n'est pas juste.

— Tu es sérieuse ? Carl t'a vraiment larguée à Malibu ? Mais c'est à une heure de bagnole ! Il ne t'a même pas proposé de te rembourser les frais de taxi ?

J'hésite une fraction de seconde trop longtemps.

— Quoi ? insiste-t-elle.

— C'est juste que... Stark a dit qu'il me ramènerait.

— Et alors ? Sa Ferrari n'est pas assez bien pour toi, c'est ça ? Tu préfères rentrer dans ma vieille Corolla pourrie ?

Elle marque un point. C'est la faute de Stark si je suis coincée ici. Pas question de déranger mes amis, ni de casquer un pognon monstre en frais de taxi, alors qu'il est censé régler ce problème ! Pourquoi suis-je nerveuse à ce point à l'idée de me retrouver seule avec lui ?

Car l'idée me rend nerveuse, c'est indéniable. Bon sang, aucun homme ne devrait pouvoir déstabiliser la fille d'Elizabeth Fairchild ! La fille d'Elizabeth Fairchild mène les mecs par le bout du nez ! J'ai passé toute ma vie à fuir l'emprise de ma mère, mais elle a quand même réussi à imprimer en moi certains de ses préceptes.

— Tu as raison. Je te verrai à la maison, dis-je à mon amie.

Impossible de m'imaginer Damien Stark se laissant mener à la baguette par une femme…

— Si je dors, réveille-moi, reprend Jamie. Tu me raconteras tout.

— Il n'y aura rien à raconter.

— Menteuse ! glousse-t-elle avant de raccrocher.

Je glisse le téléphone dans mon sac et me dirige vers le bar. Maintenant, j'ai très envie de champagne. Je sirote mon verre en parcourant la pièce du regard. J'aperçois Stark droit devant moi, avec Audrey Hepburn. Il sourit, elle rit, et je sens croître mon irritation. À cause de lui, je me retrouve coincée ici. Ce con ne fait même plus l'effort de me parler. Il pourrait au moins s'excuser pour ses bobards sur la décoration de sa maison et me trouver quelqu'un qui accepte de me déposer chez moi. Si je dois rentrer en taxi, j'enverrai la facture à Stark International. Sans aucun état d'âme.

Evelyn passe non loin de moi au bras d'un homme aux cheveux blancs comme neige. Elle lui murmure quelque chose à l'oreille, puis se dégage. L'homme continue son chemin sans elle.

— Tout se passe bien, ma chère ? me demande-t-elle.

— Oui, très bien.

Elle ricane, et j'ajoute :

— Bon, d'accord. En fait, je me sens atrocement mal…

— Il faut dire que vous mentez très mal. Il suffit de vous regarder pour voir que ça ne va pas.

— Je suis désolée. C'est…

Sans terminer ma phrase, je me colle une mèche de cheveux rebelles derrière l'oreille. Je me suis fait un chignon en laissant pendre quelques boucles censées encadrer mon visage, mais à cet instant ces mèches m'énervent plus qu'autre chose.

— On ne sait jamais ce qu'il pense, me dit Evelyn.

— De qui parlez-vous ?

Du menton, elle me désigne Damien. Il discute toujours avec Audrey Hepburn, mais j'ai l'absolue certitude qu'il me regardait encore un instant plus tôt. Rien ne me permet de l'affirmer, cependant. Est-ce un espoir secret ? Ma paranoïa grandissante ? Je n'en sais rien et ça m'énerve.

— Que voulez-vous dire, Evelyn ?

— Il est difficile à comprendre, cet homme. Je le connais depuis son enfance. Un jour, quand il était gamin, une marque de céréales lui a proposé une belle somme d'argent pour l'avoir dans ses spots de pub. Damien Stark avec un taux de sucre trop élevé dans le sang, quelle idée, franchement ! Enfin bref, ce fut son premier sponsor potentiel, et c'est à cette époque que son père m'a engagée pour le représenter. Je lui ai trouvé quelques contrats vraiment intéressants et, grâce à moi, sa notoriété est montée en flèche. Et pourtant, je ne le connais toujours pas, je crois.

— Comment ça ?

— Je vous l'ai dit, Miss Texas. On ne sait jamais ce qu'il pense.

Elle a articulé chaque syllabe, avant d'ajouter en hochant la tête :

— Mais on ne peut vraiment pas lui en vouloir, vu toute la merde qu'il a dû subir pendant des années. Ça abîmerait n'importe qui…

— La célébrité, vous voulez dire ? C'est vrai, il a dû en baver. Il était si jeune…

Stark avait quinze ans quand il a gagné le Grand Chelem juniors. Cette victoire l'a envoyé dans la stratosphère, je m'en souviens très bien. Mais la presse avait déjà commencé à s'intéresser à lui. Une jolie gueule et des origines prolétaires, du pain bénit pour les journalistes qui en avaient fait le *golden boy* du circuit, lui parmi tous les espoirs du tennis mondial.

— Non, rien à voir avec la célébrité, réplique Evelyn en écartant ma suggestion d'un geste de la main. Damien sait très bien gérer la presse. Pour ce qui est de protéger ses secrets, il est vachement doué, et depuis toujours !

Elle me dévisage puis éclate de rire, comme pour me faire comprendre qu'elle blaguait. Trop tard, je n'en crois rien.

— Mais je divague, ma chère. Damien Stark est un type distant et secret, c'est tout. Il me fait penser à un iceberg. On ne voit pas ce qui se trouve sous l'eau, et ce qui dépasse est dur et assez froid.

Elle glousse, amusée par sa propre plaisanterie, puis fait signe à quelqu'un dont elle vient de remarquer la présence. Je jette un coup d'œil à Damien, cherchant des traces de l'enfant blessé qu'il a été – d'après Evelyn, en tout cas –, mais je ne vois que sa force et son assurance inébranlables. Ne serait-ce qu'un masque, en fin de compte ? Ou bien s'agit-il du vrai Damien Stark ?

— Ce que j'essaie de vous expliquer, c'est que

vous ne devez pas prendre trop à cœur l'incident de tout à l'heure, reprend Evelyn. La façon dont il s'est comporté… Il ne voulait pas se montrer grossier, j'en suis sûre. Il avait juste la tête ailleurs, probablement, et il ne s'est même pas rendu compte de son écart de conduite.

Voilà un petit moment que j'ai surmonté l'affront, mais Evelyn ne peut pas le deviner. Pour l'instant, j'ai des problèmes plus immédiats à régler avec lui : par exemple, comment vais-je rentrer chez moi ? Et puis, il y a ces émotions complexes que je n'ai pas envie d'analyser.

— Vous aviez raison, pour Rip et Lyle. Ma colocataire est morte de jalousie depuis qu'elle sait qu'ils sont là, lui dis-je en la voyant jeter des regards en direction de Stark.

Il ne faudrait pas qu'elle s'imagine que je tiens à poursuivre cette conversation.

— Venez, alors, je vais vous les présenter !

Les deux stars, raffinées et resplendissantes au-delà de toute expression, sont incroyablement polies et barbantes. Je n'ai absolument rien à leur dire. Je ne sais même pas de quoi parle leur série. Pour Evelyn, qu'il puisse exister des gens capables de se moquer de ce qui se passe à Hollywood, ou qui en ignorent tout, est inconcevable. Elle me croit juste un peu intimidée… Ma parole, elle va me laisser avec eux !

La Nikki-en-société deviserait aimablement avec les deux vedettes, mais la Nikki-en-société commence à ressentir une certaine lassitude. Juste à temps, j'attrape Evelyn par le bras avant qu'elle ne s'éloigne trop. Elle me jette un coup d'œil surpris. Je ne sais pas quoi lui dire. Je sens la panique monter en moi :

la Nikki-en-société a définitivement pris la poudre d'escampette.

Et puis soudain mon salut apparaît. C'est tellement inattendu, tellement décalé, que je crois avoir une hallucination.

— Cet homme… c'est Orlando McKee, n'est-ce pas ? dis-je en pointant le doigt vers un jeune homme maigrichon.

Cheveux longs et ondulés, lunettes à monture d'acier, il semble tout droit sorti de Woodstock, pas vraiment le genre à fréquenter les galeries de peinture. Je retiens mon souffle, espérant que cette apparition miraculeuse ne va pas s'évanouir.

— Vous connaissez Orlando ? s'exclame Evelyn, avant de répondre elle-même à sa question : mais bien sûr… C'est votre ami, celui qui travaille pour Charles, n'est-ce pas ? Vous vous êtes rencontrés où, tous les deux ?

Elle salue Lyle et Rip d'un signe de tête, et m'entraîne avec elle. Les deux stars, qui se moquent de notre départ comme de l'an quarante, recommencent déjà à se disputer, tout en faisant de grands sourires aux femmes qui se faufilent pour être prises en photo en leur compagnie.

— Nous avons grandi ensemble, dis-je à Evelyn qui me précède dans la foule. Nos familles ont vécu très longtemps dans le même quartier. Ollie a deux ans de plus que moi, mais quand nous étions petits, nous étions inséparables. Nous le sommes restés jusqu'à ses douze ans, en fait. Cette année-là, ses parents l'ont expédié dans un pensionnat d'Austin. J'en ai crevé de jalousie, à l'époque.

Je ne l'ai pas vu depuis des années, mais nous

n'avons pas besoin de nous parler tous les jours pour rester amis, lui et moi. Les mois passent, et soudain il m'appelle de nulle part ; nous reprenons alors notre conversation comme si de rien n'était. Jamie et lui sont vraiment mes meilleurs copains, et sa présence ici, juste au moment où j'ai tant besoin de lui, me plonge dans l'euphorie.

Nous sommes tout près de lui, à présent, mais il ne nous a pas encore remarquées. Il parle d'une série télé avec un autre type qui porte un jean et une veste sur une chemise rose pâle à col boutonné. Très californien. Ollie agite les mains en parlant. Sans le faire exprès, il en balance une dans ma direction et me jette un coup d'œil par réflexe. Ça y est, il m'a vue. Il se fige, avant de se tourner vers moi, bras grand ouverts.

— Ma parole, Nikki, tu es splendide !

Il m'attire dans son étreinte, puis me repousse, les mains sur mes épaules, et me détaille des pieds à la tête. Je ris :

— J'ai réussi l'examen ?

— Ça t'est déjà arrivé d'en rater un ?

— Qu'est-ce que tu fais ici ? Tu n'es pas à New York ?

— La boîte m'a transféré à L.A. la semaine dernière. Je comptais te passer un coup de fil ce week-end. Impossible de me rappeler la date de ton emménagement ici. Bon sang, que c'est bon de te revoir !

De nouveau, il me serre très fort dans ses bras, et je souris à m'en décrocher les mâchoires.

— Je parie que vous vous connaissez, tous les deux, nous fait remarquer le type en jean, amusé.

— Oh, désolé ! dit Ollie. Nikki, je te présente

Jeff. Nous travaillons ensemble chez Bender, Twain et McGuire.

— En fait, il veut dire que je travaille pour lui, me précise Jeff. Je suis un associé tout récent. Orlando est là depuis trois ans, et tout le monde l'adore. Je crois que Maynard ne va pas tarder à le faire monter en grade.

— Très drôle ! râle Ollie pour le principe.

Il a l'air ravi, en fait. Je glousse :

— Regardez-moi ça ! Mon petit poisson est devenu un gros requin aux dents longues !

— Hilarant ! Tu connais les règles, ma petite : chaque fois que tu me sors une blague de juriste, je dois t'en sortir une de blonde.

— Je retire ce que j'ai dit.

— Venez, Jeff, intervient Evelyn. Ces deux-là ont envie de rattraper le temps perdu. Allons chercher la bagarre ailleurs…

Nous pourrions leur dire de ne pas prendre cette peine pour nous, mais nous nous taisons tous les deux. Nous sommes plongés dans nos souvenirs du bon vieux temps. J'ai retrouvé Ollie, quel pied !

Nous parlons de tout et de rien en nous dirigeant vers la sortie. Tacitement, nous avons décidé de continuer notre conversation dehors. La présence familière d'Ollie me réconforte et m'absorbe complètement, mais en arrivant à la porte, je jette un dernier coup d'œil au salon. Ce n'est sans doute qu'un réflexe… Je crois que je cherche quelqu'un. Je crois que je le cherche. Lui.

Et comme il fallait s'y attendre, mes yeux se posent sur Damien Stark. Audrey Hepburn a disparu. Il discute avec un petit homme menacé de calvitie. Concentré et attentif, il tourne la tête et croise mon regard.

Et là, tout d'un coup, je sais que s'il me demandait de laisser tomber mon meilleur pote pour rester avec lui dans cette pièce, je le ferais.

Eh oui, je resterais avec Damien Stark. Quelle conne !

Chapitre 5

J'ai enfilé la veste d'Ollie et je tiens mes escarpins par leurs brides. Nous marchons sur la plage privée, derrière la maison d'Evelyn. Ce n'est sûrement pas autorisé, mais je m'en moque. Je plonge gaiement un pied dans l'eau, éclaboussant tout autour de moi. Je me sens d'humeur espiègle ; je me sens bien.

Je demande à Ollie :

— Comment va Courtney ? Elle est contente de ton retour ?

C'est une question dangereuse, et je le sais. Courtney est son éternelle petite amie ; un coup je t'aime, un coup je ne t'aime plus. Un coup « je t'aime » parce que c'est une fille géniale et qu'Ollie serait bien bête de tout foutre en l'air, et un coup « je ne t'aime plus » parce que mon meilleur pote a plus d'une fois dépassé les bornes, ce crétin.

— Elle est fiancée, me dit-il.

— Oh mince…

Je suis déçue et ça s'entend. Je devrais le consoler, lui assurer qu'il trouvera un jour une autre fille tout aussi géniale, mais je me dis juste qu'il a encore merdé.

Il éclate de rire en voyant ma tête :

— C'est moi, son fiancé, idiote !

— Merci, mon Dieu ! J'ai cru que t'avais tout fait foirer !

Je lui donne un coup d'épaule taquin.

D'un air sérieux, il ajoute :

— J'ai failli, tu sais. C'était dur, à New York. La distance, tout ça… J'ai été tenté. Mais c'est terminé. C'est la femme de ma vie. Putain ! Nikki, comment j'ai fait pour trouver une fille comme elle ?

— C'est normal, t'es un mec génial.

— Je suis un connard, et tu le sais très bien.

— On est tous des connards, plus ou moins, mais Courtney voit le vrai Ollie derrière le connard. Et elle t'aime.

— Ouais, c'est vrai ! me lance-t-il avec un grand sourire. Ça me stupéfie chaque jour qui passe, mais c'est vrai. Elle m'aime !

Il me scrute du coin de l'œil, puis :

— À propos d'emmerdes, comment tu vas, toi ? Vraiment ?

Je serre sa veste tout contre moi :

— Je vais très bien, Ollie. Je te l'ai déjà dit.

Je m'arrête et enfouis mes orteils dans le sable. Les vagues recouvrent mes pieds nus puis se retirent à toute vitesse. Le sol se dérobe sous moi et je m'enfonce un peu.

Près de moi, Ollie me lance ce regard… le regard du mec qui connaît tous mes secrets. C'est la vérité, d'ailleurs.

Je hausse les épaules :

— Ça va mieux, maintenant. Au début, à la fac, ç'a été un vrai cauchemar, et puis ça s'est tassé.

Je lui décoche un sourire : c'est en grande partie

grâce à lui que j'ai commencé à me sentir mieux. Je reprends :

— En ce moment, je ne sais pas trop. Mais je suis contente d'avoir quitté le Texas. Tout va bien, je t'assure…

Je hausse de nouveau les épaules. Je n'ai pas envie de parler de ça tout de suite, alors je tourne les talons :

— On devrait rentrer, Ollie.

Il hoche la tête et m'emboîte le pas. Les lumières de la maison se rapprochent, et le chant de l'océan comble la distance qui nous sépare. Un son profond, cadencé, dans lequel je pourrais très facilement me perdre. D'ailleurs, c'est peut-être déjà le cas…

Une cinquantaine de mètres plus loin, mon ami s'immobilise brutalement.

— Tu aimes les smokings ? me demande-t-il, comme si c'était la question la plus banale du monde.

— Je n'ai rien contre les smokings. C'est une tradition honorable dans l'univers des habits de cérémonie. Mais ce n'est pas très pratique, il faut le reconnaître. Difficile de surfer en smoking. C'est faisable, mais c'est difficile.

— Je veux que tu sois mon garçon d'honneur, me dit-il en rigolant.

Je sens ma gorge se serrer.

— Courtney n'a aucun problème avec ça, mais elle pense à la photo, continue-t-il. Tu vois ce que je veux dire ? Du côté du marié, tout le monde en smoking, et du côté de la mariée, toutes ces dames en soie et satin. Qu'est-ce que tu en penses ?

Je refoule des larmes de gratitude :

— Je t'aime, Ollie. Tu le sais, hein ?

— C'est pour ça que je te le demande, ma vieille.

C'était soit ça, soit t'épouser à la place de Courtney, et la seconde option, ça la ferait vraiment chier, je pense.

Manifestement, il s'attend à me voir éclater de rire, mais je ne ris pas, et son expression s'adoucit.

— Merci, ajoute-t-il.

— Merci pour quoi ?

— Merci d'être heureuse pour moi.

— Oui, je le suis, lui dis-je, planquée derrière le sourire de la Nikki-en-société.

Les choses changent trop vite à mon goût. Ollie aussi va changer, et je redoute ce moment. Il a été mon roc pendant si longtemps… Qu'est-ce qui va m'arriver si ce roc se dérobe soudain ?

Mais je ne suis pas juste avec lui et je le sais.

Nous reprenons notre promenade.

— Nikki, ça va ?

J'essuie une larme égarée.

— Ne t'inquiète pas. Je me sens étrangement émue, tout d'un coup. Les filles et le mariage, tu vois ce que je veux dire ?

Mon excuse est foireuse, et il le sait.

— Ça ne changera rien entre nous, Nikki. Tu pourras toujours m'appeler quand tu veux si tu as besoin de quoi que ce soit… Courtney comprendra, je t'assure.

Un pincement de peur me traverse :

— Dis, elle ne sait pas, pour… ?

— Bien sûr que non ! me coupe-t-il. Enfin, elle est au courant pour Ashley…

Ça, c'est normal. Courtney et lui sortaient déjà ensemble quand ma sœur s'est suicidée. Une disparition impensable, qui m'a littéralement anéantie. Grâce à Ashley, j'avais pu m'évader de la vie que ma mère me façonnait. Quand elle est morte, elle était déjà mariée et vivait loin de nous ; mais après sa disparition, j'ai vraiment touché le fond. J'ai refait surface grâce à Jamie et Ollie. Je les considère un peu comme mes bouées de sauvetage. Ollie en a forcément parlé à Courtney, à l'époque.

— J'ai juste dit à Courtney que ta sœur était morte et que tu avais beaucoup de chagrin, ajoute Ollie en hâte. Tu sais bien que je ne lui révélerai jamais aucun de tes secrets.

Je suis incroyablement soulagée. Du coup, je ne me sens même pas coupable d'avoir pensé qu'Ollie pouvait trahir ma confiance.

— On dirait que nous ne sommes pas les seuls à en avoir marre de cette fiesta, me dit-il, tourné vers la maison d'Evelyn.

J'aperçois des gens sur le balcon, éclairés par la lumière qui règne à l'intérieur, derrière eux. Il me faut une seconde pour comprendre qu'Ollie me parle d'une autre personne. Et quand je comprends, j'en reste bouche bée.

Un escalier en spirale plongé dans la pénombre relie le balcon à la promenade endommagée par les intempéries. Un homme est assis sur la marche la plus basse. Je ne vois pas son visage, je ne distingue qu'une forme sombre. N'empêche, je sais de qui il s'agit.

Il se lève en nous voyant approcher. Mes soupçons se confirment.

— Mademoiselle Fairchild… je vous cherchais, dit Stark en venant à notre rencontre.

Il ne regarde absolument pas Ollie. Ses yeux sont fixés sur moi, ambre brûlant, noir insondable et dangereux.

— Ah bon ? Pourquoi ?

Je m'efforce d'avoir l'air calme, mais je ne le suis absolument pas.

— Je suis responsable de vous.

Avec un petit rire, je réplique :

— Ça m'étonnerait. Je vous connais à peine, monsieur Stark.

— J'ai promis à votre patron de vous ramener à bon port.

Ollie se rapproche et me prend par l'épaule d'un geste protecteur. Il est crispé, je le sens à la pression de ses doigts à travers le tissu épais de sa veste.

— Je m'en vais, dit-il. Je me charge de ramener Nikki chez elle. Vous n'avez plus à vous soucier de ça.

Sans un mot, Stark attrape entre deux doigts le revers de la veste d'Ollie que je porte toujours, comme pour en tester la qualité. Sa main s'attarde brièvement au-dessus de mes seins. Il doit se poser des questions. Ollie et moi marchant seuls sur la plage, moi avec sa veste sur les épaules, ça peut prêter à confusion…

Bizarrement, j'ai très envie de préciser à Stark qu'il n'y a rien de romantique ni de sexuel entre mon ami et moi. Je dois faire un gros effort pour garder le silence. Je lève les yeux vers Ollie :

— Très bonne idée. Ça ne t'embête pas, tu es sûr ?

— Ça ne m'embête pas du tout, réplique-t-il.

Il resserre encore sa prise sur mon épaule, comme pour me pousser à repartir. Mais Stark me bloque le passage, plus grand que nature. Entre nous, l'air semble chargé d'électricité. Une pensée ridicule me traverse : si je bouge, je vais me retrouver prise dans sa toile. Une idée loin d'être déplaisante…

— Mais ce n'est pas un souci, réplique Stark à

Ollie. En fait, j'ai besoin de Mlle Fairchild. Nous devons parler affaires.

Je suis tentée de protester, puis je me rappelle son commentaire plus tôt dans la soirée : si c'est comme ça que je compte trouver des investisseurs, je n'en trouverai aucun.

— D'accord, je reste. Ne t'inquiète pas, Ollie.

— Tu en es sûre ? demande-t-il d'un air tendu.

— Oui, je suis sérieuse. Rentre chez toi.

Il hésite, puis renonce.

— Je t'appelle demain, conclut-il sans quitter Stark des yeux.

Il s'est mis en mode grand frère, et j'entends très bien sa menace sous-jacente : *Elle a intérêt à être chez elle et en pleine forme, sinon ça va barder.*

Mon imagination m'entraîne sur une pente glissante…

Il m'embrasse sur la joue, puis se dirige vers l'escalier en spirale.

— Attendez ! lance Stark à Ollie, qui se fige.

Je retiens mon souffle. Vais-je assister à une sorte de rituel de séduction chargé de testostérone ? Pas du tout : Stark prend les chaussures que je tiens toujours dans la main droite. Je les lui cède sans trop savoir où il veut en venir, jusqu'au moment où il s'approche pour m'aider à ôter la veste d'Ollie.

— Garde-la, Nikki. Je la reprendrai plus tard ! me lance mon ami.

Mais la veste a déjà quitté mes épaules et j'ai reculé à toute vitesse pour rétablir la distance entre Stark et moi.

— Elle n'en a plus besoin, conclut Stark, qui lui rend le vêtement avec un large sourire amical.

Pendant une fraction de seconde, Ollie hésite, puis l'accepte, l'enfile et me regarde.

— Sois prudente ! s'exclame-t-il avant de disparaître dans l'escalier tortueux et mal éclairé.

Sois prudente... Mais qu'est-ce qu'il raconte, bordel ?

Je jette un coup d'œil à Stark et constate qu'il est aussi perplexe que moi. En revanche, il ne pense déjà plus à Ollie. En fait, une seule chose l'intéresse désormais, moi.

Je lui arrache mes chaussures des mains :

— Alors, comme ça, nous devons parler affaires ? Il me semblait que les affaires en question, je m'en occupais en ville avec Carl. Je devrais être en train de préparer la présentation à laquelle je vais participer dans à peine plus de seize heures !

— Les toiles, me dit-il d'un ton léger. Rappelez-vous, vous avez accepté de me donner un coup de main…

— Je ne sais pas où vous allez chercher tout ça. Je me rappelle très clairement avoir décliné votre appel au secours.

— Vous m'en voyez navré, ma chère… Je pensais avoir réussi à vous faire changer d'avis, en vous prouvant à quel point votre opinion me tenait à cœur.

— Vous pensiez que j'avais changé d'avis ? Et qu'est-ce qui vous a amené à formuler cette hypothèse ? Le moment où je vous ai tourné le dos et où je suis partie ? Le fait que par la suite je vous aie ostensiblement ignoré ?

Il me considère d'un air goguenard, histoire de me faire comprendre que mes petits coups d'œil discrets de tout à l'heure n'étaient pas si discrets, après tout.

Il s'attend sans doute à une réplique lapidaire. Pas

question de lui faire ce plaisir ! À cet instant, le silence est définitivement la meilleure des tactiques.

Je lève la tête pour le dévisager. Le peu de lumière qui nous arrive depuis le balcon d'Evelyn laisse ses traits dans l'ombre, mais son regard semble absorber la lumière. La prunelle ambre, ardente et chaude. La noire, comme bordée de lave en fusion, si sombre et si profonde que, si je n'y prends garde, je vais tomber dans ce puits et m'y perdre. *Des fenêtres sur l'âme*, me dis-je, et je frissonne.

— Vous avez froid, me fait-il remarquer en caressant d'un doigt mon bras nu. Vous avez la chair de poule.

C'est sûr ! Maintenant qu'il m'a touchée, j'en ai une carabinée…

— La veste, c'était pour ça, lui dis-je.

Il éclate de rire. J'adore ce son, libre et léger, toujours inattendu…

Il ôte sa veste et la pose sur mes épaules malgré mes protestations.

— Je n'en ai pas besoin, je vous assure. Nous rentrons, de toute façon, lui dis-je en me débarrassant du vêtement, que je lui tends aussitôt.

Il reprend mes chaussures, mais refuse la veste :

— Gardez-la. Sinon, vous allez attraper un rhume et je n'y tiens pas.

En enfonçant mes bras dans les manches, je m'exclame, excédée :

— Oh bon sang ! D'accord ! Vous arrivez toujours à vos fins ?

Il me scrute avec des yeux ronds. Tiens, je l'ai surpris, on dirait.

— Oui, toujours, me répond-il.

Au moins, ce type est honnête.

— OK, rentrons. Allons examiner ces peintures. Je vous dirai lesquelles me plaisent, et vous en ferez ce que vous voudrez.

Il me dévisage d'un air vaguement déconcerté :

— Que voulez-vous dire ?

— Vous n'êtes pas du genre à suivre les conseils qu'on vous donne, je me trompe ?

— Oui, Nikki, vous vous trompez. Quand une opinion me tient à cœur, je la prends toujours en considération.

Dans sa bouche, mon nom a le moelleux du chocolat au lait.

La chaleur qui émane de lui est tangible. Je n'ai plus besoin de cette veste. En fait, je suffoque dedans.

Je détourne le regard et contemple le sable, l'océan, le ciel. Je contemple tout, sauf cet homme. J'ai des nœuds dans le ventre, et partout ailleurs aussi, mais là n'est pas le problème. Le problème, c'est que j'aime cette sensation.

— Nikki, regardez-moi…

Je m'exécute sans réfléchir, et la Nikki-en-société disparaît aussitôt. Je me sens aussi nue que si j'avais ôté ma robe.

— Cet homme avec qui vous vous promeniez… Qu'est-ce qu'il représente pour vous ?

Et pan ! La Nikki-en-société est de retour. Je sens mes traits se durcir et mon expression devenir glaciale. Damien Stark est une araignée, et moi, l'insecte stupide qu'il s'apprête à dévorer.

Je tourne la tête pendant une toute petite seconde, puis je lui décoche mon sourire plastifié d'il y a six ans, celui du concours de miss. C'est le moment de lui dire que ce que je fais avec Ollie ne le regarde pas, pour lui clouer le bec une fois pour toutes.

Je ne dis rien.

Instinctivement, sans trop comprendre pourquoi, je lui sers une tout autre réponse, puis je tourne les talons avant de m'élancer vers l'escalier. Derrière moi, mes mots s'attardent encore pendant quelques instants :

— Lui ? C'est Orlando MacKee. Le premier homme que j'ai laissé entrer dans mon lit.

Chapitre 6

C'est un mensonge. Un mensonge facile, que je peux énoncer sans perdre mon emprise sur le réel. Une autre couche de mon armure. Dès que Damien Stark est dans les parages, je dois me protéger le plus possible.

Il est juste derrière moi, dans cet escalier trop étroit pour deux.

— Nikki ! m'assène-t-il d'un ton impérieux.

Je me retourne. Comme il est trois marches plus bas, je dois baisser les yeux pour le regarder. Une perspective intéressante, ils ne doivent pas être très nombreux, ceux qui se sont vu offrir l'occasion de regarder Damien Stark de haut, comme je le fais en ce moment…

— Et aujourd'hui, qu'est-ce qu'il est pour vous, ce M. MacKee ?

Je me fais sûrement des idées, mais je crois déceler une ombre de vulnérabilité dans les yeux de Stark.

— C'est un ami. Un très bon ami.

Ma parole, mais il est soulagé ! La juxtaposition de ces deux émotions – soulagement et vulnérabilité –, si surprenantes chez un tel homme, me laisse bouche bée un court instant. Elles disparaissent aussitôt.

— Vous couchez toujours avec lui ? reprend-il d'un ton résolument glacial.

Je me masse les tempes. Ces changements d'humeur, le froid, le chaud et à nouveau le froid, ça me donne le tournis.

— Je suis dans un jeu télé, c'est ça ? Vous avez investi vos millions dans une nouvelle version de la caméra cachée, je parie…

Là, il a l'air carrément décontenancé.

— Mais qu'est-ce que vous racontez ?

— D'abord vous êtes sympa, puis vous devenez glacial…

— Vraiment ?

— Ne faites pas semblant de ne pas savoir de quoi je parle ! Par moments, vous êtes si grossier que je ne sais pas ce qui me retient de vous gifler !

— Mais vous ne le faites pas.

Sans tenir compte de sa remarque, j'ajoute d'un ton maussade :

— Et ensuite, vous prenez un virage à cent quatre-vingts degrés, pour devenir gentil et mielleux.

Il hausse les sourcils.

— Mielleux ? répète-t-il, perplexe.

— Ouais, bon, ce n'est peut-être pas le mot qui vous convient le mieux. Oubliez « gentil et mielleux ». Allons-y pour « chaleureux et profond ».

— Profond… murmure-t-il, instillant à ce terme une sensualité à laquelle je ne l'associais pas vraiment.

— J'aime beaucoup la sonorité de ce mot, ajoute-t-il.

À cet instant, moi aussi.

Je déglutis, la gorge sèche.

— Ce que j'essaie de vous dire, monsieur Stark, c'est que vous me donnez le tournis.

Nullement ébranlé par cet échange, il me dévisage d'un air amusé.

— Ça aussi, ça sonne bien.

— Vous me donnez le tournis, vous êtes exaspérant. Et impertinent, aussi.

— Impertinent ?

Il ne sourit pas, mais peine à réprimer son hilarité.

— Qu'est-ce qui vous donne le droit de me poser ce genre de question ?

— Ma chère, vous venez de ramener très élégamment cette conversation à son point de départ, mais vous ne m'avez toujours pas répondu.

— Je pensais qu'un homme intelligent comme vous comprendrait que je ne veux pas aborder ce sujet.

— Il ne m'a fallu négliger aucun détail pour arriver là où je suis. Et j'ai dû me montrer à la fois assidu et tenace, mademoiselle Fairchild.

Là, il m'a eue, me dis-je, hypnotisée par son regard.

— Quand je veux quelque chose, j'apprends d'abord tout ce qu'il y a à savoir sur l'objet de ma convoitise, puis je lance toutes mes forces dans la bataille.

Je suis si stupéfaite que j'en perds presque l'usage de la parole.

— Sans blague ?

— Lisez le *Forbes* du mois dernier, j'y suis interviewé. Le journaliste insiste beaucoup sur ma ténacité, si je me souviens bien.

— Je vais m'en procurer un exemplaire.

— Mes services vous en enverront un. Vous comprendrez alors à quel point je peux me montrer tenace.

— Ça, je l'ai déjà compris. Ce que je n'arrive pas à saisir, c'est pourquoi vous tenez tant à savoir avec qui je couche. En quoi cela peut-il vous intéresser ?

Je m'aventure sur un terrain dangereux, et je comprends soudain le sens de l'expression « flirter avec le danger ».

Il grimpe une marche. Le voilà soudain beaucoup plus près de moi.

— Il y a des tas de choses qui me fascinent chez vous.

Oh ! bon Dieu ! Je monte prudemment sur la marche suivante.

— Mais je ne suis pas très intéressante, monsieur Stark.

Encore une marche.

— Nous savons très bien que c'est faux, mademoiselle Fairchild. Un jour…

Il laisse sa phrase en suspens, et moi, au lieu de me taire, je me sens obligée de lui demander :

— Un jour… ?

— Un jour, vous vous ouvrirez à moi, mademoiselle Fairchild. Et de bien des façons.

Je rêve de lui asséner une réplique bien cinglante, mais je ne parviens pas à parler. Damien Stark me désire. Et plus perturbant encore, il veut me décortiquer, me débarrasser de toutes ces couches qui me protègent. Il veut connaître tous mes secrets.

Cette idée est à la fois terrifiante et étrangement attirante.

Vaincue, je recule encore d'une marche vers le balcon. En posant le pied, je grimace et Stark me rejoint aussitôt :

— Quelque chose ne va pas ?

— Ce n'est rien. Je viens de marcher sur un truc pointu.

Ses yeux se posent sur mes pieds toujours nus.

D'un air penaud, je lui montre les escarpins à brides que je tiens encore à la main, avec leurs talons de huit centimètres.

— Très jolies, mais je vous suggère de les remettre, me dit-il.

— Jolies ? Elles ne sont pas jolies, elles sont renversantes ! Elles protègent mes pieds, mettent en valeur ma pédicure, m'affinent les jambes et remontent mon cul juste ce qu'il faut pour le faire paraître ultrasexy dans cette robe !

De nouveau, il est amusé et a du mal à le cacher.

— Oui, je me le rappelle, maintenant que vous le dites… Effectivement, ces chaussures sont stupéfiantes.

— En plus, c'est mon premier et seul achat à Los Angeles, histoire de marquer d'une pierre blanche mon unique virée shopping dans cette ville.

— Ça valait le coup d'entamer un peu votre compte en banque !

— Absolument. Mais pour ce qui est de marcher, ce sont de vraies saletés. Maintenant que je les ai ôtées, je crois que je ne vais pas pouvoir les remettre. Enfin si, je dois pouvoir les remettre, mais marcher avec, j'en doute.

— Je comprends votre problème. Heureusement pour vous, c'est justement en trouvant des solutions à ce genre de question épineuse que j'ai construit ma carrière.

— Vraiment ? Allez-y, je vous écoute. Éclairez-moi.

— Bon. Soit vous restez là où vous êtes, soit vous rentrez pieds nus, soit vous remettez vos chaussures et vous souffrez le martyre.

— Je m'attendais à mieux de la part du grand Damien Stark. Si cette intelligence suffit pour fonder un empire comme le vôtre, j'aurais dû m'y mettre il y a longtemps.

— Désolé de vous décevoir.

— Rester ici, impossible. D'abord, il fait froid. Ensuite, je tiens à saluer notre hôtesse.

— Mmmm... Oui, vous avez raison, réplique-t-il en fronçant les sourcils. Manifestement, je n'ai pas passé en revue tous les aspects de ce casse-tête.

— Ce n'est pas un casse-tête pour rien. Et pour ce qui est de marcher pieds nus, la fille d'Elizabeth Fairchild ne se promène jamais sans chaussures pendant les événements mondains, même si elle en a très envie. C'est dans mes gènes, je crois.

— Il vous reste une seule option, dans ce cas : vous allez devoir les remettre.

— Et subir le martyre ? Non merci. La souffrance, ce n'est pas trop mon truc.

Mon ton est léger, mais je ne dis pas tout à fait la vérité. Stark me regarde longuement, avec une attention soutenue. Bizarrement, la phrase qu'Ollie m'a lancée en partant me revient alors en mémoire... *Sois prudente !* Puis son expression revient à l'amusement. Je pousse un soupir de soulagement.

— Il y a une dernière option, vous savez.

— Ah, vous voyez ? Vous me cachiez des choses !

— Je peux vous prendre dans mes bras et vous porter à l'intérieur.

— Réflexion faite, je vais enfiler ces petites garces. Tant pis si ça fait mal.

Je m'assois sur la marche et remets mes escarpins. C'est franchement douloureux. Ces chaussures ne se sont pas encore adaptées à mes pieds, qui protestent vigoureusement. J'ai adoré la balade pieds nus sur la plage, mais j'aurais dû garder à l'esprit que tout finit par se payer.

Je me relève en grimaçant et repars dans l'escalier. Stark me suit de très près, et quand nous arrivons sur le balcon, il m'attrape le bras. Il est presque collé à moi, à présent, je sens son souffle dans mon oreille.

— Parfois, ça vaut la peine de souffrir, me chuchote-t-il. Ravi que vous le compreniez.

Je me retourne vivement :

— Comment ?

— Je suis content que vous ayez décidé de remettre vos chaussures, c'est tout.

— Mais vous n'êtes pas déçu de ne pas avoir pu me jeter sur votre épaule pour me porter façon homme des cavernes ?

— Je ne me rappelle pas avoir mentionné un transport de type préhistorique, mais cette idée est intéressante, je dois le reconnaître.

Il sort son iPhone et se met à tapoter sur le clavier.

— Que faites-vous ?

— Je note ça pour plus tard.

Je secoue la tête en riant :

— Une chose est sûre, qui que vous soyez par ailleurs, vous ne cessez de me surprendre, monsieur Stark.

Je le scrute des pieds à la tête :

— Au fait, vous n'auriez pas une paire de tongs sur vous ? Ça, ce serait une surprise vraiment utile, vous pouvez me croire.

— Hélas, non ! Mais à l'avenir, j'en trimbalerai une partout, juste au cas où. Je viens de prendre conscience qu'une paire de chaussures confortables peut constituer une monnaie d'échange très convenable.

Brutalement, je réalise que je flirte avec Damien Stark. Le type qui s'est montré tour à tour glacial et bouillant depuis le début de la soirée… Un type entouré d'une aura de pouvoir, un type qui commande un empire et peut avoir toutes les femmes qu'il veut sur un simple claquement de doigts. Et en ce moment, c'est moi, l'objet du désir.

Une constatation déroutante, mais aussi très flatteuse et follement excitante, je l'avoue.

— Je sais exactement ce que vous ressentez, me dit-il.

J'en reste bouche bée. Ça alors, il lit dans mes pensées !

— Je déteste les chaussures de tennis et je me suis toujours entraîné pieds nus. Ça mettait mon coach dans une rage folle.

— Vraiment ?

Cette petite anecdote sur la vraie vie de Stark est tout à fait fascinante…

— Mais à l'époque, l'un de vos sponsors était une marque de chaussures de sport, n'est-ce pas ?

— Oui, la seule que je supportais.

— Jolie formulation. Elle aurait fait un slogan magnifique.

— Quel dommage qu'ils ne vous aient pas eue dans leur équipe marketing !

Du pouce, il me frôle la mâchoire. Je sens mon estomac se nouer et un gémissement m'échappe. Il regarde ma bouche. Il va m'embrasser… C'est hors de question ! Mais, bon sang ! qu'est-ce qu'il attend pour m'embrasser ?

Soudain, la porte d'accès au balcon s'ouvre et un couple apparaît, bras dessus bras dessous. Damien retire sa main et le sortilège s'évanouit. Je crève d'envie de les insulter, ces deux-là, par frustration et parce que tout s'est arrêté à cause d'eux. J'aime l'homme qui rit et plaisante, qui me drague tendrement, mais avec une détermination sans faille, qui me regarde avec les yeux du vrai Damien…

Hélas ! la magie s'est envolée… Dès que nous serons revenus parmi la foule, son masque va resurgir, j'en suis persuadée. Le mien aussi, d'ailleurs.

Je lui suggérerais presque de retourner avec moi sur la plage, mais il me tient la porte et son visage a repris son aspect anguleux et dur. Je le précède, le ventre noué de tristesse et de dépit.

La fête bat son plein, à présent. Pas étonnant, les invités en sont au moins à leur deuxième, troisième ou quatrième verre… Mal ventilée, la pièce en devient presque oppressante. J'ôte la veste de Stark et la lui rends. Il en caresse la doublure en soie, puis murmure :

— Vous êtes bouillante…

Et il l'enfile d'un seul mouvement, à la fois parfaitement banal et inexplicablement érotique.

Une serveuse se matérialise à côté de moi, son plateau chargé de flûtes de champagne. J'en prends une, la vide d'un trait, la repose sur le plateau. La fille n'a pas le temps de s'éloigner que j'en attrape une autre.

— Ça soigne le mal aux pieds, dis-je à Stark.

Lui aussi a pris un verre, dont il n'a pas encore avalé une gorgée. Bien moins indécise, je descends la moitié du mien. Les bulles me montent aussitôt à la tête et ça m'étourdit. Une sensation agréable, à laquelle je ne suis pas vraiment habituée. Il m'arrive de boire, bien sûr, mais jamais du champagne. Il faut me comprendre, je me sens vulnérable, ce soir. Vulnérable et en manque. Avec un peu de chance, l'alcool va apaiser ma souffrance. Sinon, il me donnera peut-être le courage d'agir en conséquence.

Oh, bon sang !...

J'ai très envie de fracasser mon verre, là, tout à coup. Malgré l'effet que me font ces bulles minuscules, je refuse de laisser mes pensées prendre ce chemin-là.

Je m'apprête à avaler une nouvelle gorgée de champagne, quand je croise le regard de Stark, un regard intimidant, rusé. Un regard de prédateur. Soudain, j'ai très envie de reculer d'un pas, mais je reste clouée sur place, mes doigts crispés sur la flûte.

Mon comportement l'amuse, et il a du mal à le cacher. Il se penche vers moi, maintenant. Je respire le parfum de son eau de Cologne, propre et vif comme l'effluve d'une forêt après la pluie. Voilà qu'il repousse une mèche de cheveux sur ma joue... Je vais me liquéfier sur place, si ça continue.

Je deviens totalement consciente de mon corps. Ma peau, mon pouls... Ça fourmille partout. Le duvet fin de mes bras et de ma nuque s'est hérissé, comme sous l'effet de l'électricité statique. Je ressens la force qu'il dégage ; et là où je la ressens le mieux, et de plus en plus intensément, c'est entre mes jambes, où la chair frustrée supplie...

— À quoi pensez-vous, mademoiselle Fairchild ? demande-t-il d'un ton taquin.

J'éprouve une certaine contrariété à la pensée d'être aussi transparente.

Cette pointe d'irritation tombe à pic, me tirant du brouillard dans lequel je flotte. Et grâce au champagne qui me rend audacieuse, je réponds, en le regardant droit dans les yeux :

— À vous, monsieur Stark.

J'ai réussi à le surprendre, mais il retrouve aussitôt son aplomb.

— J'en suis ravi.

J'ai du mal à suivre le fil de notre conversation. Je suis obnubilée par cette grande bouche magnifique et sensuelle.

Il s'approche encore, et la tension érotique monte en flèche entre nous. L'atmosphère devient lourde, électrique. Pour un peu, je verrais crépiter des étincelles.

— Mademoiselle Fairchild, je tiens à vous apprendre que je vais vous embrasser avant la fin de la nuit.

— Ah…

Est-ce un « Ah » de surprise ou de consentement ? Je ne le sais pas vraiment. Je me demande quel effet me feraient ses lèvres sur les miennes, sa langue qui forcerait ma bouche à s'ouvrir, l'exploration enfiévrée, tandis que nous nous agripperions l'un à l'autre…

— Heureux de constater que vous attendez ça avec impatience.

Sa réflexion me tire brutalement de ma rêverie. Cette fois, je recule pour de bon. Un pas, puis un autre, jusqu'à ce que la tension érotique retombe. Ouf, j'ai à nouveau les idées claires. Je réplique :

— Ce n'est pas une bonne idée.

Les fantasmes, c'est bien joli, mais je dois absolument garder à l'esprit que cette histoire ne me mènera nulle part.

— Détrompez-vous. Moi, je pense que c'est l'une des meilleures idées que j'aie jamais eues.

Je déglutis. Pour être honnête, je brûle d'envie de le voir mettre son projet à exécution. Mon salut vient de lui, ou plutôt de sa réputation. Carl n'était pas le seul ici à vouloir étendre son réseau. Tout le monde veut parler à Stark, tout le monde veut baigner dans son aura. Investisseurs, inventeurs, fans de tennis, célibataires en chasse… Ils viennent, ils lui parlent, et lui les repousse poliment, l'un après l'autre. Une seule personne reste plantée près de lui : moi. Moi, avec un flot ininterrompu de serveurs me proposant sans cesse ce breuvage glacé qui tempère le feu que je sens monter en moi.

Un peu plus tard, la pièce commence à tanguer. Je donne une petite tape à Stark, interrompant sa conversation avec un ingénieur en robotique qui fait son autopromo.

— Veuillez m'excuser, je vous laisse, dis-je avant de me diriger vers un petit banc collé à l'un des murs de la pièce.

Stark me rattrape si vite que l'autre doit encore raconter ses salades, avant même de s'apercevoir que sa proie s'est échappée.

— Vous devriez lever un peu le pied, me dit sèchement le milliardaire.

À mon avis, c'est le ton qu'il prend pour s'adresser à son personnel. Mais moi je ne travaille pas pour lui.

— Je vais bien, lui dis-je. J'ai un plan.

J'omets de lui expliquer que ce plan consiste à m'asseoir sur ce banc pour ne plus jamais me relever.

— Si vous comptez prendre une cuite retentissante qui vous obligera à vous coucher par terre, votre plan s'annonce très bien, j'ai l'impression.

— Vos conseils, je m'en tape !

Je m'arrête au milieu du salon et survole du regard les innombrables toiles qui m'entourent. Je me fige, puis me retourne avec une lenteur délibérée. Je plonge mon regard dans le sien :

— Je parie que vous voulez un nu.

L'excitation l'envahit brutalement, menaçant de fendre le masque. Je réprime un sourire triomphant.

— Je pensais que vous ne vouliez plus m'aider… me fait-il remarquer, perplexe.

— Je suis d'humeur charitable. Alors ? Un nu ? Un paysage ? Une nature morte avec fruits ? J'imagine que vous avez très envie d'un nu, puisqu'il n'y a que ça dans cette exposition…

— En effet, c'est l'une de mes priorités.

— Y a-t-il ici quelque chose qui vous parle ?

— Oui, absolument.

Il me regarde droit dans les yeux ; je me dis que j'ai peut-être poussé le bouchon un peu loin. Je devrais faire marche arrière, je le sais, mais je ne m'y résous pas. La faute aux petites bulles, sûrement… En tout cas, une chose est sûre : j'aime voir ce désir en lui. Ou plutôt, j'aime le voir me désirer. Une constatation simple, mais inquiétante.

— Allez-y, montrez-moi, dis-je en me raclant la gorge.

— Pardon ?

Je dois me forcer à rester nonchalante :

— Montrez-moi ce que vous aimez.

— Croyez-moi, mademoiselle Fairchild, je serais ravi de vous montrer ce que j'aime.

Cette dernière phrase est lourde de sens, et je déglutis. C'est moi qui ai ouvert cette porte. D'un grand coup de pied, d'ailleurs. Je dois la franchir, je n'ai plus le choix. Mal à l'aise, je me balance un peu d'un pied sur l'autre… et voilà que je trébuche, trahie par l'une de ces maudites chaussures.

Il me rattrape par le bras. Le contact de sa peau sur la mienne me secoue comme la foudre.

— Ôtez vos chaussures, vous allez vous blesser.

— Hors de question. Je ne me promène pas pieds nus en pleine réception.

— Comme vous voudrez.

Il me prend la main et m'entraîne vers le vestibule barré par la corde de velours. Il marche lentement, histoire de ménager mes pieds endoloris. Et soudain, il me lance, avec un grand sourire malicieux :

— Vous voulez que je vous porte, façon homme des cavernes ?

Mon regard furibond vire à l'étonnement, quand je le vois décrocher la corde et pénétrer dans le vestibule plongé dans la pénombre. Après un moment d'hésitation, je lui emboîte le pas. Il remet la corde en place et s'assoit sur une banquette de velours. Sans le moindre début d'excuse, comme si le monde entier lui appartenait, il tapote la place à côté de lui. J'ai mal aux pieds, et la tête qui tourne, alors je m'assois sans discuter.

— Allez-y, ôtez vos chaussures. Non, ne protestez pas. Nous sommes derrière la corde, donc officiellement nous avons quitté la fête. Vous n'enfreignez aucune règle.

Il m'adresse un grand sourire, que je lui retourne sans réfléchir.

— Tournez-vous un peu vers moi, m'ordonne-t-il. Posez vos pieds sur mes genoux.

La Nikki-en-société protesterait, je le sais, mais je fais ce qu'il me dit.

— Fermez les yeux. Détendez-vous.

Pendant un instant, il ne se passe rien. Je commence à me dire qu'il se fout de moi. Soudain, il me caresse la plante des pieds. Je me cambre, surprise et ravie. Son toucher est aussi léger qu'une plume. Il me chatouille presque et, quand il recommence, un souffle m'échappe, fébrile. Tout mon corps se raidit, je focalise mon attention sur ses caresses, des ondes de plaisir me traversent... Je suis très excitée.

J'agrippe le bord du banc, la tête penchée en arrière. Quelques boucles me frôlent la nuque. La combinaison de ces sensations – la caresse sur mes pieds, le frôlement doux de mes cheveux – est irrésistible. La tête me tourne, mais plus à cause du champagne, cette fois.

Damien augmente la pression ; ses pouces chassent la douleur, puis frôlent doucement les endroits sensibles que mes chaussures ont blessés. C'est lent, intime... Et terriblement troublant.

Je halète en sentant un petit nœud de panique se délier dans mon estomac. J'ai baissé la garde. Ça va trop loin, c'est ma faute. Je m'approche dangereusement de cette limite que je m'étais juré de ne jamais franchir. Vais-je avoir la force de mettre un terme à tout cela ?

— Maintenant... me dit-il.

J'ouvre les yeux, perdue. La vision de Damien plongé dans un profond ravissement m'amène au bord de l'orgasme.

— Je vais vous embrasser, Nikki...

Je n'ai pas le temps d'assimiler ce qu'il vient de me dire, que sa paume est déjà plaquée sur ma nuque. Il a changé nos positions respectives : à présent, mes cuisses reposent sur ses genoux. Nous sommes presque collés l'un à l'autre. Penché au-dessus de moi, il pose ses lèvres sur les miennes. Je suis frappée par sa douceur, par sa fermeté aussi. Il a pris les choses en main. Il exige. Il obtient ce qu'il veut, parce que je m'empresse de céder. Je m'entends gémir… il en profite pour plonger sa langue dans ma bouche.

Comme il embrasse divinement bien, je m'abandonne au plaisir de l'instant. Tiens, j'agrippe à pleines mains sa chemise et ses cheveux… Des cheveux doux, épais, que j'enroule autour de mes doigts pour attirer encore plus fort sa bouche contre la mienne. Je veux me perdre dans ce baiser. Je veux laisser gronder le feu qui se répand dans tout mon corps. Un feu qui va sans doute me consumer… Après avoir été carbonisée par le contact de Damien Stark, je renaîtrai alors de mes cendres, tel le phénix.

Sa langue caresse la mienne, envoyant crépiter en moi des étincelles de volupté. Déjà sensibilisée à l'extrême par la proximité de cet homme, ma peau se mue en un véritable instrument de torture : l'absence de contact avec lui m'est presque insupportable. Un besoin douloureux naît et croît entre mes cuisses. Je serre les jambes, pour me protéger, pour tenter d'enrayer cette soif.

Stark grogne et m'attire dans ses bras. Il pose une main sur ma hanche, remonte jusqu'à mon entrejambe, me caresse à travers le doux tissu de ma jupe. Excitée et nerveuse, je me tends mais ne le repousse pas. Tout mon corps pulse, mon clitoris palpite et j'attends la délivrance. *Je te veux, Damien…*

Sa chair est dure contre la mienne. Il me serre si fort… Notre baiser devient fougueux. Sa main descend vers mon sexe avec une lenteur qui me rend folle. Je remue un peu, mais notre position est inconfortable et l'une de mes jambes glisse. À l'instant où je plante mon talon au sol pour conserver mon équilibre, un courant d'air froid se faufile sous ma jupe et vient tourmenter ma culotte trempée.

Ainsi offerte, je me sens vulnérable. Stark plaque sa main sur mon sexe et gémit dans ma bouche. Malgré le barrage de ma robe et de ma culotte en soie, je sens la chaleur qu'il dégage. Il me caresse à travers mes vêtements, me titille le clitoris… Je mouille tellement que je me sens fondre comme un glaçon au soleil.

Il a retroussé ma jupe, mais elle me couvre encore les cuisses. Il est déjà bien trop près de ces secrets qu'il ne doit surtout pas découvrir. S'il tente d'explorer l'intérieur de mes cuisses, je vais déguerpir, je le sais. La nervosité, la peur m'envahissent à nouveau. D'un autre côté, le danger et la peur ne font qu'ajouter à mon excitation. Je crois que je n'ai jamais été aussi excitée de toute ma vie.

Il me travaille du bout des doigts, faisant grimper en moi une fièvre dévorante. Je ne vais pas tarder à jouir… Oui, j'y suis presque…

Et soudain, la main se retire. J'ouvre les yeux, frustrée. Pour un instant encore, son expression est chaleureuse et ouverte, et je me dis que je suis la seule chose qui compte à ses yeux. Puis elle change radicalement : le masque est de retour. Il me redresse un peu. Je me retrouve presque assise sur ses genoux.

— Damien, que…

C'est alors que quelqu'un s'adresse à lui derrière moi, une femme, le ton joyeux, la voix claire :

— Je t'ai cherché partout. Tu es prêt ?

Oh mon Dieu… Depuis quand est-elle là ? Elle vient d'arriver, j'espère…

Je lance un regard éperdu à Damien, mais il ne le remarque pas. Par-dessus mon épaule, il regarde la femme qui vient d'arriver.

— Je dois d'abord m'occuper du retour de Mlle Fairchild chez elle, dit-il.

Je me déplace sur la banquette pour voir de qui il s'agit. Oh, bon sang ! Audrey Hepburn !

Elle hoche la tête à mon intention, lance un sourire à Damien, tourne les talons et s'éloigne.

Il soulève doucement mes pieds pour libérer ses jambes puis se lève, main tendue :

— Allons-y.

Après le traitement qu'il vient de me faire subir, j'ai les jambes en coton, mais je le suis sans poser de questions. Gênée, perplexe, je ne sais plus trop quoi penser.

Nous repérons Evelyn dans la cohue qui s'éclaircit. Elle me serre dans ses bras. Je l'appellerai dans un jour ou deux, lui dis-je. Une promesse que j'ai bien l'intention d'honorer.

À la porte, Damien pose sa veste sur mes épaules. Une limousine nous attend dans l'allée circulaire et un chauffeur en livrée nous ouvre la portière arrière. Damien me fait signe de monter dans le véhicule. Une limousine ! Je n'en ai plus vu d'aussi près depuis mon enfance. Je me fige une seconde pour profiter pleinement de cet instant. Je contemple les banquettes en cuir noir, une au fond et une sur un côté ; en face, un bar au complet, avec carafe de cristal et verres étincelant sous les ampoules encastrées dans le bois poli. Le plancher est moquetté, et toute la voiture respire le luxe, l'argent, l'élégance.

Quand je m'installe sur la banquette arrière, j'ai l'impression que le cuir souple et chaud m'étreint. Je jette un coup d'œil à Damien. Qu'est-ce qu'il attend pour me rejoindre ?

Il n’en fait rien.

— Bonne nuit, Nikki. J’ai hâte d’assister à la présentation de demain.

Il a repris le ton formel, celui que j’ai entendu plus tôt dans la soirée.

Il claque la portière, repart vers la maison et rejoint Audrey Hepburn, dont la silhouette se détache sur le pas de la porte. Elle tend la main pour l’accueillir.

Chapitre 7

Je me retrouve toute seule. Furieuse et mortifiée.

Et excitée, aussi. D'où ma gêne.

Bon sang, c'est ma faute ! J'ai joué avec le feu, bien fait pour moi.

Je dois oublier Damien Stark. De plus, cet homme est dangereux. Comment se fait-il qu'Ollie s'en soit rendu compte et pas moi ?

Faux. Je sais depuis le début qu'il est dangereux.

Cette dureté dans ses yeux, ce masque qu'il retire si habilement… Quand j'ai revu Damien Stark, j'ai failli lui dire d'aller se faire foutre. Pourquoi n'ai-je pas écouté mon instinct ?

Parce que j'ai cru déceler chez cet homme des qualités qu'il ne possède pas ?

Parce que moi aussi j'avance masquée, et que du coup je pensais avoir trouvé l'âme sœur ?

Parce ce mec est canon et qu'il m'a clairement montré son désir ?

Parce qu'il y a en moi quelque chose qui crève d'envie d'affronter le danger ?

Je ferme les yeux, vaincue. Si c'était un questionnaire à choix multiple, je sélectionnerais toutes les réponses.

Finalement, ce n'est pas plus mal, me dis-je.

Au mieux, Damien Stark veut me conquérir comme il a conquis le monde des affaires. Je brûle de sentir à nouveau son corps contre le mien, mais je suis d'autant plus résolue à ne jamais laisser cela se produire. Pas question de m'offrir ainsi à un homme qui a juste envie de tirer un coup... À personne, d'ailleurs. Je ne veux pas qu'on me pose de questions, je ne veux pas avoir à m'expliquer. Mes secrets doivent rester enfouis au plus profond de moi.

Je pose ma tête contre le cuir, les yeux toujours fermés. Heureusement, la suspension de cette limousine est excellente. Je tangue déjà assez comme ça.

Quelle imbécile j'ai été ! Finalement, ce n'était pas une bonne idée, le champagne !

Je somnole plus ou moins quand mon téléphone me réveille en sursaut. Je le sors aussitôt de mon tout petit sac à main. Je ne sais pas qui m'appelle, mais comme deux personnes seulement ont mon numéro en Californie – Jamie et Carl –, pas besoin d'être balèze en statistiques pour comprendre que c'est l'un d'eux. Ou alors un télévendeur.

Je parie que c'est Jamie. Je suis sûre que Carl ne prendrait pas le risque de m'interrompre s'il pense que Stark veut passer du temps seul avec moi. Je marmonne :

— Je suis complètement vidée...

Si c'est un télévendeur, je me moque bien de sa réaction.

— Alors là, ça ne m'étonne pas, réplique quelqu'un que je connais, mais qui n'est pas ma colocataire. Je vous avais bien dit de lever un peu le pied.

— Monsieur Stark ? Comment avez-vous eu ce numéro ? dis-je en me redressant trop vite.

— Je voulais entendre votre voix.

La sienne est grave et sensuelle. Malgré mes bonnes résolutions, elle coule en moi comme de la lave.

— Et je veux vous revoir, ajoute-t-il.

Je me force à respirer.

— Vous me reverrez demain. Je serai à la réunion, lui dis-je d'un ton guindé.

Je dois étouffer dans l'œuf ce que je ressens en ce moment.

— J'ai terriblement hâte d'assister à cette présentation. Je devrais attendre demain pour vous parler, ce serait plus raisonnable. Mais je vous imagine, éméchée et détendue sur le cuir de ma limousine… et je n'arrive pas à refouler cette image.

Dans ma tête, ça tourne à toute vitesse. Qu'est-il arrivé à l'homme qui m'a poussée si froidement dans cette voiture ?

— Je veux vous revoir, répète-t-il, encore plus péremptoire.

Il ne me parle pas affaires, c'est évident.

— Vous obtenez toujours ce que vous voulez ?

— Oui, me répond-il sans détour. En particulier quand le désir est mutuel.

— Mais ce n'est pas le cas !

Un gros mensonge.

— Vraiment ?

J'ai réveillé son intérêt, on dirait. Je suis sa proie, et il joue avec moi. Ça m'énerve, mais tant mieux. La Nikki en colère est plus maîtresse d'elle-même que la Nikki bourrée.

— Oui, vraiment.

— Qu'est-ce que vous avez ressenti quand je vous ai laissée seule dans la limousine ?

Je m'agite, mal à l'aise. Je ne sais pas trop où tout cela va me mener, mais je suis sûre que ça ne va pas me plaire.

— Nichole ?

Je réplique sèchement :

— Ne m'appelez pas comme ça !

J'entends le silence à l'autre bout du fil. J'espère qu'il n'a pas raccroché…

— D'accord, Nikki, me dit-il, comme s'il savait qu'il apaise ainsi une blessure très profonde. Alors ? Vous n'avez pas répondu à ma question.

— J'étais furieuse, vous le savez très bien !

— Parce que vous vous êtes retrouvée seule dans une limousine ? Ou parce que je vous ai laissée seule dans cette limousine pour honorer un rendez-vous avec une très belle femme ?

— Au cas où ça vous aurait échappé, nous nous connaissons à peine. Vous êtes parfaitement libre de sortir quand et avec qui vous voulez.

— Et vous, vous avez parfaitement le droit d'être jalouse.

— Je ne suis pas jalouse et je ne vois pas ce qui me permettrait de l'être. Je vous le répète, je vous connais à peine.

— OK. Donc, ce désir dévorant que nous éprouvons l'un pour l'autre ne compte pas ? Ça ne compte pas, que je vous fasse mouiller ? Ma main sur votre chatte et vos gémissements tout à l'heure, ça ne compte pas non plus ?

S'il continue sur ce terrain-là, il va me faire gémir à nouveau, mais vaillamment, je parviens à garder le silence.

— Alors dites-moi, jusqu'où faut-il pousser l'intimité

pour autoriser la jalousie à montrer le bout de son nez ?

— J'ai… j'ai bu mon poids en champagne ce soir. Je ne devrais même pas faire l'effort de vous répondre.

Il éclate de rire, un rire franc et authentique. J'adore ce rire. Eh oui ! ce mec me plaît. Il ne correspond pas à l'idée que je me faisais de lui, mais il dégage quelque chose d'irrésistible. Et si ce soir je me retrouve à crever d'envie de baiser, ce n'est pas seulement parce qu'il est chaud comme la braise. Il est aussi bien dans sa peau. Ça me rappelle ce que m'a dit cette effrontée d'Evelyn, tout à l'heure : *Si mes invités ne sont pas contents de la façon dont je les traite, ils n'ont qu'à se tirer*. Cette réflexion m'a choquée ; et ma mère aurait fait une attaque en entendant ça. Mais j'ai aussi été très impressionnée.

Je constate que Damien Stark va encore plus loin que notre hôtesse.

— Cette femme s'appelle Giselle et possède la galerie où vont être exposées les peintures de Blaine, me précise-t-il d'une voix douce.

— Ah bon ? Ce n'est pas Evelyn ?

— Evelyn a organisé le vernissage, c'est tout. Elle est devenue une sorte de mécène pour Blaine. Mais demain soir, toutes les toiles vont déménager dans la galerie de Giselle. Cela fait plus d'une semaine que nous avons prévu de nous voir ce soir, son mari, elle et moi. Nous travaillons parfois ensemble. Impossible de partir en douce, mais je me suis quand même trouvé un coin tranquille pour vous appeler.

— Ah ! d'accord…

Audrey Hepburn a un mari…

Je suis transparente, je le sais, et ça m'énerve au plus

haut point. D'un autre côté, Damien Stark m'appelle pour me rassurer et cette délicate attention me touche. Mais il ne m'aura pas comme ça. Je dois être forte, je dois lui dire qu'il n'aurait pas dû prendre cette peine. Je dois absolument mettre un terme à cette chose qui naît entre nous. Ces bonnes résolutions partent aussitôt en fumée lorsque je lui demande :

— Où êtes-vous ?

— À La Mer.

Un restaurant-bar de Malibu, un endroit si chic que même moi j'en connais la réputation.

— Il paraît que c'est un restaurant excellent.

— En effet, la nourriture est exquise, toutefois ce qui le distingue vraiment des autres, c'est son ambiance charmante, mais intime. L'endroit parfait pour boire un verre et parler affaires en toute discrétion. Ou ne pas parler affaires, d'ailleurs.

Ah, ces intonations sensuelles… Je ne peux m'empêcher de me tortiller un peu sur la banquette.

— Et vous êtes là-bas strictement pour affaires ?

Il glousse tout bas et ça me chamboule.

— Je vous assure que je n'ai pas l'intention de m'envoyer en l'air avec Giselle et son mari. Les hommes, ce n'est pas mon truc… les femmes mariées non plus.

Je garde le silence.

— Je veux vous revoir, Nikki. Et vous aimeriez beaucoup ce qu'on mange ici, j'en suis sûr.

— Juste ce qu'on y mange ?

J'ai voulu le railler un peu, mais prononcés à haute voix, ces mots ont pris une consonance gentiment provocatrice. Je ferme les yeux.

Reprends-toi, ma vieille, sinon tu vas te retrouver tout en bas de cette pente glissante.

— Le café aussi est très bon, vous savez.

— Je… j'adore le café…

Je prends une grande inspiration, et j'ajoute :

— Mais ce serait une mauvaise idée.

— Ne dites pas ça, vous allez vous mettre à dos les centaines de milliers de paysans qui cultivent du café dans le monde.

— Un dîner, un café, un rendez-vous avec vous… Très mauvaise idée.

— Vraiment ? Je la trouve incroyablement bonne, au contraire.

— Monsieur Stark…

— Mademoiselle Fairchild, me coupe-t-il… et je l'entends sourire.

— Vous êtes exaspérant !

— Oui, il paraît. Mais je préfère qu'on me qualifie de tenace. Vous ne pouvez pas refuser, je ne l'accepterais pas.

— Parfois, on est obligé de dire non.

— Parfois. Mais pas dans le cas qui nous concerne.

Je m'installe plus confortablement sur la banquette en souriant malgré moi :

— Vous en êtes sûr ? Vous oubliez que c'est à moi de choisir la réponse, que je vous l'ai déjà donnée et que je n'ai pas l'intention d'en changer.

— Vraiment ?

— Oui, désolée. J'ai l'impression que vous avez trouvé une adversaire à votre mesure, monsieur Stark.

— Mais je l'espère bien, mademoiselle Fairchild.

Je fronce les sourcils. Sur quel terrain dangereux cherche-t-il à m'entraîner ? Parce qu'il ne va pas renoncer, je le sais bien. Soyons honnêtes, s'il abandonnait la partie, cela me décevrait beaucoup.

— Je vais vous reposer la question à laquelle vous n'avez pas répondu tout à l'heure : vous me trouvez attirant ?

— Je… Pardon ?

Il rit, d'un rire grave et doux.

— Vous m'avez très bien entendu. Mais comme je suis beau joueur, je recommence lentement, en articulant bien : vous me trouvez attirant ?

Comme je n'ai aucune idée de la façon dont je dois réagir, je me tais.

— Ce n'est pas une question piège, insiste-t-il.

Si, c'en est une, justement. Parce que c'est la vérité et qu'il le sait, je réponds :

— Oui, vous m'attirez. Et alors ? Vous connaissez sur cette planète une hétéro que vous n'attirez pas ? Il n'empêche que je refuse de sortir avec vous.

— J'obtiens toujours ce que je veux, Nikki. Autant vous faire à cette idée.

— Et vous voulez m'inviter au restau, c'est ça ? Ça me déçoit. Un homme dans votre position, je l'aurais plutôt cru du genre à vouloir coloniser Mars.

— Le restaurant, ce n'est qu'un début. Je veux vous explorer, insiste-t-il d'un ton impérieux. Je veux caresser le moindre centimètre de votre peau. Je veux savoir que vous mouillez pour moi. Nous devons finir ce que nous avons commencé, mademoiselle Fairchild. Je veux vous faire jouir.

Chapitre 8

La température grimpe brutalement dans la limousine. Comment fait-on pour respirer, déjà ?

Bon. Si je veux lui dire quelque chose, j'ai intérêt à m'exprimer à voix haute. Je me lance :

— Très mauvaise idée, je vous assure.

— Elle est excellente, au contraire. Bon sang ! Depuis que je vous ai poussée dans cette bagnole, je n'arrête pas d'y penser ! Vous toucher, vous caresser, vous embrasser à nouveau…

Je suis bien déterminée à tenir bon, pourtant. Mais la chair est faible, je suis dans un état de liquéfaction avancée et ma détermination s'effiloche.

— Vous y pensez, vous aussi. Ne me dites pas le contraire.

— Pas du tout !

— Ne mentez pas, Nikki. Règle numéro un, interdiction de me mentir.

Ah bon ? Parce qu'il y a des règles, maintenant ?

— C'est un jeu ?

— La vie tout entière est un jeu, pas vrai ?

Je ne réponds pas.

— Avez-vous déjà joué à *Jacques a dit* ? me demande-t-il d'un ton caressant.

— Oui.

— L'écran de séparation, il est remonté ?

Je lève les yeux. Je me trouve tout au fond d'une immense limousine. À l'avant, il y a le chauffeur, dont j'aperçois les épaules, la veste noire, le blanc aveuglant du col de sa chemise. Ses cheveux roux sont presque entièrement cachés sous la casquette noire. J'ai l'impression qu'il est à des millions de kilomètres, mais c'est faux, il est tout proche. Et sans doute suspendu à mes lèvres depuis le début de cette conversation.

— C'est un homme très discret, me fait remarquer Damien, comme s'il lisait dans mes pensées… mais inutile de le tourmenter. Vous voyez la console derrière vous ? Le bouton argenté permet de faire monter ou descendre l'écran. Vous le voyez ?

En me tortillant, je repère effectivement une rangée de boutons encastrés dans un panneau de bois, derrière moi.

— Oui, je le vois.

— Appuyez dessus.

— Vous avez oublié *Jacques a dit*.

Son petit rire grave me ravit.

— C'est bien, ma petite. Vous ne voulez pas relever l'écran, c'est ça ? Réfléchissez bien, Nikki. Si vous saviez ce que j'ai prévu pour vous… Dans ce genre de situation, la plupart des femmes préfèrent un peu d'intimité.

Je m'humecte les lèvres. Si j'appuie sur ce bouton, ça veut dire que j'accepte, et pas seulement de remonter ce foutu écran. Comment en suis-je arrivée là ? Vais-je accepter de me mettre nue devant lui ? Vais-je le laisser me toucher, m'embrasser, faire courir ses doigts sur ma peau ?

Je pose un index sur le bouton en pensant à ses mains sur mon corps un peu plus tôt dans la soirée. Il a déjà failli découvrir trop de secrets.

Sauf qu'il n'est pas là en chair et en os, je ne cours aucun danger. Je peux m'abandonner sans crainte au champagne et à l'attrait qu'exerce sur moi Damien Stark.

Mais si je lui donne de faux espoirs ? S'il s'imagine que ses fantasmes vont devenir réalité ?

En vérité, je n'en ai rien à faire. Je veux la délivrance. Je veux la voix de cet homme dans mon oreille et ses mains sur mon corps. Il s'en remettra. Ses règles à la con ? Je m'en fous. Pour l'instant, c'est moi qui décide.

J'appuie sur le bouton.

Lentement, l'écran remonte. Me voici enfin seule dans le luxe et le confort de l'interminable limousine. Je chuchote :

— Ça y est.

Je ne suis pas sûre qu'il m'ait entendue, jusqu'au moment où il dit :

— Ôtez votre culotte.

— Et si je vous disais que je l'ai déjà ôtée ?

— Il y a du monde autour de moi, mademoiselle Fairchild. Cessez de me torturer.

— Mais c'est vous, le bourreau !

— Si vous voulez. Allez, ôtez-la.

Je retrousse ma jupe et descends ma culotte. Je me suis déjà débarrassée de mes chaussures, donc rien de plus facile. Je la laisse sur la banquette, posée à côté de moi.

— C'est fait, dis-je.

Et j'ajoute, parce que, moi aussi, je vis l'un de mes fantasmes :

— Je mouille…

Je l'entends gémir. Un frisson de satisfaction me chatouille.

— Taisez-vous ! Et ne vous touchez surtout pas. Attendez mon ordre ! C'est le jeu, Nikki. Vous faites ce que je dis, et seulement ce que je dis. C'est clair ?

Je murmure :

— Oui…

— Oui, Monsieur, me corrige-t-il d'un ton doux, mais ferme.

Monsieur ?

Je ne dis rien.

— Sinon je raccroche, reprend-il, cette fois d'un ton dur et vaguement triomphant.

Il ne gagnera pas la bataille, je ne lui ferai pas ce plaisir, mais j'ai très envie d'aller au bout de ce petit jeu. Et M. Chaud-et-Froid pense ce qu'il vient de dire, j'en suis sûre.

Je ravale mon orgueil :

— Oui, Monsieur.

— C'est bien, ma petite. Vous avez envie de moi ?

— Oui, Monsieur.

— Moi aussi, j'ai envie de vous. Ça vous fait mouiller de le savoir ?

— Oui…

Je m'étrangle en prononçant ce oui. Je n'en peux plus. Je suis en chaleur, trempée, excitée comme je ne l'ai jamais été. J'ignore où il veut en venir, mais je suis prête à faire tout ce qu'il me demandera. *Je te suivrai où tu voudras*.

— Mettez votre téléphone sur haut-parleur et posez-le à côté de vous. Ensuite, retroussez votre jupe et laissez-vous aller contre le dossier. Je vous veux cul nu sur le cuir. Mouillée et glissante. Cette nuit, quand je monterai dans ma limousine, je me délecterai de votre odeur enivrante.

— Oui, Monsieur, parviens-je à dire en m'exécutant.

Ma jupe qui frôle mes cuisses, c'est déjà terriblement voluptueux, mais à côté de la sensation du cuir sous mon cul… Je gémis.

— Écartez les jambes et ramenez votre jupe autour de votre taille.

Sa voix m'enveloppe, extraordinairement sensuelle. Il s'exprime tout bas, d'un ton impérieux :

— Laissez-vous aller. Fermez les yeux. Posez une main sur la banquette et l'autre juste au-dessus du genou.

J'obéis. Ma peau est brûlante.

— Caressez-vous, me dit-il. Doucement, tout doucement.

— Oui, Monsieur.

— Vous avez fermé les yeux ?

— Oui, Monsieur.

— C'est moi que vous sentez. Ma main sur votre jambe. C'est moi qui vous caresse. Votre peau est douce… Vous êtes si belle, ainsi offerte… Vous me voulez, Nikki ?

— Oui.

— Oui, qui ? grogne-t-il d'un ton sévère, de nouveau.

Je sens mon vagin se contracter au son de sa voix. Quelle délectation de capituler quand il me donne un ordre !

— Oui, Monsieur.

— Je veux caresser vos seins, Nikki. Je veux titiller vos tétons. Je veux les sucer avec tant d'ardeur que vous allez jouir sans même que j'effleure votre sexe. Ça vous dit ?

Oh mon Dieu, oui...

— Oui, mais seulement si vous me touchez là ensuite… Monsieur.

Son rire profond déclenche en moi des ondes de satisfaction, et je sens palpiter mon clitoris. Je crève d'envie de me toucher, mais je n'en ai pas le droit. Pas encore.

— Je bande, Nikki. C'est une vraie torture…

— Je l'espère bien, Monsieur, parce que pour moi aussi, c'est une torture.

— Descendez la fermeture Éclair de votre jupe. Ensuite, portez à votre bouche la main posée sur la banquette et sucez votre index, ma chérie. Parfait… conclut-il en m'entendant gémir.

Les yeux clos, je tète mon doigt.

— Oui, c'est ça, avec la langue… Sucez-le à fond…

Sa voix est tendue, à présent, et je frémis des pieds à la tête. Je mouille si fort que mes fesses glissent sur le cuir.

— Mettez la main dans votre corsage et touchez-vous un téton. Il est bien dur ?

— Oui…

— Caressez-le, tout doucement. Comme un souffle de papillon. Vous le sentez ? Vous êtes trempée, je parie…

— Oui…

— À présent, caressez-vous la jambe. Lentement… Je veux y aller en douceur. Vous la sentez ? Ce doux frôlement ?

— Oui…

J'imagine que c'est lui qui me touche, qui trace un sillon brûlant sur mon corps fiévreux et tremblant.

— Je suis là, avec vous, et ce sont mes mains. Je touche vos jambes, Nikki. Vous sentez ? Je remonte le long de vos cuisses, je vous agace, je vous excite et vous mouillez de plus en plus…

J'ai maintenant une main sur chaque jambe. Lentement, sensuellement, par petites touches délicates et légères, je flatte l'intérieur de mes cuisses, ce territoire interdit où reposent tous mes secrets. Sauf en ce moment. En ce moment, il n'y a aucun interdit. En ce moment, je ne crains absolument rien.

Je m'abandonne à ces délices. Les yeux fermés, je m'imagine Damien agenouillé devant moi. Damien qui m'observe et palpe tout mon corps.

— Oh mon Dieu, oui…

— Vos jambes, écartez-les encore plus. Je vous veux grande ouverte. Votre chatte brûlante dégouline rien qu'au son de ma voix. Alors, vous voulez vous toucher, Nikki ?

— Oui…

Cette constatation me fait rougir, ce qui est extrêmement intrigant, parce que ma peau est déjà en feu.

— Pas encore, m'enjoint-il d'un ton presque amusé.

Il sait que c'est une torture. Et il adore ça.

— C'est du sadisme, monsieur Stark.

— Peut-être, mais vous m'obéissez de très bon cœur, je trouve. Vous savez ce que cela fait de vous ?

Une maso. Un frisson me parcourt, déclenché par les caresses douces et sensuelles que je m'inflige toujours.

— Cela fait de moi une femme excitée.

— Nous sommes délicieusement compatibles, on dirait.

— Oui, par téléphone, dis-je sans réfléchir.

— Faux. En toutes circonstances. Ne discutez pas, mademoiselle Fairchild, ou bien le jeu s'arrête maintenant. Ce serait vraiment dommage, vous ne croyez pas ?

Encore une fois, je préfère garder le silence.

— Très bien. C'est comme ça que je vous aime : docile, les jambes écartées, prête à me recevoir. J'aime savoir que vous mouillez pour moi…

Pile au moment où je me dis que je ne vais pas tarder à fusionner avec la banquette.

— Posez les mains sur la banquette, de chaque côté. C'est fait ?

— Oui.

Le silence qui suit est menaçant.

— Je veux dire : oui, Monsieur.

Mes paumes sont collées au cuir et mon sexe s'impatiente, affamé. Je me tortille sur la banquette, mais cela ne fait qu'augmenter ma frustration.

Je m'agrippe, mes doigts se crispent. Il faut que je jouisse, et vite… Si dans cinq secondes il ne m'a pas donné sa permission, je me touche, tant pis…

Et pourquoi pas, d'ailleurs ? Il n'en saurait rien.

— Ne vous touchez pas, Nikki. Pas encore.

— Comment le savez… Oh bon sang, il y a des caméras, c'est ça ?

C'est carrément humiliant… Et ça m'excite tellement que je rougis comme une pivoine.

— Non, aucune, me répond-il aussitôt. Mais en ce moment, vous ne pouvez pas savoir à quel point je le regrette. Vous avez de la chance, pour cette fois.

Oh putain ! De nouveau, je pique un fard et je m'agite, espérant atteindre cet orgasme qui reste désespérément hors de ma portée.

— À cause de vous, j'ai laissé en plan un scotch excellent et des hors-d'œuvre extrêmement appétissants…

— Je n'ai pas le moindre remords. Mais si vous êtes pressé à ce point, j'ai ma petite idée pour mettre un terme à tout cela.

— C'est ce que vous voulez, Nikki ? Terminer la partie ?

— … Pas vraiment, non.

C'est un supplice, mais un supplice si doux…

— Vous avez remarqué le bar en montant dans la limousine ?

— Oui.

— Ouvrez le seau à glace et prenez un glaçon. Ensuite, revenez à votre place et écartez bien les jambes en pensant à moi.

— Oui, Monsieur.

Je me glisse vers le bar et j'en profite pour serrer mes cuisses l'une contre l'autre. Cette pression délicieuse m'entraîne un peu plus loin encore. Délicieuse mais frustrante, parce que je me retrouve excitée comme jamais et pas plus proche de la délivrance. Et je ne sais pas ce qui m'attend ensuite. Des glaçons…

Je souris. La suite des événements sera forcément intéressante, je peux compter sur Damien Stark pour ça.

— Vous êtes revenue à votre place ?

— Oui.

— Vous tenez le glaçon dans quelle main ?

— La droite.

— Descendez la bretelle gauche de votre robe et

libérez votre sein. Fermez les yeux, passez le glaçon sur votre aréole. Sans toucher le téton, surtout. Là… Vous y êtes. Votre peau est douce, parfaite, et vous avez la chair de poule. Je bande, chérie. Je crève d'envie de vous toucher.

Je chuchote :

— Vous le faites… Je sens vos mains sur moi…

— Oui…

D'une voix qui exprime un désir égal au mien, il ajoute :

— Frôlez votre cuisse de l'autre main.

Je pousse des hourras silencieux. A-t-il prévu cela depuis le début, ou ai-je marqué quelques points ? La tête penchée en arrière, je caresse ma jambe du bout de mes doigts brûlants, de plus en plus haut, jusqu'à l'endroit où ma chair n'est pas douce comme se l'imagine Damien, mais couturée des cicatrices de mes secrets.

Sur ma poitrine, le glaçon fond contre ma peau embrasée.

— Vous léchez l'eau qui coule du glaçon et votre langue chatouille mon téton durci. Vous me titillez ainsi jusqu'à ce que vous ne puissiez plus le supporter, et là, vous me mordez délicatement et vous sucez, vous sucez à fond, si fort que c'est comme si un fil brûlant reliait mon téton à mon clitoris.

— Seigneur… souffle-t-il, apparemment hors d'haleine. Ce n'est plus moi qui mène la partie, on dirait…

— J'adore gagner.

J'ai dû faire un effort pour prononcer ces mots. J'ai remonté la main encore un peu pour caresser doucement la peau veloutée à la jonction de ma cuisse et de mon sexe.

— Damien… je vous en supplie…

Le glaçon a fondu.

— Un doigt, un seul. Je vais glisser un doigt sur votre chatte. Votre chatte trempée et dégoulinante. Vous palpitez, vous me désirez si fort…

— Oui…

— Vous mouillez ?

— Je suis trempée.

— Je vais vous pénétrer…

Sans attendre sa permission, j'enfonce deux doigts dans mon vagin. Immédiatement, tout mon corps se contracte, et je me retrouve au bord de l'orgasme. Bouillante, poisseuse, ivre de plaisir… Ma paume frotte mon clitoris et je gémis, c'est plus fort que moi… Et voilà, Stark a deviné mon secret :

— Vous avez enfreint le règlement.

Je me cambre. Je ne vais pas tarder à jouir, mais je n'ose plus me caresser. Pas après cette remarque, énoncée d'un ton impérieux. J'arrive à peine à coasser :

— Les règlements sont faits pour qu'on les enfreigne…

— Seulement si vous acceptez que je vous punisse, Nikki. Vous voulez que je vous punisse ? Une bonne fessée, pliée en deux sur mes genoux, ça vous dirait ?

Je frémis, encore plus émoustillée. Je n'ai jamais joué à ce jeu-là, mais à la simple pensée de me retrouver aussi vulnérable aux mains de Damien Stark, je me consume d'impatience.

— Et si je vous donnais l'ordre d'arrêter de vous caresser ? Je pourrais vous laisser ainsi, frustrée, affamée…

— Oh non, je vous en supplie…

— Dans un état d'insatisfaction totale…

Je gémis malgré moi. Qu'est-ce qui me prend ? Si je veux jouir, rien ne m'en empêche ! Je n'ai qu'à me servir de mes doigts. L'orgasme est à portée de ma main…

Mais non. Un jeu, ça se joue avec un partenaire. Je ne veux pas seulement jouir, je veux jouir parce que Damien m'y aura poussée.

Il glousse, parfaitement conscient des tourments qu'il m'inflige.

— Suppliez-moi, me dit-il.

— Je vous en supplie…

— Je vous en supplie, qui ?

— Je vous en supplie, Monsieur…

— C'est tout ? Vous n'avez rien de mieux ?

— Je veux jouir, Damien… Je veux jouir au son de votre voix… J'en suis si proche que si cette limousine roule sur un nid-de-poule, elle va m'expédier au septième ciel…

J'ai perdu toute pudeur et je m'en moque. Je n'ai plus qu'une idée en tête : parvenir à mes fins, en sachant que Damien entendra mes cris de plaisir à l'autre bout du fil.

— Vous vous touchez, là ? me demande-t-il d'une voix rauque et un peu tendue.

Une voix lubrique.

— Oui.

— Je veux vous goûter. Léchez-vous les doigts.

Je m'exécute docilement. Mes doigts humides et gluants, c'est sa bouche sur mes lèvres.

— Racontez-moi.

— C'est mouillé et sucré. Damien, je veux…

— Oui, ma petite, je sais. Je vous caresse, vous sentez ? Je suis agenouillé devant vous et je vous regarde, ainsi offerte… Vous mouillez, c'est délicieux et je vous lèche partout. Vous sentez ma langue sur votre clitoris gonflé ?

— Oui, oui, je la sens, dis-je en astiquant l'objet du délit.

— Vous avez un goût divin et je bande comme un fou… Je crève d'envie de vous pénétrer, mais c'est si bon de vous lécher…

— Encore !

Je me cambre. Le plaisir enfle autour de moi comme l'ouverture d'un opéra.

— D'accord. C'est le moment, Nikki. Ça approche. Je vous caresse, vous êtes à moi… Jouissez pour moi, maintenant !

Je n'attendais que ça.

Oh mon Dieu… Ses injonctions m'ont poussée par-dessus bord. Ça y est, j'explose, je me dissémine comme les étoiles sur un ciel de velours noir, innombrables têtes d'épingles étincelantes qui se consument violemment en moi, à la fois tendres et intenses.

— Oui, c'est ça… gémit-il, et sa voix rauque fait un peu retomber la pression.

Pantelante, je me rends compte que mes cris cèdent le terrain à des gémissements de plaisir et de dépit. C'est terminé. Je suis toute seule à l'arrière d'une limousine. L'homme qui m'a fait jouir n'est pas là, mais ailleurs, au téléphone.

Luisante de sueur, je repousse une mèche de cheveux collée à mon visage. Je me sens vidée. Vaincue.

Je me sens bien.

Et invulnérable.

— Mission accomplie, dit Damien.

Je jette un coup d'œil par la vitre teintée. La limousine ralentit devant mon immeuble et je comprends qu'il ne parle pas de mon orgasme, mais de mon retour à bon port.

Interloquée, je prends soudain conscience que je n'ai pas indiqué mon adresse au chauffeur. Damien a dû s'en charger… mais comment sait-il où je vis ?

Ma pudeur revient au galop. Je tire sur ma jupe et remonte le haut de mon corsage pour retrouver une certaine bienséance. J'ai une question à lui poser, mais c'est lui qui parle le premier.

— On se voit demain, mademoiselle Fairchild, conclut-il d'un ton formel.

Mais j'ai l'impression qu'il sourit.

— J'ai hâte de vous revoir, monsieur Stark, dis-je d'un ton tout aussi sérieux, alors que le sang pulse encore dans mes oreilles.

Un silence. Il est toujours là, je le sais. Au bout d'un moment, il éclate de rire :

— Raccrochez, mademoiselle Fairchild !

— Oui, Monsieur.

J'éteins aussitôt mon portable.

Demain.

La réalité me frappe de plein fouet avec la force d'un raz de marée. Mais bon sang, qu'est-ce qui m'a pris ? J'ai fait l'amour au téléphone avec un type que je vais revoir en réunion dans quelques heures à peine ! Et je ne vais pas seulement le revoir, je vais aussi discuter avec lui ! Je suis censée lui présenter notre logiciel !

Je suis cinglée, ou quoi ?

On dirait bien que oui…

Complètement cinglée, débile, idiote…

Inconsciente.

Je frissonne.

C'est si bon, l'inconscience…

La limousine s'est arrêtée et le chauffeur descend pour m'ouvrir la portière. J'attrape ma culotte pour la fourrer dans mon sac à main, quand il me vient une meilleure idée.

Ben oui, puisque je suis invulnérable.

Je glisse la culotte sous l'accoudoir en laissant dépasser un lacet et un peu de satin blanc, puis remonte à toute vitesse le zip de ma jupe. Parfait. Elle dissimule tout ce que j'ai à cacher. Je me glisse vers la portière juste au moment où le chauffeur l'ouvre.

Une fois descendue de la limousine, je lève les yeux. Des millions d'étoiles scintillent au firmament. Je leur adresse un grand sourire. Demain matin, je serai sûrement morte de honte, mais pour l'instant je savoure. J'ai passé une soirée carrément géniale, finalement.

Chapitre 9

Je glisse la clé dans la serrure le plus discrètement possible, je tourne la poignée et je pousse la porte tout doucement. Je n'ai qu'une envie, me coucher… Mais comme Jamie a le sommeil ultraléger, je ne vais peut-être pas y parvenir.

L'appartement silencieux est presque plongé dans le noir. La seule lumière provient d'une petite veilleuse que nous laissons allumée à ma demande dans la salle de bains. Elle diffuse un éclairage minimal, à peine suffisant pour éviter les chutes.

Un très bon signe, cette obscurité et ce calme. Jamie est peut-être en train de siroter un verre dans le petit bar mal famé du coin, juste à côté du magasin Stop'n'Shop. Lieux où règne une vague odeur d'égout et de sueur, mais rien n'arrête ma coloc' quand elle a décidé de boire ou de s'empiffrer de chocolat. J'habite ici depuis moins d'une semaine, mais nous avons déjà visité deux fois le magasin – pour nos réserves de Coca light et de chips – et une fois le bar – pour le bourbon et rien que le bourbon, parce qu'un cocktail dans cet endroit, ça nous paraît risqué.

Je referme la porte avec précaution et remets le

verrou en laissant pendiller la chaînette, au cas où Jamie serait sortie, comme je l'espère. Et maintenant, direction ma chambre, mais sur la pointe des pieds. Si elle est là, je ne tiens pas à la réveiller…

Même dans la pénombre, on peut se repérer facilement, dans cet appartement. Il fait soixante-quinze mètres carrés tout au plus et notre pièce principale remplit trois fonctions, entrée, salon et salle à manger. Il y a aussi une cuisine, une salle de bains et deux chambres. À gauche en entrant, le salon : fauteuil, canapé confortable, cheminée prétentieuse que nous n'utilisons jamais, télé à écran plat fixée au mur.

En face de la porte, un espace d'environ un mètre fait office d'entrée, puis vient notre « salle à manger » où trônent une horrible table en Formica orange et quatre chaises dépareillées. Jamie a acheté cet appart' à une époque où les prix de l'immobilier étaient en baisse. Mais elle l'a meublé de bric et de broc parce qu'elle ne roulait pas sur l'or. Dès que j'en aurai les moyens, j'y passerai un bon coup de peinture, elle est prévenue. Juste histoire de donner à notre foyer un petit côté Ikea – *Maison et Jardin*, c'est un peu trop cossu pour nous.

La cuisine se trouve à gauche de la salle à manger, séparée du salon par un mur massif que je rêverais de casser pour en faire un bar. En attendant, la personne qui cuisine se retrouve non seulement privée de télé, mais aussi coincée dans une pièce qui ressemble fort à une kitchenette de bateau. Entre la cuisine et la salle à manger, deux marches dont on se demande à quoi elles servent. Elles conduisent aux chambres, une de chaque côté, et à la salle de bains, entre les chambres.

Je m'apprête à passer de notre petite entrée à la salle à manger quand une lumière s'allume sur ma gauche. Jamie m'attend au salon, pelotonnée dans le fauteuil délabré sur lequel Lady Miaou-Miaou adore faire ses griffes.

Ça m'inquiète un peu de trouver mon amie qui rumine dans le noir, alors je lui demande :

— Ça va ?

Elle bâille, dérangeant la chatte, grosse boule de fourrure blanche lovée sur ses genoux.

— Oui, ça va… Je crois que je me suis endormie, me répond-elle en s'étirant.

Je la dévisage avec attention. J'espère qu'elle ne me raconte pas de bobards ; mais non, elle semble en pleine forme. Je pousse un soupir de soulagement. Je ne suis vraiment pas d'humeur à m'occuper de ses problèmes. Les miens me suffisent.

— Alors ? me lance-t-elle.

La chatte saute de ses genoux et se dirige d'un pas altier vers sa gamelle.

Je hausse les épaules. Je tiens toujours mes chaussures à la main. Sous ma jupe fluide, un courant d'air me frôle les fesses.

— Je suis fatiguée, lui dis-je.

En fait, j'ai surtout besoin de retrouver mes esprits avant de me lancer dans une conversation avec elle. Elle a tendance à deviner même les trucs que je veux lui cacher.

— Ça te dirait, un petit déjeuner chez Dupar, tout à l'heure ? Je te ferai un compte rendu détaillé de ma soirée. Mais on devra se lever tôt…

Et j'ajoute, en indiquant ma chambre du pouce :

— J'ai vraiment besoin de roupiller, là.

— T'es sérieuse ? Donne-moi quelques miettes, au moins ! Ne me dis pas que j'ai attendu pour rien !

— Tu n'as pas attendu, tu dormais !

D'un geste, elle écarte cette réflexion infondée à ses yeux.

— Demain matin, lui dis-je.

Sans lui laisser le temps de répliquer, je lui tourne le dos et me dirige vers ma chambre. J'ai peur qu'elle ne s'y engouffre elle aussi, mais comme rien ne se passe, je me déshabille. Pendant un instant, je reste debout toute nue dans ma chambre. L'air frais soufflé par le climatiseur frôle ma peau encore chaude. Mon pantalon de pyjama préféré est plié sur mon oreiller et je l'enfile avec délices. Pas la peine de mettre une culotte. En plus, la sensation du tissu élimé contre ma chatte toujours sensible est fantastique. Je me caresse les seins en pensant à Damien. Du coup, mes tétons pointent et j'ai très envie de le rappeler.

Bon sang, Nikki ! Reprends-toi !

Je ne sais pas ce que ce type attend de moi. En fait, je m'en fous. Parce que ça n'ira pas plus loin. Damien Stark ne me verra jamais toute nue, point final. N'empêche que je savoure le bel orgasme aveuglant et joyeux qu'il m'a offert dans un joli papier cadeau argenté. Un délicieux fantasme.

Je me glisse sous les draps en fourrant ma main dans mon pyjama. Je ne suis plus ivre, juste un peu étourdie, et je me dis qu'il n'y a pas plus douce façon de s'endormir.

Le carillon strident de l'entrée ruine tous mes plans. Je bondis hors du lit comme une ado prise en faute et je crie à Jamie :

— C'est Douglas ?

— Ça va pas, non ? Je les dresse mieux que ça, mes mecs !

— Ben c'est qui, alors ?

— Oh putain…

Elle ne me paraît ni furieuse ni effrayée. Mais stupéfaite, ça oui.

— Nikki, ma poule, ramène tes fesses, et vite !

J'enfile un débardeur à toute vitesse et me précipite dans le salon. Je ne prends même pas le temps de me demander qui peut bien se pointer chez nous à cette heure de la nuit.

Il n'y a personne sur le palier, mais quelqu'un a déposé une énorme composition florale devant notre porte. Une masse de fleurs des champs, marguerites, tournesols, et d'autres encore que je ne reconnais pas. Elles sont splendides, joyeuses, chaleureuses, sauvages…

Elles sont parfaites.

Damien…

J'ai l'impression que tout mon corps sourit. C'est forcément Damien. Jamie attrape la carte et la sort de son enveloppe sans me laisser le temps de réagir. Furax, je l'observe en silence. Elle lève les yeux vers moi, un petit sourire aux lèvres, puis elle me tend la carte, les yeux brillants.

Je n'y lis qu'un seul mot : « Délicieux. »

Et en dessous, des initiales : D.S.

Moi, la fille qui ne rougit jamais, je pique un fard pour la énième fois cette nuit-là.

Jamie ramasse la composition florale pour la déposer sur notre table. Je passe la tête à l'extérieur, mais il n'y a pas âme qui vive.

— Dis donc, t'as pris du bon temps à cette fête, me fait remarquer mon amie.

— Ce n'était pas à la fête.

Voilà, le moment est venu. Si je veux que Jamie reste dans ma vie, je dois lui fournir des informations. Donc, j'ajoute :

— C'était pendant le trajet du retour.

Je me laisse tomber sur le canapé et tire sur moi la couverture de laine violette, ma préférée. Je suis vraiment vannée, d'un seul coup. Cette journée a été *longue* et *intéressante.*

— Non, n'y pense même pas ! proteste Jamie en s'asseyant bruyamment sur la table basse en cerisier – une antiquité que j'ai rapportée du Texas.

Elle se penche et me dévisage.

— Si tu me dis que tu es fatiguée, je ne te croirai pas. Tu ne peux pas me balancer un scoop pareil et aller te coucher. T'en as trop dit ! Bon, le trajet de retour… Qu'est-ce qui s'est passé ? Vous êtes allés vous garer en haut de Mulholland Drive pour une petite sauterie nocturne ?

— Je suis rentrée en limousine. La sienne. Seule, lui dis-je aussitôt, curieuse de voir sa réaction.

— Mais quelle menteuse ! T'es sérieuse ? me demande-t-elle, sceptique.

Zut ! me voilà qui glousse comme une gamine :

— Un sacré trajet de retour, tu peux me croire…

— Oh bon Dieu ! Allez vas-y, accouche ! s'exclame-t-elle, les yeux ronds. Et ne me sors pas ces conneries sur l'intimité ou la discrétion ou les trucs qu'une fille ne peut pas dire. Je te rappelle que t'es pas ta mère. Dis-moi tout ! Surtout les trucs cochons !

Elle a gagné. Je ne lui raconte pas tout, il ne faut pas exagérer, mais je ne lui épargne aucun détail important, en commençant par l'incident bizarre du premier contact chez Evelyn jusqu'à l'échange musclé entre Stark et Ollie.

— Ça fait des lustres que je ne l'ai pas vu, celui-là, m'interrompt Jamie. Quel petit salopard ! Il ne m'a pas encore appelée !

En fait, elle s'en fout complètement, pour l'instant, et elle me presse de continuer mon histoire. Ça tombe bien, ma fatigue s'est évanouie en même temps que mes réticences. Jamie est ma meilleure amie, et ça me fait du bien de vider mon sac. N'empêche, quand j'en arrive à l'épisode du téléphone portable, de la voix impérieuse de Stark et de la banquette arrière de la limousine, je me mets soudain à bredouiller, à recourir à des euphémismes…

— Oh putain… marmonne Jamie.

C'est la troisième fois qu'elle dit ça depuis le début de mon récit. J'en arrive à la conclusion :

— Et tu sais quoi ? J'ai laissé ma culotte dans la voiture.

Je me sens vraiment malicieuse, et plus encore, en voyant Jamie écarquiller les yeux, puis se tordre de rire.

— Oh putain ! s'exclame-t-elle encore une fois, avec un enthousiasme encore plus grand. Donc, il était au restau, c'est ça ? Bon Dieu ! Il doit avoir vachement mal aux couilles !

À cette idée, j'éprouve une petite pointe de satisfaction féminine. Soudain, je fronce les sourcils. Je viens de penser à quelque chose :

— Comment a-t-il fait pour m'envoyer des fleurs aussi vite ? Elles sont arrivées à peine dix minutes après moi !

Bizarre. Tout comme le fait qu'il connaisse mon adresse, d'ailleurs.

— On s'en fout, ricane Jamie.

C'est assez pertinent, comme remarque, mais je me tortille quand même pour contempler le bouquet. Et aussitôt, je souris.

— Tu devrais fourrer quelques capotes dans ton sac à main, me suggère-t-elle.

— Hein ?

— Il y en a une boîte dans la salle de bains. Prends-en quelques-unes. Le sexe par téléphone, c'est le seul moyen de faire l'amour sans risque, ma petite. Il est peut-être super canon, ton Stark, mais on ne sait pas où il a traîné son biscuit, conclut-elle en réprimant un fou rire.

Cette réflexion est dérangeante à plusieurs niveaux. Par exemple, j'ai un petit pincement au cœur en m'imaginant Damien Stark au lit avec une autre femme. Je repousse aussitôt cette image. Je dois me concentrer sur les aspects pratiques de notre discussion :

— Je ne vais pas coucher avec lui. Je n'ai pas besoin de capotes.

— Nikki… soupire Jamie, d'un ton suppliant ou attristé – au choix.

— Ne commence pas, Jamie. Je ne suis pas comme toi.

— Et c'est tant mieux. Deux filles comme moi sur cette planète, tu imagines ? L'horreur !

Elle m'adresse un grand sourire qui ne parvient pas à me dérider. Et puis le sourire disparaît et mon amie se voûte un peu.

— Tu sais très bien que je t'adore. Et quoi qu'il arrive, je serai toujours de ton côté.

— Mais ?

— Pense aux raisons qui t'ont poussée à venir à Los Angeles.

— Ouais, le boulot.

Je suis sincère. Carl va m'apporter des tas de trucs. En ce moment, je développe ma propre application Web et je veux savoir comment il faut s'y prendre pour trouver des investisseurs. Ensuite, quand je m'estimerai enfin prête à diriger une affaire, je ferai le grand plongeon, là où la piscine est la plus profonde.

— Arrête ton char ! Je te parle de Damien Stark. Tu veux prendre un nouveau départ ? Avec Damien Stark, tu ne pourrais pas mieux tomber.

Elle se trompe. Cette nouvelle vie, cette Nikki différente, ça ne marchera pas si je me mets à poil devant Damien Stark. D'un ton ferme, je réplique :

— C'est hors de question. Je me suis éclatée dans la limousine, mais c'était à mes conditions. Si on le fait vraiment, il va m'ajouter à son tableau de chasse et ce sera fini. Et ça, c'est ton truc, pas le mien.

— Ouille ! Tu m'as eue, là. Mais pour le reste, ce n'est qu'un ramassis de conneries.

— Pardon ?

— Tu ne veux pas qu'il pose les mains sur toi (je grimace en l'entendant décrire ma plus grosse névrose), mais admets-le, Nikki, tu représentes bien plus à ses yeux qu'un beau cul. Pas besoin d'être allée à cette fête pour s'en rendre compte. Preuve numéro un…

Elle me désigne les fleurs. Je réplique :

— OK, notre milliardaire est poli, et alors ? Pour envoyer des fleurs, il suffit d'un coup de fil. Et si elles sont arrivées aussi vite, c'est peut-être parce qu'il a mis en place un virement automatique pour faire livrer des fleurs après toutes ses parties de jambes en l'air par téléphone.

Je deviens cynique, mais j'ai sûrement raison. Et ce n'est pas un constat agréable.

— N'importe quoi ! C'est toi qu'il veut, Nikki ! Il aime ton ironie, ta façon d'être… Ce n'est pas lui qui t'a dit que tu n'es pas comme les femmes qui se pavanent à son bras d'habitude ? Je l'ai googlisé, tu sais…

J'en reste sur le cul.

— T'as pas fait ça, quand même ?

— Si, quand tu m'as dit que c'était lui qui allait te ramener. C'est un type très secret. Je n'ai pas trouvé grand-chose à son sujet, mais j'avoue que je n'ai pas trop cherché non plus. En tout cas, il ne rencontre pas beaucoup de femmes. Enfin si, il en voit un certain nombre, mais c'est jamais sérieux, à part cette fille de la haute avec qui il est sorti il y a quelques mois. Sauf que celle-là, elle est morte.

— Elle est morte ? Merde ! Comment ?

— Ouais, je sais. C'est triste, hein ? Un accident, apparemment. Mais là n'est pas la question.

Ça se bouscule dans ma tête :

— Et c'est quoi, la question ?

— C'est toi. Je veux dire, même si tu n'es qu'une gonzesse de plus sur son tableau de chasse, et alors ? T'es pas une bonne sœur, bordel !

Je commence à me demander si elle m'a vraiment écoutée quand je lui ai décrit le passage hot dans la limousine. Sagement, je décide de ne pas lui en faire la remarque. Elle ajoute :

— Et je suis persuadée que tu n'es pas qu'une conquête de plus. Je crois qu'il t'apprécie vraiment.

— Ouais, c'est ça ! Après cinq minutes sur Internet, tu sais forcément tout de lui !

— Bien sûr que non. Mais si j'ai bien compris, il t'a demandé ton opinion sur ce peintre. Il a roulé des mécaniques dès qu'Ollie s'est pointé. Il t'a fait jouir, bon Dieu ! Et le massage des pieds, t'as oublié ? Putain de merde, moi, si un mec me masse les pieds, je baise avec lui quand il veut ! Je crois même que je serais prête à l'épouser !

Je sais qu'elle pense ce qu'elle dit – hélas –, mais je souris malgré moi.

— Kurt était un trou du cul, mais tous les mecs ne sont pas comme lui, tu sais. Arrête de faire comme si tu portais une ceinture de chasteté, me dit-elle gentiment, ce qui est plutôt inhabituel de sa part.

Cette allusion me tire une grimace et je réplique :

— Restons-en là. S'il te plaît.

Elle me dévisage, puis profère un « Merde ! » sonore. Elle sait qu'elle est allée trop loin, je le comprends à son air affligé.

Elle se lève et s'approche de la cheminée. Une idée complètement débile, cette cheminée, surtout dans la vallée de San Fernando. Du coup, Jamie l'a convertie en bar : bouteilles à la place des bûches et verres sur le manteau. Elle saisit la bouteille de bourbon.

— T'en veux un ?

J'aimerais bien, mais je refuse. J'ai bu assez d'alcool pour ce soir.

— Je vais me coucher, lui dis-je en m'extirpant du canapé.

— Désolée, Nikki. Je ne voulais pas…

— Je sais. Ne t'inquiète pas, tout va bien. Faut juste que je dorme un peu.

Nous voilà de nouveau copines, je le vois à son sourire narquois.

— Je veux bien te croire, ma vieille. T'as une réunion demain, pas vrai ? Et avec qui, cette réunion, déjà ?

— Arrête !

Mais je souris en regagnant ma chambre. Elle a raison. Demain, j'ai du boulot, un truc important. Avec Stark. Dans ses bureaux. Et en présence de mon patron.

Je me repasse tous les événements, en m'attardant un moment sur la culotte abandonnée dans la limousine. Je me laisse tomber sur le lit, une seule idée en tête : *Putain, qu'est-ce qui m'a pris ?*

Chapitre 10

J'ai les bras tendus au-dessus de la tête et les poignets liés par une matière douce, mais résistante. Je suis allongée nue sur un drap de soie froide, les yeux fermés. Je ne peux pas bouger les jambes.

Je sais ce qui m'immobilise : un ruban rouge. Noué à mes poignets et bien serré aux chevilles. Je me débats en vain. Bah ! peu importe, je n'ai pas vraiment envie de m'échapper…

Une chose glacée frôle mon téton turgescent. Je me cambre de surprise et de plaisir.

— Tout doux… chuchote-t-il d'une voix qui m'effleure comme une caresse.

— Pitié…

Il ne répond pas. De nouveau, un froid intense m'assaille délicieusement, mais cette fois, mon tortionnaire insiste. C'est un glaçon. Il fait glisser ce glaçon sur l'un de mes tétons, puis sur le renflement de mes seins lourds. Un peu d'eau coule entre eux. Il trace des motifs sur ma peau avec ce petit bout de glace qui fond, sans jamais me toucher lui-même. Un bout de glace bien dure qui fond contre ma peau…

À nouveau, je murmure :

— Pitié…

Je me cambre, j'en veux davantage. Mes liens m'empêchent de bouger.

— Tu es à moi, me dit-il.

J'ouvre les yeux. Je veux voir son visage, mais tout est gris et flou autour de moi. Je suis égarée dans un monde imaginaire.

Je suis la fille dans la peinture. Excitée, offerte aux yeux de tous.

— Tu es à moi… répète-t-il.

Je ne vois qu'une forme grise et floue penchée au-dessus de moi. Ses mains sur ma poitrine sont calleuses et fortes, et en même temps si tendres que ça me donne envie de pleurer. Il explore mon corps, palpe chaque centimètre de ma peau. Il effleure ma poitrine, ma cage thoracique, mon ventre. Quand ses mains frôlent mon pubis, je me raidis, terrifiée. Heureusement, elles s'éloignent aussitôt et se posent sur mes cuisses. Sous ses caresses, j'ai l'impression d'être au paradis. Je m'oublie, je flotte, je danse dans un halo de plaisir.

Puis il reprend son exploration. Il empoigne mes genoux et les écarte, doucement mais fermement. Et puis lentement, très lentement, il remonte vers mon sexe par l'intérieur de mes cuisses.

Je me tends. Ce n'est plus une danse délectable, c'est un maelström effrayant. Je veux le repousser, mais je suis entravée. Il ne va pas tarder à découvrir mes secrets. Mes cicatrices.

Je me débats de toutes mes forces. Je dois me réveiller ! J'entends des sonnettes d'alarme résonner dans ma tête, puis dans la pièce tout entière, comme des klaxons hystériques.

Je dois me réveiller…

Me réveiller…

— … réveillée ?

La voix de Jamie me tire brutalement de mon rêve.

— Hein ? Qu'est-ce que tu dis ?

Mon portable hurle sur ma table de chevet. De l'autre côté de la porte, Jamie braille :

— Je disais : t'es réveillée ? Parce que si t'es réveillée, réponds à cette saloperie de téléphone !

Lessivée, j'attrape le bidule et je lis le nom de Carl à l'écran. Je décroche, mais tombe sur la messagerie vocale. Trop tard.

Je sors du lit en grommelant. Je m'étire, puis je regarde l'heure. Putain, six heures et demie à peine ! C'est quoi, ce délire ? Je parie qu'il fait encore nuit !

Pile au moment où je vais rappeler mon boss, le portable sonne à nouveau. Le nom de Carl clignote comme un néon à l'écran. Je réponds :

— Ouais, c'est moi. J'allais vous rappeler.

— Mais bon sang, Fairchild ! Qu'est-ce que vous foutez ?

— Le jour se lève à peine, Carl ! Je dormais.

— Amenez-vous en vitesse ! On a un énorme boulot devant nous ! J'arrive pas à faire marcher cette saloperie de PowerPoint ! On doit encore imprimer les spécifications en PDF et mettre en forme la proposition qu'on va soumettre à Stark et son équipe ! J'ai besoin de vous, et vite ! Sauf si vous avez réussi à lui soutirer son accord hier soir, bien sûr ! Mais j'ai bien l'impression que s'il vous a appelée la nuit dernière, ce n'était pas pour parler affaires. Je me trompe ?

Au moins, je sais comment Damien a obtenu mon

numéro de téléphone et mon adresse. Mais ces sous-entendus lubriques, mon boss peut se les garder. Je réplique sèchement :

— Il voulait savoir si j'étais bien rentrée. La prochaine fois, évitez de donner mon numéro de téléphone à n'importe qui sans me le demander d'abord, OK ?

— Ouais, ouais… Bon, habillez-vous et venez. On partira à treize heures trente.

Je fronce les sourcils. La boîte de Carl occupe un coin du dix-huitième étage de l'immeuble Logan, juste à côté de la tour Stark. Les deux bâtiments partagent même une cour et un parking souterrain.

— Mais elle a bien lieu à deux heures, cette réunion, non ? On y sera en cinq minutes ! En prévoyant une demi-heure, même un escargot arriverait en avance !

— Oui, mais comme ça, on ne prend aucun risque, me dit Carl.

Inutile de discuter…

— Je serai là dans une heure, vous pouvez compter sur moi.

Je me rue dans la cuisine et fourre un bagel dans le grille-pain.

— Ton patron est sur les dents ? lance Jamie en m'observant.

— Ouais, grosse journée en perspective.

Je grattouille le dos du chat qui fait des huit autour de mes jambes.

— Ce con a fait plein de sous-entendus cochons sous prétexte que Damien m'a demandé de rester hier soir.

— Hum hum… Je te rappelle que tu as joui sur la banquette arrière d'une limousine, ma chère.

Je lance un regard furibond à Jamie, puis je prends

le chemin de la douche pendant la cuisson de mon bagel. Tiens, la composition florale… Je soupire. Jamie a raison… sauf qu'elle a tort.

Quand je me glisse sous la douche, l'eau est si chaude que je me transforme aussitôt en écrevisse. Je me raidis sous les impacts des gouttes bouillantes, puis la chaleur se répand en moi et je me détends. Les yeux fermés, je savoure l'instant. C'est vrai, j'ai perdu le contrôle de la situation. Je devrais m'en vouloir à mort, mais je n'y arrive pas. J'ai commis une énorme imprudence, je le sais, mais je suis une adulte, après tout ! Et Stark aussi, d'ailleurs. Deux adultes consentants, fortement attirés l'un par l'autre… Et puis, de toute façon, ce ne sont pas les oignons de Carl.

Ça ne poserait pas de problème… si je ne devais pas revoir cet homme aujourd'hui. Ou plutôt, ces hommes. L'un est con et obsédé, et l'autre va me faire perdre toute contenance, j'en ai bien peur.

Et s'il me montre discrètement ma culotte ?

Stop ! Je ne veux plus y penser, ça va me rendre dingue ! Du coup, je me concentre sur le choix de mes fringues. J'opte pour une jupe noire, un chemisier blanc et une veste assortie. Ce n'est pas un tailleur parce qu'on est samedi, mais c'est un peu plus chic qu'un jean propre, le vêtement le plus hype que nous puissions porter, nous, les scientifiques. Je ne peux quand même pas me présenter en jean à une réunion de cette importance. Les chaussures me posent problème parce que j'ai les pieds en bouillie. Je réussis quand même à les fourrer dans mes pompes noires préférées. J'y vais mollo sur le maquillage, je m'attache les cheveux en queue-de-cheval, et voilà…

Fringuée en un quart d'heure ! Un record personnel, je crois.

J'attrape mon sac à main et ma brioche, mais je renonce au fromage à tartiner. Sinon, avec la chance que j'ai, le fromage va finir sa course sur ma jupe noire. Je ne tiens pas à me balader comme ça toute la journée. Je crie « Salut ! » à Jamie et je fonce vers la sortie.

Immédiatement, je me fige. Je viens de mettre le pied sur une grande enveloppe jaune posée sur notre paillasson. Une enveloppe légère, peu épaisse, contenant sans doute une liasse de papiers ou quelque chose dans le genre. En la retournant, je constate qu'elle porte mon nom et l'autocollant d'un service de messagerie locale. Je lève les yeux au ciel. Quel emmerdeur, ce Carl !

L'enveloppe sous le bras, je cavale vers ma bagnole. Si je veux arriver à l'heure, je vais devoir examiner son contenu aux feux rouges.

D'habitude, quand je conduis, j'adore écouter les infos, mais aujourd'hui, rien que d'y penser, ça me retourne l'estomac. Je m'engage sur le boulevard en laissant la radio scanner la bande passante : chaînes évangéliques, talk-shows, rap cacophonique… Faut vraiment que je m'achète un nouveau poste, sur lequel je puisse brancher mon iPod. Je me décide pour une station qui passe des vieilleries, et j'entre sur l'autoroute 101 avec, en fond sonore, Mick Jagger et les Stones qui beuglent qu'ils n'arrivent pas à jouir[1]. Je ricane. Au moins, la nuit dernière, j'ai fait mieux que Mick Jagger.

1. « I can't get no satisfaction », extrait du morceau *Satisfaction* (N.d.T.).

J'ai une place réservée tout au fond du parking souterrain. Je m'y gare quarante-sept minutes après le coup de téléphone de Carl, et ça c'est sûrement un exploit à Los Angeles. Je m'attarde quand même dans la voiture pour regarder ce que contient l'enveloppe. Si ça concerne la présentation, Carl va s'attendre que j'en connaisse tous les détails par cœur.

Je glisse un doigt sous le rabat, j'ouvre l'enveloppe et je l'incline. Un exemplaire de la revue *Forbes* tombe sur mes genoux. Je ne peux m'empêcher de sourire. Une note est agrafée à la couverture du magazine : « Je vous avais dit que j'étais tenace. Lisez l'interview. »

Il n'y a pas de signature, mais la note me fournit un gros indice, avec son en-tête « Bureaux de Damien J. Stark ».

Je planque le magazine dans mon sac à main géant. Je souris toujours. Alors, comme ça, il est tenace ? Je veux bien le croire. N'empêche que je n'ai pas changé d'avis. Comme je l'ai dit à Jamie, cette histoire n'ira pas plus loin.

En tout cas, cette attention me touche beaucoup. D'abord parce que Stark s'est rappelé un commentaire lancé pendant notre discussion de la veille, mais aussi parce qu'il a pris la peine de m'envoyer le magazine en question.

— Pourquoi souriez-vous comme ça ? me demande sèchement Carl en me voyant franchir la porte vitrée de la salle de réunion nichée au cœur des locaux de la C-Squared.

En fait, il s'en moque, de ma réponse. Il me détaille de la tête aux pieds et marmonne :

— Bien. Très bien. Vous avez l'air pro, une vraie

femme d'affaires. Super ! Vous aurez votre pognon. Si vous ne foirez pas notre diaporama…

— Comptez sur moi.

Ouf ! Aucune allusion au vernissage, à Damien ou à son coup de fil de la nuit dernière.

Carl se prépare comme pour le procès du siècle. Il faut le reconnaître, il est très doué pour structurer un exposé ; dans le temps relativement court qui s'est écoulé depuis hier après-midi, il a complètement remanié les grandes lignes de notre présentation.

J'ai une tonne de questions à lui poser, et au moins autant de suggestions à lui faire. Heureusement, l'abruti d'hier soir a disparu. Carl me répond consciencieusement, réfléchit à mes idées, les accepte quand elles sont logiques, et quand il en repousse une, prend le temps de m'en expliquer la raison.

Je suis aux anges. J'ai étudié à fond les spécifications de notre programme de synthèse d'images en 3D. Je pourrais faire partie de l'équipe technique, je le sais, voire la diriger. Mais être chef de projet, ou même manager, ce n'est pas mon objectif. Moi, je veux être Carl. Je veux être Damien Stark, putain ! Et pour y arriver, je dois apprendre comment concevoir une présentation géniale qui convaincra les souscripteurs potentiels auxquels je soumettrai toutes les idées qui me trottent dans la tête depuis ma dernière année de fac.

Aujourd'hui, je vais voir deux entrepreneurs en action : Carl, qui décroche presque systématiquement des financements après ce genre de performance ; et Damien Stark, qui ne dit oui qu'à des projets capables de dépasser ses attentes et de leur rapporter une fortune, à lui et à l'entreprise concernée.

Des feuilles, des tablettes électroniques et des ordis portables sont étalés sur la table de notre salle de réunion. Tandis que le reste de l'équipe s'agite autour de nous, Brian et Dave, les deux programmeurs du logiciel avec Carl, travaillent comme des malades, ajustant leur diaporama en fonction des tests qu'ils effectuent à la chaîne à un nombre ahurissant de paramètres.

Carl arpente la salle, et rien ne lui échappe.

— Nous allons casser la baraque ! s'exclame-t-il. Aucune défaillance, aucune erreur, une machine bien huilée !

Les yeux plissés, il lance à Dave :

— Va nous commander des sandwichs pour le déjeuner, mais putain ! si quelqu'un se pointe à la réunion avec de la moutarde sur sa chemise, je lui botte le cul !

À treize heures trente pile, nous rassemblons nos affaires puis nous nous précipitons vers l'ascenseur. Aucun de nous n'a de moutarde sur sa chemise. Carl s'agite pendant les dix-huit étages de la descente en s'examinant si souvent dans le miroir que je brûle d'envie de lui lancer qu'il fait une mariée magnifique. Mais sagement je me tais.

Nous traversons la cour et entrons dans l'ultramoderne tour Stark. Moi aussi, je commence à m'agiter. Et cette nervosité m'atteint à tant de niveaux que je ne peux plus réfléchir. Il y a d'abord la gêne causée par le simple fait de revoir Stark, et puis la crainte qu'il n'émette des sous-entendus pendant la réunion – même si ce n'est pas forcément grivois. Et surtout, surtout, je crève de trouille qu'il ne prononce le mot

« téléphone », ou « glace ». Ça me ferait perdre tous mes moyens.

Je cesse de m'inquiéter, le temps de signaler ma présence au bureau de la sécurité, sorte de tableau de bord étincelant derrière lequel s'activent deux gardiens. L'un d'eux tape quelque chose pendant que l'autre scanne avec diligence nos pièces d'identité.

— C'est bon, vous pouvez y aller. Vous avez accès au penthouse, nous dit Joe (il porte un insigne à son nom) en nous tendant nos badges de visiteurs.

— Comment ça, au penthouse ? s'étonne Carl. Nous avions rendez-vous dans les bureaux de la Stark Applied Technology.

Cette compagnie n'est que l'une de celles que Stark possède ou héberge dans sa tour : entreprises de haute technologie, fondations caritatives, boîtes qui font des trucs dont je n'ai jamais entendu parler. Je jette un coup d'œil à la liste des noms affichés sur la console et me rends compte que toutes ces firmes sont d'une façon ou d'une autre reliées à Stark International. Autrement dit, toutes ont un lien direct avec Damien Stark. Depuis le début, je me trompe lourdement ! Cet homme est encore bien plus riche, bien plus puissant que je ne l'imaginais.

— C'est ça, au dernier étage, explique Joe à Carl. Le samedi, M. Stark programme ses réunions dans la salle de conférence du penthouse. Vous allez prendre l'un des ascenseurs que vous voyez là-bas, tout au bout. Voici la clé électronique qui vous permettra d'y accéder.

Dans l'ascenseur, ma nervosité grimpe à nouveau en flèche. Et pas seulement parce que je vais revoir Damien. Je pense aussi au travail qui nous attend.

Je m'accroche à ça pour écarter mes autres préoccupations. Se sentir nerveux pour le boulot, c'est plus constructif que pour une histoire de cul.

Comme Joe nous l'a annoncé, nous arrivons vite et en douceur tout en haut du bâtiment. La porte de l'ascenseur s'ouvre devant Carl et moi ; Brian et Dave nous emboîtent le pas avec les valises de matériel pour notre présentation. Bouche bée, j'entre dans un hall d'accueil splendide et confortable.

L'une des parois est en verre, offrant le superbe panorama des collines de Pasadena. Les autres murs sont ornés d'une douzaine de toiles impressionnistes sobrement encadrées, si bien que le spectateur voit seulement l'œuvre et rien qu'elle. Chaque œuvre est éclairée individuellement et, toutes ensemble, elles illustrent une variété de paysages, champs verdoyants, lacs étincelants, couchers de soleil aux couleurs éclatantes, chaînes de montagnes grandioses.

Les peintures réchauffent l'atmosphère de ce lieu raffiné, tout comme le bar contre l'un des murs. Les visiteurs peuvent siroter un verre sur le canapé en cuir noir qui leur tend les bras, ou patienter en lisant les magazines spécialisés – finance, sciences, sport, presse people – étalés sur la table basse. Un peu plus loin, un baby-foot ajoute une touche de fantaisie à l'ensemble.

Un comptoir d'accueil occupe la plus grande partie de la pièce. Une surface nue, à l'exception d'un semainier et d'un téléphone. Pour l'instant, il n'y a personne derrière ce comptoir. *Damien n'emploie peut-être pas de réceptionniste le samedi.* Pile au moment où je m'en fais la remarque, une grande brune apparaît dans un couloir, sur notre gauche. *Elle a des dents parfaites*, me dis-je en la voyant sourire.

— Monsieur Rosenfeld, susurre-t-elle en tendant une main à Carl, je suis madame Peters, l'assistante de M. Stark durant le week-end. Je suis heureuse de vous accueillir au penthouse, vous et votre équipe. Mon patron se réjouit d'assister à votre présentation.

— Merci…

Carl me semble un peu intimidé, tout à coup. Derrière moi, j'entends Brian et Dave qui s'agitent. Eux, ils sont carrément dans leurs petits souliers.

Mme Peters nous entraîne dans un grand couloir qui mène à une gigantesque salle de réunion. Une salle si spacieuse qu'elle pourrait servir de terrain d'entraînement à l'équipe nationale de foot américain. Je comprends pourquoi les bureaux du penthouse occupent une bonne moitié du dernier étage.

L'ascenseur s'élève au centre du bâtiment, l'accueil se trouvant entre la salle de réunion d'un côté et le bureau de Stark de l'autre. Cela signifie que nous tournons le dos à un demi-étage. Le bureau du grand chef occupe-t-il tout cet espace ? Il le sous-loue peut-être à un autre P.-D.G…

Je tente d'en savoir plus sur la disposition du bâtiment.

— Dans ce penthouse, me répond Mme Peters, les bureaux n'occupent que la moitié de la superficie. Pour le reste, il s'agit de l'une des résidences privées de M. Stark. Nous l'appelons « l'appartement de la tour ».

Je me demande combien de résidences possède Stark… Mais je préfère garder cette question pour moi. Je me suis montrée suffisamment indiscrète.

Mme Peters nous indique un bar encastré dans l'un des murs :

— Vous y trouverez un grand choix de boissons. Servez-vous. Jus d'orange, café, eau, soda… Et aussi des choses plus fortes, si vous avez besoin de vous calmer les nerfs.

Elle nous dit ça avec le sourire, sur le ton de la plaisanterie ; mais honnêtement, je ne dirais pas non à un double bourbon, là, tout de suite.

— Prenez vos aises, je vous laisse, ajoute-t-elle. Si vous avez besoin de quoi que ce soit, faites-le-moi savoir. M. Stark est au téléphone. Il vous rejoindra dans une dizaine de minutes.

Nous l'attendons douze minutes en tout. Douze longues minutes pendant lesquelles je révise fiévreusement notre présentation, tout en me rongeant les sangs à l'idée de le revoir. Comment vais-je réagir ?

Douze minutes plus tard, Damien entre à grands pas, et l'atmosphère change du tout au tout. On sent qu'il est chez lui. Sans avoir à prononcer un mot, il s'impose grâce à son aura de pouvoir et d'autorité ; les deux hommes qui le suivent ne sont que des sous-fifres sans importance. Chacun de ses mouvements est contrôlé, chacun de ses regards est intentionnel. Ça ne fait aucun doute, c'est bien Damien Stark le patron. À l'idée que cet homme exceptionnel me désire, au souvenir de ses caresses, j'éprouve une étrange pointe de fierté.

Il est vêtu d'un jean, d'une chemise bleu pâle et d'une veste en cuir jaune. Le col de sa chemise est ouvert, l'ensemble lui donnant une allure cool et accessible. S'est-il habillé ainsi pour mettre ses invités plus à l'aise ? Mais oui, c'est évident. Damien Stark sait toujours ce qu'il fait et, en particulier, il connaît l'impact de ses choix sur ceux qui l'entourent.

— Merci d'avoir accepté de me retrouver ici. Le week-end, j'aime bien travailler au penthouse. Le rythme n'est pas le même ici, et ça me rappelle qu'il faut parfois savoir lever un peu le pied.

Il se tourne vers ses deux compagnons et nous les présente : Preston Rhodes, nouvel acheteur-produit, et Mac Talbot, qui vient de rejoindre son équipe. Stark serre la main de Brian puis celle de Dave, en prenant le temps d'échanger quelques mots avec eux. Ils sont toujours mal à l'aise, mais un peu rassurés aussi. Du coup, ils ne feront sans doute pas foirer la présentation en appuyant d'un doigt tremblant sur le mauvais bouton.

Ensuite, c'est mon tour. Stark est aimable, poli, professionnel. Et pourtant, il termine notre poignée de main en pliant légèrement l'index pour caresser ma paume au passage. Je me fais peut-être des idées… mais je préfère me dire que c'est sa manière à lui de me signaler qu'il n'a pas oublié ce qui s'est passé entre nous la nuit dernière. Et tout cela en un seul frôlement.

Je m'assois en souriant. Je me sens beaucoup plus sereine. Ce n'était peut-être pas l'effet recherché, mais ce petit signe m'a apaisée.

Carl et lui se serrent la main en dernier. Stark le reçoit comme s'ils étaient les meilleurs amis du monde. Pendant quelques instants, ils parlent de disques vinyle – mon patron les collectionne, semble-t-il –, de la météo, de la circulation en ville. Stark veut mettre son invité à l'aise et le fait avec tant d'habileté que je ne peux m'empêcher d'admirer sa technique. Finalement, il s'assoit à son tour. Il choisit la chaise en face de moi, étend ses longues jambes sous la table et demande à Carl de présider la séance, de commencer quand il se sentira prêt.

J'ai assisté tant de fois à cette présentation que je n'écoute pas vraiment ce qui se dit. Je préfère me concentrer sur les réactions de Stark. Nous lui proposons une technologie vraiment stupéfiante. Il s'agit d'analyser des séquences vidéo d'athlètes en utilisant une série d'algorithmes brevetés traduisant les mouvements anatomiques en ensembles de données spatiales. Ensuite, le logiciel reporte les statistiques de chaque sportif sur ces ensembles de données. En tenant compte de la structure corporelle et de la métrique spécifique de l'athlète, le logiciel lui suggère alors des solutions concrètes pour améliorer ses performances. Mais le côté vraiment révolutionnaire de cette méthode, le voici : ces solutions sont proposées sous forme holographique, si bien que les sportifs peuvent réellement voir les ajustements à apporter à leurs postures s'ils veulent progresser.

Dans tous les articles que j'ai lus sur Stark, on souligne son intelligence supérieure. Aujourd'hui, j'ai la chance de voir cet intellect en action. Il pose les bonnes questions, de la théorie à la pratique en passant par le marketing et les ventes. Quand Carl vante ses propres mérites au lieu de laisser parler le produit, Stark le fait taire si habilement que mon boss ne s'en rend même pas compte. Damien Stark est direct, logique, efficace sans être grossier, ferme sans jamais devenir condescendant. Sa fortune, il l'a d'abord acquise sur les courts de tennis, OK, mais en l'observant, je me dis qu'il a aussi les affaires et la science dans le sang. Ça saute aux yeux.

Stark nous pose des questions à tous, y compris à Brian et Dave qui bafouillent et marmonnent, mais parviennent quand même à articuler des réponses cohérentes. Cet homme garde le contrôle de la conversation – une main de fer dans un gant de velours.

Il se tourne vers moi et me demande des précisions sur l'une des équations clés de l'algorithme principal. *Carl va avoir une attaque*, me dis-je en observant mon boss du coin de l'œil. La question de Stark sort largement du champ de mes compétences supposées, mais j'ai bien travaillé et j'utilise le tableau blanc virtuel pour expliquer à notre hôte les fondements mathématiques de l'équation. J'aborde même les conséquences probables des ajustements qu'il me suggère. À l'autre bout de la table, mon boss pousse un énorme soupir de soulagement.

Visiblement, Carl est impressionné. Stark aussi, ce qui m'enchante bien plus et me procure une satisfaction presque égale à celle de la nuit dernière… mais pas tout à fait, heureusement.

Lorsque nous arrivons enfin au terme de notre présentation, Carl a beaucoup de mal à contenir sa joie. Tout s'est fabuleusement bien passé, et il le sait. Notre produit intéresse Stark, et notre équipe l'a épaté. Dans notre domaine de compétence, il est difficile d'obtenir résultat plus satisfaisant.

Nous sommes sur le point de commencer la tournée des poignées de main et des au revoir lorsque Mme Peters nous rejoint, l'air toujours aussi efficace :

— Désolée de vous interrompre, monsieur Stark,

mais vous m'avez demandé de vous prévenir si M. Padgett revenait.

— Il est ici ?

Jusqu'alors calme et désinvolte, le ton de Stark est devenu carrément menaçant.

— Oui, la sécurité vient d'appeler. Vous voulez leur parler ?

Stark hoche la tête, puis se tourne vers nous :

— Vous allez devoir m'excuser... Ce problème exige toute mon attention. Je vous contacterai la semaine prochaine.

Avec un coup d'œil à son assistante, il ajoute :

— Raccompagnez nos hôtes, voulez-vous ?

— Bien, Monsieur.

Nos regards se croisent, mais je ne parviens pas à déchiffrer le sien. Voilà, c'est fini, il quitte la salle de réunion et disparaît dans le couloir. J'éprouve aussitôt une surprenante sensation de perte. Je salue les deux sous-fifres, puis j'aide Brian à ranger l'une des valises. Espérons que personne ne remarque la tête que je fais.

L'assistante nous conduit jusqu'à l'ascenseur. La porte s'est à peine refermée que Carl se lance dans une petite gigue funky.

— Merci beaucoup de m'avoir laissé assister à cette présentation. C'était fantastique ! lui dis-je, sans pouvoir me retenir de glousser.

Carl écarte les bras en un geste magnanime :

— Comme vous l'avez souligné, nous sommes une équipe. Et nous avons assuré comme des malades !

L'ascenseur nous dépose dans le hall d'entrée. Toujours aussi jovial, Carl se suspend au cou de Brian et Dave, et les deux hommes se dirigent vaillamment vers la sortie malgré les valises à roulettes qu'ils traînent encore derrière eux. Ils me font presque pitié, les pauvres. Soudain, j'entends quelqu'un prononcer mon nom. Le gardien me fait signe :

— Mademoiselle Fairchild ? Vous avez un instant ?

Il a un téléphone collé à l'oreille. Tout en me hâtant vers le comptoir, je lui demande :

— Que se passe-t-il ?

Joe lève un doigt pour m'imposer le silence. Je jette un regard en coin à mon patron. Il m'observe d'un air sidéré et je hausse les épaules, perplexe, aussi surprise que lui.

Joe marmonne un truc incompréhensible, puis raccroche.

— On vous attend en haut, Madame.

— Comment ça ?

— Au penthouse. M. Stark aimerait s'entretenir avec vous.

Je vois Dave et Brian échanger un coup de coude. Génial ! Apparemment, Carl a fait part de ses soupçons à toute l'équipe. Et pourquoi pas une note interservices, tant qu'on y est ?

— Ça tombe mal, je dois participer à une réunion de travail, dis-je au gardien.

— M. Stark a beaucoup insisté.

Ben tiens ! Brusquement, une sensation d'oppression extrêmement désagréable m'envahit. Je serre le poing de toutes mes forces et je réplique, avec un sourire contraint :

— Il va devoir trouver autre chose pour occuper son après-midi. Mais s'il m'appelle au bureau, je serai heureuse de lui consacrer un moment la semaine prochaine.

Les yeux ronds comme des billes, Joe entrouvre la bouche. On dirait qu'il a des mâchoires en caoutchouc.

C'est sûrement la première fois qu'il entend un truc pareil. On ne dit pas non à Damien Stark.

Je me redresse un peu. Elle me plaît, la nouvelle Nikki.

— On y va ? dis-je à Carl et aux garçons.

Mon patron fronce les sourcils :

— Vous devriez peut-être…

— Hors de question. S'il veut parler du projet, on remonte tous ensemble.

Au loin, j'entends le « ding » d'un ascenseur, comme en réponse à ma détermination.

— Et si ce n'est pas pour le projet qu'il veut vous voir ? insiste Carl, qui me dévisage avec insistance.

Je lui retourne froidement son regard :

— Dans ce cas, il n'y a aucune raison que j'y aille.

Je mets mon boss au défi de m'envoyer là-haut. Il m'a déjà plantée au vernissage… Et si l'envie lui prend de recommencer dans le hall du building de Stark, ça va barder !

— Allez, venez, finit-il par maugréer. Il y a du champagne au frais.

En nous voyant nous diriger vers la sortie, Joe s'agite sérieusement :

— Vous ne pouvez pas partir comme ça ! Je vais devoir prévenir M. Stark !

— Tout va bien, Joe.

Je reconnais la voix qui prononce ces mots bien avant de voir son propriétaire. C'est Stark, évidemment. Toujours aussi calme et poli, il sort de l'ascenseur, une vision qui provoque en moi une décharge d'adrénaline. Merde, qu'est-ce que je fais ? Je relève le défi, ou je me barre ? Avec Stark, il faut toujours envisager les deux…

En passant devant le bureau de la sécurité, il serre la main de mon vieux pote Joe et de l'autre gardien avant de se diriger vers nous.

— Mademoiselle Fairchild... dit-il, comme s'il prononçait des mots délectables. Mon décorateur m'a envoyé un portfolio consacré aux œuvres de quelques artistes locaux. J'espérais avoir votre opinion sur certaines d'entre elles.

— Vous n'avez pas trouvé ce que vous recherchiez, la nuit dernière ? lui demande Carl.

— Je ne dirais pas cela... mais je ne suis toujours pas satisfait, répond Stark sans me quitter des yeux.

Heureusement que mon boss ne me regarde plus, sinon il verrait défiler sur mes joues une douzaine de nuances de rouge.

— Je vous prends de court, pardonnez-moi... Vous avez prévu un débriefing, j'imagine... mais je tiens vraiment à régler cette affaire une fois pour toutes.

— Nous avons fini notre journée, ment Carl en agitant la main d'un air désinvolte. On est samedi, après tout. J'allais souhaiter un bon week-end à tout le monde, après les avoir félicités pour leur excellent travail.

— Donc, vous ne m'en voudrez pas si je vous emprunte à nouveau Mlle Fairchild.

Stark fait un pas vers moi et, comme toujours, l'air se charge d'électricité.

— Pas du tout, affirme Carl. Je suis sûre qu'elle sera heureuse de vous apporter son aide.

Je n'apprécie absolument pas le ton de mon patron, mais comme je vais accepter l'invitation de Stark, comme mes collègues vont repartir sans moi, je préfère garder le silence.

Malgré mes bonnes résolutions, je vais remonter au penthouse avec Stark…

Pourquoi ? Parce que l'air s'est encore embrasé entre nous. Parce que j'ai des fourmis partout dès qu'il s'approche de moi. Parce qu'il est descendu jusqu'ici pour exiger ma présence avec un tel aplomb. Et enfin, même si c'est mon cul qu'il veut, tout ce qu'il obtiendra aujourd'hui, c'est un peu de mon esprit.

Chapitre 11

Stark me prend par le bras et m'entraîne vers les ascenseurs. Je suis terriblement consciente de ce contact physique, mais mon irritation agit comme un bouclier.

Nous nous arrêtons devant l'ascenseur voisin de celui qui nous a emmenés jusqu'au penthouse, mes collègues et moi. Stark insère une carte d'identification dans une fente presque invisible et la porte s'ouvre aussitôt. Dès que nous sommes dans l'ascenseur, je libère mon bras d'une secousse :

— Mais qu'est-ce qui vous prend, bon sang ?

— Accrochez-vous, me dit Stark tandis que la porte se referme derrière nous.

— Certainement pas ! Vous ne pouvez pas claquer des doigts comme vous le faites et espérer que…

Tout d'un coup, la cabine décolle comme une fusée. Je perds l'équilibre et m'agrippe à Stark pour ne pas tomber. Passant un bras autour de ma taille, il m'attire contre lui. Mon pouls s'affole brusquement, mais notre ascension accélérée n'y est pour rien.

— Je voulais dire « Accrochez-vous à quelque chose ». Nous sommes dans mon ascenseur privé. Il dessert directement le penthouse et il va très vite.

— Je vois, dis-je bêtement.

Mon irritation s'évanouit ; l'intense énergie qui circule entre nous l'a dissoute. Un flux magnétique, qui peut tout effacer comme un aimant, pensées, souvenirs, émotions…

Hé, une seconde !

Je recule en le repoussant à deux mains. Quand je suis de nouveau bien plantée sur mes jambes, j'agrippe fermement la rampe qui court dans l'ascenseur, juste au cas où.

— Il sait, dis-je d'un ton dur, sans explication supplémentaire. Bordel, Stark ! qu'est-ce qui vous a pris de venir me cueillir dans le hall comme une fleur ? Ça ne se fait pas !

— À propos de fleurs, j'espère que vous avez apprécié le bouquet. J'ai hésité, j'ai failli vous envoyer une composition plus exotique, mais vous m'évoquez plutôt les pâquerettes et les fleurs des champs.

— Ce n'est pas le propos !

— Comment ? s'exclame-t-il en feignant l'amusement. Vous me surprenez, mademoiselle Fairchild. Une jeune femme bien élevée comme vous, même pas un petit merci ?

— Merci, dis-je froidement.

— Et je tiens à préciser que je ne vous ai pas « cueillie ». Mais si vous y tenez, c'est quand vous voulez. Je serais ravi de réparer cet oubli.

Je fais tout ce que je peux pour attiser mon courroux, mais j'ai du mal parce que Stark commence à m'amuser.

— Je ne suis pas un toutou ! Je déteste qu'on me dise « Au pied » !

Dans son regard, un peu de gaieté disparaît.

— C'est vraiment ce que vous croyez ?

— Je…

Merde ! Les yeux fermés, je prends une profonde inspiration. J'ai horreur qu'on me donne des ordres, mais d'un autre côté Stark n'est pas ma mère, et je ne me montre pas très sympa avec lui.

— Non… Enfin, je n'en sais rien. Mais, Damien, dis-je en m'efforçant de conserver mon équilibre, de quoi ça a l'air, tout ça ? Vous y avez pensé ? Il est au courant !

— J'ai entendu. Vous parlez de Carl, c'est ça ? Et que sait-il au juste, votre patron ? Je vous assure que je ne lui ai rien raconté. Vous non plus, j'imagine…

Il me dévisage, son œil ambre étincelant de gaieté, le noir grave et résolu. Et il insiste :

— Vous lui avez dit quelque chose ?

— Ne faites pas semblant de ne pas comprendre ! Il sait qu'il se passe un truc entre nous !

— Très heureux de vous l'entendre dire.

Je me reprends aussitôt :

— Il sait qu'il y a eu un truc entre nous, plutôt.

Il garde le silence. C'est une bonne tactique, ce silence, mais je ne suis pas aussi forte que lui.

Je me racle la gorge.

— C'était… hum… c'était plaisant, dis-je.

Il éclate de rire – ce qui me rabat aussitôt le caquet.

— Plaisant, vous dites ?

Je sens mes joues s'empourprer, et je n'aime pas ça. D'un ton guindé, je réplique :

— Oui, plaisant. Très plaisant, vraiment. Une bonne partie de rigolade, que je me rejouerai avec délice chaque fois que l'envie me prendra de me masturber.

Je parle d'un ton trivial, en le regardant droit dans

les yeux, avec des mots cinglants comme des coups de fouet.

Sa gaieté l'a déserté. Il se consume de désir, et moi, je crève d'envie de retirer ce que j'ai dit. Ma colère m'a entraînée trop loin. Je conclus, en me redressant :

— Oui, c'était plaisant, mais ça ne se reproduira plus.

— Vous en êtes sûre ?

Il fait un pas vers moi… Pile au moment où l'ascenseur carillonne. La cabine s'est arrêtée.

— Oui, bon sang !

Stark se penche sur moi et je respire à fond. J'attends la suite avec impatience. À ma grande déception, il ne se passe rien. Mon ravisseur se contente d'appuyer sur un bouton et je me retourne en entendant une autre porte s'ouvrir derrière nous. Me voici en train de contempler l'entrée du fameux « appartement de la tour ».

Je marmonne de nouveau :

— Bon sang…

Peut-être est-ce l'appartement qui m'arrache cette exclamation, ou bien je ne fais que répéter ce que je viens de dire… Enfin, bref, tout ça se mélange dans ma tête.

— Mais pourquoi ? insiste Stark, les épaules bien droites.

Il s'est rapproché aussi, et ma respiration s'accélère. J'ai soudain si chaud que je sens des gouttes de sueur perler au creux de ma nuque. Franchement, j'ai de plus en plus de mal à réfléchir.

— Ce n'est pas une bonne idée, dis-je quand il me prend par la main pour m'entraîner dans l'appartement.

Chaleureux et confortable, le hall d'entrée est

meublé avec élégance, un peu comme les bureaux de l'autre aile. Face à nous, un mur me bloque la vue de la plus grande partie de l'appartement. Dominant toute l'entrée, une énorme composition florale trône sur une table basse en verre entourée de banquettes incurvées. Je vois d'ici les petites amies de Stark assises sur ces banquettes, ajustant leurs chaussures et vérifiant le contenu de leur sac à main. Une image déplaisante.

Le mur lui-même est presque entièrement masqué par une énorme toile représentant un champ de fleurs au rendu exquis. *Je pourrais me perdre dans ce monde*, me dis-je en contemplant la prairie.

— C'est splendide chez vous. Et ça m'apprend un tas de choses sur l'homme qui vit ici.

— Vraiment ?

— Oui. Par exemple, il aime les fleurs.

Stark rectifie en souriant :

— Il aime la beauté, surtout.

— C'est vous qui avez cueilli les fleurs de mon bouquet ?

— Non, mais Gregory connaît mes goûts.

— Qui est Gregory ?

— Mon valet.

Hein ? J'ai été élevée dans une famille qui a fait fortune grâce au pétrole du Texas, mais nous n'avons jamais eu de valet.

— Cette toile est superbe, mais je m'étonne de voir une scène pastorale chez vous.

— Ah bon, pourquoi ?

Il semble sincèrement surpris.

— Vous tenez tant à acquérir un nu pour votre nouvelle maison… Et je ne vous aurais jamais cru amateur de fleurs et de trucs dans ce genre.

— C’est l’un de mes secrets… Mais pour être honnête, cette envie d’un nu pour ma propriété de Malibu est relativement récente. Elle m’est venue à l’exposition de Blaine, figurez-vous. Et si je n’obtiens pas ce que je veux, je n’accrocherai rien à mon mur.

S’il s’exprime d’un ton parfaitement anodin, il me regarde avec intensité. Un frisson remonte le long de mon épine dorsale.

— Vous vouliez me montrer un portfolio, c’est ça ? dis-je, m’efforçant de conserver un ton froid et professionnel. Parce que si ce n’est pas le cas, je vais m’en aller. On est samedi et j’ai bien l’intention d’en profiter.

— Si vous voulez, je peux vous suggérer quelques activités extrêmement stimulantes.

Devant mon silence, Damien éclate de rire :

— Mademoiselle Fairchild ! Mais qu’allez-vous imaginer ?

Je pique un fard. J’ai très envie de l’envoyer sur les roses.

— Allez, entrez. Je vous prépare un verre et nous parlerons, insiste-t-il sans perdre sa bonne humeur.

Il me précède dans le couloir menant à la partie principale de l’appartement. J’hésite… J’ai envie de lui faire remarquer que nous pouvons regarder le portfolio dans l’entrée, sur une banquette, mais je suis dévorée de curiosité. Je veux voir où il vit… ou plutôt, l’un des endroits où il vit. Donc, je le laisse me conduire au salon. Une pièce incroyable, truffée de meubles contemporains. Acier et cuir, principalement, mis en valeur par un grand nombre de coussins, de lampes et de poteries qui donnent à ce lieu une atmosphère chaleureuse et accueillante.

Le plus stupéfiant, c'est une paroi entièrement vitrée d'où l'on peut contempler à perte de vue le centre de Los Angeles et les quartiers plus éloignés.

Damien m'indique le bar dressé dans un coin de la pièce. Je le suis et m'installe sur un tabouret, en tournant le dos au panorama. Je suis si près de la vitre que j'ai l'impression de flotter dans l'espace. C'est grisant, mais la situation peut sûrement devenir déstabilisante à la longue, surtout après quelques verres.

— J'aime votre sourire. À quoi pensez-vous ? me demande Damien, passant derrière le bar.

Je le lui explique et il glousse :

— Je n'y avais jamais pensé. Je ne vous lâcherai pas, promis. Vous n'allez pas dériver dans l'espace…

Son sourire se fait malicieux :

— Sauf si c'est moi qui vous y expédie.

Oh, bon Dieu ! Je m'agite un peu sur mon tabouret. J'aurais sûrement dû insister pour qu'on reste dans l'entrée.

— Du vin ?

Je secoue la tête :

— Je préférerais un bourbon.

— Vraiment ?

Je hausse les épaules, désinvolte :

— Ma mère n'a jamais réussi à me fourrer dans le crâne que les filles bien élevées ne boivent que du vin ou des cocktails. Pour elle, les alcools forts, c'est un truc de mec. Et mon père était plutôt amateur de whisky.

— Je vois. J'ai peut-être ce qu'il vous faut, me dit-il, comme si je venais de lui révéler un secret lourd de sens.

Il disparaît sous le bar et ressurgit, une bouteille à

la main. Sans un mot, il verse deux doigts de liquide ambré dans un grand verre.

— C'est du Glen Garioch ? dis-je, sidérée, en déchiffrant l'étiquette.

Je dois me pincer pour y croire. Un peu hésitante, je sirote une gorgée. Il est incroyablement doux, ce whisky : goût boisé et notes florales. Je le savoure les yeux fermés, puis j'avale une deuxième gorgée.

— Il est de quelle année ?

Je crois que je connais déjà la réponse.

— De 1958, me répond Damien comme si c'était la chose la plus naturelle du monde. Il est excellent, n'est-ce pas ?

— De 1958 ? Vous êtes sérieux ?

Ce whisky des Highlands incarne l'idée que mon père se faisait du Saint-Graal : seulement trois cent cinquante bouteilles mises en vente, pour un prix unitaire de deux mille six cents dollars environ. Et voici qu'un samedi après-midi, j'en déguste un sans tambour ni trompette… Ça aurait pourtant mérité un communiqué de presse !

— Vous connaissez cette distillerie ?

— Oui, lui dis-je. En fait, nous buvons de l'or liquide.

— Vous aimez le bourbon, dites-vous. Il est normal que je vous serve ce que j'ai de meilleur en réserve.

Il se verse un verre à son tour et contourne le bar. Je m'attends à ce qu'il se hisse sur le tabouret d'à côté, mais non. Il s'y accoude, et du coup, ne se trouve plus qu'à quelques centimètres de moi… Et entre Damien Stark et moi, quelques centimètres, ça peut devenir périlleux.

Je bois une autre gorgée, histoire de me calmer les

nerfs. Que va-t-il dire, maintenant ? Pour l'instant il se contente de m'observer en silence, et cet examen impudique commence à m'embarrasser.

— Arrêtez de me fixer, lui dis-je bientôt.

— Vous êtes si belle…

Je détourne le regard. Ce n'est pas ce que je veux entendre.

— C'est faux. Et même si c'était vrai, ça compte ?

— Oui, dans certains cas, réplique-t-il.

À ma connaissance, c'est la première fois que j'entends quelqu'un répondre aussi honnêtement à cette question.

— Pour moi, ça compte, ajoute-t-il.

— Pourquoi ?

— Parce que j'aime vous regarder. J'aime votre allure. Et votre démarche… comme si vous vouliez conquérir le monde.

— Ça, c'est parce que j'ai marché pendant des années avec un bouquin sur la tête. Des années à écouter les leçons de ma mère, des années de cours de maintien qui n'en finissaient pas.

— Il n'y a pas que ça. J'aime aussi la façon dont vous portez vos vêtements, comme si vous saviez que la seule chose qui compte, c'est vous et pas eux. Vous êtes belle, Nikki, mais pas seulement parce que vous correspondez aux critères des concours de miss ou des magazines. Votre beauté tient aussi à ce qui se dégage de vous.

— Et si ce que vous croyez déceler en moi n'était qu'un leurre ?

— Je sais que j'ai raison, réplique-t-il.

J'engloutis une lampée de whisky.

— Vous n'êtes peut-être pas aussi malin que vous le pensez, monsieur Stark.

— Foutaise ! Je suis carrément brillant, oui ! Tout le monde le dit !

Il me sourit de toutes ses dents, un sourire juvénile qui me fait glousser malgré moi. Et puis, en un clin d'œil, le sourire juvénile devient fiévreux et avide. Sans me laisser le temps de dire ouf, Damien fait pivoter mon tabouret. Me voici dos au bar, enfermée dans la cage de ses bras. Il a posé les mains sur le comptoir, une de chaque côté, me piégeant dans sa chaleur.

— Je suis très malin, Nikki. Assez pour me rendre compte que, vous aussi, vous éprouvez quelque chose. Et ce n'est pas de l'attirance, c'est une déflagration ! Des atomes crochus ? Tu parles ! Une fission nucléaire, oui !

Je suis rouge comme une pivoine, et ma respiration devient saccadée. Il a raison… Oh bon Dieu, il a raison ! Et malgré cela…

— Une réaction atomique, ça n'a rien de drôle. L'onde de choc détruit tout ce qu'elle touche…

— Des conneries, tout ça, rétorque-t-il d'un ton dur.

La colère qui émane de lui me submerge par vagues.

— Nikki, ne faites pas ça ! Ne jouez pas à ce petit jeu avec moi. Ne compliquez pas les choses alors qu'elles devraient être si simples…

— Ah, vraiment ? Mais, bon sang, qu'est-ce que ça veut dire ? Rien n'est simple ! Évidemment que vous m'attirez ! Mais vous ne savez rien de moi !

J'étouffe un gros soupir. Parfois, je me demande si je me connais moi-même. Peut-être qu'au cours de toutes les années pendant lesquelles ma mère adorée s'est efforcée de me façonner – en me disant quoi manger, quoi boire, avec qui sortir, à quelle heure dormir et autres lubies de ce genre –, la vraie Nikki a été aspirée hors du corps que j'occupe.

Faux. Je me suis battue pour conserver ma personnalité, et elle est encore là, tout au fond de moi.

La mine féroce, je répète :

— Vous ne savez rien de moi.

— Mais si ! réplique-t-il, avec une passion qui me fait chanceler.

Quelque chose dans sa voix me rend vulnérable. Il m'a encore poussée dans mes derniers retranchements. Je détourne le regard. J'ai l'impression qu'on braque un projecteur sur moi et je n'aime pas ça.

Je reprends enfin contenance.

— Ça n'ira pas plus loin entre nous, monsieur Stark, lui dis-je en redressant la tête. C'est hors de question.

— Je ne peux pas l'accepter, grogne-t-il tout bas, d'un ton qui chamboule et malmène mes bonnes résolutions.

Je me tais, incapable de formuler ma pensée.

— J'ai aimé notre jeu, l'autre nuit, reprend-il en caressant la manche de ma veste. Et vous aussi, vous l'avez aimé. Je ne vois aucune raison valable d'en rester là…

Je me force à émettre une phrase cohérente :

— J'adore le cheese-cake, mais je n'en mange pas souvent, parce que je sais que ça me fait du mal.

— Parfois, c'est un mal pour un bien.

— N'importe quoi ! C'est ce que les gens racontent pour soulager leur culpabilité ou justifier leurs faiblesses. Quand c'est mal, c'est mal, un point c'est tout.

— Si je comprends bien, nous parlons philosophie.

Je vais donc vous contredire avec les enseignements d'Aristippe. Pour lui, le plaisir, c'était ce qu'il y avait de plus précieux au monde.

Du bout du doigt, il souligne ma clavicule, ajoutant dans un souffle :

— Vous êtes ce qu'il y a de plus précieux au monde…

Ses caresses me donnent le frisson. Pendant un bref instant, je lâche prise et m'abandonne au soleil de Damien Stark. Puis je me détourne. Sur un ton de regret infini, je chuchote :

— Cette histoire ne nous mènera nulle part. C'est impossible…

— Mais pourquoi ? murmure-t-il avec douceur.

Sans le vouloir, je lui en ai déjà trop révélé sur moi. Je préfère me taire.

Il soupire. Sa frustration est presque palpable.

— En fin de compte, vous avez le choix, mademoiselle Fairchild. Et moi aussi.

— Que voulez-vous dire ?

— Je peux m'y prendre autrement pour tenter de vous convaincre.

Entre nous, l'air s'est chargé d'électricité. C'est un miracle que je parvienne encore à respirer.

— Vous n'y parviendrez pas, lui dis-je, moins sûre de moi. Vous allez financer mon patron. Je suis déjà allée beaucoup trop loin !

Je prends une grande inspiration et j'ajoute :

— Mais c'est fini. Ma réputation professionnelle en a déjà pâti, et je ne veux plus prendre de risques.

— Travaillez pour moi, dans ce cas !

Cette riposte est arrivée si vite que j'en déduis qu'il a déjà considéré cette possibilité.

— Hors de question.

— Pourquoi ? Donnez-moi une raison !

— Voyons… Parce que je ne veux pas incarner le harcèlement sexuel au travail ?

Son expression change aussitôt et me déstabilise. Je l'ai mis en colère, c'est évident. Mon instinct me crie de m'enfuir, mais je reste clouée sur place. Il n'aura pas la satisfaction de me voir renoncer à la bagarre.

— Vous vous êtes sentie harcelée, la nuit dernière ?

— Bien sûr que non !

J'aurais dû mentir – solution de facilité –, mais je ne peux pas m'y résoudre.

La colère fait place au soulagement. La colère ou la peur, peut-être… Bah, je m'en moque. À cet instant, je vois une seule chose, son désir.

— J'ai pensé à vous la nuit dernière, me dit-il. Si vous voulez mon avis, Giselle et Bruce ne m'inviteront plus jamais au restau. J'ai été le pire convive qui soit.

— Navrée de vous avoir gâché la soirée.

— Détrompez-vous ! Et quand je suis reparti chez moi… Pour la première fois de ma vie, j'aurais voulu que le trajet dure beaucoup plus longtemps. Moi, seul à l'arrière de la limousine, dans votre odeur…

Aucune allusion à ma petite culotte. Peut-être ne l'a-t-il pas trouvée…

Oh Seigneur ! Qui d'autre est monté dans cette limousine, depuis ?

Je sens le rouge me monter aux joues. Mon embarras l'amuse, je le comprends à la façon dont il plisse les yeux.

— Je me suis vu en train de vous déshabiller, chuchote-t-il en s'en prenant au premier bouton de mon chemisier.

Il le déboutonne sans effort.

— Puis je vous ai imaginée toute nue…

Pop ! un autre bouton.

— Vous êtes magnifique…

Du pouce, il caresse doucement le renflement de ma poitrine et la bretelle de mon soutien-gorge de satin blanc.

Je retiens ma respiration. J'aimerais lui dire d'arrêter, mais aucun mot ne franchit mes lèvres.

Il a trouvé l'agrafe de mon soutien-gorge entre mes seins et la défait aussi prestement qu'il a déboutonné mon chemisier. Il pousse un grognement incroyablement excitant. Je crève d'envie de fermer les yeux et de céder enfin, mais je ne peux pas, je ne peux pas…

— Damien, s'il vous plaît…

La respiration heurtée, il plonge son regard dans le mien. Son désir est dévorant, je le comprends à la dureté de ses traits.

— Votre consentement, Nikki. Si vous me dites d'arrêter, je le ferai. Mais décidez-vous vite, parce que je vais embrasser cette bouche sublime, et putain, je vais vous faire taire…

Je n'ai pas le temps de réagir. Exigeante, impérieuse, sa bouche est déjà plaquée sur la mienne. Il s'empare de moi et j'oublie tout ce qui m'entoure… Mes pensées se dissolvent, anéanties par le plaisir et le besoin de répondre au désir de cet homme. Le besoin de lui offrir ma bouche, de prendre et d'être prise.

À l'aveugle, en tâtonnant, je l'agrippe par les cheveux et l'attire encore plus près de moi. Où sont passées mes réticences ? Étaient-elles feintes ? Tumultueuses, brûlantes, éperdues, mes émotions ont pris le dessus, jaillissant comme un flot brûlant. Notre baiser dure quelques secondes ou une éternité, je l'ignore… Mais lorsque Damien me libère enfin, je respire goulûment. J'ai été trop longtemps privée d'oxygène. J'ai la tête qui tourne, je me sens si faible…

Je peux profiter de ce répit pour lui dire d'arrêter. Il le fera. Il me laissera tranquille, il sortira de ma vie.

Je me jette sur lui. Complètement désinhibée, je prends tous les risques ; à cet instant, je me moque des dangers qui me guettent. Je ne sens plus qu'une chose, ce feu qui me consume.

Nos bouches se heurtent violemment. Sa langue me pénètre, me savoure… Et il gémit de plaisir. Rien que pour ça, je ne regrette pas ma volte-face.

Il met brutalement un terme à notre baiser pour m'embrasser dans le cou. Je me cambre, le souffle coupé. Il glisse ses mains dans mon chemisier et saisit mes seins, puis il plonge, en tète un, le suçote. Mon téton se contracte telle une perle contre ses dents. Il m'a attirée tout contre lui, mes jambes sur ses cuisses, mon cul sur le rebord du tabouret. Je sens le plaisir tracer un sillon brûlant entre ma poitrine et mon sexe, et je me débats un peu, pour la forme.

— Ma chérie… chuchote-t-il, haletant.

Il s'attaque au dernier bouton de mon corsage et me fait descendre du tabouret en posant ses mains sur ma taille, sur ma peau ultrasensible. Moite et brûlante de désir, je suis debout devant lui, maintenant. Et j'ai mal partout. Mon corps réclame ses caresses.

— Vous êtes si douce… murmure-t-il en sortant le chemisier de ma jupe pour me caresser lentement.

Il effleure ma taille du bout des doigts, puis baisse sans hâte la fermeture Éclair de ma jupe, qui glisse aussitôt sur mes hanches.

— Et si belle…

Sa courtoisie me déconcerte, et les doigts glacés de la peur s'insinuent dans le brouillard de plaisir où je flotte.

Je frémis, mais pour quelle raison ? Sa douceur ? Les craintes qui m'assaillent soudain ?

— Penchez-vous en arrière et tenez-vous au tabouret, m'ordonne-t-il.

— Damien…

Je voudrais protester, mais ma voix tremble et je ne contrôle plus mes réactions. Je fais exactement ce qu'il me dit : j'empoigne le tabouret, le dos cambré, la tête penchée en arrière, et je m'abandonne au plaisir.

Damien écarte les deux pans de mon chemisier. Leur fin tissu encadre ma poitrine, frôlant ma chair nue. Du bout des lèvres, il chatouille mes tétons et je gémis. Je veux qu'il y aille franchement, il ne fait que m'émoustiller… Chaque fois qu'il dépose sur la pointe de mon sein un baiser léger comme une plume, je sens mon sexe se contracter. Je le veux… Je le veux de toutes mes forces. Mais en même temps, cette idée me terrorise. Alors je m'agrippe au tabouret en attendant que l'orage s'éloigne. J'ai si peur de me fracasser, de me briser en mille morceaux…

— Vous rayonnez, vous savez… susurre-t-il.

Il dessine un sillage de baisers entre mes seins, sur mon ventre, sur ma taille. Et là, je me raidis. J'ai peur qu'il ne fasse glisser la jupe jusqu'à mes pieds, parce qu'il me verrait nue. Sous la jupe, je ne porte qu'un slip minuscule…

Mais il m'épargne cette épreuve, et ce bref sursis me soulage. Il m'attire brutalement contre lui, puis modifie nos positions. Il s'adosse au comptoir et je me retrouve face à lui.

— Tournez-vous, me dit-il avec brusquerie.

Sans attendre ma réaction, il me fait pivoter et me mordille le lobe de l'oreille. Tandis que l'une de ses mains se referme sur ma poitrine nue, l'autre se pose sur mon ventre et me plaque tout contre lui. Je suffoque, surprise par ce geste rapide et par la pression de son sexe gainé de jean contre la courbe de mon cul.

Presque suppliante, je chuchote :

— Damien…

Mais qu'est-ce que je veux, au juste ? Qu'il s'arrête ou qu'il continue ? Je n'en ai pas la moindre idée.

Sa bouche collée à mon oreille, il ronronne, d'une voix si sensuelle, si lascive qu'elle fait pulser mon clitoris :

— Je vais vous baiser, Nikki, et quand nous jouirons, nous jouirons si fort que notre plaisir crèvera le plafond. Vous allez me supplier, vous serez à moi… Je vous exciterai, je vous tourmenterai, et vous jouirez comme jamais vous n'avez joui…

La force de ces paroles porte mon excitation à son comble, j'ai même du mal à respirer. Tout en parlant, il glisse sa main sous le haut de ma jupe et la plaque sur ma chatte palpitante.

— Vous mouillez, murmure-t-il. Oh chérie, vous êtes trempée…

Je réagis par une sorte de bruit de gorge et je m'agite un peu en sentant ses doigts sur mon clito gonflé. Qu'a-t-il dit, déjà ? Que j'allais le supplier ? Cela ne fait aucun doute, si ça continue.

Brusquement, il écarte ma culotte et, d'un seul mouvement fluide, glisse deux doigts en moi.

— Vous aimez ça, hein ? murmure-t-il.

— Oh oui, oui…

Stimulé par leur va-et-vient, mon vagin se contracte. De son doigt, il chatouille mon clitoris, m'entraîne de plus en plus haut, de plus en plus…

Quand il me pince le téton, je crie, et cette souffrance délicieuse provoque ma délivrance. Je jouis par vagues violentes et frémissantes, ses doigts toujours enfoncés en moi. Je n'ai qu'un désir, l'attirer en moi et faire durer ce moment le plus longtemps possible.

— Nikki… chuchote-t-il en retirant doucement sa main.

Quand il me retourne, je ne suis plus qu'une poupée de chiffon. Ses lèvres se referment sur le téton malmené et, tout en tripotant l'autre, il commence à le sucer. Stimulé par cette sensation proche de la douleur, mon sexe palpite de plus belle. Lentement, Damien m'embrasse entre les seins, puis sur le ventre, et sa langue s'acharne sur mon nombril. Au même moment, je sens ses mains descendre jusqu'à l'ourlet de la jupe que je porte encore.

Liquéfiée, perdue dans le brouillard, je flotte.

Mais même là, au septième ciel, j'entends naître et croître le faible bourdonnement de ma peur. Je sais ce qui va se passer, j'en rêve – je le veux, lui –, mais je ne serai sûrement pas assez forte pour supporter la suite. Sauf si… si…

C'est toi qu'il veut. Tes sarcasmes. Ton attitude.

Tandis que Damien me chuchote que je suis belle, si belle, je me raccroche aux mots de Jamie.

— Je veux savoir quel goût vous avez, me dit-il. Je vais vous lécher, puis vous embrasser. Vous aussi, vous allez connaître le goût incroyable de votre plaisir.

Il retrousse ma jupe en frôlant mes bas du bout des doigts, puis remonte jusqu'à la bande qui les maintient en place. Je ne respire plus. Je m'agrippe si fort à ses épaules que je risque de lui briser un os.

Ça y est, je sens ses mains sur ma chair, au-dessus des bas. Il caresse la peau douce à l'intérieur de mes cuisses. S'il remonte encore un peu, il va sentir mes horribles cicatrices dures et enflées. De plus en plus tendue, je m'efforce de tenir à distance la honte, la peur, la souffrance, les souvenirs… Hélas, tous ces sentiments parviennent à se frayer un chemin en moi, à travers la brume de mon désir. Et troublent le doux moment que je passe dans les bras de Damien.

Je fais tout ce que je peux pour les ignorer, mais dans ma tête une petite voix me dit de fuir. Je ne veux pas me dérober, bon sang ! Je veux essayer ! Je veux rester, ressentir des choses, et lâcher prise sous les doigts de Damien ! Je suis si grisée que j'en arrive presque à croire ce que m'a dit Jamie : il me veut, moi, et rien que moi…

Et puis soudain, il prononce le mot qui détruit tout. Le mot qui réduit le fantasme en fumée :

— Bon Dieu ! Nikki, vous êtes parfaite.

Chapitre 12

D'une secousse, je m'arrache à son étreinte, en me cognant la cuisse contre le bar.

— Je suis désolée… Désolée, je dois partir…

Je ne le regarde même pas. Je descends ma jupe sur mes cuisses et remonte le Zip à toute vitesse ; puis je boutonne tant bien que mal mon chemisier, les doigts tremblants. Je ne m'embête pas avec le soutif. Je me précipite vers l'entrée en tenant d'une main ma veste fermée.

— Nikki…

Il souffre, il ne comprend pas, et je me sens minable. Je suis la cause de cette souffrance, il ne mérite pas ça. J'aurais dû mettre un terme à cette histoire bien plus tôt. J'aurais dû le faire la nuit dernière, putain !

— Je suis désolée…

Quelle sortie lamentable !

La porte de l'ascenseur s'ouvre dès que j'appuie sur le bouton. Ouf ! J'avais peur de devoir patienter. Et soudain je comprends : l'ascenseur privé de Damien l'attend forcément là où il se trouve.

J'entre dans la cabine. Je reste bien droite jusqu'à ce que la porte se soit refermée, puis je m'affaisse contre le panneau de verre, en larmes. J'ai cinquante-sept étages à descendre, largement le temps de chialer un bon coup. Ma bagnole étant garée au troisième sous-sol, ça fait même soixante étages en tout.

Quand la cabine ralentit, je sèche vite mes larmes et me redresse en remettant un peu d'ordre dans ma coiffure. Voilà, le masque est à nouveau en place, comme me le confirme le sourire de mon reflet dans le miroir. Parfait.

Mais cette petite comédie n'est pas nécessaire. Quand la porte s'ouvre, personne n'attend l'ascenseur. Je garde quand même mon masque pendant la longue traversée qui me mène du parking de la tour Stark à celui de la banque hébergeant les locaux de la C-Squared. Ma bagnole est garée tout au fond. Je me dépêche, parce que je commence à me fêler. Si ça continue, je vais me briser en mille morceaux. Je le sais. Et quand ça se produira, je dois absolument être dans ma voiture.

Je la vois, elle est là, en face de la cage d'escalier. Cette partie du parking n'est pas éclairée et ça me rend nerveuse. J'en ai fait part au gérant de l'immeuble dès mon premier jour de boulot, mais il n'a pas encore changé l'ampoule. Il faut absolument que je demande à Carl de me trouver un autre emplacement ; ce coin du parking me donne la chair de poule.

Je me dirige en hâte vers ma voiture. Je dois déverrouiller manuellement la vieille Chevy – presque quinze ans de service – qui ne dispose pas de l'ouverture à distance. J'ouvre énergiquement la portière, puis me glisse à l'intérieur. Les odeurs et les bruits familiers m'enveloppent aussitôt. Enfin, je peux m'effondrer. Je sanglote, les joues inondées de larmes. J'agrippe le volant, je lui tape dessus, je cogne, je gifle, je tabasse, jusqu'à ce que mes mains deviennent rouges comme des écrevisses. J'ai la peau à vif, et ça fait mal. Je chiale en criant « Non, non, non… » sans vraiment m'en rendre compte, et puis ma voix se casse.

J'ai pleuré toutes les larmes de mon corps. Secouée de spasmes, essoufflée, je hoquette douloureusement. Je dois absolument me calmer.

Enfin, je cesse de trembler. D'une main mal assurée, je tente d'insérer la clé dans le contact. Le métal crisse contre le métal, et quand le porte-clés m'échappe, je me penche pour le ramasser à tâtons. En me redressant, je me cogne le front contre le volant. Excédée, je me défoule dessus de plus belle.

Et c'est reparti ! Je pleure, je gémis… Tout ça, c'est trop, et trop vite. Le déménagement, le boulot, Damien…

Si seulement je pouvais changer de peau, là, maintenant… Changer de peau et m'enfuir…

Je remonte brusquement ma jupe sur mes hanches, exposant à l'air libre le triangle de ma culotte et mes cuisses nues au-dessus des bas.

Ne fais pas ça.

Allez, juste un peu. Juste cette fois.

Ne fais pas ça.

Je n'écoute pas la petite voix. J'écarte les jambes et j'enfonce la clé dans la chair tendre d'une cuisse. À une époque, mon porte-clés était muni d'un canif. Si seulement je l'avais gardé… Non. Non, surtout pas !

Les dents de la clé mordent ma peau, mais c'est insignifiant. Une piqûre de moustique. Il va me falloir une douleur plus cuisante si je veux garder la tempête à distance. Une prise de conscience qui me frappe comme une gifle en pleine face.

Putain de merde ! mais qu'est-ce que je fais, bon sang ?

Sur un coup de tête, j'ouvre violemment la portière et jette les clés dans le parking mal éclairé. Je les entends glisser sur le béton, mais je ne vois pas où elles atterrissent.

Je respire profondément. Ce n'est pas moi. Je ne me suis pas coupée depuis plus de trois ans. Je me suis battue et j'ai gagné.

Je ne suis plus cette fille.

Sauf que c'est faux, bien sûr. Je serai cette fille toute ma vie. J'aurai beau espérer le contraire, j'aurai beau courir le pays, ces cicatrices ne disparaîtront pas et je ne pourrai pas les cacher indéfiniment.

Je l'ai appris de la pire des façons. Voilà pourquoi je me suis sauvée tout à l'heure, et pourquoi je continuerai à fuir.

Une vague de solitude me submerge brutalement. Ollie, que m'a-t-il dit, déjà ? Ah oui, que rien ne changerait entre nous. Que je pouvais l'appeler n'importe quand si le besoin s'en faisait sentir.

J'ai besoin de lui. Maintenant.

Je prends mon téléphone pour appeler mon ami. Ça sonne, une fois, deux fois. À la troisième sonnerie, une femme décroche. Courtney.

— Allô ? Allô, qui est à l'appareil ?

J'ai oublié de donner mon nouveau numéro à Ollie. Comme je ne suis pas dans ses contacts, Courtney n'a aucune idée de la personne qui se trouve à l'autre bout du fil.

Je raccroche, paniquée. Puis je compose un autre numéro. Cette fois, je tombe sur la messagerie vocale de Jamie.

— C'est pas grave, dis-je avec une gaieté que je suis loin d'éprouver. Je pars faire du shopping et j'ai pensé qu'on pourrait peut-être se retrouver en ville.

Je raccroche. Très bonne idée, le shopping. La thérapie par les magasins ne peut pas guérir tous les maux de la terre, mais quand on veut se changer les idées, c'est parfait. Sur ce point, au moins, je suis d'accord avec ma mère.

Je respire à fond plusieurs fois. J'ai retrouvé mon calme, je peux quitter le parking. Et caler ma radio sur une station de country pour écouter Johnny Cash me chanter ses problèmes. Des problèmes bien pires que les miens.

Je jette un coup d'œil par la vitre, mais je n'aperçois pas mes clés. En soupirant, je rabats ma jupe sur mes jambes avant de sortir de la voiture. J'ai jeté le trousseau de toutes mes forces, je m'en souviens. Mes clés sont sûrement tombées plusieurs mètres plus loin, près de la Mercedes vert foncé ou de l'énorme SUV Cadillac. Et je n'ai pas de lampe de poche… Enfin, si… une lampe de poche minuscule fixée à mon porte-clés ! Je n'ai plus qu'à espérer que la chance sera de mon côté.

Je traverse le parking jusqu'à la Mercedes au son de mes talons qui claquent sur le béton. J'ai laissé ma portière ouverte, mais la faible lumière de l'habitacle ne m'aide pas beaucoup. Bref, je ne vois pas grand-chose, même dans la zone un peu mieux éclairée où sont garées la Mercedes et la Cadillac. J'ai peur de filer mes bas si je m'agenouille, alors je me plie en deux comme je peux pour regarder sous les voitures.

Après avoir fait deux fois le tour des véhicules, j'aperçois enfin mes clés, presque invisibles derrière l'un des pneus arrière de la Mercedes. Je les ramasse, puis me fige. Du coin de l'œil, je viens de saisir un mouvement. Là-bas, près de la cage d'escalier, je distingue vaguement une silhouette masculine.

— Il y a quelqu'un ?

L'ombre ne bouge pas, et je frissonne, déstabilisée. J'ai l'impression qu'on m'observe.

Je crie :

— Hé, vous ! Qui êtes-vous ?

Dois-je retourner à ma voiture, donc m'approcher de l'ombre, ou bien repartir dans la tour Stark et prévenir la sécurité ?

Je brandis mon téléphone :

— J'appelle la sécurité ! Je vous suggère d'aller faire un petit tour !

D'abord, l'homme ne bouge pas, puis il recule et disparaît, comme absorbé par une zone d'obscurité plus profonde. Un peu plus tard, j'entends grincer la porte de l'escalier. Elle se referme avec un bruit sourd.

Plutôt secouée, je repars en hâte vers ma voiture. Je n'ai plus qu'une idée en tête, sortir d'ici.

Quand j'arrive au centre commercial de West Hollywood, j'en ai ma claque de Johnny Cash. Je suis revenue à la station de rock classique, et c'est au son du groupe Journey que je me glisse entre deux bagnoles garées près de l'Escalator bien éclairé menant au cœur de la galerie.

Jamie ne m'a pas rappelée. Tant mieux. J'ai réussi à dompter mon côté Mister Hyde, à l'enfouir en moi une fois encore. Je ne tiens pas du tout à revenir là-dessus pour elle, ce serait au-dessus de mes forces.

Je ne veux plus penser à ça. Pas question de remuer le couteau dans la plaie.

Et, surtout, je refuse de réfléchir à la façon dont j'ai fui Damien Stark.

Que va-t-il va penser de moi, maintenant ?

Stop ! Je dois passer à autre chose.

De ce côté-ci de Los Angeles, personne ne voudrait de ma vieille caisse pourrie, pas même un voleur de bagnoles, mais je la verrouille quand même. À moi le centre commercial, ses produits de beauté, ses chaussures et ses sacs à main ! Et interdiction de penser à Damien Stark.

L'Escalator m'entraîne toujours plus haut. J'ai l'impression de m'élever au-dessus des ténèbres, au-dessus de l'enfer, et d'émerger dans un paradis inondé de lumière. Des gens superbes partout, tous en plastique, comme moi, comme les mannequins dans les vitrines. Tous cachés derrière un masque. Et tous, nous nous pavanons en faisant semblant d'être parfaits.

Dans les vitrines, les beaux vêtements m'attirent comme le chant des sirènes. Épave emportée par le courant, j'entre dans les magasins au hasard. Je prends des trucs sur les étagères, je les essaie, je me tourne en tous sens devant le miroir à trois panneaux... Et je souris poliment aux vendeuses qui me disent que je suis ravissante avec ces fringues, parce qu'elles mettent mes jambes sexy en valeur... Je vais faire tourner les têtes partout où je passe, paraît-il.

Je repose tous ces vêtements.

Chez Macy, je déniche un présentoir chargé de T-shirts de toutes les couleurs et de pantalons à rayures blanches et bleues qui se ferment par un cordon. J'achète un ensemble en bleu et blanc. Mon petit sac à la main, je vais me poser chez Starbucks, où je commande un café crème avec un muffin aux myrtilles. Vêtements réconfortants, nourriture réconfortante…

Assise près de la fenêtre, je regarde le monde aller et venir. J'ai encore oublié mon appareil photo à la maison et je le regrette. Ashley me l'avait offert pour Noël pendant ma première année de lycée. Depuis, c'est devenu une sorte de porte-bonheur. J'aimerais pouvoir capturer certaines des expressions éphémères qui défilent derrière la vitre. Chacune d'elles est un mystère. J'observe ces gens en espérant découvrir leurs secrets, mais c'est impossible. Rien ne vient me mettre sur la voie. Cette femme vit peut-être une histoire d'amour, cet homme bat peut-être sa femme, cette ado bien coiffée vient peut-être de voler des sous-vêtements en dentelle… Je n'ai aucun moyen de m'en assurer. En tout cas, ces points d'interrogation me remontent le moral. Car si je ne peux pas deviner leurs secrets rien qu'en les regardant, eux ne peuvent pas non plus deviner les miens. Moi aussi, je suis un mystère. Un mystère pour eux… et pour Damien Stark, avec un peu de chance.

Je ne suis pas fière de mon départ précipité. Je dois des excuses à Damien, j'en suis consciente, mais cela attendra. Je vais devoir trouver une explication plausible à mon comportement. Stark ne peut pas deviner mes secrets, mais si je mens, il le saura aussitôt.

Je termine mon muffin et me lève, mon gobelet à la main. Soudain, je prends conscience que j'ai l'intention de revoir Damien.

L'idée fait son chemin en moi. Elle me rend nerveuse, elle m'angoisse, mais j'ai hâte, aussi. Et lui, va-t-il accepter de me revoir ? Va-t-il accepter la fin brutale et définitive de cette histoire entre nous ?

Évidemment qu'il va accepter. Après tout, il m'a dit que la décision m'appartenait. Il s'en est remis à moi en toute connaissance de cause.

Et pourtant, j'ai tout fait foirer. J'ai oublié à quel point j'étais faible : voilà ce qui se passe quand on se croit plus fort qu'on ne l'est en réalité.

Perdue dans mes pensées, j'ai traversé le centre commercial sans m'en rendre compte et je redescends dans le parking souterrain. Je me sens beaucoup mieux, me dis-je en grimpant dans ma bagnole. Je n'ai pas encore recouvré tous mes moyens, mais j'ai réussi à prendre une décision. Je reverrai Damien Stark et lui présenterai mes excuses. Mais pas tout de suite. Dans quelques jours. Dans une semaine, peut-être. J'ai besoin d'un peu de temps pour réfléchir. Je dois reprendre des forces.

Parce que Stark me fait l'effet d'une drogue : il m'attire irrésistiblement. Si je ne me méfie pas, je ne pourrai plus m'en passer.

Chapitre 13

La voiture de Jamie est garée à sa place quand j'arrive à l'appartement. Super ! Avec un peu de chance, mon amie n'a rien de prévu ce soir. Pendant le trajet, l'idée m'est venue de lui proposer un plan « meilleures amies du monde » : une petite balade sur les collines au-dessus de Studio City, peut-être ; ensuite une bonne douche, de jolies fringues, un dîner et une virée dans une boîte de nuit branchée de L.A. Après tout, je suis encore nouvelle en ville. L.A. et moi, on est en pleine lune de miel.

Je n'ai pas trop envie de lui raconter ma journée en détail, mais je sais qu'après quelques verres je vais sûrement tout lui dire. Et tant mieux. Le cafard, ras-le-bol. Je vais papoter avec ma grande copine, qui se fera un plaisir de me rappeler que le monde compte des cas bien pires que le mien. C'est ça, le talent de Jamie : elle est la seule à pouvoir délier tous les nœuds que je porte en moi, l'un après l'autre. La seule, avec Ollie. Raison pour laquelle ce sont mes meilleurs amis, j'imagine.

Je contourne le bâtiment, puis je grimpe les marches deux par deux jusqu'à notre appartement, le 3G.

Comme la porte n'est pas fermée à clé, je l'ouvre à la volée et entre en m'exclamant :

— T'es folle ou quoi ? Tant que t'y es, colle donc une note sur la porte pour inviter tous les obsédés à ent…

Jamie est là, assise sur le divan, devant la télé qui gueule des vieux épisodes de *Jeopardy*. Avec, juste à côté d'elle, Damien Stark.

Enfin, c'était vrai avant mon irruption. À présent, il vient à ma rencontre. Derrière lui, debout sur le canapé, Jamie se hausse sur la pointe des pieds pour me dire quelque chose.

Oh putain, qu'est-ce qu'il est sexy… articule-t-elle en silence.

Ça, c'est sûr, il est torride.

Il porte toujours un jean, mais la veste et la chemise ont disparu, remplacées par un T-shirt blanc tout simple qui met en valeur ses larges épaules et le bronzage de ses bras musclés. Je l'imagine tenant une raquette, puis me tenant, moi.

Je me racle la gorge.

Damien me lance un grand sourire. Il n'a que la trentaine, n'empêche qu'il vient de perdre dix ans d'un coup. Quand il sourit comme ça, on dirait un gamin, du genre à traverser le campus main dans la main avec sa petite amie. Il s'approche de moi. Son parfum me chatouille les narines : une eau de Cologne musquée, ou son odeur naturelle, peut-être. En tout cas, je suis terriblement consciente de sa présence. Terriblement consciente de l'effet qu'il me fait. Cette odeur, elle agit sur moi comme des phéromones.

— Vous êtes là… dis-je bêtement.

— Eh oui…

— Super…

Je balaie l'appartement du regard. Tout à coup je me retrouve en territoire inconnu, alors que je commençais à peine à me sentir chez moi ici. Je pose mon sac par terre et me précipite dans notre petite cuisine. Comme un mur la sépare du salon, je vais pouvoir reprendre mes esprits tranquillement.

Sauf que Damien me suit et s'adosse au frigo. Je me tourne vers l'évier, mais son regard pèse sur moi. Je prends un verre sur l'égouttoir et le remplis d'eau.

— Alors, qu'est-ce que vous faites ici ? dis-je d'un ton léger.

J'avale mon verre cul sec, le remplis à nouveau et me tourne enfin vers Damien.

Il ne m'a pas quittée du regard. Son expression me cloue sur place.

— Je voulais vous voir, finit-il par lâcher.

Sous-entendu : *Je voulais voir si vous alliez bien.*

Je souris. Il n'a rien raconté à Jamie !

— Tout baigne. J'ai fait du shopping.

— En effet, c'est le paradis, pour une femme.

Je hausse les sourcils :

— Oh, le gros cliché !

— Un cliché qui vous va comme un gant, mademoiselle Fairchild, glousse-t-il.

Je tente d'effacer mon sourire, mais je perds la bataille.

Jamie se glisse dans la cuisine et nous regarde à tour de rôle d'un air malicieux. Elle porte un pantalon de pyjama et un débardeur blanc pourri couvert de taches de peinture.

— Je suis carrément à la bourre. Faut que je me grouille ! me lance-t-elle.

Elle pique un sprint jusqu'à la porte et nous crie :

— Soyez sages, tous les deux !

— Jamie ! Mais où tu vas ? T'as vu comment t'es fringuée ?

— Je serai à côté, ne t'inquiète pas !

— Chez Douglas ?

Ma voix a dérapé dans les aigus. Je refuse que mon amie retourne chez ce mec, et surtout pas sous prétexte qu'on ne tient pas à trois dans l'appart' !

— On va juste papoter un peu ! Croix de bois, croix de fer !

Comme si elle était capable de tenir une promesse ! Elle ouvre la porte et disparaît sans me laisser le temps de dire ouf.

— Merde ! dis-je en entendant claquer la porte.

— Vous n'aimez pas Douglas ? me demande Damien.

Je le regarde droit dans les yeux :

— Douglas n'est pas l'homme qu'il lui faut. C'est comme ça.

— Je comprends. Mais je comprends d'autres choses, aussi.

— Quoi, par exemple ?

— Peut-être que Douglas est tout à fait l'homme qu'il lui faut, mais que quelque chose effraie votre amie… ou vous effraie, vous.

— Vous êtes très malin, monsieur Stark.

— Merci.

— Cela ne veut pas dire que vous savez tout.

Il réprime un sourire. Chouette, j'ai réussi à dérider Damien Stark. Combien de personnes peuvent-elles en dire autant ?

La lueur amusée disparaît vite de son regard, hélas.

— De quoi avez-vous peur, Nikki ? interroge-t-il d'une voix de velours douce et apaisante.

Sentant mes tripes se nouer, je lui tourne le dos et me mets à essuyer la vaisselle déjà sèche qui traîne à côté de l'évier.

— Je ne vois pas de quoi vous parlez, dis-je à une tasse.

— Bien sûr que si.

Il se déplace comme un chat. Je ne l'entends pas arriver derrière moi, mais l'air change de consistance, je m'en rends compte aussitôt. Il pose une main légère sur mon épaule.

— Vous avez déguerpi…

Il me fait pivoter doucement, puis caresse ma joue du bout des doigts.

— Je vous fais peur ?

Et comment ! Pour un tas de raisons… Et surtout parce que je me sens en sécurité avec lui, justement. Je ne peux pas me le permettre. Le jour où les murs censés nous protéger nous tombent dessus, on se retrouve le cœur brisé.

— Répondez-moi, Nikki…

Son front est creusé de plis soucieux. C'est moi qui en suis la cause et j'ai du mal à le supporter.

— Non, vous ne me faites pas peur.

Un petit mensonge, qui contient une part de vérité.

— Alors, quoi ?

— J'étais… j'étais gênée.

— Vraiment ?

Je regarde mes pieds. J'ai tellement envie qu'il me prenne dans ses bras que ça m'empêche de réfléchir. Nous sommes en terrain miné. Je dois garder les idées claires.

— Oui, très gênée. Je ne voulais pas qu'on en arrive là, mais vous m'avez bien allumée et j'ai oublié qui j'étais. Dès que j'ai pu reprendre mon souffle, j'en ai profité pour m'enfuir.

— Foutaises !

Il est déçu… et un peu fâché, on dirait.

Je déglutis.

Quand il fait un pas dans ma direction, je réagis en reculant le long du plan de travail. Garder les idées claires. Surtout, garder les idées claires.

Il pousse un soupir. Il est exaspéré.

— Je lis de la peur dans vos yeux et je n'aime pas ça.

— Vous voulez être mon chevalier en armure étincelante ?

— Mon armure est un peu trop bosselée pour le job, réplique-t-il avec un sourire ironique.

Je ne peux pas m'empêcher de ricaner :

— Dans ce cas, vous serez le chevalier noir…

— Je combattrai tous les dragons qui vous poursuivent, me dit-il avec un sérieux qui dément la légèreté de notre échange. Mais vous n'avez pas besoin d'un chevalier, vous savez. Vous pouvez vous défendre toute seule. Vous êtes exceptionnelle !

Le sourire de ma Nikki-en-société fait aussitôt son retour :

— Vous dites ça à toutes les femmes que vous courtisez ?

— Qu'est-ce que vous racontez ?

Il a pris ce ton dur que je connais déjà. Il ajoute :

— J'ai escorté beaucoup de femmes dans cette ville, j'en ai baisé plus encore, mais je n'en ai « courtisé » aucune, comme vous dites.

— Vraiment ?

Je ressens quelque chose, mais quoi ? De la surprise, de la colère, de la tristesse, du soulagement ? Bon sang, il faut vraiment que je mette un point final à cette histoire ! Je dois me protéger, protéger mes secrets. Et d'abord, qu'est-ce qui me dit qu'il y a vraiment une histoire à laquelle mettre un point final ? J'ai peut-être raison depuis le début, je ne suis qu'une conquête de plus. Un coup rapide avant de passer à autre chose. Et toutes les conneries de Jamie – « C'est toi qu'il veut », etc. – ne sont peut-être que ça, des conneries.

Damien m'observe, mais je ne parviens pas à deviner ce qu'il pense. Je lui tourne à nouveau le dos et ramasse un bol déjà sec auquel je m'attaque avec un torchon.

— Alors, c'est ça ? Vous les baisez et ensuite, vous les laissez tomber ?

— Votre description est un peu sommaire. Si je les laissais tomber, cela voudrait dire que ces femmes attendent quelque chose de moi, alors qu'en fait elles veulent juste être photographiées à mon bras et s'éclater un peu dans mon lit.

— Toutes ?

Je lui tourne toujours le dos. Cette conversation prend un tour inattendu.

— Je suis sorti avec quelques femmes qui espéraient autre chose, c'est vrai. Et je m'en suis dépêtré comme j'ai pu. Et non, je n'ai pas couché avec celles-là.

— Ah…

Je vais finir par user ce bol si ça continue, mais je m'acharne quand même.

— Si je comprends bien, les relations sérieuses, ce n'est pas votre truc ?

— Pas avec elles, en tout cas.

— Pourquoi ?

Sa main se referme doucement sur mon épaule. Je sens une chaleur familière se diffuser en moi.

— Parce que… aucune n'était la femme que je voulais, dit-il, me forçant à me retourner.

Je suis obligée de le regarder, maintenant. Ses yeux ont un éclat sombre et intense, sa voix est comme une caresse… Mon cœur bat la chamade. J'ai soudain du mal à respirer. Je pense à la façon dont il m'a regardée il y a six ans, à ce petit coup d'œil qui m'a inspiré tant de fantasmes depuis. Mais ce n'est pas ce qu'il veut dire, c'est impossible.

— Vous aviez une petite amie il n'y a pas longtemps…

En le voyant s'assombrir, je regrette aussitôt ce que je viens de dire. La chaleur s'est transformée en glace.

Il ne va pas me répondre, c'est sûr. Pourtant, il hoche la tête :

— Oui, on peut dire ça.

C'était elle ? La femme que vous vouliez ?

La question me brûle les lèvres, mais je ne me résous pas à la poser.

Le silence s'épaissit. Quelle idiote ! Je n'aurais jamais dû faire allusion à elle !

— J'ai appris qu'elle était décédée. Je suis sincèrement désolée.

Il me regarde d'un air dur, en serrant les dents. Comme pour réprimer une violente émotion.

— Une mort tragique, en effet, reconnaît-il d'une voix étrangement tendue.

J'acquiesce d'un signe de tête, sans chercher à en apprendre davantage. Pourquoi prétend-il qu'il n'a jamais vécu d'histoire sérieuse ? Cette femme a compté pour lui, c'est évident. Mais c'est son secret, et comme j'en trimbale moi-même quelques-uns, je ne peux pas lui reprocher de vouloir garder certaines choses pour lui.

Je me sens crevée, soudain. Je n'ai plus qu'une envie, qu'il s'en aille. Je veux aller acheter de la crème glacée et des cookies avec Jamie à l'épicerie du coin. Je veux visionner de vieux films débiles et chialer un bon coup, vautrée sur le canapé.

Je veux me sortir Damien Stark de la tête.

Et, surtout, oublier ce que je ressens quand il me touche. Il faut absolument que je cesse de fantasmer sur lui.

C'est trop douloureux, trop réel. Je sais que je dois le garder à distance, je n'ai pas le choix, mais ça me brise le cœur.

Je ressors du placard la Nikki-en-société. Avec un sourire éblouissant, je jette mon torchon sur le plan de travail :

— Écoutez, c'est sympa d'être venu voir comment j'allais. Comme vous le constatez, je vais bien. Vraiment. En fait, je suis même un peu à la bourre. Je ne voudrais pas me montrer impolie, mais…

Sans terminer ma phrase, je regarde la porte d'un air entendu.

— Vous avez un rendez-vous, mademoiselle Fairchild ?

— Non !

J'ai réagi sans réfléchir, ce que je regrette aussitôt.

Un rendez-vous – un flirt –, ce serait l'excuse parfaite pour repousser Damien Stark.

— Où allez-vous ?

— Pardon ?

Stark vient de violer l'une des règles élémentaires de la politesse, et ça me désarçonne. J'ai pourtant déjà eu la preuve qu'il n'est pas du genre à respecter les bonnes manières. Comment ai-je pu croire qu'il allait s'y mettre maintenant ?

— Si vous n'avez pas rendez-vous, alors où allez-vous ?

Comme je n'ai pas l'intention de lui parler de mon plan « canapé-mouchoirs-films débiles », je me rabats sur ce que j'avais prévu au départ :

— En fait, je vais me commander un milk-shake et j'irai le déguster dans Fryman Canyon Park.

— Toute seule ?

— J'ai bien pensé à appeler la Garde royale, mais ils sont occupés…

— Il va bientôt faire nuit !

— Il n'est même pas six heures et le soleil ne se couche pas avant huit heures et demie.

— Le soleil attend peut-être cette heure-là pour plonger derrière l'horizon, mais dans les collines, dès qu'il commence à descendre, la nuit tombe très rapidement.

— Je prends quelques photos de la vue et du coucher de soleil, et je rentre. Aucun croque-mitaine ne m'enlèvera, promis.

— Aucun croque-mitaine ne vous enlèvera parce que je ne le laisserai pas faire. Je viens avec vous.

— C'est très gentil de vous inquiéter pour moi ; j'apprécie, mais je n'y tiens pas.

— Alors, n'y allez pas. Le coucher du soleil, je peux vous l'offrir, vous savez.

J'en reste bouche bée. Qu'est-ce qu'il raconte ?

Il sort de la cuisine, puis revient avec un paquet enveloppé dans du papier kraft. Vu sa taille et sa forme, je crois pouvoir dire sans me tromper qu'il s'agit d'un cadre.

— Il m'a fait penser à vous.

— Ah bon ?

Un frisson de plaisir me traverse.

Damien dépose le paquet sur la table de la cuisine.

— Je voulais vous l'offrir plus tôt, mais vous êtes partie si vite… Je n'ai pas eu le temps.

Si c'est comme ça qu'il espère m'arracher une explication, il se trompe, me dis-je avec un petit sourire supérieur.

— D'un autre côté, votre départ précipité m'a fourni l'occasion de voir où vous vivez.

— Je n'ai pas encore pu y imprimer mon style. Les goûts de Jamie, c'est plutôt du genre vide-greniers dans l'Amérique profonde.

— Et les vôtres ?

— Je suis nettement plus raffinée. Mon truc à moi, ce sont les antiquaires.

— Une femme qui sait ce qu'elle veut, j'adore ça.

Je dirais même qu'il en raffole, vu la façon dont il me regarde. Je jette un coup d'œil au paquet, un peu gênée. Je devrais lui dire que je ne peux pas l'accepter, même si son attention me ravit. Une chose est sûre : j'ai très envie de découvrir ce que cache cet emballage. Et je suis touchée que Damien m'ait apporté un cadeau.

— Je peux ?

— Bien sûr !

Je quitte l'abri du plan de travail et m'aventure jusqu'à la table. Je m'arrange pour laisser une chaise entre nous, mais Damien est encore trop près, je le sens. C'est comme si l'air était plus dense autour de lui. Je glisse un doigt sous l'adhésif pour déballer le cadeau, en faisant tout mon possible pour empêcher mes mains de trembler.

En découvrant le cadre, je comprends immédiatement qu'il ne s'agit pas d'un cadeau ordinaire. Un cadre d'une grande sobriété, mais d'une très belle facture. La toile, elle, me coupe littéralement le souffle : un coucher de soleil impressionniste, rendu avec un sens exacerbé du réel, comme si le spectateur regardait vers l'horizon à travers le prisme d'un rêve.

— Splendide… dis-je d'un ton respectueux.

Je me tourne vers Damien, qui semble prendre un plaisir infini à me voir réagir ainsi. Je comprends alors qu'il attendait ce moment avec impatience, et même une certaine nervosité. Damien Stark redoutant ma réaction, quelle idée délicieuse…

— Evelyn m'a dit que vous aimiez les couchers de soleil.

Énoncée d'un ton désinvolte, cette remarque me fait à nouveau frissonner de plaisir.

— Merci, lui dis-je.

Un mot bien trop faible pour lui exprimer l'intensité de mes sentiments.

Cette peinture me rappelle vaguement quelque chose… Ah oui, les toiles exposées dans le hall d'accueil des bureaux de Damien. Le cadre est identique. Je me rappelle en particulier deux couchers de soleil incroyables…

— Elle vient de vos bureaux ?

— Absolument ! Voilà, cette peinture s'est trouvé un nouveau foyer, chez une femme qui saura en apprécier la beauté.

— Vous vous en êtes lassé ?

— Bien sûr que non ! Mais la beauté, il faut que tout le monde en profite.

En allant déposer la toile contre le mur, j'aperçois soudain sur le cadre une étiquette décolorée.

— Un Monet ? Une copie, c'est ça ?

— Pas du tout. Sinon, ça va chauffer pour Sotheby's.

— Mais… mais…

— C'est d'abord un coucher de soleil qui me fait penser à vous, me dit-il d'un ton ferme, comme si cela pouvait couper court à mes protestations.

— Damien…

— Un cadeau qui n'arrive pas à la cheville de celui que vous m'avez laissé dans la limousine, ajoute-t-il, les yeux pétillants, un sourire malicieux aux lèvres.

Une chaleur délicieuse naît entre mes cuisses.

Damien sort de sa poche un peu de satin blanc. Lentement, sans me quitter du regard, il porte ma culotte à ses narines et la renifle profondément. En voyant ses yeux s'assombrir de désir, je sens monter le même appel en moi. Les jambes en coton, je m'agrippe au dossier de la chaise.

— Grâce à elle, mon trajet de retour a été des plus agréables.

J'aimerais pouvoir me blottir dans cette voix douce comme du velours, mais c'est impossible.

— Je vous en prie… Je vous en prie, ne recommencez pas…

Je suis sûre qu'il va râler, mais il remet la culotte

dans sa poche. Ouf ! Je déglutis en l'imaginant fourrée à cet endroit. J'espère qu'il ne voudra jamais me la rendre…

Nos regards se croisent, et pendant quelques secondes j'ai l'impression que tout l'air est aspiré hors de la pièce. Puis Damien s'approche. Je peux à nouveau respirer, comme si le réel retrouvait sa place.

— Damien, non… dis-je en levant une main.

— Ne vous inquiétez pas, j'ai compris le message.

Il semble un peu tendu, mais son regard pétille. Je pousse un soupir de soulagement.

— C'est vrai ? Tant mieux. Mais vous avez l'air…

— J'ai l'air de quoi ?

— On dirait un peu le grand méchant loup.

— Et ça ferait de vous le Petit Chaperon rouge ? J'ai très envie de vous dévorer, c'est vrai, mais moi je suis capable de dominer mes pulsions. La plupart du temps, du moins.

— Bien sûr. Désolée. C'est parce que vous me rendez…

— Quoi ?

— Fébrile.

— Vraiment ? Intéressant.

Cette idée semble le ravir. Je fronce les sourcils, à nouveau sur la défensive.

— Euh… Merci beaucoup pour la toile. Elle est stupéfiante, vraiment…

— Mais vous ne pouvez pas accepter un cadeau aussi extravagant, c'est ça ?

— Vous plaisantez ou quoi ? Je l'adore !

Et j'adore le fait que Damien tienne tant à me l'offrir.

— Si c'est vraiment ce que vous voulez, je serais

très heureuse de la garder. Malgré… enfin… vous savez…

Je laisse ma phrase en suspens et il éclate de rire.

— Tant mieux ! Vous connaissant, j'avais peur que vous ne refusiez. Je vous ai déjà vue refuser des choses que vous désiriez pourtant ardemment…

Ouille ! Il m'a bien eue, là.

— Normalement, si j'étais polie (je lui souris gentiment…), je vous proposerais un verre. Mais je ne vais pas le faire. Comme ça, avec un peu de chance, vous allez partir.

— Je vous rends fébrile, c'est ça ?

— Oui, très.

— Je vois.

Il ne voit rien du tout, sinon il aurait déjà disparu.

— Bon… dis-je.

— Oui ?

Je pousse un gros soupir :

— Alors, vous partez, oui ou non ?

Visiblement surpris, il écarquille les yeux :

— Oh, pardon ! Vous voulez que je m'en aille ? Je n'avais pas compris. J'ai cru que ce n'était qu'une hypothèse.

Là, c'est moi qui rigole. Je jurerais que ma fébrilité s'estompe.

— Je vais me servir un verre, lui dis-je. Mon whisky ne répond certainement pas à vos critères, mais si vous en voulez un…

— Je peux rester, alors ?

Il est très content de lui, tout à coup. Et toujours sexy en diable.

— Eh oui… Nous n'avons que deux verres à whisky et si vous en emportez un, Jamie va râler.

— Je ne veux surtout pas mettre en péril l'équilibre subtil de votre colocation. J'accepte donc votre invitation.

— Sec ou *on the rocks* ?

— La même chose que vous, ce sera très bien.

Je vais chercher la bouteille dans le salon et je nous verse un verre dans la cuisine.

— Deux doigts de whisky et deux glaçons. C'est un compromis, lui dis-je en lui tendant le sien. J'aime le whisky un peu froid, mais si on ne le boit pas assez vite, les glaçons fondent et ça devient de la flotte.

— Buvons-le vite, dans ce cas, réplique Damien.

Il lève son verre et le descend cul sec.

— Désolée, mec. J'ai déjà bu trop vite en votre compagnie. J'ai l'intention de siroter le mien.

— Quel dommage ! Vous êtes très marrante quand vous avez bu.

Il glisse une main dans sa poche.

— Arrêtez ! N'y pensez même pas.

Il me retourne un sourire. Damien Stark et moi, plaisantant dans ma cuisine… Un moment charmant et inespéré. Qui l'eût cru ?

Il se verse un deuxième verre.

— Il y a une autre raison à ma venue ici ce soir. Je voulais voir comment vous alliez et vous offrir la peinture, mais j'ai encore une chose à vous demander. J'ai une proposition à vous faire.

Cette remarque déclenche en moi une tempête d'émotions que mon cerveau met un moment à décrypter. Une proposition, cela peut vouloir dire tant de choses… Est-ce qu'il veut parler du boulot ? De moi ? De lui et moi ?

Je déglutis avec difficulté. Si j'étais raisonnable,

je le remercierais pour son cadeau et le pousserais dehors en lui disant que je ne veux rien savoir de sa proposition. Mais…

Mais je veux entendre ce qu'il a à me dire, même si je joue avec le feu. Parce que quelque chose en moi rêve de se consumer. Voilà la triste vérité.

— Je vous écoute…

J'avale mon whisky d'un trait, moi aussi. Je ne sais pas ce que je cherche à prouver. En tout cas, quand je croise son regard, je suis contente de moi.

— Un autre ? s'enquit-il, un peu ironique.

— Et pourquoi pas, après tout ?

Il verse un peu de whisky dans mon verre, puis s'approche de moi pour me le rendre. Sa proximité me pétrifie. Je sens la chaleur qu'il dégage, et si je tends la main, si je lui touche la poitrine, je verrai ma peau se craqueler dans les flammes de Damien Stark. Je dois m'agripper à mon verre pour ne pas céder à cette impulsion.

— J'ai écumé tout Los Angeles et tout le comté d'Orange, et j'ai visité toutes les galeries de peinture en ligne du pays. Impossible de trouver ce que je veux !

— Pour votre nouvelle maison, c'est ça ? Vous parlez de l'œuvre d'art qui va orner l'un des murs de votre future demeure…

J'avais tout envisagé, sauf ça !

— Mais j'ai fini par trouver ce que je voulais. C'est une œuvre qui n'existe pas. Pas encore, en tout cas.

Il me dévisage avec une telle intensité que je commence à me sentir mal à l'aise.

— Je ne vous suis pas…

— Comme je vous l'ai expliqué, j'ai une proposition à vous faire. C'est vous que je veux.

— Euh… Pardon, mais je ne vois toujours pas de quoi vous parlez.

— Je veux un portrait de vous. Un nu.

J'aimerais pouvoir dire quelque chose, mais je ne trouve pas les mots.

— On vous voit de trois quarts. Vous êtes au pied d'un lit, face à une fenêtre ouverte sur l'océan. Des voilages diaphanes flottent autour de vous et vous frôlent. On aperçoit le renflement de vos seins et on devine un téton. Mais vous détournez les yeux. Votre identité reste secrète. Il n'y a que moi qui la connais. Et vous, bien sûr.

Ses phrases s'écrasent sur moi comme des vagues, aussi puissantes que la marée. Entre mes cuisses naît une moiteur dont je comprends aussitôt la signification : je suis d'accord. Moi, nue sur une toile pour le plaisir de Damien ? Cette idée m'enchante. Et cela m'excite de savoir que tout le monde pourra me voir. Surtout que personne ne saura que c'est moi, sauf lui. Le genre de proposition délirante et impudique que refuserait n'importe quelle jeune fille comme il faut ! C'est de l'art, soit, et l'art c'est beau, on est d'accord… mais c'est aussi un peu vicieux, comme démarche. La jolie princesse offerte à tous les regards…

Sauf que je n'ai rien d'une princesse.

Damien m'observe avec la même attention soutenue que dans la salle de réunion.

— Parfait ! dit-il soudain. Vous n'avez pas écarté cette idée de but en blanc. Je veux ce portrait, Nikki. Je vois déjà l'effet qu'il fera sur mon mur.

Secouée de frissons, je passe un doigt sur le plan de travail, en évitant de regarder Damien.

— Vous pensez savoir ce que vous obtiendriez, mais en fait vous n'en savez rien.

Comme il ne réagit pas, je lève les yeux vers lui. Il me dévore du regard, lentement, des pieds à la tête.

— Vous croyez ? souffle-t-il en s'approchant de moi.

Ma respiration s'accélère. Il me caresse lentement la joue comme si j'étais déjà une œuvre d'art, fragile, belle et parfaite.

Troublée, je m'éloigne d'un bond et lui lance, sur un ton que j'espère ironique :

— N'y pensez même pas ! Et si on vous trouvait un joli poster ? Avec des chatons, ça vous dirait ? Ce serait mignon, non ?

Ma blague minable ne le trouble aucunement.

— Votre prix sera le mien, mademoiselle Fairchild. Dites-moi…

— Vous tenez vraiment à le connaître ?

Je veux devenir comme lui. Forte, compétente et extrêmement sûre de moi.

Mais il n'en saura rien. Pas question de lui révéler cet aspect de ma personnalité. Alors je lui sers la réponse standard :

— Je veux une famille, et une carrière satisfaisante.

Puis je repense à mes années de concours de beauté et je conclus par le plat de résistance :

— Et je veux la paix dans le monde.

Son regard laisse un sillon brûlant en moi, pulvérisant au passage toutes les bêtises que je raconte.

Et soudain, il est là, juste devant moi. Il me prend par la taille et m'attire brutalement contre lui. Je dois pencher la tête en arrière pour le regarder dans les yeux. Ce que j'y lis attise mon désir et je frissonne.

Je sens palpiter la chair entre mes cuisses. Le souvenir de sa main sur mon sexe et de ses doigts en moi me revient en mémoire. Aussitôt, mes muscles se nouent, affamés.

Je prends feu, je m'embrase, et bientôt je ne pourrai plus fuir. Pire encore : bientôt, je ne voudrai plus fuir.

Je dois garder un visage impassible, ne rien lui révéler de mon état d'esprit.

— Je peux vous donner absolument tout ce que vous voulez… insiste-t-il.

Sa voix est si douce… Et si j'avais gagné le gros lot, finalement ? Et si Damien voyait en moi ce que personne d'autre ne voit ?

Peut-être distingue-t-il ce qu'il y a derrière le masque…

Une idée à la fois terrible et excitante. Je secoue lentement la tête et parviens même à lui lancer, avec un sourire insolent :

— Très bien, je veux la paix dans le monde. C'est pour quand ? Demain ou plus tard dans le mois ?

— Je vous payerai, affirme-t-il sur un ton qui n'admet pas la réplique. Vous, et aussi l'artiste qui vous peindra. Et je trouverai le studio. Vous êtes une femme d'affaires, Nikki. Posséder votre propre boîte, ça vous dirait ? C'est ce que vous voulez, n'est-ce pas ?

Je suis trop estomaquée pour réagir. Qui le lui a dit ? Qui a bien pu lui parler de moi ?

— C'est une occasion inespérée de propulser votre carrière.

L'estomac noué, je secoue lentement la tête.

— Je suis femme d'affaires, pas modèle.

— Vous êtes le modèle que j'ai choisi. Et tout le monde a un prix.

— Pas moi.

— Non ?

Incroyablement sûr de lui, un défi dans le regard, il s'approche encore un peu :

— Un million de dollars, Mademoiselle. Vous, contre un million de dollars en liquide.

Chapitre 14

Un million de dollars… Ces quelques mots tourbillonnent autour de moi, terriblement tentants. Une tentation qui me pousse à réagir.

Je m'arrache à l'étreinte de Damien et lui balance une gifle bien sentie.

Il me regarde, les yeux brûlants, mais je ne parviens pas à déchiffrer son expression. Il m'attrape par le poignet, m'attire contre lui et m'immobilise en me tordant le bras dans le dos. Ça fait mal. Je ne suis plus consciente que d'une chose, son corps, si dur contre le mien. Nous le savons tous les deux, il me tient à sa merci. Il peut me faire encore plus mal. Il peut me prendre.

Submergée par le désir, je halète malgré moi. Je ne comprends pas pourquoi je réagis ainsi dès qu'il me touche. C'est un comportement animal, féroce. Je suis terrassée par le besoin de céder sans attendre.

Mais je m'y refuse.

Je me focalise sur son visage et lui dis, d'un ton que je voudrais cinglant :

— Je crois que vous devriez partir.

— Je vais y aller. Mais j'aurai ma peinture.

Sans me laisser le temps de riposter, il pose un doigt sur mes lèvres.

— Je l'aurai parce que je la veux, et parce que vous aussi, je vous veux. Et je l'aurai parce que vous êtes d'accord.

Je veux protester, mais il ne me laisse même pas le temps de prononcer un mot :

— Taisez-vous, Nikki. Rappelez-vous les règles. Pas de mensonges, vous vous rappelez ? Ne me mentez jamais !

Et tout à coup, il m'embrasse. Il lâche mon bras, enfouit ses doigts dans mes cheveux et penche ma tête en arrière pour plaquer ses lèvres sur les miennes. Je gémis en sentant sa langue m'explorer avec avidité. Est-ce lui qui m'a attirée contre lui, ou moi qui me suis jetée à son cou ? En tout cas, il bande, je sens son sexe contre ma cuisse. Putain, il a raison ! Il a raison, je veux le faire et c'est une très mauvaise idée…

Quand il me lâche enfin, je suis anéantie, si faible que la pesanteur devrait me plaquer au sol. Il me jette un dernier regard torride, puis s'en va. Il a disparu, mais mon cœur bat encore à tout rompre.

J'empoigne le dossier de la chaise, puis je m'assois lentement, avec précaution, les coudes posés sur les genoux. Si seulement j'arrivais à le haïr… La proposition qu'il m'a faite, les choses qu'il a dites : des vérités, pour la plupart, dont j'aimerais bien pouvoir ignorer l'existence.

Et puis Jamie revient, toute joyeuse, les cheveux ébouriffés. Depuis combien de temps suis-je assise à cette table ? Soudain, je remarque qu'elle ne porte pas de soutien-gorge. Je suis sûre qu'elle en avait un quand elle est sortie. Une Jamie assise à moitié nue à côté de Damien, ça m'aurait forcément frappée. Je lui lance :

— Tu t'es tapé Douglas ?

Bizarre… Je n'ai pas entendu les bruits qui vont de pair avec les parties de jambes en l'air chez notre voisin. Mais il faut dire que j'étais occupée…

— Ça va pas, non ? râle-t-elle.

Sur le coup, j'éprouve un certain soulagement. Mais comment fait-on pour égarer un soutif ? Au moins, je sais qu'elle n'a pas tiré un coup en vitesse…

— Kevin, au 2 H, ajoute-t-elle.

Elle vient de me jeter un seau d'eau glacée en pleine tronche.

— Quoi ? T'as couché avec Kevin ?

— Ouais, et crois-moi, il n'est bon qu'à ça. Il est vraiment pas brillant, ce mec ! On n'a pas grand-chose en commun. À part un trop-plein d'énergie, je dirais…

— Mais bon sang, Jamie !

Comparés aux conquêtes hasardeuses de ma meilleure copine, mes petits problèmes me semblent insignifiants, soudain.

— Pourquoi tu couches avec lui, s'il ne te plaît pas ?

— Parce que c'est agréable. Mais t'inquiète pas, il ne va pas se mettre à me courir après comme un toutou. Nous savons tous les deux que c'est un truc sans lendemain.

— Mais putain, c'est dangereux, James !

Le surnom que je lui donnais quand nous étions petites est censé lui signaler que nous avons une discussion sérieuse.

— N'importe quoi, Nicholas ! Je t'assure qu'il n'est pas dangereux !

— Je ne te parle pas de lui en particulier ! Et ce

n'est pas parce que tu lui trouves une belle gueule qu'il n'est pas cinglé ! Et si tu attrapes une saloperie, tu y as pensé ? Tu fais attention, au moins ?

— Et voilà… T'es pas ma mère, Nikki ! Bien sûr que je fais gaffe !

— Désolée… Pardon !

Je franchis le mètre et demi qui me sépare de notre salon et me laisse tomber sur le canapé.

— Tu es ma meilleure amie, c'est pour ça que je me fais du souci pour toi. C'est vrai, quoi. Tu te tapes un tas de mecs, et ensuite tu les jettes comme des vieux Kleenex…

Je fronce les sourcils en pensant à Damien, et j'ajoute :

— T'as déjà pensé à sortir avec quelqu'un ?

Merde ! Je ne voulais pas me montrer aussi brutale.

— Et toi ? riposte-t-elle.

Je fais ce que je peux pour conserver un ton égal.

— On ne parle pas de moi, là.

— Non, mais on devrait. Moi, je baise à droite à gauche. Toi, tu ne baises pas du tout. On dirait un poème d'Emily Dickinson.

Je la fixe, perplexe.

— La bougie, m'explique-t-elle. Tu la brûles à un bout, et moi à l'autre.

J'éclate de rire malgré moi :

— C'est absurde !

Elle hausse les épaules. Quand ça lui prend, Jamie peut faire preuve d'une infinie sagesse, ou alors elle est tout sauf sage. Dans les deux cas, elle s'en moque. C'est d'ailleurs une des raisons de l'affection que je lui porte et l'un des aspects de sa personnalité que j'admire chez elle. Quoi qu'elle fasse, elle reste elle-même.

Moi, pas vraiment.

Et Damien Stark non plus, on dirait.

D'ailleurs, c'est sûrement pour ça qu'il m'attire à ce point.

— Je parie que ce sourire ne m'est pas destiné… hasarde Jamie. Et il n'est pas non plus destiné à Kevin ou à Douglas. Alors, voyons… euh… Tu ne serais pas en train de penser à ce milliardaire sexy et super impressionnant qui vient juste de quitter notre petit taudis ?

— C'est possible…

— Alors c'était quoi, le cadeau ? Et surtout, pourquoi vous n'êtes pas dans ta chambre en train de niquer comme des bonobos ?

— Je ne sors pas avec lui.

— Comme s'il fallait sortir ensemble pour baiser !

— Il veut m'engager comme modèle pour un nu et il est prêt à me verser un million de dollars si j'accepte.

Je n'avais absolument pas l'intention de lui en parler !

Visiblement, elle est sciée. Ma parole, j'ai réussi à couper la chique à Jamie Archer ! C'est une grande première !

— Un million de dollars ? T'es sérieuse ?

— Ouais…

— Alors ? Tu vas accepter ?

Du tac au tac, je réponds :

— Non. Bien sûr que non.

Mais je n'en pense pas un mot. J'y réfléchis, en fait. Je m'imagine nue sur cette toile. Et j'imagine Damien Stark debout dans son salon, les yeux levés vers moi.

J'en ai des frissons.

— Allez, on y va, dis-je.

Jamie relève la tête :

— Où ça ?

— On sort. On est samedi, quand même ! On va danser, ça te dit ? Et picoler. Ouais, c'est ça, ce soir, on picole.

— On fête quelque chose ? me demande-t-elle d'un air entendu.

— Peut-être. Mais si ça se trouve, j'ai juste envie de danser…

— On devrait appeler Ollie et Courtney, me suggère Jamie.

Nous avons changé de fringues et regagné le salon. Je vérifie le contenu de mon sac à main. Je vais passer la nuit dehors, il ne faut rien oublier.

— Au fait, Ollie a appelé cet après-midi. J'ai oublié de te le dire, ajoute-t-elle.

— Zut ! Il veut que je le rappelle ?

Elle hausse les épaules :

— Non, c'était juste pour vérifier que tout allait bien. Au cas où Damien Stark t'aurait bouffée toute crue la nuit dernière. Ollie ne sait rien.

— Tu ne lui as rien dit ?

Mes joues s'embrasent.

— Non. Juste que Stark t'a collée dans une limousine, puis expédiée à la maison et que tu es arrivée saine et sauve. Je lui ai épargné les détails salaces. Je n'aurais pas dû, peut-être ?

Elle a une lueur espiègle dans l'œil.

— Je parie qu'il aurait adoré…

— Tu as bien fait, lui dis-je fermement.

— Alors, on les appelle ?

— Pourquoi pas ?

Courtney est à San Diego pour assister à une conférence, mais Ollie est d'accord pour se joindre à nous. Nous commençons la soirée au Donelly's, un pub pas très éloigné de la maison qu'il loue dans West Hollywood, puis nous tentons le Westerfield's.

La file indienne qui poireaute derrière la corde de velours rouge est interminable, mais en voyant notre tête, Ollie nous rassure :

— Ne vous inquiétez pas, on va y arriver…

J'en déduis que notre copain a passé une sorte de marché avec le portier. En fait, j'ai tout faux : Ollie compte sur Jamie et moi pour entrer. Le videur nous détaille des pieds à la tête, et Jamie lui décoche son œillade « Je suis chaude comme la braise ».

— Allez-y, nous dit le type.

Je sens son regard rivé sur mon cul quand nous entrons dans le club.

Je gueule :

— C'est dingue ! On n'arrive même pas à s'entendre !

— Alors, dansons !

Jamie nous prend tous les deux par la main et nous entraîne sur la piste. Les basses résonnent si fort dans ma poitrine que je lâche prise et m'abandonne aux pulsations déchaînées. Ollie et Jamie, qui ont quelques verres d'avance sur moi, se donnent à fond sur la piste. Ils se livrent même à un petit numéro de collé-serré qui m'inquiéterait un peu si je ne les savais pas si bons amis.

Mes meilleurs potes… Je me glisse entre eux, me suspends à leur cou, et nous tentons une petite choré qui va se terminer sur les fesses, si ça continue. Je hurle de rire. On s'éclate bien, même si on est ridicules. De toute façon, ça m'est complètement égal. Je

poursuivre cette discussion. Ollie cherche à me protéger, mais il va trop loin. Point final. Je veux changer de sujet, mais j'oublie aussitôt mes bonnes résolutions :

— À ton avis, qu'est-ce qu'il entend par « dangereux » ? Il a fait allusion au sale caractère de Stark, mais il me cache quelque chose, je crois.

— Son sale caractère ? Ce n'est pas exactement ce qu'il m'a dit, à moi. Ses collègues ont dû lui raconter des trucs. Parce que sa boîte représente Stark, figure-toi ! Leur département corporatif gère toutes ses affaires et j'imagine que les autres départements s'occupent du reste. Tu vois ce que je veux dire ?

— Oui, je vois. Confidentialité entre client et avocat, c'est ça ?

— Sûrement. Je ne pense pas qu'Ollie ait travaillé directement pour Stark, il est trop nouveau dans la boîte, mais il a peut-être vu passer des dossiers ou entendu des collègues en parler.

— Il ne t'a pas donné le moindre indice ?

— Aucun... Mais ça saute aux yeux, non ?

Pas aux miens, en tout cas.

— Comment ça ?

— Cette fille, celle qui est morte...

Elle s'arrête à un stop et me lance un coup d'œil en se tortillant, mal à l'aise.

— Celle avec qui il est sorti, c'est ça ? Eh bien, quoi ?

— J'ai un peu approfondi la question.

Me voyant bouche bée, elle ajoute, en haussant les épaules :

— Je me faisais chier et je crevais d'envie d'en savoir plus sur lui. Bref, cette fille s'est asphyxiée. Officiellement, le légiste a conclu à un accident, mais le frère a insinué que Stark aurait quelque chose à voir là-dedans, si j'ai bien compris...

Nouveau haussement d'épaules.

Brusquement, j'ai froid.

— Il accuse Damien de l'avoir tuée ?

J'essaye d'envisager cette possibilité, mais je n'y arrive pas. Je n'y crois pas. Je ne peux pas y croire.

— À mon avis, il n'est pas allé aussi loin. Si Damien Stark était accusé de meurtre, il aurait droit aux gros titres, tu ne penses pas ? Or, personne n'en parle. J'ai trouvé quelques commentaires sur des sites de ragots pourris, mais c'est tout. Honnêtement, ça ne veut rien dire. Un mec qui a le pouvoir de Stark s'attire forcément des tas de rumeurs, toutes plus cinglées les unes que les autres.

Elle conduit en silence pendant quelques instants, de plus en plus préoccupée.

— Qu'est-ce qu'il y a ?

— Rien.

— Putain, Jamie !

— Je repensais à Ollie. Si c'étaient seulement des conneries sur Internet, il ne serait pas au courant. En revanche, s'il y a du vrai là-dedans, les avocats de Stark doivent être chargés de faire taire le frangin, tu vois ce que je veux dire ? En le menaçant de poursuites en diffamation, pour calomnie, appelle ça comme tu veux. Et un type comme Stark peut sûrement contrôler la presse...

Evelyn m'a tenu quasiment les mêmes propos. J'éprouve un vague malaise.

— Ouais, peut-être bien. C'est ce que t'a dit Ollie ?

— Non, pas du tout. Il ne m'a rien dit de précis. Il s'inquiète pour toi, c'est tout. Mais ce n'est sûrement pas grave, tout ça. Les mecs ultrariches s'attirent forcément ce genre d'emmerdes.

— Alors, c'est qui, cette fille ?

— Sara Padgett. Une sacrée bourge.

Padgett.

Le nom qu'a prononcé l'assistante dans la salle de réunion, à la fin de notre présentation.

Sans prévenir, Jamie appuie brutalement sur le frein. Ma ceinture de sécurité interrompt net mon plongeon vers l'avant.

— Merde ! Mais qu'est-ce que tu fous ?

— Désolée ! Je crois que j'ai vu quelque chose.

Elle enclenche la marche arrière et recule à fond la caisse.

Je me retourne, terrifiée à l'idée de voir des phares foncer vers nous. Mais le quartier reste plongé dans la pénombre, et la manœuvre se déroule sans encombre. Au moment où je me retourne pour engueuler mon amie, ma colère disparaît aussi vite qu'elle est venue, chassée par la vue incroyable que j'ai maintenant sous les yeux.

— Oh la vache ! C'est la fameuse maison, tu crois ?

— Aucune idée. Je l'imaginais carrément plus grosse, marmonne Jamie.

Elle gare la bagnole sur le bas-côté et nous marchons jusqu'à la clôture provisoire, une chaîne délimitant le chantier. Sur une petite plaque métallique figure le nom de l'architecte : Nathan Dean.

— Ouais, c'est celle-là, me confirme Jamie. J'ai lu ce nom dans un article. Mais, putain ! Stark croule sous le pognon, il aurait pu se payer un manoir…

— C'est parfait comme ça.

À l'échelle des demeures abritant des milliardaires,

celle-ci est plutôt modeste. À peine mille mètres carrés, je dirais. Mais elle semble surgir des collines au lieu d'avoir été posée dessus. Plus grande, elle écraserait ce qui l'entoure. Plus petite, elle se perdrait dans le paysage. Les façades n'ont pas encore été peintes, la maçonnerie n'est pas terminée, la structure est inachevée, mais on perçoit très bien l'intention de l'architecte. Ce bâtiment évoque le pouvoir et le contrôle, mais il sera aussi chaleureux et confortable. Et accueillant. Du Damien tout craché.

Je trouve cette maison fascinante.

Elle est un peu en contrebas par rapport à nous. On y accède par une allée en pente, ce qui donnera aux invités l'impression qu'ils pénètrent dans une vallée privée. Il y a d'autres propriétés dans le voisinage, mais aucune ne sera visible depuis celle-ci.

En fait, on ne verra que l'océan. Les travaux étant presque terminés, je constate que la façade tournée vers l'intérieur des terres n'aura aucune fenêtre. L'autre façade, orientée vers la mer, nous ne la voyons pas, mais j'ai encore en tête l'appartement et les bureaux de Damien, ainsi que la description du portrait qu'il veut commander. La façade ouest sera entièrement vitrée, j'en suis convaincue.

— Un million de dollars… soupire Jamie.

Et elle ajoute, avec un sifflement :

— T'as décroché le gros lot, ma vieille.

Elle a raison. Un million de dollars, c'est inespéré. Un million de dollars, c'est le capital nécessaire pour lancer une start-up. Un million de dollars, ça pourrait me changer la vie.

Mais il y a un léger problème…

Je pose une main sur la couture intérieure du jean

que j'ai enfilé pour notre folle nuit. À travers le tissu, je les sens à peine, mais si je ferme les yeux, je les vois très bien, ces cicatrices grossières et cruelles qui profanent mes hanches et l'intérieur de mes cuisses.

— Il sera déçu par le résultat…,

Jamie me lance un sourire sarcastique :

— La clause *Caveat emptor*, ma chérie. « Acheteur, méfie-toi. »

Voilà, c'est pour ça que je l'aime, cette fille.

Je me tourne vers la maison et j'essaie de m'imaginer debout devant l'une de ses fenêtres. Les rideaux. Le lit. Toutes les choses qu'il m'a décrites. Et lui, Damien Stark, les yeux braqués sur moi.

Tout mon corps s'anime à cette pensée. Plus la peine de me voiler la face, je vais accepter le marché. Damien Stark me déstabilise complètement, et il va me le payer. J'en profiterai pour reprendre le dessus. Enfin, « reprendre » n'est peut-être pas le bon mot. Parce que pour l'instant, en ce qui concerne Damien, je n'ai jamais eu l'avantage. Je chuchote :

— *Caveat emptor*…

Sourire aux lèvres, je serre la main de Jamie.

Chapitre 15

C'est dimanche et si je ne lave pas mes fringues aujourd'hui, je vais devoir aller travailler à poil.

— Carl adorerait ça, me fait remarquer Jamie.

— Je préfère ne pas vérifier cette théorie. Tu viens ?

Adossée à la porte de sa chambre, un panier de linge sale sous le bras, je suis bien décidée à faire des lessives toute la journée. Mon amie jette un coup d'œil aux vêtements qui traînent partout dans sa chambre et me répond prudemment :

— La plupart de ces fringues sont propres, en fait…

Je frissonne :

— Comment se fait-il que nous soyons copines ?

— Le yin et le yang.

— Tu as des auditions, la semaine prochaine ?

— Ouais, deux.

— Un petit conseil : passe toutes tes affaires à la machine. Je t'aiderai à les plier et à les repasser. Tu ne vas quand même pas aller à une audition couverte de poils de chat !

Comme si elle avait deviné que je parlais d'elle, Lady Miaou-Miaou lève la tête. Elle s'est roulée en boule sur un petit tas de tissu noir que je crois reconnaître…

— C'est ma robe ?

— Ouais… Je vais en avoir besoin pour l'une des deux auditions, celle avec trois lignes de dialogue. J'allais l'apporter au nettoyage à sec, me répond Jamie avec un sourire coupable.

Je grimace :

— Toi, ma vieille, t'es le yang. Allez, viens. Allons voir si on trouve une machine libre.

De notre côté du bâtiment, la buanderie ne dispose que de deux lave-linge et deux sèche-linge. Bizarrement, ils sont toujours disponibles. Je n'ai pas trop envie de savoir pourquoi, d'ailleurs. Je me dis que les autres résidents sont mieux organisés que moi et qu'ils font leur lessive en semaine. Ou alors ils ont les moyens de s'offrir les services d'une blanchisserie… Mais au fond de moi, je crois qu'ils savent quelque chose que j'ignore…

Notre buanderie donne sur la piscine et dès que nos deux lessives sont en route, nous réquisitionnons des chaises longues. Je m'installe dans la mienne quand je vois Jamie partir sans une explication. Quelques minutes plus tard, elle revient, un fourre-tout à l'épaule et une bouteille de champagne à la main.

— On boit du champ' ? Ouah !

— Petite folie au magasin, hier.

Elle jette un coup d'œil au fourre-tout et ajoute :

— Il y a du jus d'orange, aussi.

Elle déshabille le bouchon puis, en se servant de ses deux pouces, le fait habilement sauter. Il fuse avec un « pop » retentissant avant de frapper bruyamment le panneau métallique qui nous signale l'interdiction d'apporter des trucs en verre à la piscine.

— Génial ! T'as pensé aux coupes ? lui dis-je.

— J'ai pensé à tout, réplique-t-elle fièrement.

Dans le fourre-tout, elle pêche le jus d'orange, les verres, un sachet de chips, un pot de sauce piquante et un petit bol en plastique.

— Vive le dimanche ! dis-je, levant bien haut mon cocktail mimosa.

— Putain, carrément…

Vautrées sur nos chaises longues, nous sirotons notre boisson en parlant de tout et de rien. Un quart d'heure plus tard, j'ai fini mon verre – Jamie en a descendu trois –, et nous nous promettons d'aller, l'après-midi même, nous acheter un percolateur qui nous fera du vrai café et pas de la bouillasse.

Apparemment, ma copine en a déjà marre de papoter : elle ferme les yeux, penche la tête en arrière et s'abandonne au soleil.

Mais moi, j'ai la bougeotte. Je m'agite un peu sur ma chaise longue pour trouver une position confortable, puis je laisse tomber et je pars chercher mon ordi portable. En ce moment, je travaille sur une application iPhone très simple. Je survole ce que j'ai codé dans le simulateur avant de m'attaquer à la partie la plus fun. Après une demi-heure passée à rédiger du code, déclarer des objets, synthétiser des propriétés et créer diverses sous-classes, je m'arrête. Aujourd'hui, j'ai la flemme, même pour un travail de programmation facile. Et puis la lumière aveuglante du soleil me gêne pour déchiffrer l'écran. Je referme l'ordi, retourne à l'appart', et reviens armée de mon appareil photo.

La piscine de l'immeuble n'est pas très belle, mais le béton fissuré et les éclaboussures feront peut-être un gros plan intéressant. Un buisson de fleurs luxuriantes dont j'ignore le nom pousse près de la clôture. J'arrache quelques pétales et les jette dans la piscine, puis, couchée à plat ventre, je photographie les fleurs flottant sur l'eau. Le béton ne sera pas dans le champ.

Après quelques dizaines de clichés, je reporte mon attention sur Jamie. Je m'efforce de capturer sur la pellicule l'expression paisible qui contraste tant avec sa frénésie habituelle. Le résultat est stupéfiant. Jamie est ultraphotogénique. Si elle parvient à percer, elle n'aura aucun mal à décrocher des rôles. Mais percer à Hollywood, c'est à peu près aussi fréquent que, disons, recevoir un million de dollars en échange de quelques séances de pose…

J'ai failli éclater de rire. À ce propos, il y a quelqu'un que j'aimerais beaucoup photographier. Les yeux clos, je m'imagine la lumière jouant sur les traits anguleux de son visage incroyable. Un peu de duvet, une légère pellicule de sueur, des cheveux plaqués en arrière après un plongeon dans la piscine…

Un bruit faible me distrait soudain. Mince, c'est moi ! Je me suis surprise à gémir tout doucement…

Jamie s'agite à côté de moi. Je me redresse aussitôt, en repoussant mes pensées coupables.

— Quelle heure il est ? me demande-t-elle.

Sans me laisser le temps de répondre, elle ramasse son téléphone pour vérifier par elle-même. Je jette un coup d'œil vers l'écran : même pas onze heures !

— J'ai proposé à Ollie de venir traîner avec nous aujourd'hui, m'explique-t-elle, encore un peu groggy. Il doit se faire chier sans Courtney, et la nuit dernière il s'est bien éclaté, je crois. T'as pas trouvé ?

— Si. Mais c'est parce que tu pourrais convaincre n'importe qui de s'éclater sur une piste de danse.

— Je ne lui ai pas forcé la main ! Il a beau prétendre le contraire, il adore danser.

Elle ôte son T-shirt pour que tout le voisinage profite de son soutif rose. Elle s'est sûrement dit que ça pouvait passer pour un haut de Bikini.

— Tu crois qu'il va venir ? demande-t-elle.

Je hausse les épaules. J'ai beau adorer Ollie, je n'ai pas très envie d'avoir de la compagnie à midi. Si on sort, il faudra s'habiller ; si on reste, il faudra cuisiner.

— Passe-lui un coup de fil et pose-lui la question.

— Bah, on s'en fout, qu'il vienne ou pas… réplique-t-elle d'un ton un peu trop détaché à mon goût.

Je bois une gorgée de mon cocktail et change de position pour observer mon amie.

— Il voudrait que je porte un smoking au mariage, dis-je en appuyant sur le mot « mariage ». Je vais être son témoin. Pour le grand jour.

— Arrête, Nikki ! Je ne couche pas avec Ollie ! Tu t'inquiètes pour rien !

— OK, désolée. Mais ce petit rappel ne pouvait pas te faire de mal.

Je suis réellement soulagée.

— T'es sérieuse, pour le smoking ? Ça fait vachement *eighties*, non ? Ou carrément années soixante-dix… C'est sorti quand, *Annie Hall* ? Ce film où Diane Machin-Truc porte des vêtements d'homme…

— Diane Keaton, dis-je. *Annie Hall*, c'est un classique de Woody Allen sorti en 77. Il a remporté l'oscar du meilleur film. Voyons, James, tu devrais le savoir ! C'est toi qui veux bosser à Hollywood, pas moi !

— Je veux bosser *maintenant* à Hollywood. Pas avant ma naissance.

En me creusant un peu la cervelle, je devrais pouvoir lui balancer une réplique bien cinglante… Trop tard, mon téléphone sonne. Ravie d'avoir eu le dernier mot, Jamie me lance un regard plein de suffisance.

Je jette un coup d'œil à l'écran. Oh merde ! ma mère…

— Bonjour, maman ! dis-je d'un ton faussement joyeux, histoire qu'elle s'imagine que je suis contente de l'entendre. Comment as-tu eu mon…

Il me suffit de constater l'expression coupable de Jamie pour comprendre qui a donné mon numéro à ma mère. Je toussote et fais machine arrière :

— Comment as-tu fait pour deviner que j'avais enfin le temps de papoter un peu ?

— Bonjour, Nichole, me dit-elle.

Qu'elle emploie ce prénom, ça me fait grincer des dents.

— Un dimanche matin, tu devrais être à l'église, continue-t-elle. Tu pourrais y rencontrer un homme bien, tu sais… Mais mon petit doigt m'a dit que j'allais te trouver chez toi.

Pour ma mère, la religion sert essentiellement à rencontrer l'âme sœur. Là, elle s'attend à ce que je réagisse, mais je ne sais jamais quoi lui dire, donc je me tais. Un véritable exploit, et j'en suis fière. Il m'a fallu des années pour atteindre ce niveau de circonspection. Deux mille cinq cents kilomètres, ça aide aussi.

Après un moment, elle se racle la gorge puis ajoute tout bas, d'un ton grave :

— Je suis sûre que tu sais pourquoi je t'appelle.

Oh merde ! qu'est-ce que j'ai fait ?

— Euh… Non, pourquoi ?

Je l'entends prendre une grande inspiration. Ma

mère est une femme incroyablement belle, mais ses incisives supérieures sont un peu espacées. Quand elle était jeune, le recruteur d'une agence de mannequins new-yorkaise lui a dit que ce petit défaut ajoutait du caractère à sa beauté. Si elle voulait se lancer dans une carrière de mannequin, elle n'avait plus qu'à faire ses valises et s'installer à Manhattan, avait-il conclu. Ma mère a très vite renoncé à cette idée. Elle est restée au Texas, elle s'est mariée… Une dame bien sous tous rapports se trouve un mari, pas une carrière. En tout cas, elle n'a jamais touché à ses dents du bonheur.

— Aujourd'hui, c'est l'anniversaire de mariage d'Ashley.

Je sens la main de Jamie se refermer sur la mienne, et du coup je me rends compte que j'agrippe le bras de ma chaise longue. Un miracle que le métal ne se soit pas encore plié ! C'est bien ma mère, ça : se rappeler la date anniversaire du mariage de ma sœur décédée, alors que ça ne lui serait jamais venu à l'esprit quand Ashley était encore en vie…

— Écoute, maman, je dois partir.

— Tu vois quelqu'un ?

Je ferme les yeux, je compte jusqu'à dix et je réponds :

— Non.

En fait, l'image de Damien a envahi mon esprit.

— C'est un non qui veut dire oui ?

— Maman, je t'en prie !

— Tu as vingt-quatre ans, Nichole. Tu es encore belle… enfin, si tu n'as pas pris des kilos sur les hanches, mais tu ne rajeunis pas. Et avec tes… Tout le monde a des défauts, mais elles sont vraiment horribles, et…

— Arrête, maman !

— Je dis juste qu'à vingt-quatre ans, tu devrais commencer à réfléchir à ton avenir.

— C'est exactement ce que je fais.

Je croise le regard de Jamie et la supplie en silence de me venir en aide. *Débarrasse-toi d'elle*, articule mon amie en silence.

Plus facile à dire qu'à faire…

— Maman, je suis sérieuse, là ! Je dois te laisser. On sonne à ma porte.

Je grimace. Je mens horriblement mal.

Jamie s'extirpe d'un bond de sa chaise et fonce de l'autre côté de la piscine.

— Nikki, il y a un mec qui veut te voir ! Putain, il est canon ! me crie-t-elle.

Vais-je l'étriper ou lui sauter au cou ? me dis-je en plaquant une main sur ma bouche.

— Très bien. Dans ce cas, je te laisse, ronronne ma mère.

A-t-elle entendu Jamie ? J'ai cru percevoir une vague excitation dans sa voix… Mais je me fais sûrement des idées.

— Au revoir, Nichole. Bisou.

Ça se termine toujours comme ça. Jamais un « Je t'aime », juste un « bisou », puis elle raccroche sans me laisser le temps de répondre.

Ma coloc' s'affale à côté de moi, extrêmement contente d'elle-même.

— Bon Dieu, mais t'es dingue, ou quoi ?

— J'ai pas pu résister ! Qu'est-ce que je regrette de ne pas avoir vu la tête de ta mère !

Moi aussi, mais je regarde quand même Jamie d'un air morose.

— On y va ? lance-t-elle en se levant et en rassemblant ses affaires. Faut mettre le linge à sécher. Et j'ai encore faim. Ça te dirait, une pizza et un film ? Et si on se matait *Annie Hall* ? Paraît qu'il a eu un oscar.

Annie Hall n'intéresse absolument pas Jamie : un quart d'heure après le début, elle roupille. Ou alors elle est plongée dans un coma digestif, ce qui ne serait pas étonnant, vu la rapidité avec laquelle elle a englouti six parts de pizzas depuis l'arrivée du livreur.

Moi, j'adore ce film, mais ça ne veut pas dire que je prête attention à ce qui passe à l'écran. Non, je pense à Damien Stark. À lui, mais surtout à son offre, que ma mère n'approuverait certainement pas.

Cette offre, j'ai décidé de l'accepter. Je dois juste poser d'abord quelques questions à Damien.

Sois prudente.

Il est dangereux.

Je n'en crois pas un mot. Ou plutôt, il n'est pas dangereux dans le sens où l'entend Ollie. Mais j'ai besoin de m'en assurer quand même.

Quand j'attrape le téléphone en charge près du canapé, je sens un gros nœud dans mon ventre. Pieds nus, je retourne à pas de loup dans ma chambre. Merde, j'ai oublié mes fringues dans le sèche-linge ! Bah, un autre résident se sera sûrement chargé de les déposer en vrac sur la table de repassage.

Mes petites culottes peuvent attendre.

Je survole mes appels entrants et trouve son numéro. Après un bref instant d'hésitation, je le compose.

— Bonjour, Nikki, dit Stark avant la fin de la première sonnerie.

Il semble soulagé de m'entendre.

— Qu'est-il arrivé à Sara Padgett ?

Ces mots ont littéralement jailli de ma bouche. Je dois lui poser cette question tout de suite, sinon je n'en aurai plus le courage.

Malgré la distance qui nous sépare, je sens un froid glacial s'installer entre nous.

— Elle est morte, mais vous étiez déjà au courant, je crois.

— Comment est-elle morte ? Je veux connaître les circonstances de son décès, et je veux savoir ce qui s'est passé entre vous. Quand quelqu'un du nom de Padgett s'est pointé dans votre immeuble, vos types de la sécurité ont carrément fait la gueule. Et je ne…

— Oui, quoi ?

Je retiens ma respiration.

— Je ne pourrais accepter votre offre très généreuse qu'après avoir compris qui est l'homme qui me la propose.

— Bon sang !

Pendant quelques instants, je n'entends que le bruit de la circulation à l'autre bout du fil. Il est sûrement en bagnole.

— Damien ?

— Oui, je suis là. Ce ne sont que des rumeurs, Nikki. Vous le savez, n'est-ce pas ?

— Non, je n'en sais rien. Je n'en sais rien parce que vous ne me dites rien.

Quand il répond enfin, c'est d'un ton réticent :

— Sara Padgett et son frère Eric ont hérité d'une participation majoritaire dans une compagnie plutôt intéressante, la Padgett Enviro-Works. Grâce à elle, le père a accumulé une petite fortune, mais après sa mort, la boîte a commencé à sombrer. Eric la dirigeait mal et Sara ne s'y intéressait pas du tout. J'y ai vu une bonne occasion à saisir et j'ai proposé de racheter leurs actions.

Il marque une pause, comme s'il s'attendait à un commentaire de ma part. Je préfère garder le silence. Je veux savoir où tout cela va nous mener.

Il reprend d'un ton plat, comme s'il lisait une fiche :

— Ils ont tous les deux décliné mon offre, mais Sara m'a demandé si je pouvais l'accompagner à un gala de charité. J'ai accepté, et ensuite nous avons continué à nous voir.

— Vous l'aimiez ?

— Non, mais c'était une amie et sa mort m'a terriblement affecté.

— Un accident ?

— Ça me paraît évident. Une asphyxie autoérotique qui aurait très, très mal tourné, semble-t-il. Le légiste a conclu à un accident et les choses en sont restées là.

Je passe ma main dans les cheveux. Je le crois, mais je suis persuadée qu'il ne me dit pas tout. Je ne peux pas me contenter de ça. Je dois absolument savoir.

— Il y a autre chose, pas vrai ? Ce n'est pas toute l'histoire.

— Pourquoi dites-vous cela ?

— Je… Enfin, quelqu'un… un de mes amis s'inquiète pour moi. Pour moi et vous. Il pense que vous êtes dangereux.

Damien a le droit de le savoir…

— Tiens donc ! ricane Stark.

Je le trouve vraiment menaçant, tout à coup. Oh merde… *J'espère qu'Ollie ne va pas avoir d'ennuis à cause de moi*, me dis-je en fermant les yeux. *De toute façon, Stark ne peut sûrement pas deviner que je parlais d'Ollie…*

— Là n'est pas la question… Que s'est-il passé d'autre ?

— Son frère m'emmerde, me répond-il platement. Allez savoir pourquoi, Eric est convaincu que je l'ai attachée, étranglée et laissée pour morte. Bref, que je suis responsable du décès de sa sœur. Et il crève d'envie de vendre son histoire à la presse.

— C'est terrible…

Pas étonnant que Damien ne veuille pas en parler.

— Voilà, c'est tout. Alors, qu'est-ce que vous en pensez ? Vous croyez que ça fait de moi un homme dangereux ?

Son ton est dur. Il est furieux. Je devrais peut-être attendre un autre moment pour discuter de sa proposition.

— Je suis vraiment désolée. Je n'aurais pas dû mettre le sujet sur le tapis. Ce ne sont pas mes affaires.

— En effet.

De nouveau, ce silence pesant. Et puis soudain, un juron retentissant :

— Putain, c'est moi qui suis désolé ! J'aurais dû me douter que ces rumeurs allaient remonter jusqu'à vous ! Et vous avez tout à fait le droit de me poser des questions. Vu ce que je vous demande, vous pouvez me poser toutes les questions que vous voulez.

— Vous n'êtes pas furieux contre moi, alors ?

— Contre vous, pas du tout. Contre Padgett… eh bien, disons qu'il est en bonne place sur ma liste.

Je ne veux pas savoir de quelle liste il s'agit.

— Vous réfléchissez toujours à mon offre ? reprend-il. J'espère que vous accepterez. J'y tiens vraiment. Et s'il vous plaît, ne mettez pas trop longtemps à vous décider.

— J'ai déjà pris ma décision, lui dis-je du tac au tac.

Il se tait si longtemps que je commence à croire qu'il ne m'a pas entendue.

— Alors ? lâche-t-il enfin.

Je déglutis et lui réponds avec un hochement de tête (qu'il ne peut pas voir, bien sûr) :

— J'accepte, mais j'y mets certaines conditions.

— Si je comprends bien, nous négocions. Excellent ! Quelles sont-elles, mademoiselle Fairchild ?

J'y ai réfléchi si souvent que les mots franchissent mes lèvres comme si je présentais une thèse :

— Premièrement, vous devez comprendre que si j'accepte, c'est pour l'argent. J'en ai besoin, je sais comment en faire bon usage, bref, je veux ce fric. Gardez cela bien présent à l'esprit, s'il vous plaît. Mes conditions ont toutes un lien avec ce million de dollars.

— Je comprends.

— Je veux être payée quoi qu'il arrive, même si le résultat ne vous satisfait pas.

— Bien sûr ! Cet argent, vous l'aurez déjà gagné, de toute façon. Ce que je penserai du tableau n'y changera rien.

— Vous ne vendrez pas cette toile. À personne. Soit vous la gardez, soit vous la détruisez.

— Très bien, j'accepte.

Je prends une grande inspiration. Nous en arrivons aux points les plus importants de la négociation :

— C'est moi que l'artiste doit peindre. Moi, la vraie Nikki, pas une représentation artistique de ma personne.

— Justement, c'est vous que je veux, réplique-t-il sur le même ton que lorsqu'il a glissé deux doigts en moi.

Dites-moi que vous aimez ça.

Oh oui, seigneur, oui…

Assise au bord du lit, je croise et décroise les jambes.

— Comprenez-moi bien, monsieur Stark. Quand j'aurai ôté mes vêtements, il sera trop tard. Vous aurez strictement ce que vous verrez.

— Allez-y mollo, je commence à bander.

— Bon sang, Stark, je suis sérieuse !

— Moi aussi, vous pouvez me croire.

En m'entendant marmonner un juron, il glousse à l'autre bout du fil.

— Donc, nous sommes d'accord ? dis-je, un peu trop sèchement à mon goût.

— Sur les termes de notre marché ? Absolument ! Bien entendu, j'ai moi aussi quelques petites demandes supplémentaires à vous soumettre.

— Comment ça ?

— Dans la mesure où vous avez amendé mon offre, j'ai parfaitement le droit de vous proposer une contre-offre, moi aussi.

J'aurais dû m'en douter. Que va-t-il encore exiger ?

— Et je vais être aussi direct que vous, Mademoiselle. On arrête de négocier. Ce sont mes dernières conditions. Vous acceptez, ou vous refusez.

— Euh… d'accord.

Je me tortille un peu en me mordant la lèvre, soudain très intéressée par ce qu'il va dire.

— Je vous écoute, monsieur Stark.

— À partir de maintenant et jusqu'à ce que le tableau soit terminé, vous êtes à moi.

Quand je réponds, les mots fondent comme du chocolat dans ma bouche :

— À vous ? Que voulez-vous dire ?

— À votre avis ?

Première tentative. Rien ne sort. À la deuxième tentative, je chuchote :

— Que vous ferez de moi ce que vous voudrez ?

C'est presque une supplique. Je suis sidérée par l'excitation que cette idée a provoquée en moi. Bon sang ! J'ai déménagé à Los Angeles pour reprendre le contrôle de ma vie, et voilà que je mouille à la simple idée de me retrouver à la merci de Damien !

— Quoi d'autre ? insiste-t-il.

— Que je devrai faire tout ce que vous voudrez ?

Je fourre ma main entre mes jambes, dans mon short. Je suis humide, glissante, en chaleur.

— Oui, répond-il d'un ton brutal et tendu.

Il est excité, lui aussi, et ça m'émoustille encore plus.

— Et si je refuse ?

— Vous êtes une scientifique, Mademoiselle. Vous devez savoir que toute action provoque une réaction opposée équivalente.

Je frôle du doigt mon clitoris ultrasensible. Je hoquette, prise de court par les spasmes rapides et violents qui me secouent au moment de la délivrance.

— Vous êtes satisfaite, mademoiselle Fairchild ?

Mes joues s'embrasent. De quoi parle-t-il ? De notre marché ou de l'orgasme que je viens d'avoir ?

Je me redresse :

— Et donc, si je refuse ?

— Je n'aurai pas ma peinture et vous n'aurez pas votre million.

— Pourquoi tenez-vous tant à ce que je vous obéisse ? J'ai déjà accepté de poser pour vous !

— Parce que je le peux. Parce que je n'ai plus envie de vous courtiser pour coucher avec vous. Et parce que je n'ai plus envie de jouer.

— Mais c'est ce que vous faites, non ?

— Je vous l'accorde. Mais je veux jouer à mes conditions.

— Vous dites que vous me désirez, mais c'est faux. Vous dites que vous voulez mon portrait, mais vous n'en voudrez pas.

Pendant un instant, je n'entends plus rien à l'autre bout du fil. Damien Stark se demande sans doute où je veux en venir.

— Vous vous trompez, réplique-t-il enfin.

— Je ne le pense pas. J'ai donc une nouvelle condition à vous soumettre : si vous annulez tout, la peinture et notre petit jeu, vous devrez quand même me donner mon fric.

— Vous acceptez, alors ?

— Si vous, vous acceptez cette condition supplémentaire.

— Très bien. Je l'accepte.

— Et le contrat n'entrera en vigueur qu'à partir de la première séance de pose.

— Vous êtes drôlement coriace, mademoiselle Fairchild. Mais là encore, j'accepte.

Je lève les yeux au ciel. Mes petits accrocs à sa proposition commencent à le fatiguer. Tant pis pour lui.

— Et nous devons fixer la date de fin de notre marché. Pour ce que j'en sais, si l'artiste me fait poser pendant plusieurs séances d'une heure, ça peut lui prendre une année pour terminer son œuvre. Moi, je dis une semaine, pas plus.

— Une semaine ? répète Stark, franchement irrité, à présent.

— Je ne peux pas proposer mieux. Et bien entendu, nous devrons nous voir en dehors de mes heures de travail. Je peux vous consacrer mes soirées et le week-end.

— Très bien. Une semaine. Alors, marché conclu ?

Je brûle d'envie d'accepter aussitôt, mais j'ajoute :

— Ça dépend. Qu'est-ce que… qu'est-ce que vous voulez faire de moi, au juste ?

— Des tas de choses… Mais en gros, je veux vous baiser. Brutalement, énergiquement et à fond.

Oh ! Seigneur…

— Je… Vous comptez m'imposer des trucs bizarres ?

— Ça vous plairait ? glousse-t-il.

Comme je n'en ai pas la moindre idée, je réponds :

— Je ne sais pas… Enfin, vous savez, je n'ai jamais…

Mes joues sont en feu, maintenant. J'ai connu un certain nombre de premiers rendez-vous horribles – grâce à ma chère maman –, mais je n'ai eu que deux vrais petits amis. Le premier avait plus d'expérience que moi : il était déjà sorti avec une fille de la fac alors que nous étions encore au lycée. Notre histoire fut tout ce qu'il y a de plus normale, sauf si on trouve bizarre de tirer un coup en vitesse sur le billard des parents.

Avec le deuxième, Kurt, j'ai souffert, c'est indéniable, mais émotionnellement, jamais physiquement.

En résumé, les pratiques auxquelles Damien fait allusion se trouvent en dehors de mon champ d'expérience.

Il semble comprendre mon hésitation :

— Je veux vous donner du plaisir et rien d'autre. Vous voulez savoir si nous ferons des trucs bizarres ? Pour vous, ils le seront peut-être, mais moi je crois que vous allez adorer.

Je frémis. Je veux découvrir toutes ces choses, et franchement ça me surprend. Mes tétons pointent sous mon débardeur, mon sexe pulse entre mes cuisses… *Je crois que vous allez adorer.* J'en suis sûre, moi aussi. En supposant que nous allions aussi loin. En supposant qu'il n'annule pas notre marché quand il me verra toute nue.

Je ferme les yeux. Si seulement les choses étaient différentes… Si seulement j'étais différente…

— C'est l'occasion ou jamais, Nikki, ajoute-t-il en douceur. Laissez-moi vous entraîner là où vous n'êtes jamais allée…

Je respire à fond, puis relâche lentement l'air piégé dans mes poumons. Notre petit jeu dans la limousine me revient soudain en mémoire :

— Oui, Monsieur.

Je l'entends haleter. Je l'ai surpris, et ça me met en joie.

— C'est bien, mon petit… Oh, bon Dieu ! j'ai tellement envie de vous…

C'est réciproque, mais j'esquive, d'une voix tremblante qui me trahit :

— Après la première séance, monsieur Stark.

— Entendu. Demain soir, je vous enverrai une voiture. Je vous préviendrai par texto quand elle partira. Ce soir, restez chez vous et reposez-vous. Je vous veux en pleine forme. Et allez ouvrir votre porte. Il y a quelque chose pour vous sur le paillasson.

Hein ? Comment ça ?

— Faites de beaux rêves, mademoiselle Fairchild, ajoute-t-il.

Ça y est, il a raccroché. Je n'ai même pas eu le temps de lui demander de quoi il parlait.

Je sors en vitesse de ma chambre, je passe devant Jamie qui roupille toujours sur le canapé et j'ouvre la porte. Sur le paillasson, une petite boîte emballée dans du papier d'argent. Je déchire aussitôt le papier, je soulève le couvercle… La boîte contient un bracelet de cheville magnifique : des diamants, des émeraudes sertis dans du platine et enfilés sur une chaîne délicate… Le bijou scintille dans ma main, léger comme une plume.

Sous le bracelet, je trouve une petite carte. « Pour notre semaine. Portez-le. D.S. »

Notre semaine ? Il l'a forcément écrite à l'instant ! Il était là, devant la porte, pendant toute notre conversation au téléphone !

Un frisson me chatouille la colonne vertébrale. J'ouvre le bracelet et le referme sur ma cheville, puis je me relève et j'inspecte la rue d'un air méfiant.

J'aperçois une voiture de sport rouge qui doit valoir son pesant de cacahuètes. On ne distingue rien à travers les vitres teintées, mais je suis certaine que Damien est assis derrière le volant.

Je l'observe, je le défie du regard. Osera-t-il me rejoindre ? Honnêtement, je suis prête à le supplier de venir. Mais aucune portière ne s'ouvre et la voiture reste immobile.

Le jeu n'a pas encore commencé.

Et puis soudain, j'en ai ras le bol. Je rentre dans l'appart', referme la porte et m'abandonne contre elle, excitée et brûlante. Mais je souris, car dehors, dans ce monde, Damien Stark m'attend.

Chapitre 16

Je me réveille en sentant le soleil filtrer entre les lattes et me frapper au visage. Merde ! J'ai oublié le réveil ! Nue sous les couvertures, je ne porte que le précieux bracelet de cheville. Comme ma main est plaquée sur ma chatte, je constate que je suis trempée de désir…

Je me suis endormie en pensant à Damien. Et je crois bien avoir rêvé de lui.

Je roule dans mon lit et cherche mon téléphone à tâtons. Sept heures passées ! C'est la panique !

Mes fantasmes érotiques s'envolent comme par magie. J'ai intérêt à me dépêcher, sinon je vais arriver en retard au boulot.

Je prends une douche trop longue, mais j'en ai besoin. L'eau me martèle, presque bouillante, effaçant rêveries et désirs. Je dois me remettre en mode « pro »… Damien Stark n'a plus rien à faire dans ma tête.

Je n'ai plus le temps de me sécher les cheveux, alors je les essore du mieux possible avec ma serviette, puis les peigne en vitesse. Ils sécheront à l'air libre pendant le trajet, et je les brosserai entre ma sinistre place de parking et l'ascenseur.

Les automobilistes ont les nerfs, aujourd'hui, et quand je me gare enfin sur le lugubre emplacement en question, c'est aussi mon cas.

J'enfile mon sac sur mon épaule, attrape ma brosse à cheveux et me coiffe énergiquement tout en fonçant vers l'ascenseur sur mes talons de cinq centimètres.

La réceptionniste écarquille les yeux en me voyant ouvrir à la volée la porte de verre de la C-Squared. Étonnante, sa réaction. Du coup, je révise mentalement ma tenue. Il me semble avoir tout boutonné et zippé dans le bon ordre.

— Il est là ? J'ai une idée géniale pour améliorer l'un des algorithmes…

Jennifer s'en moque sûrement, mais c'est l'une de ces idées qui vous tombent dessus comme un volcan entre en éruption. Je veux absolument en parler à Carl avant que Brian ou Dave ne se lancent dans les calculs.

— Il ne vous a pas prévenue ? Il devait vous appeler ! couine-t-elle.

Il se passe quelque chose de bizarre.

— À quel sujet ?

— Il… Oh, et puis merde ! Tenez… Il m'a dit de vous donner ça.

Elle me tend une enveloppe. J'hésite à la prendre, mais je m'y résous quand même. J'ai l'impression qu'elle pèse une tonne.

— Jennifer, qu'est-ce que c'est ? dis-je, très lentement.

— C'est votre chèque. Et là, ce sont vos affaires.

Du menton, elle indique quelque chose derrière elle. Je remarque enfin le carton contenant toutes mes affaires personnelles. Jennifer se mord la lèvre.

— Je vois, dis-je en me redressant. Vous n'avez pas répondu à ma question. Il est là ?

Je refuse de fondre en larmes ou de perdre mon sang-froid devant elle, mais je parlerai à Carl, qu'il le veuille ou non !

Elle hoche la tête, puis la secoue.

— Non… Enfin si… Il est là, mais il a dit qu'il ne voulait pas vous voir. Je suis désolée, Nikki. Il a été très clair à ce sujet : si vous ne prenez pas vos affaires, si vous ne partez pas tout de suite, je dois appeler la sécurité.

Je suis abasourdie. Pétrifiée. En état de choc…

— Mais pourquoi ?

— Je n'en sais rien, je vous le jure !

Jennifer semble souffrir dans sa chair. J'ai l'impression que le monde s'écroule autour de moi, mais je me sens quand même désolée pour elle. Et sacrément furieuse contre Carl. Quel enfoiré, ce mec ! Et quel trouillard ! Même pas les couilles de me virer lui-même !

— Il ne vous a rien dit ?

— Pas à moi, en tout cas. Mais je crois que c'est en rapport avec la présentation.

— La présentation ? Mais elle s'est super bien passée !

Moi aussi, je me mets à couiner.

— Ah bon ? Stark a appelé très tôt ce matin pour prévenir Carl qu'il n'allait pas investir dans le projet.

Mon estomac se soulève.

— Vous êtes sérieuse ?

— Vous n'en saviez rien ?

— Non…

— Vraiment ?

— Oui, vraiment.

Je crois comprendre pourquoi je suis virée.

Plongée dans une torpeur déroutante, je descends mes affaires jusqu'à la bagnole, laisse tomber le carton dans le coffre, puis repars à pied dans le parking. Arrivée à mi-chemin, je prends soudain conscience que je me dirige vers la tour Stark.

Comme on est en semaine, rien ne m'oblige à signaler ma présence à Joe, mais je m'arrête quand même au bureau de la sécurité pour lui demander à quel étage se trouve l'accueil de Stark International.

— Au trente-cinquième, Mademoiselle.

— Merci. À tout hasard, vous pouvez me dire si M. Stark est là aujourd'hui ?

Mon ton posé me surprend au plus haut point.

— Oui, je crois qu'il est là, mademoiselle Fairchild.

— Super !

Il se souvient de mon nom. Étonnant.

Je me dirige d'un bon pas vers l'ascenseur qu'il m'a indiqué, et j'attends l'arrivée de la cabine en pianotant sur ma cuisse. Quand la porte s'ouvre enfin, je m'entasse à l'intérieur avec une demi-douzaine de personnes. La cabine s'arrête à presque tous les étages, puis je reste seule pour la dernière partie de l'ascension. La porte s'ouvre au trente-cinquième étage et je me retrouve dans un autre hall d'accueil bien agencé. Mon cœur cogne si fort dans ma poitrine que je suis surprise qu'il ne m'ait pas encore fêlé une côte.

Une jeune femme rousse aux cheveux bouclés me sourit derrière un bureau ciré.

— Mademoiselle Fairchild ? Bienvenue chez Stark International. Veuillez me suivre, je vous prie. Je vais vous conduire au bureau de M. Stark.

— Je… Quoi ? Mais…

Je bafouille, complètement désarçonnée. Ça ne se passe pas du tout comme prévu. Moi, ce que je voulais, c'était exiger de le voir, et refuser de quitter la réception jusqu'à ce qu'il débarque et s'explique enfin. Et puis d'abord, comment sait-elle qui je suis, celle-là ?

Je n'ai pas le temps de lui poser la question qu'elle me fait déjà franchir plusieurs portes en verre dépoli. Nous arrivons dans un autre hall d'accueil, de style plutôt contemporain, celui-ci. Au mur, je découvre une série de photos : des vagues, des montagnes, d'immenses séquoias, et même un pneu de bicyclette en gros plan, une route sinueuse visible entre ses rayons. Chaque cliché est artistiquement composé avec des perspectives surprenantes, mais très étudiées. J'en déduis que la même personne en est l'auteur. *De qui peut-il bien s'agir ? Damien, peut-être ?* me dis-je, oubliant un court instant mon irritation.

Derrière un autre bureau, une autre fille est assise. Brune, les cheveux courts, elle me sourit, elle aussi. Elle me fait penser à un lutin.

— Bonjour, mademoiselle Fairchild. Allez-y, vous pouvez entrer, déclare-t-elle en appuyant sur un bouton.

La femme qui m'a escortée jusqu'ici m'entraîne vers une porte dont les deux battants de bois ciré s'ouvrent sur l'impressionnante silhouette de Damien Stark. *Aujourd'hui, il n'est plus fringué comme le quidam du coin*, me dis-je en l'observant. Vêtu d'un costume à veston croisé gris anthracite parfaitement coupé et d'une chemise blanche amidonnée, le tout agrémenté d'une cravate rouge et de boutons de manchette en onyx, il marche de long en large derrière son bureau en parlant dans un micro-casque. Le tissu chatoyant de son costume capture un peu de la lumière naturelle qui tombe sur lui par la fenêtre. Du coup, Stark semble irradier le pouvoir et l'énergie. Une tenue conçue pour intimider et impressionner les interlocuteurs potentiels, et, je dois bien l'admettre, ça fonctionne.

— Allez-y, prenez une chaise. Il sera à vous dans quelques instants, précise la fille qui m'escorte.

Elle tourne les talons, et les battants se referment derrière elle.

Je ne m'assieds pas. Les bras croisés, je reste debout devant le bureau. Je suis furieuse, ne l'oublions pas. Je dois absolument m'accrocher à ça… mais c'est difficile, parce que Stark est là. J'ai déjà appris à mes dépens que je perds tous mes moyens dès que je me retrouve dans la même pièce que lui. Quand c'est le cas, tout l'air semble aspiré hors de la pièce.

— Je regarde les trimestriels en ce moment même ! s'exclame Stark en saisissant brusquement une liasse de papiers sur son bureau.

Il est énorme, ce bureau, couvert de paperasse en tout genre. J'y aperçois des piles bien nettes de magazines – revues scientifiques et aéronautiques, y compris *La Recherche*, un magazine français –, des cartes, des graphiques maculés de notes au stylo bleu et rouge et, au bout du bureau, un tas de courrier couronné par un exemplaire délabré du *Moi, Robot*, d'Isaac Asimov.

— Vos excuses ne m'intéressent pas ! s'exclame Stark. Moi, ce qui m'intéresse, ce sont les chiffres bruts. Ouais, ben dites-lui qu'il aurait dû m'inonder de projections au moment où il m'a présenté son projet ! Et ses excuses, je n'en veux pas ! S'il ne peut pas respecter les dates que nous avons fixées ensemble, je vais mettre ma propre équipe sur le coup. Bon sang, bien sûr, que j'en ai le droit ! Comment ça, non ? Faites-lui relire le contrat, et ensuite on discutera ! Très bien… Non. Cette conversation est terminée. Au revoir.

Il raccroche puis se tourne vers moi. Et c'est comme s'il se métamorphosait sous mes yeux. La carapace de P.-D.G. disparaît. Très vite, il ne reste plus que l'homme qu'elle protégeait. Mais un homme incroyablement sexy, dans un costume coupé sur mesure qui lui a sans doute coûté plus cher que l'appartement de Jamie.

— Quelle bonne surprise ! me lance-t-il en traversant la pièce à grandes enjambées.

Et voilà, il est là, devant moi. Cet enfoiré a l'air si calme, si innocent, que la colère monte à nouveau en moi comme la lave brûlante d'un volcan. Je lui lance :

— Espèce de salaud !

Et je lui flanque une gifle retentissante qui m'ébranle autant que lui.

Si je n'avais pas l'estomac au bord des lèvres, elle serait marrante, cette expression qui passe du plaisir à l'indignation, puis à la colère et à l'incompréhension la plus totale. Portant une main à ma bouche, je bredouille :

— Oh, bon sang ! Je suis désolée… Je suis désolée, vous ne pouvez pas savoir à quel point…

— Mais qu'est-ce qui se passe, putain ?

Raide comme un piquet, les yeux brûlants, il me dévore du regard. Je crois distinguer un peu de compassion dans l'œil ambre, mais le noir pourrait m'aspirer dans le néant. *Il est dangereux*, me dis-je tout d'un coup. *Ollie a raison. Il a une personnalité dangereuse.*

— Carl m'a virée. Et ne me dites pas que vous n'êtes pas au courant !

— Je vous assure, je n'en savais rien. Bordel, Nikki,

je n'en savais rien, mais j'aurais dû deviner qu'il réagirait comme ça !

La tension est retombée.

Il veut me prendre la main et je le laisse faire sans réfléchir. Il m'embrasse les doigts. Un contact si doux, si agréable que j'ai soudain envie d'éclater en sanglots.

— Je suis terriblement confus…

— Pourquoi avez-vous refusé ? Notre proposition était démente ! Et ce produit est incroyable ! Et nous vous avons impressionné, je le sais ! Maintenant, Carl s'imagine que je vous ai éconduit, ou qu'on a couché ensemble, ou que je vous ai tellement pris la tête que vous avez voulu m'atteindre à travers lui !

— C'est ce qu'il vous a dit ?

— Il ne m'a rien dit. Il n'a même pas eu les couilles de me virer lui-même. Mais je ne suis pas idiote. Je sais de quoi tout ça a l'air, et je sais aussi ce qu'il doit en penser.

— Vous êtes une emmerdeuse, c'est vrai. Mais mon refus n'a rien à voir avec vous.

— Alors, pourquoi ? Enfin, Damien ! Il est génial, ce logiciel !

— Je suis d'accord.

Il sort un petit machin de sa poche. Je mets quelques secondes à comprendre qu'il s'agit d'une télécommande. Dès qu'il l'actionne, toutes les lumières s'éteignent dans la pièce et les vitres s'opacifient.

— Que faites…

Je ne termine même pas ma question. Un menu apparaît sur un écran qui descend du plafond et Damien sélectionne une ligne intitulée *Israeli Imaging 3IYK1108-DX*.

Un instant plus tard, je contemple une image

granuleuse. Il est difficile d'y distinguer quoi que ce soit, mais je comprends que Damien me montre un produit similaire à celui que nous lui avons présenté.

— Une compagnie israélienne nommée Primo-Tech a déjà déposé un brevet pour un produit semblable au vôtre. Ils ont élaboré un plan de commercialisation, et déjà commencé les tests bêta. Ils comptent lancer leur logiciel le mois prochain.

Je secoue la tête :

— Carl n'était pas au courant.

— Vous croyez ? Vous avez peut-être raison. Ou alors, il espérait que j'investirais dans sa boîte parce qu'il avait besoin de cet argent pour coiffer au poteau la Primo-Tech au dernier moment.

Je le dévisage, sidérée. Carl est un enfoiré, certes, mais il ne se comporterait jamais ainsi. Oh et puis qu'est-ce que j'en sais, dans le fond ?

— Je ne marche pas dans ce genre de combine, Nikki. Quand j'investis, c'est parce que le produit que j'ai décidé de soutenir me semble combler un manque. J'ai dit non à Carl à cause de la Primo-Tech. Ça n'a rien à voir avec vous.

— Heureuse de l'entendre.

— Vous voulez que je l'explique à votre patron ?

— Surtout pas ! Je ne veux pas travailler pour un homme qui en arrive si vite à ce genre de conclusions.

— Tant mieux.

Il me détaille des pieds à la tête en réprimant un sourire.

— Quoi ?

— Jolie tenue.

Un compliment innocent, mais le ton ne l'est pas du tout, lui. Je remarque soudain que la pièce est toujours plongée dans la pénombre. Impatiente, nerveuse, je me mordille les lèvres.

— Cela dit, je n'aime pas beaucoup vous savoir sans emploi. Mais finalement, ça tombe bien. Votre travail contrariait mes plans.

J'ai la bouche sèche, tout à coup, et je déglutis.

— Euh… Je vous ferai remarquer que je viens de rejoindre les rangs des chômeurs. Je vais devoir me trouver un autre job.

— Pourquoi ?

— J'ai quelques trucs à faire, genre manger et payer mon loyer par exemple. Eh oui ! C'est dingue, hein ?

— Au cas où vous l'auriez oublié, vous allez recevoir un million de dollars dans une semaine. Et si vous avez besoin d'argent dès maintenant, je serais heureux de vous en avancer une partie.

— Non, merci. Cet argent ira à la banque. Je n'en dépenserai pas un centime tant que je ne serai pas prête.

— Comment ça ?

Je hausse les épaules. Je sais que Damien peut m'aider à lancer ma start-up, mais je n'ai pas envie de partager ce rêve avec lui. Pas encore.

— Des secrets, mademoiselle Fairchild ? insiste-t-il, taquin.

Il s'approche et je dois lever les yeux pour le regarder.

— Vous tenez vraiment à ce que je me mette à genoux ? Allez, racontez-moi ce que vous allez faire de mon argent !

— Votre argent, vous dites ? Je ne crois pas, non. J'en aurai gagné le moindre centime.

— Oh ça, oui, comptez sur moi… réplique-t-il

d'une voix grave et sensuelle qui me trouble autant qu'une caresse.

Du pouce, il effleure ma lèvre inférieure. Ma respiration s'accélère et, sous le fin tissu de mon chemisier, mes tétons durcissent contre la dentelle de mon soutien-gorge. Je veux aspirer ce pouce dans ma bouche et le sucer. Je veux le lécher, je veux entendre Damien gémir. Nos corps serrés l'un contre l'autre, je veux sentir ses mains sur moi, son érection tendre la toile luxueuse de son pantalon sur mesure…

J'en crève d'envie, mais je m'abstiens.

Bien plus, je recule.

— Le jeu n'a pas encore commencé, monsieur Stark.

Dans ses yeux, crépite un feu ténébreux. Soudain, il éclate de rire… un son aussi doux qu'un bon whisky.

— Vous êtes une petite coquine, mademoiselle Fairchild !

— Vous trouvez ? Vous allez devoir me punir…

Le voyant prendre une grande inspiration, je lui décoche un sourire éblouissant. Je joue avec le feu, je le sais, mais je m'en moque royalement. Je me sens puissante et j'aime ça.

— Nikki…

Sa voix est rauque et suppliante. Mon ventre se contracte, mes cuisses se raidissent… Je rêve de ses mains sur mon corps. Mes grands principes faiblissent, je le sens.

Je suis sauvée par le bourdonnement aigu de son interphone.

— M. Maynard sur la deux !

— Merci, Sylvia.

Stark me fait signe de patienter un instant, puis tapote son écouteur :

— Charles, faites-moi un topo.

Il écoute le Charles en question pendant quelques instants et son expression change.

— Non ! dit-il.

Il a coupé la parole à M. Maynard, ma parole !

— Vous savez très bien que je n'ai aucune envie de rentrer dans ce petit jeu. Les menaces en l'air, ce n'est pas mon truc. Si ça continue, j'entamerai des poursuites en diffamation. Assurez-vous qu'il le comprenne bien. Oui, bien sûr que j'en ai conscience. Oui, Charles, je sais. Notre dossier n'est pas évident, mais ça ne m'inquiète pas du tout. Moi, ce qui m'intéresse, c'est que ce fils de pute arrête de chercher à me nuire. Oui, eh bien, vous n'avez qu'à me facturer ces heures supplémentaires ! Pour votre boîte, c'est tout bénef.

À nouveau, ses traits se durcissent :

— S'il compte vraiment déterrer ce truc, je vais devoir sévir, Charles. Faites cesser cette comédie. C'est pour ça que je vous paye, bordel !

Il raccroche sans même un au revoir. Il est extrêmement tendu, moi aussi, d'ailleurs. Je suis certaine que cet appel concernait Sara Padgett et son frère.

— Vous voulez qu'on en parle ?

Il me regarde, mais c'est comme s'il ne me voyait pas.

— Non. Le boulot, que voulez-vous…

J'ai très envie d'insister, mais il vaut mieux que je me taise pour l'instant. Puis Damien change d'humeur du tout au tout. Un sourire lui vient lentement aux lèvres.

— Suivez-moi, me dit-il en me prenant la main.

Un peu hésitante, je mêle mes doigts aux siens.
— Où allons-nous ?
— Déjeuner.
— Il n'est même pas dix heures !
Son sourire devient juvénile :
— Ça devrait suffire…

Chapitre 17

Nous prenons l'ascenseur privé de Damien pour descendre au parking. Quand la porte s'ouvre, je reconnais aussitôt la voiture de sport rouge de la nuit dernière. Je jette un regard en coin à Damien :

— Jolie bagnole… J'ai l'impression que je l'ai déjà vue. J'imagine qu'on en trouve à tous les coins de rue, à Los Angeles, pas vrai ?

— Oui, par centaines, réplique-t-il, pince-sans-rire.

Je n'y connais pas grand-chose en voitures, mais celle-ci est hors du commun, ça saute aux yeux. D'un rouge cerise, elle brille comme un miroir. Ses vitres sont teintées comme celles d'une limousine, et le plancher est si bas que je vais sûrement me retrouver le cul couvert de bleus si nous roulons sur un nid de poule. Une bagnole racée, splendide… Exactement le genre de joujou qu'on s'attend à voir entre les mains d'un milliardaire.

— Qu'y a-t-il ? me demande Damien en me voyant sourire.

— Vous êtes drôlement prévisible…

Un de ses sourcils se soulève.

— Vous trouvez ?

— C'est quoi, une sorte de Ferrari améliorée ? Tous les milliardaires en possèdent au moins une, tout le monde sait ça !

— Vous n'y êtes pas du tout, ma chère. C'est une Bugatti Veyron, et ça coûte presque deux fois le prix d'une Ferrari. Avec 987 chevaux sous le capot et son moteur W16, elle peut atteindre quatre cent sept kilomètres à l'heure, et elle passe de zéro à cent kilomètres à l'heure en moins de trois secondes.

Je m'efforce de conserver une expression impassible :

— Comment ? Vous n'avez pas de Ferrari ?

— Si, trois.

Il m'a eue, là. Visiblement ravi, il dépose un doux baiser sur mon front :

— Attention à votre tête quand vous grimpez à l'intérieur. Cette voiture est très basse.

Il m'ouvre la portière. Je me glisse dans l'habitacle, dont l'intérieur de cuir dégage une odeur délicieuse. Le siège m'étreint comme… je ne sais pas trop, mais je pourrais m'y habituer très vite. Damien s'installe derrière le volant.

— Où allons-nous ?

— À Santa Monica.

Cette ville côtière se trouve à une demi-heure à peine en bagnole… et encore, s'il y a du monde sur la route.

— Vous ne trouvez pas qu'il est un peu tôt pour déjeuner ?

— En fait, nous allons à l'aéroport de Santa Monica. C'est là que se trouve mon jet.

— Bien sûr, suis-je bête !

Je me carre dans mon siège. En pensant à ce qui m'attend, j'hésite entre des palpitations cardiaques carabinées et une complète relaxation. La seconde option est sans doute la plus saine. La plus amusante, aussi.

— Et pourquoi prenons-nous ce jet ?

— Pour nous rendre à Santa Barbara.

— Ah bon ? Mais avec cette voiture, on pourrait y aller par la route, non ?

— Certes, mais le problème, c'est que je dois être de retour à trois heures. J'ai une réunion.

Il enfonce un bouton encastré dans le volant. Un bruit de numéro qu'on compose résonne alors dans la voiture, puis les bips d'un appel en attente.

— Oui, monsieur Stark ?

— Sylvia, je prends le bombardier. Appelez Grayson et dites-lui de me préparer un plan de vol jusqu'à Santa Barbara.

— C'est d'accord. Vous voulez que je vous envoie une voiture à l'aéroport de Santa Barbara ?

— Oui. Et prévenez Richard que j'arrive. Nous déjeunerons sur la terrasse.

— C'est comme si c'était fait. Passez un bon moment, monsieur Stark.

Il raccroche encore sans dire au revoir.

— Elle a l'air efficace.

— Sylvia ? Elle l'est. Je ne demande que deux choses à mes employés : de la compétence et une loyauté sans faille. Elle excelle dans ces deux domaines.

Je crois que je suis un peu jalouse de Sylvia, de son sourire effronté et de son petit air de lutin. Sylvia qui passe son temps devant le bureau de Damien chaque jour de la semaine. La jalousie, une émotion idiote, mesquine… J'ai honte de l'éprouver. Je me console avec une vérité encore plus mesquine : c'est moi que Damien emmène au restaurant.

— À mon avis, la circulation ne va pas nous poser de problème, me fait-il remarquer en s'engageant sur une autoroute relativement dégagée.

Quand il appuie sur le champignon, je comprends vite qu'il ne m'a pas menti. Même pas le temps de dire ouf, et la voiture a déjà accéléré sans à-coups jusqu'aux cent kilomètres à l'heure.

— Ouah !

À côté de moi, Damien sourit comme un gamin.

— J'aimerais bien vous montrer ce qu'elle a dans le ventre, mais les flics sont un peu irritables, comme vous le savez sans doute.

— Pourquoi l'avoir achetée, si vous ne pouvez pas la pousser à fond ?

Il me jette un regard en coin :

— Vous êtes une vraie pragmatique, vous. Je n'ai pas dit que je ne la poussais jamais à fond. Ça m'arrive parfois. Mais je ne veux pas risquer votre vie ou celle de tous ces gens qui vont à leur boulot.

— Très courtois de votre part. J'apprécie.

— Si ça vous intéresse, nous irons dans le désert un de ces jours et je vous ferai une petite démonstration.

— Comment ça ? Vous ne voulez pas me laisser le volant ?

Il me dévisage avec intérêt :

— Vous savez vous servir d'un levier de vitesse ?

— Je me suis offert une vieille Honda dès mon deuxième semestre à la fac. Elle avait des sièges tout pourris, de l'apprêt à la place de la peinture et une transmission manuelle. J'ai dû me débrouiller avec ça.

Cette voiture avait fait ma fierté, à l'époque. Quand ma mère m'avait coupé les vivres, elle avait aussi récupéré la BMW. Comme je voulais absolument une voiture, j'avais péniblement économisé les cinq cents dollars nécessaires à l'achat de la vieille Honda. Une vraie poubelle, mais qui m'appartenait pour de bon.

— OK, vous arriverez peut-être à la conduire. Si vous êtes très, très douée, réplique-t-il avec chaleur.

Et moi, d'une voix basse et haletante :

— Toute cette puissance à ma disposition, je trouve ça excitant.

— Bon Dieu, Nikki… On va se retrouver dans le fossé, si ça continue, gémit Damien à côté de moi.

J'éclate de rire. Je me sens sexy et forte… c'est très agréable.

Nous ne fonçons pas à quatre cents kilomètres à l'heure, mais nous arrivons quand même à l'aéroport de Santa Monica en moins de temps qu'il n'en faut pour le dire. Damien se gare devant un hangar, à côté d'un jet futuriste dont les ailes semblent s'étirer à l'infini vers le ciel. Je m'extasie de nouveau :

— Ouah !

Un homme barbu d'un certain âge, les cheveux gris, se dirige vers nous à grands pas.

— C'est Grayson ? Le pilote ?

— Le mécanicien, vous voulez dire. Le magicien des airs, le meilleur mécano de la terre. Salut, Grayson ! Il est prêt à décoller ?

— Ouais, archiprêt. C'est une belle journée pour voler…

— Grayson, je vous présente Nikki Fairchild, qui m'accompagne aujourd'hui.

— Ravi de vous rencontrer ! me lance le mécano en me serrant la main.

— Vous faites ce boulot depuis combien de temps ?

— Plus de cinquante ans, me répond-il. Quand

j'étais gamin, mon père m'emmenait dans son Cessna, et il me laissait tenir le manche à balai.

Il tend à Damien une planchette porte-papier et un truc qui ressemble à un tube à essai.

— J'ai fait le plein, il est prêt, mais vous allez quand même vouloir y jeter un coup d'œil, je le sais.

— C'est mon oiseau. J'en suis responsable.

Damien prend la planchette et le tube puis s'approche de l'avion. Il vérifie la pression des pneus, contourne le jet et s'arrête de temps en temps pour ouvrir un panneau et faire couler un peu de liquide dans le tube.

— Qu'est-ce qu'il fait ?

— Il vérifie qu'il n'y a pas d'eau dans le carburant et s'assure de la présence de fluide dans les conduites, m'explique Grayson. Je prépare des avions pour lui depuis cinq ans, et pas une seule fois il n'a oublié de procéder aux vérifications après moi.

— Vous ne trouvez pas ça un peu gonflant ?

— Bien sûr que non ! C'est la marque des bons pilotes, et Damien Stark est un sacré bon pilote. J'en sais quelque chose, c'est moi qui lui ai tout appris !

Damien revient et rend le tube à Grayson. Je marmonne :

— Alors comme ça, vous pilotez ?

— En effet. On y va ?

Je jette un coup d'œil à Grayson, qui glousse :

— Vous êtes entre de bonnes mains.

— Très bonnes, ajoute Damien.

Il ne parle pas de pilotage, là. Enfin, pas de pilotage aérien.

La rampe d'accès est déjà installée, et Damien me fait signe de monter la première. Arrivée en haut, j'entre dans une cabine si belle qu'elle ferait passer les avions de ligne pour des autobus déglingués. Je me dirige vers l'un des sièges, mais Damien me retient par le bras :

— Non, nous allons à gauche…

Je le suis dans le cockpit. Un cockpit étincelant et d'une propreté impeccable, certes, mais qui n'en reste pas moins un lieu de travail. Ce n'est pas ici que je me détendrais en écoutant de la musique et en sirotant un cocktail.

Il m'installe dans mon siège, tire un bon coup sur ma ceinture et vérifie que je suis à l'aise avant de s'asseoir à son tour.

— Pourquoi ne laissez-vous pas les commandes à Grayson ? Pourquoi renoncer à tout ce luxe pour vous taper le sale boulot ?

— J'ai tout le luxe qu'il me faut au sol. Le grand frisson, quand on vole, c'est d'être aux commandes, justement.

— D'accord. Montrez-moi le grand frisson !

Il m'adresse un sourire carnassier :

— J'en ai bien l'intention ! Dans les airs, mademoiselle Fairchild, et aussi quand nous serons de retour sur la terre ferme.

Oh bon sang…

Il coiffe un casque et dialogue pendant quelques instants avec la tour de contrôle. Ensuite, nous nous engageons sur la piste, où il manœuvre le jet pour le placer en position de décollage.

— Prête ?

Je hoche la tête.

J'entends les moteurs augmenter en puissance avant de ressentir la force de l'appareil. Ça y est, nous roulons, nous fonçons sur la piste ! Damien tient fermement le manche, impassible, puis le tire vers lui brutalement. J'ai l'impression que le sol se dérobe sous l'avion.

Oh la vache !

J'ai souvent pris des vols commerciaux, mais quand on est assis dans le siège du copilote, ça n'a plus rien à voir.

Damien continue ses échanges avec la tour de contrôle pendant toute la phase d'ascension. Puis nous nous stabilisons et je jette un coup d'œil par le hublot. Je distingue la côte californienne loin en dessous de nous et les montagnes qui se dressent à l'horizon. Tout en m'extasiant de plus belle, je fouille dans mon sac pour y dénicher mon iPhone. Je prends quelques photos, puis je me tourne vers Damien :

— Si j'avais su que nous irions à Santa Barbara en avion, j'aurais emporté mon appareil. Histoire d'obtenir de bonnes images.

— Avec ces vitres, le résultat n'aurait pas été terrible, si vous voulez mon avis. Grayson les nettoie régulièrement, mais ce verre provoque quand même des distorsions.

Il a raison et, du coup, ça me console un peu.

— Vous utilisez quoi ? Un appareil numérique ou argentique ? me demande-t-il.

Un calme surprenant règne maintenant dans le cockpit.

— Argentique. Mon appareil est une antiquité.

— Vous développez vous-même vos photos ?

— Non.

Malgré moi, je frissonne. Avec un peu de chance,

Damien n'aura rien remarqué, mais c'est tout l'inverse, bien sûr :

— Ma question vous met mal à l'aise ? Désolé.

— Je ne raffole pas des petits espaces clos sans lumière.

— Vous êtes claustrophobe ?

— Je suppose, dis-je en me mordillant les lèvres. J'ai horreur de me retrouver cloîtrée dans le noir. Les pièces fermées à clé… Ça me donne l'impression d'être piégée.

Rien que d'en parler, j'en ai la chair de poule.

Il pose gentiment une main sur ma cuisse. Les yeux clos, je m'efforce de reprendre le contrôle de ma respiration. J'y parviens mieux avec cette main sur laquelle me focaliser.

— Pardonnez-moi, lui dis-je finalement.

— Vous n'avez aucune raison de vous excuser.

— Je devrais avoir dépassé ça. C'est idiot.

— Les choses qui se sont passées dans l'enfance, on les porte en soi pour toujours, réplique-t-il.

Ce qu'Evelyn m'a raconté l'autre soir me revient soudain en mémoire. D'après elle, Damien en a bavé quand il était gamin. Il comprendrait peut-être…

Brusquement, je ressens le besoin de tout lui expliquer. Il faut qu'il sache pourquoi je me comporte parfois si bizarrement. Sinon, il va croire que je suis faible et, ça, je ne pourrais pas le supporter.

Ou alors je veux qu'il me connaisse vraiment.

Bah, peu importe ! Pas question de me complaire dans l'introspection, en tout cas. Je vais me contenter de lui dire ce que j'ai sur le cœur.

— Dès mes quatre ans, ma mère m'a obligée à participer à des concours de beauté. Elle était très stricte pour un tas de trucs, mais c'était surtout le « sommeil de beauté » qui me rendait folle.

— En quoi ça consistait ? demande-t-il d'une voix douce mais un peu heurtée, comme s'il avait du mal à se contenir.

— Au début, elle me forçait à éteindre la lumière quand elle estimait venue l'heure de se mettre au lit. Je me couchais au moins deux heures avant mes amies. Je n'étais jamais fatiguée. J'allais au lit, j'éteignais la lumière et je lisais à la lueur d'une lampe de poche. Elle m'a prise plusieurs fois la main dans le sac.

Il se tait, mais l'atmosphère devient pesante. Il est suspendu à mes lèvres.

— Elle a fouillé dans mes affaires, m'a confisqué la lampe de poche, puis a déménagé ma chambre dans une pièce sans fenêtre, pour me priver de la lumière de la rue. Elle avait lu quelque part que le sommeil n'est vraiment réparateur que dans le noir total. Ensuite, elle a fait poser un verrou sur ma porte. À l'extérieur. Et elle a demandé à un électricien de changer l'interrupteur de place. De le mettre à l'extérieur, lui aussi.

Je suis moite de sueur. Je n'aurais peut-être pas dû me mettre à parler de ça. C'est le milieu de la matinée, mais j'ai l'impression que les ténèbres se resserrent autour de moi.

— Votre père n'a pas réagi ?

Stark est en colère, je l'entends.

— Je ne connais pas mon père. Mes parents ont divorcé quand j'étais bébé. Il vit quelque part en Europe. J'ai failli le dire à mon grand-père, une fois, mais je n'en ai pas eu le courage, et puis il est mort.

— Quelle salope, cette bonne femme ! fulmine-t-il.

Il a raison, mais parce que je suis une bonne fille,

je me sens obligée de justifier le comportement de ma mère. Je me retiens juste à temps et je reprends :

— Ma sœur m'a toujours aidée comme elle l'a pu.

Ashley glissant un rai de lumière sous ma porte, Ashley me lisant des histoires jusqu'à ce que je m'assoupisse… Ces souvenirs me font sourire. Et puis un jour, ma mère avait découvert le stratagème de ma sœur.

— Ce « sommeil de beauté », elle n'y avait pas droit, elle ?

— Elle ne gagnait pas assez souvent. Du coup, ma mère ne l'a plus l'inscrite aux concours.

Cette liberté toute neuve avait rendu sa vie à Ashley, et elle en avait bien profité. J'adorais ma grande sœur, mon ange gardien depuis toujours, mais je lui enviais terriblement sa liberté retrouvée. Pour moi, la chanceuse, c'était elle.

Et un jour, elle s'était suicidée.

Je frissonne :

— Je ne veux plus en parler.

Sur le moment, il ne réagit pas, puis :

— Je m'y connais un peu en photographie, mais je me rends compte que j'en sais moins que je ne le pensais. J'ai toujours cru qu'il pouvait y avoir un peu de lumière dans les chambres noires.

Je lui jette un regard plein de gratitude. Il a compris que je ne voulais plus parler de mes problèmes personnels, ni de mon aversion pour l'obscurité, et il reprend habilement le fil de notre conversation.

— À un certain stade du processus, c'est possible, en effet, dis-je, laissant mes peurs et mes souvenirs disparaître à l'évocation d'un sujet que j'adore. Vous verrez souvent une veilleuse rouge ou ambre dans les chambres noires où on effectue des tirages en noir et blanc. La plupart des papiers ne sont sensibles qu'aux lumières bleues et bleu-vert, c'est pour ça. Mais quand on prend des photos en couleur, comme moi, il faut procéder aux impressions dans le noir absolu, pour permettre aux couleurs de se fixer sur le papier. Donc je ne développe pas mes photos, mais ce n'est pas un problème. Une chambre noire, c'est cher, et procéder soi-même à ses développements prend énormément de temps. Un de ces jours, je m'offrirai un appareil numérique, mais en attendant, j'envoie mes pellicules au développement et je reçois quelques jours après une planche-contact avec toutes mes photos sur CD. Il ne me reste plus qu'à m'asseoir et à m'éclater avec elles dans mon environnement naturel.

— L'ordinateur ? me demande-t-il avec un grand sourire.

— Oui, depuis mes dix ans.

Mais je ne précise pas que l'informatique me permettait de m'évader, à l'époque. J'allumais ma bécane en disant à ma mère que c'était pour faire mes devoirs, puis je jouais et j'oubliais tous mes soucis. C'est comme ça que j'ai commencé à rédiger mon propre code. Pendant une semaine, j'ai même utilisé l'écran comme veilleuse, mais ma mère l'a finalement remarqué. Rien ne lui échappait, à celle-là. Je reprends :

— Travailler ses photos sur ordinateur, c'est carrément magique. On peut faire tout ce qu'on veut ! Par exemple, une photo de la surface de la lune combinée à une photo de vous donnera l'impression que vous flottez dans l'espace… Je pourrais aussi coller votre tête sur un corps de singe, par exemple.

Je lui adresse un sourire espiègle.

— Ça ne me montrerait pas sous un jour très flatteur.
— Effectivement !
— C'est l'une des applications que vous vendez, n'est-ce pas ?

Il est au courant ? Ça alors ! J'ai conçu et codé trois applications pour Smartphone et je les vends déjà sur différentes plates-formes. J'étais encore à la fac quand je les ai créées, mais je faisais ça surtout pour m'amuser. Depuis, j'ai constaté qu'il existait vraiment un marché pour les applis permettant de coller un visage sur des photos d'animaux, puis de partager le résultat sur les réseaux sociaux.

— Comment le savez-vous ?

Mon application est assez populaire, mais elle ne me rapporte pas grand-chose. Comment Stark en a-t-il eu connaissance ?

— Je me fais fort d'en apprendre le plus possible sur ce qui me tient à cœur, me dit-il en me dévisageant.

Je comprends aussitôt qu'il parle de moi. L'appli, il s'en moque, en réalité. Mais pourquoi suis-je surprise ? Rien n'échappe à cet homme… En ce sens, il ressemble un peu à ma mère.

Je souris, flattée. Un peu déstabilisée, aussi. Que sait-il d'autre sur moi ? Jusqu'où a-t-il poussé ses recherches ? Avec les moyens dont il dispose, il a pu remonter très loin, et cette prise de conscience me donne à réfléchir.

S'il s'aperçoit de mon humeur pensive, il n'en laisse rien paraître.

— Moi aussi, je trouve que la science, c'est magique. Mais toutes les sciences, pas seulement l'informatique, me fait-il remarquer, relançant de nouveau la conversation.

— Pendant la présentation, vos questions m'ont beaucoup impressionnée.

Je me rappelle qu'il en a posé sur tous les aspects techniques de notre logiciel, certaines impliquant également de sa part une connaissance approfondie de l'anatomie humaine.

— Qu'avez-vous étudié à la fac ?

— Je ne suis jamais allé à l'université, me dit-il. À l'école non plus, d'ailleurs. À dix ans, on m'a collé des profs à la maison. Mon coach avait insisté, et mon père a fini par céder.

Il parle d'un ton amer que je ne lui connaissais pas encore. J'aimerais bien en savoir plus, mais il s'agit visiblement d'un sujet douloureux et je préfère laisser tomber.

— Alors comme ça, vous vous y connaissez en photo ? dis-je pour faire diversion.

Les beaux clichés de l'accueil me reviennent soudain à l'esprit :

— C'est vous qui avez pris celles exposées dans l'entrée de votre bureau ?

— Je n'y connais pas grand-chose, non. Et je ne suis pas l'auteur de ces photos. En fait, je les ai choisies parce qu'elles symbolisent mes passe-temps préférés. C'est un photographe du coin qui les a prises. Son studio est à Santa Monica.

À mon grand soulagement, Damien semble avoir retrouvé sa bonne humeur.

— Ce type est extrêmement doué, dis-je. Son utilisation des contrastes et de la perspective est stupéfiante.

— Tout à fait d'accord. D'ailleurs, ça me flatte

beaucoup que vous m'ayez attribué la paternité de ces photos…

Je me tourne vers lui et le regarde avec attention :

— C'est normal, vous avez tant de talents. Vous êtes très surprenant.

Ce sourire malicieux, c'est du Damien pur jus : une promesse de toutes les surprises à venir… Entre mes cuisses, mon sexe se contracte comme par réflexe. Je baisse les yeux, un peu gênée :

— Vos passe-temps préférés, vous dites ? L'océan, la montagne, les séquoias, un pneu de bicyclette… Alors disons la voile, le ski, pour les séquoias je n'en sais rien, et le vélo.

— Pas mal ! L'océan, c'est pour la plongée, et les arbres évoquent la randonnée. Mais vous avez trouvé le reste. Alors, qu'est-ce que ça vous inspire ?

— Toutes ces activités me plaisent, sauf la plongée, que je ne connais pas. Il faut dire qu'au Texas, ce n'est pas évident. Le reste, j'adore.

— Il y a d'excellents spots de plongée en Californie, mais les combinaisons, ça me gonfle. Je préfère de loin les eaux plus chaudes des Caraïbes. Regardez ! me dit-il soudain, un doigt pointé vers le hublot.

Il me faut un petit moment pour comprendre ce qu'il me désigne, puis la lumière se fait dans mon esprit : Santa Barbara, nous voilà !

— Je vais bientôt devoir entamer la procédure d'atterrissage. Mais avant, ça vous dirait de prendre un peu les commandes ?

— Hein ?

J'ai failli m'étrangler, et je bafouille :

— J'ai bien entendu, là ?

— C'est très facile, insiste-t-il.

Il relâche sa prise sur le manche et me prend la main, geste qui déclenche en moi un véritable cataclysme. Pourquoi ai-je des réactions disproportionnées dès que Damien me frôle ? À cet instant, je rêverais de ne rien ressentir du tout, parce qu'il pose mes deux mains sur les commandes et que je dois garder cet avion en l'air. J'ai beaucoup de mal à me concentrer ; il est trop près de moi, bon sang…

Et soudain, il me lâche.

— Oh putain… Au secours ! Qu'est-ce que je dois faire ?

— Vous pilotez déjà. L'avion reste stable, vous voyez ? Si vous poussez, nous descendons. Si vous tirez, nous grimpons. Allez-y, tirez lentement le manche vers vous.

Me voyant pétrifiée, il éclate de rire :

— Allez-y ! Essayez, au moins !

Bon, d'accord. Je rugis de plaisir en sentant la réaction de l'avion.

— J'adore votre rire. Et j'ai très envie de l'entendre au sol, maintenant, me dit-il en me caressant tout doucement la joue.

Ce coup-ci, je fais tout ce que je peux pour ne pas ronronner.

— Vous y êtes, ma chérie. Voilà, stabilisez l'avion.

Il effleure ma nuque, pose sa main sur mon épaule et la presse légèrement.

— Bon boulot, ma petite.

Ma respiration s'est accélérée, à cause de lui peut-être ou parce que cette expérience m'a grisée, allez savoir.

— J'ai piloté, dis-je. J'ai piloté pour de vrai !

— Oui. Et vous piloterez encore.

Nous sommes les seuls clients sur la terrasse du Pearl Hotel de Santa Barbara, sur Bank Street. Seuls quelques pâtés de maisons nous séparent de l'océan. Nous apercevons la jetée de Steams Wharf, avec, au loin, les îles Channel qui s'élèvent au-dessus de l'eau comme des monstres marins.

Je sirote un Martini au chocolat blanc. Après les huîtres et le saumon farci, je me sens agréablement repue.

— C'était excellent. Comment avez-vous découvert cet endroit ?

— Rien de plus facile. Cet hôtel m'appartient.

Je me demande pourquoi ça m'étonne encore.

— Vous arrive-t-il de ne pas posséder quelque chose, monsieur Stark ?

Il me prend la main.

— En ce moment, je possède tout ce que je désire.

Je bois une gorgée de Martini pour lui dissimuler ma réaction.

— Ne vous inquiétez pas, mademoiselle Fairchild. Je prends grand soin de ce qui m'appartient, ajoute-t-il.

Mes joues s'embrasent et mon corps se rappelle à mon bon souvenir ; le bas de mon corps, surtout. À partir de la taille. Je savoure cette sensation tant que je le peux encore, car lorsque Damien examinera la marchandise, il annulera le marché, j'en ai bien peur.

Un homme portant un costume bien coupé nous rejoint sur la terrasse et tend à Damien un sac de courses blanc :

— Ceci vient d'arriver pour vous, monsieur Stark.

— Merci, Richard.

L'homme s'en va et Damien me remet la chose :

— C'est pour vous, en fait.

— Ah bon ?

Je jette un coup d'œil au contenu du sac posé sur mes genoux. J'en reste bouche bée. Un Leica tout neuf !

Je dévisage Damien, qui me sourit, ravi.

— Vous aimez ? C'est ce qu'on fait de mieux, comme appareil numérique.

— Il est magnifique ! Vous êtes incroyable, monsieur Stark. Vous n'avez qu'à claquer des doigts pour qu'il se passe des trucs !

— Ça m'a coûté un peu plus qu'un simple claquement de doigts, mais ça valait le coup. Il vous fallait un appareil pour prendre des photos de la plage.

Je me lève et vais au bord de la terrasse :

— Je vois l'océan, mais pas grand-chose de la plage.

— La vue sera meilleure quand nous nous y promènerons, réplique-t-il.

Je lui montre alors mes escarpins avec leurs talons de cinq centimètres :

— Je crois que je ne porte pas les bonnes chaussures.

Le bracelet de cheville étincelle au soleil, et Stark se baisse pour le toucher. La chaleur de sa peau irradie au-dessus de la mienne.

— Il est splendide, dis-je.

— Un bel objet pour une belle femme. Les émeraudes sont assorties à vos yeux.

Je souris, charmée :

— Je croule sous les cadeaux, ces derniers temps.

— Tant mieux. Vous les méritez. Et ceci n'est pas

un cadeau, me fait-il remarquer en frôlant le bracelet. C'est un lien… et une promesse.

Il me regarde droit dans les yeux, et je pique un fard aussi sec. Je chuchote :

— Pour rien au monde je ne raterais une balade sur la plage avec vous. J'irai pieds nus, s'il le faut…

Il glousse :

— Oui, vous pourriez. Mais vous avez regardé sous l'appareil ?

— Au fond ?

Je sors la boîte contenant le Leica. Il y a en effet autre chose dans le sac, un paquet emballé dans du papier de soie bleu. Je regarde Damien sans parvenir à déchiffrer son expression. Lentement, je libère un objet dur et plat, une paire de tongs.

— Pour la balade sur la plage, me précise-t-il.

— Merci…

— Vos désirs sont des ordres. Si vous avez encore besoin de quoi que ce soit…

— Certaines choses ne s'achètent pas, vous savez.

— C'est vrai, reconnaît-il. Mais quand je fais une promesse, je la tiens, sachez-le.

Ses paroles et son regard passionné me remuent délicieusement. Par chance, l'arrivée du serveur m'évite d'avoir à lui répondre, et nous reportons notre attention sur la table où l'homme vient de déposer le café et un unique moelleux au chocolat. Pourquoi ai-je dit à Damien que je n'en prendrais que quelques bouchées ? J'aurais pu en avoir un pour moi toute seule !

— Qu'avez-vous fait d'autre ce week-end ?

— J'ai travaillé, me répond-il.

— Vous avez engrangé un milliard de plus ?

— Pas tout à fait, mais j'ai bien bossé. Et vous ?

— Corvée de lessives. Et nous sommes allés danser samedi soir.

— C'est qui, ce « nous » ?

— Ollie, Jamie ma colocataire, et moi.

Il semble tendu. Est-ce de la jalousie que je lis dans ses yeux ? Mais oui, peut-être… Et comme je suis un peu mesquine, j'en éprouve une vague satisfaction.

— Ça vous plairait d'aller danser cette semaine ? me propose-t-il.

— Oui, beaucoup.

— Où êtes-vous allée, avec Jamie et Ollie ?

— Au Westerfield's. C'est ce nouveau club sur Sunset, pas loin du St Regis.

— Mmm…

Je le trouve bien pensif, tout à coup. Les boîtes avec la sono à fond, ça ne doit pas être son truc.

— Trop de bruit pour vous ? Trop de basses, trop de boucan ? Trop de spots aveuglants ?

J'ai beau savoir qu'il a seulement trente ans, je lui trouve en général l'air plus vieux que son âge. Il fréquente peut-être un club de danses de salon. Ils en ont sûrement, à Los Angeles ! Tous les films que j'ai vus avec Fred Astaire et Ginger Rogers me reviennent tout à coup en mémoire, et je m'imagine en train de danser comme Ginger dans les bras de Damien – une expérience sûrement très agréable…

— Ça vous a plu, le Westerfield's ?

— C'est pas mal. Mais bon, j'ai fait mes études à Austin et il y a plein de clubs dans cette ville. Alors, la musique à fond et le boum boum, j'ai l'habi…

Je m'interromps. Je viens de remarquer l'expression amusée de Damien. Je crois que j'ai deviné…

— Cet endroit est à vous, c'est ça ?

— Absolument.

— Des hôtels, des clubs… Qu'est-il arrivé à votre petit empire technologique ?

— Les empires ont bien des facettes, vous savez. Pour moi, le secret de la réussite, c'est un portefeuille varié. Et mon empire est tout, sauf petit.

— Je vous ai mal cerné, je crois.

— Vraiment ?

— Quand vous m'avez dit que vous m'emmèneriez danser, je me suis imaginé un plan à la Fred Astaire et Ginger Rogers. Mais j'adore aussi danser collé serré. Ça ne me dérange pas du tout.

À ma grande consternation, je lui décoche une œillade lascive. *La faute du Martini*, me dis-je. *Du Martini et de Damien…*

Avec un sourire énigmatique, il se lève et traverse la terrasse. Je le vois tripoter un truc sur le muret et, un instant plus tard, de la musique s'élève de haut-parleurs invisibles. *Smoke Gets in Your Eyes*, l'un de mes numéros préférés d'Astaire et Rogers ! Damien revient vers moi et me tend la main :

— Mademoiselle Fairchild, m'accorderez-vous cette danse ?

Je sens ma gorge se serrer. Et quand Damien m'attire dans ses bras, mon pouls s'affole. Je ne danse pas très bien, mais avec cet homme comme cavalier, j'ai l'impression de flotter. Nous glissons sur la terrasse, ses mains sur mon dos sont aussi légères que des plumes. À la fin du morceau, il me serre contre lui et me ploie en arrière, un sourire incroyablement résolu aux lèvres.

Pantelante, je vois ses lèvres s'approcher des miennes, et me voici aussitôt incapable de penser à autre chose que cette bouche… Ces lèvres, cette langue…

— Qu'est-ce qui vous trotte dans la tête, mademoiselle Fairchild ?

— Rien…

Il me regarde d'un air narquois. J'ai l'impression qu'il me dit : « Pas de mensonges entre nous… »

— Euh… Eh bien, je me demandais si…

— Si quoi ?

Il me redresse. Nos corps sont collés l'un à l'autre, nos hanches se touchent, mes seins sont plaqués contre sa poitrine, mes tétons durcis me trahissent.

— Allez, dites-le-moi, chuchote-t-il…

Et ses lèvres qui frôlent mon oreille me font frissonner de plaisir.

— Je me demandais si vous alliez m'embrasser…

Il me regarde droit dans les yeux. Les siens sont brûlants, dévorants, et je n'ai qu'une envie : m'y perdre sur-le-champ. Mes lèvres s'entrouvrent dans l'attente de ce baiser qui met trop longtemps à venir…

— Non, me dit-il.

Quand il recule d'un pas, je vacille, complètement perdue.

Comment ça, non ?

— Non, répète-t-il avec un sourire mauvais.

Et là, je comprends. C'est ma punition, parce que, dans son bureau, j'ai reculé.

— Notre semaine ne commence qu'à partir de votre première séance de pose.

— Ce soir ?

— Oui, à six heures.

Je suis déçue, mais terriblement émoustillée.

Il palpe la courbe de mon cul à travers le mince tissu de ma jupe.

— Et ne prenez pas la peine de mettre des sous-vêtements, Nikki. Vous n'en aurez pas besoin, je vous assure.

Je déglutis. Je mouille déjà, je crève d'impatience.

Merde... !

Chapitre 18

Après avoir confié nos affaires à Richard – je n'emporte que le Leica –, nous sortons par-derrière et empruntons un sentier qui nous mène jusqu'à la piscine de l'hôtel. Nous traversons un restaurant à ciel ouvert, puis longeons des courts de tennis. Deux couples hilares disputent une partie. À force de se lancer des vannes, ils ratent la plupart de leurs coups.

— Un terrain de tennis à l'hôtel ? Étonnant ! C'est votre idée ?

— Pas du tout. Les courts étaient déjà là quand j'ai acheté l'hôtel.

Je me fais des films ou bien il marche plus vite, tout à coup ? Moi, je ralentis l'allure et m'appuie contre un banc pour observer les joueurs. Je les regarde, mais c'est Damien que je vois. Jambes musclées et bronzées, larges épaules, bras puissants… Ses dents serrées, sa détermination…

Je l'entends revenir derrière moi.

— Allons-y, me dit-il. Je tiens à vous montrer la jetée, mais je dois être de retour à trois heures au bureau.

— Oui, bien sûr ! J'avais oublié.

Je lui prends la main et nous continuons notre balade. Après avoir quitté le terrain de l'hôtel, nous flânons devant de charmantes maisons en stuc.

— Et ça vous manque ? Le tennis…

Nous tournons à droite dans un petit parc verdoyant. Devant nous, il y a la plage et l'océan Pacifique dont les eaux bleu vert étincellent sous le soleil de la mijournée.

— Pas du tout, réplique Damien d'un ton neutre.

Il m'a répondu du tac au tac. Pourtant, je ne sais pourquoi, je ne le crois pas. Je n'insiste pas, convaincue qu'il va se confier. Je ne me suis pas trompée.

— Au début, j'adorais ça, reprend-il. Mais le temps a passé et le tennis a cessé de m'amuser. J'en avais ras le bol.

— C'est la compétition qui vous a écœuré ? Mais ça ne vous concerne plus, maintenant. Jouer pour le plaisir, ça ne vous dit rien ? Je ne devrais pas vous l'avouer, mais je rêve de taper dans la balle avec vous un de ces jours.

— Je ne joue plus au tennis, m'assène-t-il d'un ton ferme qui contraste avec ma suggestion inoffensive.

— Oh ! désolée…

Je hausse les épaules, un peu perplexe. J'ai touché un point sensible, c'est évident. Où est passé le charmant compagnon de promenade qui plaisantait et me draguait il y a encore quelques minutes ?

Il me jette un regard en coin, puis lâche un profond soupir, visiblement gêné :

— Mais non… C'est moi qui suis désolé.

Dès qu'il me sourit, la glace commence à fondre, me dévoilant les jolies choses qu'elle cachait jusqu'alors.

— J'en ai terminé avec le tennis, voilà tout. Comme

vous avec les concours de beauté. Vous n'y participez plus, si ?

J'éclate de rire :

— Alors là, sûrement pas ! Mais il y a une différence. Moi, je n'ai jamais trouvé ça marrant.

J'aurais mieux fait de me taire. Je ne veux pas qu'il se referme de nouveau comme une huître. Mais, bien au contraire, il me dévisage avec intérêt :

— Jamais ? Vraiment ?

— Jamais. Enfin si, peut-être, quand j'étais toute petite. Les jolies robes, tout ça. Mais bon, je ne me rappelle pas très bien. Non, je crois que même à l'époque je n'aimais pas ça. J'avais l'impression d'être la poupée Barbie de ma mère ; ça, je m'en souviens.

— Et les poupées n'ont pas de vie à elles.

— Non, en effet, dis-je, heureuse qu'il me comprenne si bien. Et vous, vos parents vous obligeaient à jouer ?

Je touche un point sensible, je le sais, mais je veux absolument tout savoir sur cet homme.

Nous atteignons la sortie du parc et traversons main dans la main Cabrillo Boulevard. Voilà, nous marchons sur la plage, vers les vagues. Tant pis, il ne me répondra pas. Et puis soudain…

— Au début, j'adorais le tennis. J'étais complètement dingue de ce sport. J'étais tout gamin, mais la précision, le timing, ça me plaisait déjà… Et le pouvoir, aussi. Putain, taper dans cette balle, quel pied ! C'était une année pourrie, ma mère était malade, et je me défoulais sur le court.

Je hoche la tête. J'ai connu ça, moi aussi. À l'adolescence, j'ai pris l'habitude de m'évader derrière mon ordinateur ou mon appareil photo, jusqu'au jour où ça ne m'a plus suffi. Ce jour-là, j'ai commencé à me mutiler. À chacun sa méthode pour surmonter les épreuves. Je repense soudain à Ashley et réprime un froncement de sourcils. À chacun sa méthode… sauf quand on ne la trouve pas.

— J'ai commencé à m'attarder sur le court après l'école. Le prof de sport m'entraînait, mais je l'ai dépassé très vite. À l'époque, mon père travaillait à l'usine. Je savais qu'il n'avait pas les moyens de m'offrir un coach, mais je m'en foutais. J'étais gamin, je n'avais que huit ans et ma seule ambition, c'était de m'éclater.

— Qu'est-ce qui a changé ?

— Le prof savait que ma mère était malade et que mes parents ne pouvaient pas me payer des cours de tennis. Il a parlé de moi à un ami et, en moins de temps qu'il n'en faut pour le dire, ce pro local m'entraînait à titre gracieux. Je m'amusais comme un fou, surtout quand j'ai commencé à gagner des tournois. J'ai un certain talent pour la compétition, vous l'avez sans doute remarqué.

— Vous ? Sans blague ?

J'ôte mes tongs et agite mes orteils dans les remous. Damien a laissé ses chaussures à l'hôtel, il est déjà pieds nus. Vous en connaissez beaucoup, vous, des hommes qui se baladent en costard-cravate, pieds nus sur la plage, sans rien perdre de leur sex-appeal ? Eh bien, Damien en fait partie. Il a cette décontraction des hommes parfaitement sûrs d'eux. Et quand il veut s'offrir une petite douceur, il lui suffit de la prendre.

Moi, par exemple.

Un frisson de plaisir parcourt mon épine dorsale.

Je passe une journée incroyable. Elle avait pourtant si mal commencé…

Il n'y a pas grand monde sur la plage, mais c'est normal, nous sommes en semaine. Le sable a été nettoyé quand même et, du coup, impossible de mettre la main sur un coquillage entier ! Heureusement, les rides laissées par l'eau sur le sable sont d'une régularité magnifique. Je laisse tomber mes tongs pour effectuer quelques réglages sur le Leica. Je veux une photo qui englobe à la fois les sillons dans le sable et l'écume des vagues.

Derrière moi, Damien attend le « clic ! » de l'obturateur pour m'attirer contre lui. Il pose son menton sur mon front.

— Alors ? Qu'est-ce qui a changé pour vous ?

— Le succès, me répond-il d'un ton lugubre.

Je me retourne dans ses bras :

— Je ne comprends pas.

— J'ai fait des progrès si rapidement que j'ai attiré un de ces enfoirés de coachs professionnels.

Son air grave et agressif me donne la chair de poule.

— Il a passé un marché avec mon père : il acceptait de m'entraîner en échange d'un pourcentage de mes gains.

Je vois de qui il parle. Cet entraîneur professionnel est cité dans la notice Wikipédia consacrée à Damien. Ils ont travaillé ensemble jusqu'à ses quatorze ans. Cette année-là, l'entraîneur s'est suicidé. On avait appris qu'il trompait sa femme.

Mes pensées reviennent à Ashley, mais je ne veux pas imposer son fantôme à Damien.

— C'est la compétition qui a changé votre pratique

du tennis ? Vous ne vous amusiez plus ? C'était devenu comme un travail ?

Damien s'assombrit brutalement. Un changement si rapide et si spectaculaire que je scrute le ciel, persuadée d'y trouver le nuage qui jette cette ombre sur ses traits. Mais non, elle émane de lui. Elle est le reflet de ses émotions.

— Bosser dur, je m'en fous, me répond-il platement. En fait, tout a changé l'année de mes neuf ans.

Il parle avec une âpreté dont je ne discerne pas la cause. Et je réalise soudain qu'il n'a pas répondu à ma question.

— Que s'est-il passé ?

— J'ai dit à mon père que je voulais quitter le circuit, mais comme je gagnais déjà beaucoup d'argent, il a refusé.

Je serre sa main dans la mienne. Il esquive encore, mais je n'insiste pas. De quel droit le ferais-je, moi qui suis passée maître dans l'art d'éluder les questions ?

— Un an plus tard, j'ai à nouveau cherché à arrêter la compétition. Je jouais dans tout le pays, à l'étranger, aussi. Je ratais l'école en permanence et, à cette époque, mon père a embauché des profs à domicile. Les matières scientifiques, surtout, me passionnaient. J'adorais ça, vraiment. Je lisais tout ce qui me tombait sous la main, de l'astronomie à la physique en passant par la biologie. Et je lisais plein de romans, aussi. De la science-fiction. Je dévorais les bouquins de science-fiction ! J'ai même essayé de m'inscrire en secret à une école scientifique privée. Non seulement ils ont accepté ma candidature, mais ils m'ont offert une bourse pour toute ma scolarité.

Je m'humecte les lèvres. Je crois comprendre où

tout cela va mener. Je sais comment se termine cette histoire. Nous nous ressemblons tant, lui et moi… On nous a arraché notre enfance. Chacun de nous a été le jouet d'un parent capricieux.

— Et vos parents ont refusé.

— Mon père, me précise Damien. Ma mère était morte un an plus tôt. C'était…

Il respire à fond, puis se baisse et ramasse mes tongs. Nous reprenons notre balade sur la plage, direction l'énorme jetée de Steams Wharf.

— Sa mort m'a terrassé. J'étais anéanti. Et tout ça remontait pendant les matchs de tennis. La colère, la trahison…

À ce souvenir, il serre les dents et ajoute :

— Voilà pourquoi je jouais aussi bien !

— Je suis désolée…

Des mots qui sonnent creux.

— Je savais que vous étiez un passionné de sciences. C'est évident, vu la branche dans laquelle vous travaillez. Mais j'ignorais que vous aimiez ça depuis toujours.

— Pourquoi l'auriez-vous su ?

Je lève les yeux pour le dévisager :

— Beaucoup d'informations circulent sur votre compte, monsieur Stark. Au cas où vous ne l'auriez pas remarqué, vous êtes extrêmement célèbre. Vous avez même votre page sur Wikipédia ! Mais on n'y trouve rien sur cette histoire de scolarité avortée dans une école scientifique.

Sa bouche n'est plus qu'un trait fin. Il est crispé, c'est évident.

— J'ai tout fait pour éloigner la presse et Internet de mon passé.

Je pense aux propos d'Evelyn : d'après elle, Damien aurait appris dès son plus jeune âge à contrôler les médias. Ça se confirme, on dirait. Quels autres épisodes de sa vie Damien Stark a-t-il réussi à protéger des gens trop curieux ?

Je lève le Leica et colle mon œil au viseur ; je le dirige d'abord vers la mer, puis le braque sur Damien. Qui lève aussitôt les mains comme pour me dissuader. J'éclate de rire en prenant une rafale de photos.

— Oh la méchante ! me lance-t-il, et je m'esclaffe de plus belle.

— C'est vous qui m'avez offert cet appareil ! C'est votre faute !

— Certainement pas ! réplique-t-il, lui aussi mort de rire.

Le voyant plonger vers moi, je recule en sautillant, heureuse de le sentir si joyeux à nouveau. Oubliés, le passé, les souvenirs mélancoliques ! Je prends encore quelques clichés.

— Mais elle exagère ! Je vais devoir corser la punition que j'ai prévue pour elle…

Je laisse pendre l'appareil à mon cou et fais semblant de me rendre :

— Pour l'instant, je fais ce que je veux, rappelez-vous !

Je m'attire un sourire franchement machiavélique.

— Pour l'instant, certes, mais sachez que je conserve une liste de tous vos méfaits pour m'y référer dans le futur.

— Oh, vraiment ? dis-je, en le prenant encore en photo. Si je dois être punie de toute façon, autant que ça en vaille le coup !

— Je serai extrêmement méticuleux, vous pouvez me croire, réplique-t-il avec chaleur.

— Ce n'est pas juste ! Vous allez avoir mon portrait, ne l'oubliez pas ! Du coup j'ai bien le droit de conserver quelques photos de vous, non ?

— Bien essayé… mais vous serez punie quand même.

Je glisse un bras autour de son cou, et sa chaleur m'enveloppe aussitôt. Seul l'appareil photo nous sépare. Je me dresse sur la pointe des pieds pour lui chuchoter à l'oreille :

— Et si je vous disais que j'attends ça avec impatience ?

Il reste imperturbable, mais quand je recule, je vois un muscle minuscule se contracter sur sa joue. Un détail qui m'enchante. J'ai réussi à surprendre Damien Stark. Mieux encore, j'ai réussi à l'exciter !

Très contente de moi, je bondis en arrière avec un petit rire. Nous avons atteint la jetée, mais nous ne l'empruntons pas. Nous faisons demi-tour et redescendons la plage en direction de l'hôtel. Tout en marchant, je photographie les îles Channel, puis je réussis une prise de vue surprenante de deux mouettes volant si près l'une de l'autre qu'elles semblent ne faire qu'une.

Nous sommes sur le point de quitter la plage quand Damien s'assoit sur un banc. Croyant apercevoir un oursin, je m'accroupis dans le sable.

— Vivement ce soir… chuchote Damien d'une voix trahissant son désir.

Il plonge son regard dans le mien, et j'y lis une ardeur qui m'est devenue familière.

— C'est dur d'être si proche d'une chose infiniment précieuse qu'on ne possède pas encore.

— Qu'entendez-vous par « posséder » ?

Il sourit lentement et précise, sûr de lui :

— Posséder, avoir, détenir, jouir de, contrôler, dominer. Choisissez votre verbe, mademoiselle Fairchild. Mais j'ai bien l'intention de les explorer tous.

— Là, c'est vous qui enfreignez les règles, dis-je en m'humectant les lèvres.

— Je ne crois pas, non.

Et il ajoute, l'air innocent :

— Je ne touche pas, je ne demande rien… Vous n'êtes pas encore à moi.

Puis, jetant un coup d'œil à sa montre :

— Pas avant quelques heures, en tout cas.

Je ne peux plus rester accroupie dans le sable. Mes jambes ne me soutiennent plus, j'ai des fourmis partout.

— Donc, pour l'instant, je fais ce que je veux, lui dis-je en me relevant.

Mais je pense aux heures qui me restent et à ce qui se passera ensuite.

— En effet, je n'ai aucune prise sur vous jusqu'à ce soir, reconnaît-il en me dévorant du regard. Impossible pour moi de vous demander de vous caresser, étendue nue dans les vagues, et de vous malaxer la chatte… Je ne peux pas vous entraîner dans la piscine, je ne peux pas vous sucer les tétons pendant que l'eau emporte le sable incrusté dans votre peau. Je ne peux pas enfoncer mes doigts en vous pour sentir à quel point vous mouillez, à quel point vous me désirez…

Il a planté son regard dans le mien et je respire avec

difficulté. Ma peau luit de sueur, mais le soleil n'y est pour rien. Malgré le mètre qui nous sépare, j'ai l'impression que nous sommes reliés l'un à l'autre… comme si ses mains me caressaient en même temps que ses mots. Je crève d'envie de me toucher, maintenant… Je dois faire appel à toute ma volonté pour me retenir. Du coup, je me caresse la cuisse, lentement, sensuellement. Je n'ai rien d'autre à quoi me raccrocher que les mots qu'il m'offre.

— Impossible de vous emmener dans le spa, impossible de vous retourner pour vous prendre en levrette pendant que le jet d'eau titille votre clitoris. Impossible d'empoigner vos seins et de vous baiser à fond jusqu'à ce que vous jouissiez pour moi, jusqu'à ce que vous explosiez sur ma queue… Impossible de vous faire l'amour sur un balcon à la lueur des étoiles.

Vous faire l'amour ?

Mon cœur manque un battement.

— Je ne peux pas, Nikki. Parce que vous n'êtes pas encore à moi. Mais bientôt… bientôt, je pourrai faire tout ce que je veux de vous. J'espère que vous êtes prête.

Je déglutis. Moi aussi, je l'espère. Je l'espère de tout mon cœur.

Quand nous descendons de l'avion à Santa Monica, deux voitures nous attendent : la sport rouge au nom imprononçable, et une Lincoln. Le petit homme à la casquette qui attend à côté de la Lincoln répond d'un signe de tête au regard que je lui lance.

Damien pose une main au creux de mes reins et me pousse vers le type en question :

— Je vous présente Edward, l'un de mes chauffeurs. Il va vous ramener chez vous.

— Vous retournez au bureau ?

— Oui. Je suis désolé, je dois écourter notre après-midi. Je ne peux pas faire autrement…

— Je comprends très bien. Mais… ma voiture est au parking. Nous pourrions y aller ensemble, non ?

Edward m'ouvre la portière et Damien dépose un baiser sur mon front.

— J'adorerais faire le trajet en votre compagnie, mais votre voiture est déjà garée devant votre appartement.

Il me faut une seconde pour assimiler ce qu'il vient de dire.

— Quoi ? Comment est-elle arrivée là-bas ?

— J'ai pris les dispositions nécessaires.

— Tiens donc…

Je ne suis pas fâchée, mais abasourdie. Oh, et puis si, je suis fâchée ! La moutarde me monte au nez.

— Et vous avez pris ces dispositions sans me demander mon avis ?

— J'ai pensé que vous apprécieriez cette petite attention.

— C'est ça. Vous avez décidé de prendre ma vie en main et vous posez déjà vos sales doigts sur tout ce qui m'appartient !

Mais qu'est-ce qui m'arrive ? Ma voix grimpe dans les aigus…

— Si je puis me permettre, votre réaction est excessive.

C'est vraiment ce qu'il croit ? Je pense alors à ma mère qui fourrait son nez partout et s'occupait de chaque détail de mon existence. Ça me foutait carrément en rogne. Suis-je en train de projeter sur Damien mes problèmes avec elle ? A-t-il réellement dépassé les bornes ? Je n'en sais trop rien. En tout cas, ça m'horripile de constater qu'Elizabeth Fairchild me hante encore, malgré les deux mille cinq cents kilomètres qui nous séparent.

Je me glisse à l'arrière de la Lincoln en lançant à Damien :

— Peut-être. Mais la prochaine fois, prévenez-moi, d'accord ?

— Je voulais vous rendre service…

Encore une non-réponse.

Il referme la portière. Voilà, c'est fini. Merde !

Edward s'installe sur le siège conducteur et démarre. Comme je n'ai vraiment pas envie de rentrer, je lui dis :

— Laissez-moi sur la Promenade. Je prendrai un taxi ou je demanderai à ma colocataire de venir me chercher.

La Promenade, c'est la rue commerçante de Santa Monica.

— Désolé… Mes instructions sont de vous ramener directement chez vous, Mademoiselle, me répond-il en s'engageant sur la bretelle d'accès de l'autoroute.

Oh, bon sang !

— Vos instructions ? Je n'ai pas mon mot à dire, c'est ça ?

Quand Edward lève les yeux, nos regards se croisent dans le rétroviseur. La réponse est claire : *Non.*

Je pêche mon téléphone dans mon sac et j'appelle Damien.

— Salut, ma chère.

Sa voix grave et sensuelle me met dans une colère noire, parce que je suis assez conne pour la laisser me détourner de mon objectif.

Je me ressaisis et lui réponds d'un ton très ferme, en articulant bien :

— Voudriez-vous, je vous prie, préciser à Edward qu'il n'est pas nécessaire qu'il me ramène directement chez moi ? Il semble croire que vous lui avez donné un ordre, alors que vous lui avez seulement communiqué une adresse.

Silence menaçant.

— Vous devez être prête à dix-huit heures. Il est déjà quatorze heures passées. Vous devez vous reposer.

— Qu'est-ce que c'est que ces conneries ? Vous vous prenez pour ma mère ?

— La journée a été longue. Vous êtes fatiguée.

— Ça suffit !

Sauf qu'il a raison. Je suis exténuée. Mais pas question de l'admettre devant lui.

— Pas de mensonges, rappelez-vous, me dit-il.

Je réplique d'un ton cinglant :

— Très bien. Je suis fatiguée, en effet. Je suis aussi folle de rage. À ce soir, monsieur Stark.

Je raccroche, puis je m'affale sur mon siège, bras croisés. Je ferme les yeux un instant. Quand je reprends mes esprits, je constate qu'Edward vient de garer la voiture devant mon appartement. J'ai roupillé pendant presque une heure !

Je pousse un soupir excédé.

Edward me tient la portière, puis se rassoit au volant après m'avoir rappelé que je dois être prête à six heures. Tiens, la voiture ne démarre pas... *Il s'assure que j'arrive saine et sauve à ma porte*, me dis-je. Je grimpe l'escalier quatre à quatre et fourre ma clé dans la serrure ; quand j'ouvre la porte, j'aperçois immédiatement un fourre-tout portant l'inscription

« Promenade » et le logo d'une braderie locale. Je devine tout de suite qui me l'a envoyé. Bon sang, comment a-t-il fait pour que je le reçoive aussi vite ?

— Ça vient d'arriver pour toi, dit une voix masculine dans mon dos.

Je sursaute, effrayée. Heureusement, ce n'est que ce bon vieil Ollie.

— Oh, pardon ! Je ne voulais pas te faire peur, s'excuse-t-il en s'extirpant du fauteuil cantonné à l'autre bout du salon.

Tiens, il est pieds nus. Il abandonne dans le fauteuil la revue qu'il feuilletait – un *Elle*, apparemment. Ce pauvre garçon en est réduit à lire les magazines que nous laissons traîner sur notre table basse…

— C'est arrivé quand, tu dis ?

— Il y a cinq minutes. Je l'ai posé bien en évidence sur la table pour que tu tombes dessus en rentrant. C'est léger comme une plume.

Je comprends aussitôt pourquoi : il n'y a que du papier de soie froissé, là-dedans. Et posée sur le papier, une enveloppe. Je la décachète et j'en sors une carte couverte d'une calligraphie fleurie : « Je suis jaloux du temps que vous passez loin de moi. Je vous dois une virée shopping. D.S. »

Ces quelques mots me revigorent comme une brise marine. Ce mec sait toujours ce qu'il faut dire… Et surtout, il trouve les mots justes. Et je m'extasie de nouveau sur la vitesse à laquelle il m'a fait parvenir ce sac. Il y a sûrement des gens qui travaillent pour lui dans toute la ville.

Je glisse la carte dans l'enveloppe et la remets dans le sac. Je ne veux pas qu'Ollie la voie.

— Qui t'a envoyé ça ? me demande-t-il.

— Longue histoire. Alors, qu'est-ce qu'il t'est arrivé hier ? Jamie m'a dit qu'elle t'avait invité pour un brunch…

— Ouais. Bon, tu sais… Courtney est rentrée tôt de sa conférence, alors on a joué au couple rangé qui roucoule dans son nid douillet.

— Elle est où, aujourd'hui ?

— Elle bosse. Comme d'hab'.

— OK.

Je dépose mes affaires sur la table et vais chercher une bouteille d'eau dans la cuisine. Tout en me désaltérant – l'alcool et le jet m'ont assoiffée –, je réalise soudain qu'un truc déconne dans ce que vient de me raconter Ollie.

— Pourquoi est-elle au boulot et pas toi ? dis-je en revenant dans le salon.

— Comme je suis sorti du travail plus tôt que prévu, j'ai décidé de venir traîner un peu ici.

— Super. Tu n'es pas venu pour moi, j'espère… Parce que, comme tu as pu le constater, je n'étais pas là. Mais à partir de demain, tu devrais pouvoir me trouver à la maison à n'importe quelle heure de la journée.

Un gros sous-entendu, qu'il ne remarque même pas.

— En fait, c'est Jamie que je suis venu voir. Pour m'excuser de lui avoir fait faux bond hier.

— C'est sympa.

Je me laisse tomber à côté de lui sur le canapé :

— Elle est où, au fait ?

— Euh… à la salle de bains. Elle prend une douche. Elle aura terminé bientôt, je pense. Je lui ai dit que j'allais regarder un peu la téloche, mais je commence à avoir les crocs.

Il se lève.

— Et si on allait bouffer un truc ? me lance-t-il.

Je secoue la tête.

— J'ai trop mangé à midi. Mais vas-y, toi.

— Allez, viens me tenir compagnie, au moins ! Je vais au Daily Grill, juste au coin.

Il est déjà à la porte. Pour quelqu'un qui semblait si détendu quelques minutes plus tôt, il est drôlement impatient de manger, tout à coup.

— Tu veux que je te prépare quelque chose ? Nous avons une tonne de pizzas au congélo.

— Merci, mais non. Je rêve d'un bon burger. Tu viens ? insiste-t-il en ouvrant la porte.

J'ai une pensée pour l'appareil photo et les images que je veux travailler avec Photoshop, puis je me rappelle qu'Ollie est l'un de mes deux meilleurs potes.

— D'accord. Donne-moi une minute.

J'attrape mon sac et me dirige vers ma chambre. En passant, je frappe à la porte de la salle de bains.

— Sois pas timide ! Entre ! me lance Jamie.

La douche coule toujours, mais j'entends très bien la voix de mon amie. Je parie qu'elle a posé sa jambe sur la cuvette des toilettes pour se raser. Comme nous n'avons plus aucun secret l'une pour l'autre depuis le lycée, j'ouvre la porte sans hésiter. Bingo, Jamie est en pleine séance d'épilation. En revanche, son expression me sidère. Elle semble carrément décontenancée.

Je comprends tout, soudain.

— Salut, Nikki ! Qu'est-ce que tu fais à la maison au beau milieu de l'après-midi ?

— Mais putain, t'es folle ou quoi ? Il est fiancé, bon sang ! Tu dépasses les bornes, Jamie !

— Je…

Elle ne termine pas sa phrase. Elle attrape une serviette et se drape avec.

Mais c'est plus fort que moi, alors je hurle :

— Merde, merde, merde ! Putain de bordel de merde !

Les jurons à haute dose, d'habitude, c'est pas trop mon truc. D'habitude… mais là, je suis vraiment furax.

— T'as couché avec lui ?

Sans desserrer les lèvres, elle hoche imperceptiblement la tête.

Je quitte la salle de bains en claquant la porte. Ollie attend toujours debout dans l'entrée et je comprends aussitôt qu'il nous a entendues. Ou qu'il est assez malin pour avoir deviné ce qu'on s'est dit.

— Mais enfin, Ollie…

Il a l'air contrit. Non, le mot est trop faible. Il est complètement sonné.

— Ouais, je sais, j'ai merdé. Qu'est-ce que tu veux que je te dise ?

Je suis furieuse, mais c'est Ollie, je l'adore et je dois être là pour lui. Pour lui et pour Jamie. Oh seigneur, Jamie…

— Mais pourquoi Jamie ? T'aurais pas pu t'envoyer quelqu'un d'autre ? Vous êtes mes meilleurs potes… Je ne veux pas me retrouver écartelée entre vous deux !

— Je sais. Vraiment. Je suis désolé. Écoute, allons manger un morceau et je… nous parlerons. Ou pas. Allez, viens…

— OK. Pour moi, ce sera un thé ou un truc dans le genre. On s'est envoyé un déjeuner monstrueux, Damien et moi.

— Damien… répète-t-il, et la façon dont il prononce ce nom me fait presque grincer des dents.

J'aurais mieux fait de me taire.

— Merde ! c'est une mauvaise nouvelle, ajoute-t-il.

Là, je sens que je vais m'énerver.

— T'as un sacré culot, ma parole ! Arrête avec ces conneries ! Arrête de me dire que tu n'aimes pas Damien Stark, bordel ! Tu ne peux pas me balancer des vacheries pareilles sans m'expliquer pourquoi ! Tu te prends pour un parangon de vertu, peut-être ? Ce n'est vraiment, vraiment pas le cas !

— T'as raison… marmonne-t-il en passant les doigts dans sa tignasse échevelée. OK… Je vais aller me chercher un burger et je retourne au bureau. On parlera demain, d'accord ? Tu pourras me sermonner autant que tu le voudras. Et j'aurai peut-être moi aussi un ou deux trucs pas très cool à te dire.

Glaciale, je lui lance :

— À propos de Damien, je suppose ?

— Bon, je… J'y vais… bredouille-t-il en m'indiquant la porte du pouce. Je suis vraiment, vraiment désolé…

Je ne prends pas la peine d'ajouter un seul mot. Je le regarde s'en aller, puis j'attrape mes affaires et vais m'enfermer dans ma chambre. Je suis d'une humeur exécrable. Par deux fois, je suis tentée d'appeler Damien. Mais pour lui dire quoi ?

Salut, comme tu veux posséder mon portrait et comme tu me payes pour que j'accepte ton petit jeu, je me suis dit que j'allais te passer un coup de fil pour te parler des problèmes de mes potes…

Ce serait absurde.

Jamie n'est toujours pas sortie de la salle de bains,

soit parce qu'elle veut m'éviter, soit parce qu'elle n'a pas encore le courage de me parler. Honnêtement, j'ai tout mon temps.

Je branche mon ordi portable et le raccorde au boîtier du Leica pour télécharger dans Photoshop les photos prises aujourd'hui. La première qui apparaît, c'est l'image ridée de la plage battue par les vagues. Une photo vivifiante, propre, qui me donne envie d'évasion. Si seulement je pouvais entrer dans l'écume capturée par l'objectif et laisser la marée m'emporter vers le large, loin, très loin de tout et de tout le monde…

De tout le monde… sauf d'une seule personne.

J'ouvre une autre photo et me retrouve nez à nez avec Damien. Je l'ai surpris en plein mouvement. Et j'ai eu raison. Quand je me le représente, il est toujours en mouvement. Cet homme fait bouger les choses, il est l'action personnifiée. J'ai réussi à capturer cette facette de sa personnalité, avec un truc en plus : de la joie.

Il s'est tourné vers moi en riant, pile au moment où j'ai appuyé sur le déclencheur. Son visage occupe tout l'écran. La lumière de l'après-midi se reflète dans ses yeux et je comprends à son expression qu'il vit cet instant à fond. Je suis si émue que ma gorge se serre. Je l'ai vu rire et sourire, ricaner et plaisanter, mais dans ce moment volé, pour la première fois, je distingue de l'allégresse.

Je pose mon index sur le visage de Damien. Damien, si fort et pourtant si vulnérable…

En pensant aux cicatrices qui m'enlaidissent, je ramène mes pieds sous la chaise et serre les genoux de toutes mes forces. Damien ne s'est jamais planté un couteau dans la chair, c'est vrai, mais il a des cicatrices, lui aussi. Et pourtant, quand je regarde ce visage et l'euphorie qui l'habite au moment de cette photo, je ne vois plus les blessures. Je vois l'homme qui leur a survécu.

J'entends enfin la porte de la salle de bains s'ouvrir et Jamie qui se déplace à pas de loup sur la moquette. Elle s'arrête devant ma porte. Je me tends aussitôt, mais elle ne frappe pas et repart vers sa chambre quelques secondes plus tard. J'attends une minute, puis je vais me doucher à mon tour. Je me sens crasseuse, comme souillée par le linge sale de mes amis. J'ai besoin de laisser des flots de liquide bouillant emporter toute cette crasse loin de moi.

Je me déshabille et pénètre dans la cabine sans attendre que l'eau soit chaude. Au début, elle est glaciale, et le choc est si violent que j'ai envie de hurler. Puis le chauffe-eau s'enclenche. Je ferme les yeux et j'accueille la chaleur en espérant qu'elle va me débarrasser de mon cafard.

Je presse dans ma main un peu du gel douche parfumé à la fraise de Jamie et me frictionne de haut en bas. Y compris la face interne de mes cuisses, en m'attardant sur les cicatrices boursouflées.

Ce soir, Damien va les voir.

Je ferme les yeux. Je me sens complètement idiote. Depuis le début, je n'avais qu'une idée en tête : prendre Damien à son propre jeu. Faire de ces cicatrices une sorte de triomphant « Je t'ai bien eu ! », alors qu'elles sont seulement le rappel de ma faiblesse, de l'époque où j'ai laissé la souffrance prendre le dessus.

Je ne veux plus me servir d'elles comme d'une arme. Le risque de perdre cette semaine avec Damien serait trop grand. J'ai déjà perdu beaucoup trop de choses aujourd'hui.

Je suis là, sous la douche, et je sanglote, les épaules secouées de tremblements. Des larmes brûlantes coulent sur mes joues et se mêlent à l'eau bouillante qui martèle ma peau abîmée.

Chapitre 19

Je suis debout sur une falaise et les vagues s'écrasent loin en contrebas.

Je baisse les yeux. Je vois Damien sur le récif, les bras écartés, la tête penchée en arrière. « Tu es à moi ! Allez, saute ! Je t'attraperai ! » me crie-t-il.

« Saute ! »

« Saute ! »

« Allez, saute ! »

Je me réveille en sursaut au mugissement de l'alarme du téléphone. Après ma douche, je me suis allongée, histoire de me reposer dix minutes. Heureusement, j'ai eu la présence d'esprit de la régler pour qu'elle sonne une heure plus tard. Il est presque dix-sept heures… Plus qu'une heure et des poussières avant l'arrivée de Damien !

Je m'habille avec ce qui me tombe sous la main. De toute façon, je ne vais pas les porter longtemps, ces fringues… Un peu soucieuse, je tente de me persuader que tout va bien se passer. Quand il découvrira la vérité, il ne voudra pas du tableau, c'est sûr, mais il ne sera pas cruel avec moi. Damien se montre parfois glacial, mais il n'est pas cruel.

J'enfile un jean et un débardeur aux armes des studios Universal, acheté quand je suis venue rendre visite à Jamie l'année dernière. J'enfile mes tongs, puis je vérifie mes cheveux dans le miroir : ça peut aller.

D'habitude, je me maquille, et sans cet artifice je me sens un peu nue. Merci, maman chérie ! Eh oui, c'est à cause d'elle que je crois devoir me maquiller dès que je mets un pied dehors, car « une femme ne doit jamais quitter son foyer avant d'avoir “mis” son visage ».

Tu en es sûre, maman ? Parce que, moi, je pense qu'un visage, ça ne s'ôte pas.

Sympa, ce petit tour au pays des flash-backs sarcastiques. Je n'en persiste pas moins à me coller tous les jours un tas de produits de beauté sur la tronche. Je me console en me disant que la plupart des filles en font autant. Ça n'a rien à voir avec nos mères, c'est un truc que toutes les femmes ont en commun. Ou alors, c'est ma façon à moi de me protéger.

Bref, pour avoir beaucoup pratiqué les concours de beauté et les shootings photo, je sais qu'en général les artistes préfèrent que leurs sujets se présentent comme des toiles vierges. Donc, mon visage restera nu, comme mon corps le sera bientôt.

Super…

Je passe la demi-heure suivante sur mon ordinateur. Je remets à jour mon CV puis je l'envoie à Thom, le chasseur de têtes qui m'a trouvé le job chez Carl. J'y joins un e-mail lui expliquant la situation. Il faut qu'il comprenne pourquoi je cherche un nouveau boulot après avoir bossé moins d'une semaine pour la C-Squared. Prions pour qu'il ne me considère pas comme une cliente à problèmes. Sinon, il risque de me laisser tomber. Et prions pour qu'il me trouve des entretiens d'embauche dès cette semaine.

Comme je dispose encore de quelques minutes, je décide de travailler un peu sur mes applications. Mais au lieu d'ouvrir l'un de mes dossiers, me voilà qui tape le nom de Damien sur Google. Sans doute pour en apprendre davantage sur son compte… Les fragments de lui-même qu'il m'a lancés tout à l'heure n'ont fait qu'aiguiser ma curiosité.

Comme il fallait s'y attendre, j'obtiens à peu près autant d'occurrences que cet homme a de dollars. Sa carrière de tennisman, son empire industriel, ses causes philanthropiques, ses femmes… Au départ, c'est surtout sa jeunesse qui m'intrigue, puis je limite ma recherche aux femmes avec lesquelles on l'a pris en photo. Je clique sur le lien qui va me donner accès à toutes les images et j'attends… Une mosaïque de beautés s'étale sur mon écran, chacune d'elles s'affichant au bras du sexy mais énigmatique Damien Stark.

Très peu de photos le montrent deux fois avec la même femme. Ça ne m'étonne pas, il me l'avait dit. Je choisis une fille et je clique dessus pour me rendre sur le site dont la photo est extraite. C'est un blog de potins et la femme s'appelle Giselle Reynard. En la regardant de plus près, je reconnais le sosie d'Audrey Hepburn. C'est elle, mais avec des cheveux beaucoup plus longs. La tension qui m'habitait s'évanouit. Je sais déjà que Giselle est mariée…

Je trouve aussi quelques clichés de Damien avec une blonde aux yeux de biche nommée Sara Padgett.

Plusieurs légendes sous les photos précisent qu'on l'a retrouvée asphyxiée. Aucune n'affirme que Damien a quelque chose à voir avec ce tragique accident, mais le sous-entendu est évident. Les photos et les légendes ont peut-être été mises en ligne par le frère de Sara, qui sait ? Sûrement le genre de problèmes que M. Maynard est censé régler pour Stark…

Je pose un doigt sur le visage de Damien sans parvenir à quitter sa compagne des yeux. Est-ce un suicide ? Cherchait-elle à s'envoyer en l'air, auquel cas sa mort est accidentelle ? Les deux hypothèses m'attristent profondément. À une époque, celle où j'étais complètement perdue et où j'avais l'impression de n'avoir aucune prise sur mon existence, je me faisais mal pour me sentir réelle, mais jamais je n'ai été tentée de me donner la mort. Moi, c'était la pulsion de vie qui m'incitait à me mutiler.

Je quitte le site de potins. Inutile d'alimenter ma mélancolie latente. Je vais sur YouTube et visionne de vieux extraits de films avec Ginger Rogers et Fred Astaire en pleine action. En commençant par *Smoke Gets In Your Eyes*…

Fred vient de faire basculer Ginger quand on frappe à ma porte. Je referme l'ordi, attrape mon sac à main et fonce vers l'entrée. Mon cœur bat la chamade et toutes mes perceptions s'aiguisent, mon corps se prépare à partager l'espace avec un autre être humain.

Je me fige une seconde, je respire à fond et j'ouvre. Je m'attends à voir Damien, mais c'est Edward qui se tient sur le seuil.

— Tiens ! Je croyais…

— M. Stark m'a chargé de vous transmettre ses excuses. Il a été retenu.

— Je vois…

Je le suis jusqu'à la voiture, extrêmement déçue et de plus en plus irritée. Ce n'est pas Damien qui m'énerve, mais mon propre comportement. En me laissant aller à des fantasmes de gamine, j'ai perdu de vue les véritables enjeux de cette affaire. Damien m'a achetée comme il a acheté son hôtel, son jet ou sa bagnole. Je ne suis ni sa petite amie ni son amante. Enfin, pas vraiment. Je lui appartiens, point final. Je l'ai accepté et je vais être payée pour la peine, donc tout baigne. Je ne dois surtout pas m'imaginer que ce marché extrêmement alléchant cache autre chose. Aux yeux de Damien, c'est un jeu ; et j'y participe de mon plein gré parce que j'ai réussi à lui imposer mes conditions.

Conditions qu'il a toutes adoptées. Je dois garder ce point crucial à l'esprit. Damien peut avoir l'impression qu'il tient fermement les rênes, mais ce n'est pas le cas. J'ai encore un peu de mou… Et je repartirai avec un million de dollars.

Quand nous arrivons, j'aperçois des ouvriers s'affairant sur tout le chantier. Ils transportent des gravats, plantent des fleurs, évacuent des rochers. Une autre équipe s'occupe de la façade est… enfin, je suppose qu'elle est orientée vers l'est. Pour moi, en Californie, tout ce qui est tourné vers l'océan est forcément à l'ouest, donc la direction opposée, c'est l'est.

Y a-t-il aussi des ouvriers à l'intérieur ? Aïe ! je n'ai pas pensé à imposer l'intimité dans notre marché ! J'ai supposé que je serais seule avec Damien et l'artiste, mais là, en voyant ces hommes…

Oh, bon sang ! J'espère que Damien n'a pas prévu de me montrer à poil devant tout le monde !

Qu'est-ce que tu en sais ?

En suivant Edward à l'intérieur, je suis très vite rassurée. La maison est silencieuse, à l'exception d'une musique douce qui résonne quelque part au fond du bâtiment.

La demeure n'est pas encore terminée, mais le gros-œuvre, si. Il faut encore peindre les murs, fignoler la menuiserie et installer les luminaires. Les quelques câbles qui pendouillent m'indiquent leur futur emplacement. Une chose est sûre, le lieu sera grandiose. Les plafonds culminent à une hauteur vertigineuse et les parquets sont splendides, même si je n'en ai qu'un vague aperçu sous le papier brun qui les protège. Et l'escalier de marbre, avec sa rampe en fer forgé, semble venir tout droit d'un hôtel cinq étoiles.

Je monte les marches derrière Edward. En arrivant sur le palier du troisième étage, je constate qu'ici les travaux sont terminés. Mis en valeur par des tapis épais, et sûrement très coûteux, les parquets cirés sont éclatants. Quand le soleil se couche, les murs peints en rose pâle doivent refléter la lumière déclinante.

Nous sommes dans une pièce magnifique et accueillante, visiblement destinée aux réceptions. Le lit géant me saute aux yeux, un lit sans doute placé ici pour moi. À cette pensée, je serre mes cuisses l'une contre l'autre pour réfréner mon excitation.

On dirait qu'il manque un mur, dans cette chambre. Je comprends vite qu'il est constitué de panneaux de verre coulissants qui se laissent complètement oublier. Le principe de la porte escamotable, mais poussé à l'extrême. Je sors sur un balcon de pierre qui surplombe l'océan. Après tous les virages et détours pour arriver jusqu'ici en voiture, je ne m'attendais pas à trouver la mer aussi proche. J'entends les vagues s'écraser sur les rochers…

— M. Stark ne va pas tarder à vous rejoindre, me dit Edward.

Une petite courbette et il s'en va. Me voilà seule pour explorer cet endroit.

J'aimerais bien rester dehors pour profiter de la brise océane dans mes cheveux et des vagues qui déferlent à mes pieds, mais j'ai envie de visiter la chambre. Je rentre et m'approche du lit disposé à l'angle de la vaste baie. Dans cette partie de la pièce, des voilages diaphanes flottent dans la brise, et un chevalet est dressé à quelques pas du lit. Cette mise en scène m'est destinée… Rien que d'y penser, je frémis. Je caresse l'un des montants du lit, un montant à l'ancienne, si poli qu'on peut se contempler dedans. Du métal, une matière robuste et pourtant sensuelle. Comme Damien. Et un lit qui dégage une force bien à lui.

Je ne vois pas de couverture, seulement des draps gris-bleu froissés qui invitent les éventuels dormeurs à s'y glisser. Damien a-t-il déjà dormi ici ? Je m'assois au bord du lit, face à l'océan. Une rafale s'engouffre dans les voilages qui frôlent mes bras nus. Je ferme les yeux et m'allonge. Damien n'est pas encore arrivé, mais ça m'est égal. Il me veut sur ce lit, perdue dans mes pensées, livrée à cette brise et à la sensation arachnéenne des voilages de soie me frôlant la peau…

— Très jolie vue.

Tiens, je la connais, cette voix. Je ne bouge pas,

mais un sourire me vient lentement aux lèvres. Je chuchote :

— Ça vous dirait de venir en profiter ?

Les yeux fermés, je sens le matelas bouger. Damien me caresse les lèvres et trace, entre mes seins, un chemin qui descend jusqu'à mon jean.

— Je vous avais dit de ne pas mettre de sous-vêtements, murmure-t-il.

— Je vous ai obéi.

J'ai l'impression de l'entendre sourire.

Mes yeux sont toujours clos quand il déboutonne mon jean, baisse la fermeture Éclair, puis glisse sa main sous l'étoffe. Mes poils pubiens coupés court sont déjà humides, et quand il m'effleure, il me trouve dégoulinante de désir. Je décolle mes hanches du lit pour accentuer ce contact, mon clitoris palpitant d'impatience.

En gémissant, il enfonce deux doigts dans ma chatte, provoquant ainsi des sensations si surprenantes que je me mords la lèvre pour ne pas crier.

— Les jeans, c'est fini, ronronne-t-il. Je vous veux en jupe tout le temps. Pas de sous-vêtements, et si vous voulez porter des bas, des jarretelles. Vous devez rester accessible, à tout moment et n'importe où.

Affolé, mon sexe se contracte, et Damien gémit tout bas :

— Oh bon Dieu, vous réagissez si vite…

Il retire sa main. Contrariée, je geins comme un bébé.

— Gardez les yeux fermés, m'ordonne-t-il.

Il pose ses doigts sur mes lèvres et ajoute :

— Sucez-les !

Je prends dans ma bouche un de ses doigts gluants

imprégné de mon odeur, et je le suce de toutes mes forces en m'agitant sur le lit, les cuisses serrées. Je me dis qu'ainsi je vais peut-être parvenir à jouir...

Lentement, il retire son index de ma bouche.

Je chuchote :

— Damien...

— Vous êtes à moi.

J'ai compris. Je jouirai quand il le décidera. C'est extrêmement excitant et frustrant à la fois.

Sa tête descend jusqu'à mes seins et il les suçote à travers le débardeur. Je me cambre pour le recevoir. En le sentant pincer mon pauvre téton du bout des dents, je crie en ouvrant brusquement les yeux. Damien Stark me sourit gaiement, penché au-dessus de moi :

— Salut, Nikki ! Alors, il vous plaît, ce lit ?

Je me redresse, aussi calme et digne que possible :

— C'est le vôtre ?

— Non. Pas comme vous l'entendez, du moins. Il restera là pendant une semaine, pour le portrait. Dans un sens, il est à vous, c'est vrai.

Son regard caressant me donne des frissons.

— Ou à nous... ajoute-t-il.

Je déglutis et j'enchaîne :

— Cet endroit est très chouette, bravo ! Le portrait sera forcément réussi. Et le peintre, quand est-ce qu'il arrive ?

— Il est déjà là, réplique Damien.

Me voyant écarquiller les yeux, il éclate de rire. Moi, je suis horrifiée.

— Ne vous inquiétez pas ! Il est à la cuisine. Je ne baise jamais en public. Au contraire de tout le reste, ajoute-t-il en me mordillant l'oreille.

Je me sens rougir des pieds à la tête. Qu'est-ce qu'il entend par « tout le reste » ?

— Eh, Blaine ! Ramenez vos fesses et votre tasse ! s'écrie Damien.

— Blaine ? Mais je croyais que vous n'aimiez pas son travail…

— Vous vous trompez. Je le trouve extrêmement talentueux. Il parvient à susciter un trouble érotique intense chez ceux qui contemplent ses toiles. En revanche, ses modèles et ses mises en scène, j'aime moins… je voudrais obtenir cette même atmosphère troublante, mais sans les liens. Je vous attacherai, moi aussi, mais sur mon tableau, vous serez libre.

Il va m'attacher ?

Je hoche bêtement la tête. Il a encore réussi à me faire perdre tous mes moyens.

Quelques instants plus tard, Blaine arrive, une grande tasse de café à la main. Je reboutonne ma braguette en vitesse et je saute du lit. En Dockers et T-shirt noir, il est nettement moins chic qu'à la fête d'Evelyn. Il m'adresse un grand salut amical :

— Content de vous revoir, Nikki ! Vous n'êtes pas trop nerveuse ?

— Bien sûr que si !

Il éclate de rire :

— Ne vous en faites pas ! Je suis un peu comme un médecin. Je vous étudierai d'un œil purement clinique.

Je le regarde, interloquée.

— OK, ce n'est pas tout à fait vrai. J'aime la beauté et je prends mon pied quand j'arrive à la capturer sur la toile. C'est à la fois personnel et impersonnel. Vous comprenez ?

— Oui, très bien, dis-je en pensant aux photos de la plage.

— Nous devons nous faire confiance, vous et moi. Vous y arriverez ?

— Je vais essayer.

— Et pour que les choses soient parfaitement claires entre nous, sachez que j'ai signé le contrat de Damien.

Je n'ai aucune idée de ce dont il me parle, et mon trouble doit se lire sur mon visage.

— Le contrat de confidentialité, me précise-t-il. J'ai interdiction de parler de vous ou de nos séances à quiconque. Et quand nous en aurons terminé, je devrai garder pour moi l'identité de mon modèle.

— Vraiment ?

Je me tourne vers Damien, qui hoche la tête en me désignant le mur faisant face à l'océan. Un mur incomplet, ou plutôt une gigantesque cheminée surmontée d'un grand parement de pierres sans doute conçu pour masquer le conduit.

— Je vais le suspendre à cet endroit, me dit-il. Vous regarderez l'océan, et vous verrez le soleil se coucher tous les soirs.

Pas mal, en effet.

— Où est la toile ?

Si mon portrait doit occuper tout cet espace, il sera immense. Or je ne vois sur le chevalet qu'un carnet de croquis géant.

— Demain, me dit Blaine. Aujourd'hui, nous allons apprendre à nous connaître. Je vais faire quelques croquis de vos courbes et, vous, vous vous efforcerez de ne pas bouger. Vous avez une silhouette fabuleuse…

— Et vous, le rôle le plus simple, lui dis-je d'un ton pince-sans-rire.

— Ah ça, c'est sûr ! réplique-t-il, et nous gloussons tous les deux.

— N'empêche que j'ai la trouille, je le reconnais.

— C'est tout à fait normal !

Je jette un coup d'œil éperdu à Damien. Ma peau est moite et mon cœur bat la chamade. J'ai cru que ce serait facile… Quelle conne ! Qu'est-ce qui m'a pris, bon sang ? Je vais me mettre à poil devant un étranger !

— Damien, vous avez du vin ? dis-je sans réfléchir.

— Bien sûr… me répond-il en déposant un chaste baiser sur mes lèvres.

Il disparaît derrière la cheminée, et revient très vite avec trois verres et une bouteille de pinot gris. Il me tend le premier verre, dont je descends la moitié en une seule gorgée. En voyant les deux hommes échanger un regard amusé, j'engloutis le reste d'un air de défi.

— OK, dis-je en allant m'appuyer contre le montant du lit pour retrouver une certaine contenance. Ça va déjà mieux, on dirait.

Je tends mon verre à Damien, qui ne m'en verse qu'une larme.

— Il faut que vous teniez debout, me fait-il remarquer avec un sourire indulgent.

Puis, me serrant gentiment la main :

— La première fois, c'est toujours un peu difficile.

— Et vous le savez parce que vous posez souvent à poil, c'est ça ?

— Vous m'avez eu ! Prenez votre temps, Nikki.

— Placez-vous près de la fenêtre, me dit Blaine d'un ton très pro dont je lui suis reconnaissante. C'est ça, près du voilage. Damien, où avez-vous mis le peignoir ?

Il y a un vieux coffre au pied du lit. Damien l'ouvre et en sort un joli peignoir en soie rouge.

— Posez-le sur le lit, tout au bout. Je ne le veux pas dans ma composition. Ouais, voilà, parfait. Nikki, vous poserez là où vous vous trouvez. Si vous voulez, vous pouvez aller enfiler le peignoir dans la salle de bains. Comme ça, vous n'aurez plus qu'à le faire glisser de vos épaules…

— Pas la peine, dis-je en caressant le voilage.

J'attrape le bas de mon débardeur et le tire résolument par-dessus ma tête. L'air frais agresse ma poitrine nue et mes tétons durcissent instantanément. Je regarde obstinément l'océan.

— Ouah ! Vous avez un corps magnifique ! s'extasie Blaine. Et vos seins, je ne vous en parle même pas… Ne bougez plus, je dois trouver le bon angle.

Il arpente la pièce un petit moment avant de se décider. Je devrais commencer à me sentir à l'aise, mais au contraire la tension croît en moi. Chaque fois qu'il me dit que je suis belle, chaque fois qu'il s'exclame que ma peau est douce et parfaite, je me raidis encore plus.

Je m'oblige à garder les yeux grands ouverts. Surtout, ne pas ciller. Il me suffit d'imaginer que je fais partie de cet océan. Que je suis le flux et le reflux de la marée…

— Vous pouvez ôter votre jean, maintenant ?

Je sursaute, tirée de ma rêverie par la voix du peintre.

— Ça va, Nikki ? intervient doucement Damien.

— Je… OK, j'y vais.

Je déboutonne mon jean, puis je commence à le faire descendre sur mes hanches. Du bout des doigts, je frôle mes cicatrices boursouflées. Et soudain, je me fige.

Je respire à fond. *Allez, Nikki. Recommence.* Rien à faire, je n'y arrive pas. J'aimerais pouvoir dire quelque chose, demander un délai, un moment toute seule, n'importe quoi... Mais je suis tétanisée. Je m'affale par terre, en larmes. La douce étoffe des voilages sert de refuge à mes sanglots.

Damien se précipite vers moi.

— Tout va bien, Nikki, me chuchote-t-il. Ce n'est pas grave. On va y aller en douceur. C'est dur, je le sais. Vous mettre à nu comme ça. Il faut un sacré courage. Mais vous allez y arriver, vous verrez.

Je ne me débats pas quand il me prend dans ses bras. Je cache mon visage contre son épaule et il me serre très fort contre lui. Mes seins sont plaqués sur sa poitrine, contre le coton de son T-shirt. Damien me caresse le dos d'un geste qui n'a rien de sexuel. Il me console, il me rassure... Je me sens protégée, j'ai bien chaud et mes sanglots cessent bientôt. Je chuchote :

— Je n'y arriverai pas... Je ne peux pas, pardonnez-moi...

Je me dégage de son étreinte. Je tremble toujours ; j'ai la chair de poule.

— Je croyais vraiment pouvoir surmonter ça. Quelle imbécile ! Je croyais que je pourrais me venger de vous, me venger du monde entier... Mais qu'est-ce qui m'a pris ?

Il me regarde avec tant d'inquiétude et de compassion que mon cœur se serre. Je bredouille :

— Je suis désolée, Damien. Je ne peux pas accepter votre argent. Je n'y arriverai pas.

Chapitre 20

Je m'éloigne de lui à quatre pattes, puis je ramasse mon débardeur et le remets en vitesse. Je me relève en essuyant mes larmes, je reboutonne mon jean… Où ai-je posé mon sac et mon appareil photo ? Je les repère au pied du lit, à l'endroit exact où je les ai laissés.

Je fonce vers le sac, que j'enfile à l'épaule. Du coin de l'œil, je remarque que Blaine n'est plus dans la pièce. À mon grand soulagement, il est parti très discrètement. C'est déjà assez gênant d'avoir craqué devant lui. Je bafouille :

— Je… je vais appeler un taxi, si vous voulez. Ou alors Edward…

Impossible de terminer ma phrase. Je ferme les yeux. Je suis brûlante des pieds à la tête. C'est si embarrassant…

Damien s'est relevé, lui aussi, et il m'observe, debout près du lit. Impossible de déchiffrer son expression. J'imagine qu'il est furieux.

— Je suis désolée, Damien. Vous ne pouvez pas savoir à quel point je m'en veux…

Il faut que j'arrête de répéter ça. Des mots creux et vains…

Je me précipite vers l'escalier, la tête basse.

— Je vais attendre dehors.

— Nikki… murmure-t-il d'une voix caressante.

J'hésite un instant, puis je repars.

— Nikki !

Cette fois, son ton est impérieux. Raide comme un piquet, je m'arrête et me retourne. Il me rejoint, pose ses mains sur mes épaules, me dévisage d'un air sombre.

— Vous allez où, comme ça ?

— Je m'en vais. Je vous l'ai dit, je n'y arriverai pas.

— Nous avons passé un marché. Vous êtes à moi, réplique-t-il, le regard torride.

Il glisse une main derrière ma nuque pour m'attirer contre lui, et de l'autre relève mon débardeur et me pétrit les seins.

— Vous êtes à moi…

Cette main brûlante me comble. Je désire cet homme plus que tout, mais je ne peux pas me donner à lui.

— Je romps notre accord, je n'ai pas le choix.

— Pas question !

Sa fureur perce à travers ma gêne, réduisant tout désir à néant.

— Je n'en ai rien à foutre de vos règles ! C'est non !

Du pouce, il continue à me titiller un téton. C'est insupportablement bon, et je hurle :

— Arrêtez !

Il n'en fait rien.

— De quoi avez-vous peur, Nikki ?

— Je n'ai pas peur !

Le désir renaît au creux de mon ventre. J'éprouve tant de sensations… Mais où tout cela va-t-il me mener ? Je n'ai pas peur, je suis terrifiée !

— Allons, Nikki ! réplique-t-il en me plaquant contre lui.

Puis il prend ma bouche brutalement, et me repousse aussi vite.

— Vous avez le goût de la peur… Dites-moi ce qui vous arrive. Bon sang, laissez-moi vous rassurer !

Je secoue la tête, incapable de prononcer un mot.

— D'accord. Je ne vous forcerai pas à respecter votre part du marché. Mais j'ai le droit de contempler ce que je vais perdre.

Je le dévisage, effarée.

— Je voulais un portrait, mais je voulais aussi la femme. Complètement nue, Nikki. Nue, offerte sur mon lit… J'ai le droit de voir ce qui va m'échapper.

La colère qui n'a fait que croître en moi s'embrase comme un feu arrosé d'essence :

— Vous vous fichez de moi ?

Parfaitement calme, il réplique froidement :

— Absolument pas. Ôtez votre jean. Je veux vous voir.

— Espèce de fils de pute…

Je sens une larme rouler sur ma joue. Je voulais me servir de mes cicatrices comme d'une arme ? D'accord, allons-y ! Furieuse, je déboutonne vivement mon jean et baisse tout aussi vivement ma fermeture Éclair. Je me débarrasse du jean en me tortillant, l'abandonnant à mes pieds, puis c'est au tour de ces foutues tongs. Et je reste là, les jambes un peu écartées. Il ne peut pas rater les marques hideuses sur mes hanches et à l'intérieur de mes cuisses.

— Espèce d'enfoiré !

Je ne sais pas à quoi je m'attendais. En tout cas, certainement pas à ce que Damien tombe à genoux devant moi. Le visage à la hauteur de mes hanches, il caresse doucement la cicatrice la plus épaisse. Ce jour-là, le couteau s'est enfoncé très profondément, mais j'ai eu trop peur pour courir aux urgences… J'ai refermé la blessure moi-même, avec du ruban adhésif et de la colle forte, en maintenant la pression avec un bandage élastique bien serré autour de ma cuisse. Je n'en ai parlé à personne… Et j'y ai gagné cette cicatrice hideuse. Même aujourd'hui, des années plus tard, elle reste un peu rosâtre.

— Oh chérie… chuchote-t-il d'une voix douce comme une caresse. Je me doutais qu'il y avait un problème, mais…

Sans terminer sa phrase, il effleure les cicatrices à l'intérieur de mes cuisses.

— Qui vous a fait ça ?

Les yeux fermés, je détourne la tête, honteuse.

Je l'entends pousser un petit soupir. Il vient de comprendre, je le sais, et je me force à le regarder.

— C'est ça qui vous faisait peur ? Que je découvre ces cicatrices ? Que je ne veuille plus de vous ?

La larme suspendue au bout de mon nez s'écrase sur son bras.

— Ma pauvre chérie…

Dans sa voix, j'entends un écho de ma souffrance. Soudain, il se penche et lèche l'une des horribles marques. Je n'arrive pas à y croire ! Il la lèche sans hâte, puis l'embrasse tout doucement. Ensuite, il me prend les mains et m'attire vers lui. Je suis agenouillée devant lui, maintenant.

Complètement chamboulée, secouée de hoquets, je grelotte et je pleure comme un bébé.

— Tout va bien, ma chérie… me souffle-t-il en me

soulevant dans ses bras pour me transporter jusqu'au lit.

Il m'y dépose et ôte lentement mon débardeur.

Bras croisés sur ma poitrine, je détourne la tête pour ne pas le voir.

— Arrêtez… murmure-t-il en ramenant mes bras le long de mon corps.

Heureusement, il ne me force pas à le regarder. Il a pitié de moi, je le sens. Il explore lentement mes cicatrices comme si j'étais une carte routière, en les suivant du doigt l'une après l'autre. Il me dit des paroles apaisantes d'un ton où ne perce aucun effroi, aucune répugnance.

— C'est ce que vous vouliez me cacher, n'est-ce pas ? Je comprends mieux pourquoi vous vous êtes enfuie l'autre jour. Et pourquoi vous avez tant insisté pour que l'artiste vous représente telle que vous êtes et pas autrement.

Il n'attend pas ma réponse. Il a déjà compris.

— Permettez-moi de vous dire que vous êtes une imbécile, Nikki Fairchild.

Il a parlé durement, et du coup je me sens obligée de le regarder. Mais là où je croyais voir de la colère ou du dégoût, je ne lis que du désir.

— Les icônes ne m'intéressent pas. Ni sur mon mur, ni dans mon lit. Je veux une femme, une vraie, et cette femme, c'est vous.

— Je…

Il pose un doigt sur mes lèvres :

— Inutile de discuter, notre marché est maintenu. Plus de contestation possible. Plus d'entorses au règlement.

Il descend du lit, s'approche de la fenêtre et tire sur

l'un des voilages. J'entends cliqueter sur la tringle les luxueuses fixations qui retiennent le tissu.

— Que faites-vous ?

— Je fais ce que je veux. Levez les bras, ordonne-t-il en nouant le bout du voilage à l'un des montants du lit.

Mon pouls s'accélère, mais je m'exécute. Pour l'instant, je ne veux plus être responsable de rien. Je lâche prise, c'est si bon que quelqu'un s'occupe de moi…

Sans se presser, il entortille le voilage autour de l'un de mes poignets, le passe derrière la tête de lit, l'enroule à mon autre poignet, puis en attache l'extrémité à un autre montant.

— Damien…

— Taisez-vous !

Il embrasse la peau veloutée de mon poignet, puis ses lèvres remontent sur mon bras, mon épaule, la courbe de mes seins. Sa bouche plane un instant au-dessus de mon téton droit, qu'il suce sauvagement tout en malmenant l'autre sein. Sous ses coups de langue vigoureux, mon aréole ultrasensible se plisse. Des éclairs fulgurants crépitent entre mes seins et mon clitoris. Mon sexe pulse et je serre mes jambes l'une contre l'autre pour contenir la pression croissante qui m'envahit.

Damien relève la tête et me sourit d'un air extrêmement malicieux. Il sait forcément à quel point je souffre. Puis il reprend son petit parcours de baisers, descendant vers mon ventre, mon nombril, mon pubis et puis…

Oh oui, je t'en supplie...

Brusquement, il s'assoit et me dit, les mains posées sur mes genoux :

— Écartez les jambes, Nikki.

En me voyant secouer la tête, il glousse, se lève et arrache un second voilage.

— Que faites-vous ?

— Vous le savez très bien.

— Damien, non… S'il vous plaît, non…

Il se fige et me dévisage :

— *Non* ne veut pas toujours dire *non*… Choisissez un mot qui me fera comprendre que je dois arrêter.

J'ai oublié tout mon vocabulaire, malheureusement. Je regarde autour de moi, espérant trouver l'inspiration, puis je contemple l'océan.

— Océan, dis-je enfin.

Avec un petit sourire, il attache le second voilage au bas du lit. Je l'observe avec attention, pas très rassurée.

Il saisit mon pied droit, m'écarte les jambes, me regarde. Je crois voir un point d'interrogation dans ses yeux.

— Ça va me faire mal ?

Il scrute mes cicatrices.

— Vous en avez envie ?

— Je… Je n'en sais rien.

— La passion, vous avez déjà connu ça ?

Je cille, un peu perdue.

— La plupart des gens confondent passion et désir. Ils pensent que la passion, c'est l'excitation et un abandon absolu. Mais la passion ne se limite pas à cela. Le terme même dérive d'un mot latin qui signifie souffrance. Soumission. Douleur et plaisir, Nikki. C'est ça, la passion.

Impossible de se tromper sur la nature du regard ardent qu'il me jette.

— Vous me faites confiance, Nikki ?

— Oui, dis-je sans une hésitation.

— Alors faites-moi confiance jusqu'au bout. Je vais vous emmener là où vous n'êtes encore jamais allée, conclut-il en me contemplant avec une concupiscence assumée.

Son regard fait naître en moi une vague de chaleur et de bien-être. Doucement, il m'attache une cheville, puis l'autre. Voilà, je suis à sa merci, complètement nue, écartelée, excitée au-delà de toute mesure…

— Vous êtes à moi, Nikki. Je vais vous caresser, vous rassurer, vous combler.

Il pose tendrement une main sur ma chatte. En me trouvant si chaude et si mouillée, il gémit de plaisir.

— Je vous veux, Nikki. Je vais vous pénétrer, vous baiser comme une brute. Je veux vous entendre hurler de plaisir. Dites-moi que vous le voulez, vous aussi.

— Oui, oh oui…

L'autre jour, il a suffi qu'il me touche pour que cela devienne une obsession. Je veux sentir sa queue en moi, je veux qu'elle me malmène, qu'elle réclame son dû…

Il s'assoit sur le lit, toujours tout habillé. Du bout de l'index, il remonte de mon ventre à mes seins et trace sans hâte un cercle autour de l'un, puis de l'autre.

— Je crois que je vais vous demander de me supplier… chuchote-t-il d'un ton taquin

— Je vous en supplie…

J'ai perdu toute retenue.

Il a l'air espiègle, à présent :

— Pas mal, mais je vous veux brûlante et désespérée.

Je déglutis.

— Je le suis déjà !

— C'est ce que nous allons voir…

Il prend la ceinture du peignoir et la pose sur mes yeux.

— Damien, que…

— Taisez-vous !

Il la noue derrière ma tête. Le mot que j'ai choisi – *océan* – me vient aussitôt à l'esprit, mais je ne le prononce pas. Je suis heureuse de ce qui m'arrive. Je vais éprouver des sensations nouvelles et j'imagine que je les éprouverai encore plus intensément si je ne vois rien.

Le lit bouge et j'en déduis que Damien s'est levé. Je me mords la lèvre, toujours résolue à ne pas prononcer un mot. J'adore ce petit jeu délicieux. J'ai l'intention d'en profiter au maximum. Damien m'a embarquée sur les montagnes russes, de la peur à la honte jusqu'à l'excitation la plus extrême. Il en était le seul capable, je crois, et désormais je lui fais toute confiance.

Je sursaute en sentant une chose froide et mouillée frôler l'un de mes seins. Je chuchote :

— Des glaçons…

Occupé à lécher mon téton humide, Damien ne dit rien. Ses lèvres sont brûlantes. Il fait lentement descendre le glaçon sur mon ventre, et mes muscles se contractent sous l'effet du froid et de l'excitation. Sa bouche ne tarde pas à suivre le glaçon. Sa langue et ses lèvres laissent une traînée fiévreuse sur mon corps. Je tire sur mes liens. Je veux toucher Damien, arracher le bandeau qui m'aveugle. Mais en même temps, je n'en ai pas envie. C'est si enivrant de me sentir ainsi à sa merci, ignorant ce qui va se passer ensuite…

Entre mes jambes écartées, l'air frais de la nuit caresse mon sexe moite. J'ondule des hanches, à la fois pour apaiser ce besoin qui me consume et pour inviter Damien à me rejoindre. Ne serait-ce pas plutôt une exigence, d'ailleurs ? Je veux qu'il me pénètre, qu'il me pénètre tout de suite !

— Anxieuse, mademoiselle Fairchild ?

— Vous êtes cruel, monsieur Stark.

Je n'imagine même pas à quel point, je crois, me dis-je en l'entendant rire. Le lit tangue de nouveau. Un doigt toujours posé sur mon ventre, Damien s'est éloigné. Et soudain – oh oui ! –, sa joue effleure ma cuisse et je sens un souffle chaud sur mon sexe.

Je suis au bord de l'explosion. Mes hanches se soulèvent malgré moi.

— Je vous en prie… Je vous en supplie, Damien, s'il vous plaît…

— Je sais, ma chérie, je sais…

Sa bouche est juste au-dessus de ma chatte. Quand il me donne enfin un petit coup de langue, un plaisir presque douloureux me foudroie.

— Vous n'êtes pas encore prête… Pas tout à fait.

Provoquant un autre gloussement, je parviens à grogner :

— Je crois que vous vous trompez…

Mais, déjà, il pose sa bouche à l'intérieur de ma cuisse. En sentant ses lèvres frôler mes cicatrices, puis descendre le long de ma jambe pour y déposer un chapelet de baisers dans un accès de vénération, je plisse très fort les yeux derrière le bandeau qui m'aveugle. Du bout de la langue, il taquine l'arrière de mon genou. Oh seigneur ! J'ignorais que cet endroit du corps était sensible à ce point…

Je me tortille plus encore, secouée par les minidécharges

électriques qui fourmillent sur ma peau. Il s'attaque à mon pied, maintenant !

— Vous avez des orteils ravissants, mademoiselle Fairchild ! Je ne suis pas un fétichiste du pied, mais si j'en étais un…

Il ne termine pas sa phrase. Sa bouche se referme sur mon gros orteil, qu'il suce d'abord doucement puis de plus en plus fort. Ça y est, je m'agite à nouveau, et j'ai l'impression de ressentir la même succion là-haut, sur ma chatte. Tout mon corps palpite, mais je ne supplierai pas. Damien n'en a pas encore fini avec moi.

Il reporte son attention sur mon autre pied et lèche doucement chacun de mes orteils. Il remonte ensuite le long de ma jambe en la couvrant de baisers légers. Quand il atteint la peau satinée entre ma cuisse et ma vulve, je flotte dans un brouillard de plaisir.

Ce n'est rien à côté de ce qui m'attend. Ses lèvres se posent sur mon clitoris que ses dents croquent délicatement ; mon plaisir est décuplé.

Apparemment, il me reste beaucoup à apprendre et plein de cimes à escalader, me dis-je, pantelante. *Damien m'entraîne au sommet du monde !*

Sa langue est extrêmement habile. D'abord douce et tendre, elle s'affaire sur mon clitoris avec une intensité croissante. Les yeux toujours fermés, la respiration de plus en plus saccadée, je me débats désespérément contre les liens qui m'entravent. Je ne suis plus qu'un concentré de plaisir, je n'ai plus aucune conscience de ce qui m'entoure. Un cri vibrant et orgasmique enfle entre mes cuisses. Et soudain…

Oh oui, oh mon dieu...

… Le monde semble exploser autour de moi. Je me cabre, je me rebelle, mais Damien me suce toujours, m'aspire, me titille du bout de la langue, et je grimpe de plus en plus haut, de plus en plus vite… Puis, enfin, le monde retombe autour de moi et je halète, terrassée par la puissance de la déflagration.

— Maintenant… chuchote Damien.

Je le sens au-dessus de moi. Sa bouche se referme sur la mienne, imprégnée de mon odeur, et le lourd gland de son pénis se loge contre mon sexe. D'une poussée vigoureuse, il me pénètre enfin…

— Oh, bébé…

Il glisse une main entre nous et caresse du pouce mon clitoris affolé. Je tremble à nouveau, je halète, tous mes muscles se contractent, l'attirant encore plus loin en moi.

— Oui, c'est bon… Tu as mal ?

Je parviens à coasser un « Non ».

— Parfait…

Je le sens se retirer un tout petit peu, puis il s'enfonce à nouveau brutalement. N'a-t-il pas dit qu'il allait me baiser à fond ? Il tient parole et je soulève mes hanches pour l'accueillir. Je veux que sa queue bien dure me défonce, je le veux tout entier en moi et, oui ! je veux le voir !

— Damien… Damien, le bandeau…

M'a-t-il entendue ? Oui, il ôte le bout de tissu en frôlant mes tempes. Il me domine, les traits tendus, les yeux inondés de plaisir. Ses lèvres s'incurvent en un doux sourire, et il embrasse le coin de ma bouche. Une cadence douce et sensuelle succède à la frénésie, une copulation encore plus dévastatrice, parce qu'il se contient, parce qu'il la fait durer. Si seulement ça durait toujours…

Soudain, il se raidit, tous ses muscles se nouent et il

se cambre, les yeux fermés. Je sens la douce pression de son membre quand il expulse sa semence en moi…

— Bon Dieu, Nikki…

Il s'effondre sur moi. Je veux me coller à lui, mais je suis toujours attachée. Je chuchote :

— Damien, libérez-moi…

Il roule sur le côté et me sourit, chaleureux et languide. Il portait un préservatif, qu'il retire et laisse tomber dans une petite poubelle à côté du lit avant de défaire mes liens. Je n'ai pas eu le bonheur de le regarder se déshabiller, mais je n'en apprécie pas moins à sa juste mesure ce que je vois maintenant. Ça fait des années qu'il ne joue plus sur le circuit professionnel, mais il a toujours un corps d'athlète, long, svelte et terriblement sexy.

— Venez, me dit-il avec rudesse.

Il m'attire en chien de fusil contre lui, mon dos contre son torse, mon cul contre sa bite superbe, puis me caresse la cuisse en me mordillant gentiment l'épaule.

— J'ai adoré ça, vous prendre attachée. Faudra qu'on essaie d'autres trucs.

— Quel genre ?

— Le *kinbaku*, ça vous dit quelque chose ?

— Non.

Du bout des doigts, il caresse mes poils chauds.

— La fille est ligotée avec des liens qui servent à la fois à lui imposer une contrainte et à augmenter son plaisir.

Ses doigts se fraient un chemin entre mes cuisses et je hoquette. À ma grande surprise, je suis déjà prête à le recevoir de nouveau, et le plus vite possible, même. Tout en me chatouillant le clitoris, il ajoute :

— Tout repose sur l'endroit où on place les cordes.

— Intéressant…

— Ça vous plairait d'essayer ?

— Je… je n'en sais rien. J'ai bien aimé ce que nous venons de faire, dis-je en déglutissant.

Ses doigts qui s'enfoncent en moi sans à-coups m'arrachent un gémissement.

— Oui, je m'en rends compte… me souffle-t-il.

Il se moque gentiment de moi parce que je suis excitée, mais il est dans le même état que moi : je sens son sexe palpiter contre mon cul. Ma parole, il recommence à bander ! Pour augmenter son excitation, je remue un peu les fesses.

— Eh bien, dites donc, mademoiselle Fairchild… Quelle vilaine fille vous faites !

— Très vilaine. Sautez-moi encore, monsieur Stark…

Il me mord le lobe de l'oreille, juste assez fort pour me faire gémir.

— Mettez-vous à genoux.

Je le regarde :

— Quoi ?

— À genoux !

D'accord.

— Écartez les jambes !

Je m'exécute. Je n'ai jamais baisé comme ça… ou plus exactement, personne ne m'a jamais baisée comme Damien me baise. Je me sens vulnérable, mais j'adore ça, je dois le reconnaître.

Il me malaxe le cul des deux mains, puis se penche pour m'embrasser une fesse.

— C'est doux… me dit-il en glissant ses doigts entre mes jambes.

Il me caresse le sexe. Je n'ai jamais rien connu de plus délicieux. Puis sa main revient un peu en arrière et je sens son pouce s'attarder sur mon anus. Je me mords la lèvre en gémissant.

— Non, pas ça…

— Vraiment ? Vous êtes sûre ? Océan, alors ? susurre-t-il en augmentant la pression.

Je ressens des trucs stupéfiants, et il rit en m'entendant hoqueter.

— Vous avez raison, pas ça. Pas encore.

Il passe un doigt dans la raie de mes fesses. Je halète de plus belle, submergée par toutes ces sensations nouvelles.

— Mais vous y aurez droit bientôt, Nikki. Parce que tout votre corps m'appartient.

Il enfonce brutalement deux doigts dans ma chatte tout en appuyant plus fort sur mon anus. Mes muscles se contractent pour l'attirer en moi. Oui, je meurs d'envie qu'il passe à l'acte. Je veux tout essayer avec lui. Absolument tout, même les choses que j'ose à peine m'avouer.

— Prenez appui sur vos coudes. Voilà, c'est ça…

Me voilà la tête en bas et le cul perché. Oh bon sang, c'est divin de se retrouver ainsi offerte… Mais tout s'accélère, maintenant. Les gestes de Damien se font de plus en plus rudes. Penché au-dessus de moi, il me caresse un téton tout en jouant avec ma chatte.

— Vous me faites bander à mort…

Je l'entends déchirer une pochette de capote. Un moment plus tard, il presse son membre contre moi. Cette fois-ci, il me défonce vraiment et je ne veux pas que ça s'arrête ! Ses poussées sont si vigoureuses qu'elles nous déplacent sur le lit. Focalisée sur mes sensations, sur les bruits de nos corps qui se mêlent, je dois empoigner les montants pour conserver ma position.

Au bord de l'orgasme, il recommence à me chatouiller le clitoris. Il veut m'entraîner avec lui, plus haut, encore plus haut…

Et puis soudain, il crie :

— Allez, jouis ! Je veux que tu jouisses en même temps que moi !

Et il explose enfin en moi. Je n'attendais que cela pour sauter dans le vide avec lui au milieu de la pluie d'étoiles que l'univers déverse sur nous.

Épuisés, bras et jambes entremêlés, nous nous effondrons sur le lit.

Quand je retrouve l'usage de mon corps, je me redresse sur un coude et lui caresse la joue. Il a l'air tout froissé et sexy, et fort content de cette baise, ma foi. Du coup, je ressens au creux du ventre un agréable petit frisson de satisfaction féminine.

Il me regarde, un sourire aux lèvres.

Celui que je lui retourne est tout sauf innocent :

— C'était chouette ! On recommence ?

Chapitre 21

— Comment ça, « chouette » ?

Damien joue les offensés, mais les petites rides de gaieté autour de ses yeux trahissent son allégresse.

— « Chouette », c'est un peu faible ! râle-t-il. C'était le pied, oui ! Le septième ciel… Digne de figurer dans le *Guinness Book* des records, tellement c'était bon ! Je dirais même plus, cette baise était mille fois plus cool que les chaussures que vous portiez la nuit où nous nous sommes rencontrés !

J'éclate de rire.

— Ça alors, vous vous rappelez les chaussures ?

Il passe ses doigts dans mes cheveux et soupire :

— Je me rappelle tout ce qui vous concerne.

Comme il semble connaître sur le bout des doigts chaque détail de mon parcours universitaire, je me dis qu'il n'exagère peut-être pas.

— Vous avez oublié le concours de beauté…

— Au Centre des congrès de Dallas. Vous portiez une jolie robe de soirée rouge comme un camion de pompiers et un maillot de bain turquoise. Vous faisiez environ cinq kilos de moins et vous baviez devant les petits fours avec cette convoitise qui nous fait bander, nous, les mecs.

Je rigole :

— Ça, c'est sûr…

Il caresse mes seins et mes hanches :

— Ces courbes en plus, ça vous va très bien.

— Oui, je suis d'accord. Ma mère a failli avoir une attaque quand je lui ai dit que j'allais arrêter de compter les calories et les glucides. Mince ! je n'arrive pas à croire que vous vous souveniez de tout ça…

— Ce jour-là, j'ai eu l'impression de voir une seule candidate un peu vivante : vous. Bizarre, pour une fille dont le moindre geste et le moindre sourire étaient un mensonge. Ou alors, c'était ça, votre force.

— Que voulez-vous dire ?

Je me suis redressée sur un coude, fascinée.

— Exactement ce que je vous ai dit ce jour-là. Vous faisiez semblant d'être gaie, mais vous creviez d'envie d'être ailleurs. J'ai eu l'impression de croiser une âme sœur.

— Vous aviez raison. D'ailleurs, c'est le dernier concours de beauté auquel j'ai participé. Après, j'ai enfin réussi à me libérer. Mais votre histoire d'âme sœur… Je parie qu'à la même époque vous vouliez quitter le tennis. C'est ça ?

Son expression s'assombrit.

— Et comment…

J'espère qu'il ne perçoit pas ma tristesse. Je vois encore le maître de cérémonie nous le présentant au concours ; Damien Stark venait juste de gagner l'US Open ! Il était si doué, et ils avaient réussi à le dégoûter de ce qui faisait sa joie de vivre ! Je suis certaine qu'il ne m'a pas tout raconté ; j'espère qu'un jour il me dira la vérité sur cette période sombre.

Il caresse ma joue, m'arrachant un sourire.

— On s'en est sortis tous les deux. Et maintenant, nous pouvons explorer d'autres univers, lui dis-je, en m'efforçant de chasser ma mélancolie.

Il prend un air espiègle, et sa main descend vers mon sexe :

— Moi, ce que je veux explorer, c'est ça.

Il enfonce ses doigts dans ma chatte. Ça devient une habitude !

— Je ne vous fais pas mal, j'espère ?

Si, un peu… mais pas question de l'admettre. Je chuchote :

— Non.

— Je suis ravi de l'apprendre.

Il m'allonge, puis se couche sur moi. Son poids est délicieux, rassurant. Comme si Damien me protégeait en pesant sur mon corps. Ses lèvres frôlent les miennes, rafale de doux baisers qui commence sur ma bouche puis descend dans mon cou et s'attarde sur mon oreille :

— Et si on essayait un autre truc ? Un truc un peu vieillot…

— Comment ça ?

— Un truc tout simple, mais carrément démodé : la position du missionnaire. Écartez les jambes.

Il pousse un gémissement de satisfaction quand je m'exécute sans discuter. Le gland puissant de son sexe me cherche sans me pénétrer. Il bouge à peine, mais ça suffit à nous amener au bord de l'orgasme.

Ma respiration s'affole. Au moment où je vais craquer, où je vais supplier Damien de mettre fin à mon calvaire, il s'enfonce en moi. Je me cambre en grimaçant de douleur et de plaisir.

— J'ai l'impression que quelqu'un a enfreint les règles, murmure-t-il en trouvant son rythme. Vous m'avez menti. Vous avez mal, n'est-ce pas ?

Un sourire malicieux aux lèvres, je réplique :

— Possible, mais ça valait le coup.

— Je vais y aller tout doucement.

Il me pénètre si lentement et si profondément que le plaisir qui va crescendo en devient presque une torture. De plus en plus intense, il se conclut par un orgasme cataclysmique. Inerte, complètement offerte, je m'abandonne dans les bras de Damien. Sa jouissance suit de très près la mienne. Il s'agrippe à moi, me pilonne, puis s'effondre à son tour. Je murmure :

— Elle a du bon, la tradition…

Je l'entends rire à côté de moi.

Pendant quelques minutes, nous écoutons l'océan, immobiles dans le noir. Puis Damien me prend par la main :

— Une petite douche avant de manger, ça vous dirait ?

Les deux me convenant tout à fait, j'enfile le peignoir rouge et j'emboîte le pas à mon amant, toujours aussi nu et splendide. Nous passons devant la cheminée et partons explorer ce que je n'ai pas encore vu du deuxième étage. Tous les travaux sont terminés, dans cette partie de la maison. Nous traversons d'abord une cuisine – « Ça, c'est la petite, pour les fêtes » – puis une chambre à coucher pas encore meublée. Enfin, nous entrons dans une salle de bains démente : rien qu'en superficie, elle fait le double de l'appartement de Jamie. En guise de plafond, une verrière culmine à quatre mètres de haut. Pour l'instant, j'ai l'impression de contempler un trou noir, mais si Damien décidait d'éteindre les lumières, je verrais probablement scintiller les étoiles au-dessus de nos têtes…

Un grand comptoir en granit, équipé de deux immenses lavabos, court le long d'un des murs. De chaque côté des lavabos, il y a largement assez de place pour poser ses affaires. Près du lavabo le plus éloigné, j'aperçois un rasoir électrique, une brosse à dents, une bouteille d'aftershave… Et auprès du plus proche, une autre brosse à dents, toujours dans son emballage, celle-ci, et une petite boîte. Curieuse de voir ce qu'elle contient, je l'ouvre aussitôt ; je découvre du fond de teint, de la poudre, plusieurs ombres à paupières et des crayons pour souligner les yeux. Tous dans mes teintes préférées…

— Comment avez-vous su ?

— Je suis très futé, vous savez.

Je fronce les sourcils. Pourquoi ne m'a-t-il pas tout simplement demandé quelles étaient mes marques et mes couleurs préférées ? J'ai l'impression d'être observée au microscope, et dépossédée de tout pouvoir de décision – ce que je ressens depuis toujours avec ma mère. Sauf que Damien n'est pas Elizabeth Fairchild. Ma réaction est sans doute un peu excessive…

— Un problème ? s'inquiète-t-il.

— Non.

Mais je n'arrive même pas à sourire.

— J'ai trouvé les marques de vos produits de beauté et votre pointure dans la liste des cadeaux de Macy, me dit-il doucement.

— Ça alors ! J'avais oublié. Je l'ai déposée là-bas pour mon anniversaire, l'année dernière.

Je me sens passablement idiote, du coup. Je prends une grande inspiration.

— Merci, dis-je, en le regardant droit dans les yeux.

— Je vous en prie.

— Je n'arrive pas à y croire ! Comment se fait-il que cet étage soit déjà terminé, alors que le reste de la maison ne l'est pas ?

— J'ai estimé que les pièces que nous occuperions cette semaine devaient être prêtes à notre arrivée.

— Vous vous en êtes occupé quand ?

— Dès que nous avons conclu notre marché. Si on y met le prix, on peut obtenir pas mal de choses à une vitesse incroyable.

— Il ne fallait pas vous donner cette peine…

— Je n'allais quand même pas vous accueillir dans une bâtisse en construction !

Il me tend la main et m'entraîne au fond de la salle de bains. Nous passons devant la douche – dix personnes y tiendraient facilement ! – puis devant une baignoire grande comme une piscine.

Il n'y a qu'un dressing, mais il est immense. Au milieu, un grand meuble pareil à un îlot de cuisine, avec des tiroirs de chaque côté, divise l'espace en deux. Damien s'empare de la télécommande posée sur l'îlot et appuie sur un bouton. Aussitôt, de l'eau coule dans la baignoire.

Dans la partie de droite, je vois quelques chemises blanches, des jeans, des pantalons et un costume dans sa housse. Un smoking, je suppose. Pas grand-chose, finalement. Le côté gauche, lui, est bourré à craquer de peignoirs, robes, jupes, chemisiers… Et de chaussures, des centaines de paires de chaussures. Interloquée, je chuchote :

— C'est pour moi, tout ça ?

— Oui. Vous verrez, elles vous iront toutes.

— Le shopping, ça fait partie du plaisir, vous savez.

— Je vous ai déjà promis une virée dans les magasins, Nikki. En attendant, vous n'avez que l'embarras du choix.

Je lève les yeux au ciel.

— Et dans l'îlot, qu'est-ce qu'il y a ? Les petites culottes ?

— Certainement pas, réplique-t-il avec un sourire entendu. Je croyais avoir été clair : pas de culotte !

— Mais chez moi… Et quand je me rendrai à des entretiens d'embauche…

— Pas de culotte, répète-t-il. Pas cette semaine. Sauf si je vous le demande, bien sûr.

Pour le principe, j'ai très envie de râler, mais je décide de me taire. En fait, cette idée m'excite beaucoup. Être nue sous ma robe en sachant que c'est pour plaire à Damien… Penser à lui chaque fois qu'un courant d'air me chatouille la chatte…

— Et un soutien-gorge, je peux ?

Il contemple d'un air lubrique la courbe de mes seins sous le peignoir rouge.

— Non, répond-il, et mes tétons pointent aussitôt. Je suis émoustillée, il l'a remarqué, et je lis dans ses yeux qu'il commence à l'être lui aussi.

— Mais les gens sauront…

— Et alors ?

Nous retournons dans la salle de bains.

— La température convient-elle à Madame ? me demande-t-il en me montrant la baignoire.

Je plonge ma main dans l'eau. Elle est très chaude, mais ça ne me fait pas peur.

— Je l'aime encore plus chaude.

— Vraiment ?

Un peu surpris, il réduit l'eau froide à un filet.

— C'est un bain à bulles ? lui dis-je en désignant un appareil encastré dans la paroi.

— Oui. Allez-y.

J'appuie sur un gros bouton et un gel au parfum floral jaillit dans l'eau juste sous le robinet. Immédiatement, des bulles commencent à se former.

— Ça, c'est ce que j'appelle un bain ! Je peux y aller ?

— Bien sûr.

Je me débarrasse du peignoir puis me glisse dans la baignoire, aussitôt imitée par Damien. Il s'adosse à la paroi et m'attire entre ses jambes. Sentant son sexe mou contre mon cul, je gigote un peu. Il réagit aussitôt.

— Coquine… murmure-t-il.

Il prend du savon liquide et me frictionne, d'abord les bras, puis les seins. Il fait mousser le savon, puis plonge ses mains sous l'eau pour me briquer le sexe. Penchée en arrière, je ferme les yeux. Je le sens durcir contre moi. Instantanément, mon corps s'ouvre à nouveau pour lui. Nous venons de faire l'amour et j'ai un peu mal, c'est vrai, mais j'en veux encore. Oh bon Dieu, que c'est bon…

Il m'excite du bout des doigts en traçant des petits cercles autour de mon clito, m'arrachant un gémissement.

— Aujourd'hui, c'est terminé, la baise, me chuchote-t-il. Plus d'orgasme avant demain.

Je change de position – ma façon de protester en silence.

— Demain, insiste-t-il. Mmmmm… c'est bon d'attendre, hein ?

— Vous êtes méchant !

— Et vous n'avez encore rien vu, ma chère.

Il me prend par la taille et me fait pivoter. Me voici maintenant agenouillée sur ses cuisses. Malgré ce qu'il vient de me dire, je me retrouve dans une position extrêmement alléchante, avec cette queue énorme et bien dure qui se dresse entre nous. Je commence à la caresser et à la titiller, tout doucement. On dirait de l'acier dans du velours… Je veux qu'il me pénètre ! Et je suis prête à tout pour parvenir à mes fins.

— OK, vous ne voulez plus baiser, mais ça ne veut pas dire que moi, je ne peux pas m'en charger…

Dès qu'il me voit soulever mes hanches, la fièvre et la surprise envahissent son regard.

— Ne faites pas ça ! me prévient-il.

— Oh si ! dis-je en plaçant sa queue sous ma chatte.

Ensuite, je m'empale vigoureusement sur son membre et je le chevauche, la tête penchée en arrière, agrippée à ses épaules.

— Bon sang, Nikki… gémit-il, suppliant.

Il m'empoigne les hanches et prend les commandes. C'est lui qui nous pistonne, et moi j'apprends son corps. Je vais savoir à quelle vitesse il peut atteindre l'orgasme. Je bouge plus fort et de plus en plus vite, en le poussant dans l'eau.

— Oh bon Dieu, je vais jouir ! crie-t-il.

Il se répand en moi, puis m'attire contre lui, le souffle coupé. Tous ses muscles se sont relâchés.

— C'était… inespéré. Quel pied, putain… soupire-t-il.

Eh oui, je suis sexy et indestructible.

Il me caresse la joue :

— Vous avez oublié la capote…

Je détourne le regard. Bizarrement, cette remarque m'intimide.

— Je suis sûre que vous êtes clean. Vous n'avez rien, n'est-ce pas ?

— C'est vrai, dit-il. Mais ce n'est pas le seul facteur en jeu.

— Je prends la pilule.

Inutile de lui préciser que, jusqu'à présent, c'était surtout pour apaiser mes crampes mensuelles.

— Tant mieux, marmonne-t-il. Je dirais même plus, parfait.

Je me dégage de son étreinte et me blottis contre lui dans l'eau qui refroidit rapidement. Il me serre contre son flanc, puis se lève et m'aide à faire de même. Nous sortons de la baignoire, lui d'abord, moi ensuite, et il m'essuie avec une serviette épaisse, de celles qu'on voit dans les spas. Il me tend le peignoir dont il noue la ceinture à ma taille, puis se sèche à son tour et enfile un peignoir en coton tout simple.

— Venez, me dit-il en m'entraînant jusqu'au lit.

Il ouvre un coffre et en sort deux oreillers et un édredon léger qu'il étend sur les draps, puis il m'invite à me glisser dedans.

— Ôtez votre peignoir, Nikki.

Je défais la ceinture puis laisse la douce étoffe glisser de mes épaules et atterrir en petit tas à mes pieds.

— Ne vous endormez pas sans moi. Je reviens tout de suite, me dit-il en me bordant.

Je roule sur le côté pour contempler l'océan. La baie vitrée est toujours ouverte, et le vent frais de la nuit souffle à l'intérieur. Je m'en moque, j'ai bien chaud sous l'édredon. Le ciel est noir, et la lumière de la chambre si faible que je parviens à y distinguer quelques étoiles…

Un peu plus tard, je sens le matelas bouger : Damien est revenu s'asseoir près de moi. Il tient un plateau chargé de vin, de fromage et de raisin. Ravie, je me redresse en position assise, l'oreiller me protégeant du métal froid des montants du lit.

— Ouvrez la bouche, me dit-il.

Je m'exécute, et il glisse un grain de raisin entre mes dents.

— Vous êtes belle, Nikki. Vous me croyez ?

— Quand c'est vous qui le dites, oui, je le crois.

— Que vous est-il arrivé ? me demande-t-il en posant une main sur mes jambes.

Elles sont planquées sous les couvertures, mais je sais très bien à quoi il fait allusion. Plus question de me défiler.

— J'avais seize ans quand j'ai commencé à me scarifier. Ma sœur s'était mariée et avait déménagé, et ma mère avait décidé de passer à la vitesse supérieure avec ses foutus concours de beauté. Ça peut paraître vache, ce que je vais dire, mais Ashley était la seule personne qui arrivait à me tranquilliser. Sans elle, mon mal-être n'a fait qu'empirer. Je me suis mise à sortir en douce mes diadèmes de la vitrine des trophées. Je les déformais un peu, pas suffisamment pour que ma mère le remarque, mais juste assez pour gâcher leur perfection.

Et j'ajoute, avec un haussement d'épaules :

— Un jour, je me suis lassée des diadèmes, alors je m'en suis prise à ma propre peau.

— Mais pourquoi vous scarifier ?

— Je ne sais pas trop. C'était une pulsion. J'en avais besoin, voilà tout. C'était ça ou sombrer dans la déprime la plus noire. Je me sentais coupée de tout, ma vie m'échappait… La douleur m'ancrait dans le réel. Aujourd'hui, j'ai tendance à penser que j'agissais ainsi parce que ma mère ne pouvait rien y faire. Mais à l'époque, tout ce que je savais, c'est que ça m'aidait. Difficile à expliquer…

J'aimerais qu'il comprenne ce que je ressentais alors, mais comme je ne le sais pas trop moi-même… Et puis, je n'aime pas en parler.

— Je comprends… me souffle-t-il.

Dit-il ça par politesse ? Non, ça m'étonnerait. Son regard est plein de compassion.

— Seize ans… murmure-t-il pensivement. Mais quand je vous ai vue à ce concours, vous aviez dix-huit ans et je n'ai aperçu aucune cicatrice…

— Mes hanches, dis-je. Je ne me coupais que sur les hanches, au début. C'était plus facile à cacher, même dans le vestiaire d'un concours de beauté.

— Qu'est-ce qui s'est passé ensuite ?

Il me tient la main et caresse gentiment mes doigts.

— Ashley. J'avais dix-huit ans quand elle s'est suicidée. Son mari l'avait quittée, et ma mère n'a rien fait pour arranger les choses. Pour elle, ma sœur était forcément responsable du départ de ce mec, et Ashley a fini par penser la même chose : dans sa lettre de suicide, elle s'est décrite comme étant l'échec personnifié.

Me voyant au bord des larmes, Damien me presse la main pour me réconforter.

— Et là, j'ai réalisé à quel point je haïssais ma

mère. Malheureusement, il m'a encore fallu du temps pour trouver le courage de lui dire d'aller se faire foutre, elle et ses concours. C'est à cette époque que j'ai commencé à me mutiler les cuisses. Parce que c'était beaucoup plus difficile à cacher, évidemment.

— A-t-elle essayé de vous aider ?

— Non. Au début, elle me disait sans arrêt que j'avais foutu tous ses plans en l'air, que je n'étais plus qu'une source d'embarras. Après, elle m'a traitée de petite salope égoïste. Par ma faute, c'en était fini du pognon des prix et des bourses scolaires. Et je pouvais faire une croix sur un mari.

Damien est fou de rage, je le vois à son regard et à son attitude tendue. Il va exploser, si ça continue. Le fait que ma mère soit l'objet de son courroux me donne la force de continuer.

— J'avais réduit son travail à néant : quelle idiote elle avait été de perdre toutes ces années à s'occuper d'une petite imbécile comme moi… À ses yeux, j'avais détruit mon corps et mon avenir. Et j'ai dû finir par la croire, moi aussi, parce que même à Austin, même à la fac, j'ai continué à me scarifier.

Damien me tend un verre de vin que j'accepte avec gratitude.

— J'avais peur, j'étais seule, malheureuse… C'est à ce moment-là que j'ai fait une thérapie. Ça s'est arrangé petit à petit.

Je déguste une gorgée de vin et reprends mon récit :

— Ma mère a de l'argent. Pas autant que vous, bien sûr, mais à la mort de mon grand-père elle a hérité du pétrole de la famille et d'un compte bancaire bien fourni.

Je ne lui précise pas que son incompétence a conduit la compagnie à la faillite et qu'elle a fini par la vendre. Maintenant, elle vit sur ce qu'il lui reste à la banque, une fortune qui s'amenuise d'année en année parce qu'elle ne sait pas la gérer et refuse de prendre un conseiller. Voilà l'une des raisons pour lesquelles j'ai décidé d'apprendre à diriger une affaire avant d'en avoir une à moi.

— Bon, bref, elle m'a coupé les vivres à ma majorité. Les disciplines scientifiques, ce n'était pas ce qu'elle avait prévu pour sa petite fille chérie. Mais c'était ce qui pouvait m'arriver de mieux. Soudain, elle n'était plus là à regarder tout le temps par-dessus mon épaule. Plus besoin d'être parfaite vingt-quatre heures sur vingt-quatre ! Je n'ai pas arrêté tout de suite, mais j'ai repris du poil de la bête… Et un beau jour, le besoin de me mutiler a disparu.

Les mots se bousculent à mes lèvres. Je n'en ai jamais dit autant à personne. Même Jamie et Ollie n'ont appris la vérité qu'à doses homéopathiques. Qu'est-ce que ça fait du bien de laisser sortir tous ces trucs ! Mais la férocité croissante que je décèle dans le regard de Damien m'inquiète un peu.

Et encore… je ne lui ai pas tout dit…

Il dépose nos verres sur la table de chevet, écarte le plateau et m'attire contre lui. Je pose ma tête sur son épaule. Du bout des doigts, il me caresse le bras.

— Je comprends, ma chérie. Je vous le jure, je comprends.

Je ferme les yeux de toutes mes forces. C'est dingue, je le crois…

— Mais vous ne me dites pas tout, n'est-ce pas ?

Je le regarde avec étonnement.

— Je… Comment le savez-vous ?

— La façon dont vous avez cherché à me fuir, réplique-t-il simplement.

Je me dégage et roule sur le côté pour lui tourner le dos. En sentant sa main sur mon épaule, je chuchote, les yeux fermés :

— Et si je disais « océan » ?

Ses doigts se crispent, puis se détendent.

— Si c'est vraiment ce que vous voulez…

Il se penche au-dessus de moi et me prend la main. Nos doigts s'entrelacent.

— Mais vous pouvez aussi compter sur mon soutien, Nikki.

Je ne sais pas par où commencer. OK, allons-y avec le plus facile.

— Je n'ai jamais couché avec Ollie. Pas comme vous l'avez cru, en tout cas.

Il ne fait aucun commentaire. Alors je reprends mon histoire, certaine que seuls Damien et la nuit m'entendent :

— C'était une semaine environ après l'anniversaire d'Ashley, quelques années après son suicide. J'avais presque arrêté de me couper, mais il m'arrivait de… enfin, bref, parfois j'en avais besoin. Mais j'allais mieux. Ollie était au courant, et Jamie aussi. Et ils m'aidaient.

— Que s'est-il passé ?

— J'ai picolé. Ou plus exactement, j'ai pris une cuite carabinée. Ma mère venait de m'appeler et m'avait pris la tête, Ashley me manquait affreusement… Et je sortais avec ce type, Kurt. Ça durait depuis des mois, mais ça ne faisait pas longtemps qu'on couchait ensemble. Il me disait que j'étais belle, qu'il n'en avait rien à foutre de mes cicatrices… Que c'était moi qu'il aimait, et pas mes cicatrices ou mes nichons. Qu'il n'y avait que notre relation qui comptait. Et moi, je l'ai cru, et franchement, le sexe avec lui, c'était cool. On s'éclatait bien au lit.

Je prends une grande inspiration pour trouver le courage de continuer :

— Mais cette nuit-là, on était tous les deux complètement ivres. Je me demande encore comment il a réussi à bander. Bref, il a bandé, on a baisé, et puis il a regardé mes jambes et il…

Ma voix se brise à ce souvenir.

— Il m'a dit que j'avais de la chance d'avoir une belle gueule et une chatte bien douce, parce que j'étais complètement tarée et que mes cicatrices lui donnaient envie de vomir.

Je respire à fond plusieurs fois, le regard rivé au plafond, accrochée à la main de Damien. Même maintenant, ce souvenir me rend malade. Je faisais confiance à Kurt, et ce connard m'a démolie.

— Je suis allée chez Ollie. Il connaissait l'existence de mes cicatrices, c'était mon ami et je savais que je lui plaisais. Cette nuit-là, j'ai tenté de le séduire.

— Mais il n'a pas voulu coucher avec vous, conclut Damien.

— Exact. On a juste dormi ensemble. Il m'a ôté mon jean, il m'a dit que pour certaines de ces cicatrices, il se rappelait ce que j'avais traversé, et puis aussi qu'il était sûr que j'étais quelqu'un de fort. Et qu'il ne voulait plus que je me coupe. Que j'étais une personne meilleure que ma mère, que je devais oublier les trous du cul comme Kurt, finir le lycée et me barrer du Texas dès que je le pourrais. Et il m'a tenue dans ses bras jusqu'à ce que je m'endorme.

Je parviens à trouver la force de sourire, un pauvre sourire larmoyant, et j'ajoute d'un ton que je veux léger :

— Je croyais qu'il avait réussi à me tirer d'affaire, mais je constate que j'ai encore quelques problèmes à régler.

Comme Damien ne réagit pas, je roule sur moi-même pour le regarder. Et immédiatement, je m'assois. Il a l'air furieux. J'ai l'impression qu'il a du mal à contenir sa colère.

— Mais c'est de l'histoire ancienne… lui dis-je en lui prenant la main.

— Ce sera de l'histoire ancienne quand j'aurai retrouvé cet enfoiré. Son nom de famille, c'est quoi ?

J'hésite. Sachant que Damien possède la moitié de la galaxie, je crois que je ferais mieux de me taire.

— Oubliez ça. C'est le passé… J'ai surmonté tout ça depuis longtemps.

Oh, la menteuse ! Voyant qu'il me dévisage, je le regarde avec affection.

— Avec qui d'autre avez-vous couché ? marmonne-t-il.

Je fronce les sourcils, prise de court.

— Pas grand monde, rassurez-vous. Le premier, quand j'avais seize ans, un petit bourge dégoté par ma mère, et puis Kurt. Mais c'est très bien comme ça. Depuis, je suis sortie avec quelques mecs, j'ai un peu fait la conne, mais je me suis essentiellement consacrée à mes études. En tout cas, je ne suis pas restée dans ma tour d'ivoire à me demander pourquoi personne ne faisait sauter le verrou de ma ceinture de chasteté. Et j'ai un vibromasseur superchouette.

Il éclate de rire :

— Vraiment ?

Je n'arrive pas à croire que j'ai dit ça. Je suis tentée de lui raconter que je blaguais – encore un mensonge –, mais je me contente de hocher la tête.

— J'espère qu'un jour vous me le montrerez, ajoute-t-il en me flattant le cul.

C'est une suggestion très tentante, je le reconnais, mais en aurai-je le courage ? Cela dit, si quelqu'un peut me convaincre d'oser les trucs les plus fous, c'est bien Damien Stark…

— Et après Kurt ? Vous avez continué les scarifications ?

— Non. J'en ai parfois eu très envie, mais j'ai réussi à me retenir.

— Et dans le parking ?

La silhouette aperçue pendant que je cherchais mes clés me revient soudain en mémoire.

— C'était vous ?

— Votre départ m'a inquiété…

— J'étais terrorisée par votre réaction si vous découvriez mes secrets. Vous étiez… Je vous désirais, mais vous aviez failli les voir, et…

Il dépose un baiser sur mon front.

— Je sais, ma chérie. Vous vous êtes coupée, alors ?

— J'y ai pensé, c'est vrai. J'ai même planté mes clés dans ma chair. Mais, non, je ne me suis pas coupée…

— Et vous ne le ferez plus ! m'assène-t-il d'un ton dur.

Il prend mon visage entre ses mains et ajoute :

— Vous voulez savoir si je vous ferai mal. Je ferai des tas de choses, Nikki. Des choses que j'ai très envie d'essayer avec vous. Et si un jour je vous fais mal, sachez que ce sera uniquement pour décupler votre plaisir. D'accord ?

Je hoche la tête.

— Pas une goutte de sang ne coulera. Ce n'est pas mon truc. Mais même si ça l'était, je ne le ferais pas avec vous. Vous comprenez ?

Je déglutis, un peu embarrassée. Ça commence à ressembler à une séance chez le psy, cette discussion. En même temps, ces mots, cette inquiétude à mon égard… j'ai l'impression de me sentir aimée. Comme si je n'étais pas seulement la fille qui va partager son lit pendant une semaine.

— Vous ressentez encore le besoin de souffrir ? me demande-t-il.

— Je croyais que non, mais dans la voiture… Oui, j'en mourais d'envie. Mais j'ai tenu bon.

— Si ça recommence, dites-le-moi. D'accord ?

— Oui…

Je me roule en boule contre lui et il me caresse les cheveux. Derrière son discours, j'entends aussi ce qu'il ne me dit pas : si j'ai besoin de m'accrocher à quelque chose – si je veux avoir mal pour me sentir ancrée dans le réel –, Damien peut m'aider. Damien sera toujours là, et je peux tout lui demander.

Je frémis, un peu déconcertée. Je ne me suis jamais livrée à ce point, même pas à Ollie ou à Jamie. Et je n'ai jamais rencontré quelqu'un d'aussi attentionné à mon égard.

— Et vous, Damien ? De quoi avez-vous besoin ?

Va-t-il me révéler les secrets qu'il garde en lui

depuis si longtemps ? Va-t-il m'offrir quelques indices sur ce qui le fait avancer dans la vie ? Je me suis ouverte à lui, alors c'est son tour maintenant ! Mais il change d'expression et réplique, le regard malicieux :

— De vous !

Et sa bouche se pose sur la mienne.

Chapitre 22

— Hey, la blondinette ! Vous êtes rayonnante, aujourd'hui ! me lance Blaine avec un grand sourire.

Enveloppée dans le peignoir rouge, je me tiens debout devant le balcon, dans la lumière oblique du matin.

— Vous vous sentez prête, cette fois-ci ? Nous prendrons tout le temps qu'il faudra.

— Non, ça va, je suis prête. Damien vous a expliqué pourquoi j'ai pris peur, hier ?

Je tiens à ce que Blaine sache que ma crise de la veille n'était pas due au fait de poser nue, mais plutôt à l'idée de ce qu'il allait représenter.

— Oui, il m'a expliqué, et je vais vous répéter très exactement ma réponse : ce qui me gêne le plus dans vos cicatrices, c'est de savoir que vous avez eu mal. Mais les représenter sur une toile ne me pose aucun problème, bien au contraire. Avec certains modèles, en particulier les pros, j'ai l'impression de copier des gens retouchés sur Photoshop. Moi, les imperfections, c'est quand vous voulez ! Vous pouvez me faire confiance, Nikki. Je vous peindrai telle que vous êtes.

— Je vous crois.

Je me place au pied du lit et pose une main sur la boule qui surmonte l'un des montants, l'autre bras tendu vers les voilages :

— Une posture dans ce genre, peut-être ?

— Bof… marmonne Damien à côté de moi.

Il me prend par la taille et m'entraîne vers la baie vitrée.

— Et si on mettait un ventilateur sur le balcon ? suggère-t-il. Pour agiter les voilages ?

— Vous en avez arraché deux, Damien. Vous allez devoir les raccrocher, lui dis-je avec un petit sourire entendu.

— Hein ? s'exclame Blaine.

Damien éclate de rire.

— Qu'est-ce que vous en pensez, alors ? demande-t-il à Blaine, façon habile d'esquiver mon commentaire.

— C'est vous, le patron.

— Oui, mais c'est vous, l'artiste.

Blaine m'adresse un petit sourire goguenard :

— Ça, c'est une première ! D'après Evelyn, notre bienfaiteur n'écoute jamais les autres et n'en fait qu'à sa tête.

— Je vous demande votre opinion, c'est tout ! proteste Damien. Ça ne veut pas dire que j'en tiendrai compte.

Blaine m'étudie sous toutes les coutures. Il décide finalement de me déplacer de quelques pas vers la gauche, puis il me ramène à droite et me fait légèrement pivoter.

Il recule un peu, le menton dans sa main, et jette un regard à Damien. Qui me demande d'avancer d'un pas, puis m'oriente selon un angle un peu différent.

— Hé, ho ! J'ai l'impression d'être un meuble !

Je sais bien que je suis payée pour ça, mais quand même…

— Oui, c'est pas mal, marmonne Blaine. Ne bougez plus. J'ai un éclair de génie…

Tout en m'efforçant de rester immobile, je l'observe du coin de l'œil.

— Un reflet, ça vous dirait ? lance Blaine à Damien.

Et il ajoute, en passant devant moi sans attendre la réponse :

— Ça va être absolument grandiose…

Il tire en face de moi l'un des panneaux de la baie vitrée.

— Vous voyez ? C'est génial, pas vrai ?

Il revient vers la toile gigantesque appuyée contre une table, puis se décale un peu, comme s'il cherchait quelque chose. Et soudain, il tend un doigt vers moi :

— Là ! Son reflet sur la vitre ! Avec la brise, la femme tournée vers l'horizon… Ça va être fabuleux !

— Et son visage ?

— Il sera caché. Tourné vers le bas, probablement. Et le reflet sera flouté. Pas de détails. Faites-moi confiance, cette toile sera exceptionnelle.

— Ça me va, conclut Damien. Nikki ?

Mince, j'ai failli me retourner ! J'aurais gâché la composition.

— Ah bon, je peux donner mon avis ? Je croyais qu'une fois à votre merci, je n'aurais plus mon mot à dire…

— Très bonne idée, grogne-t-il en entrant dans mon champ de vision.

Puis, avec un regard noir à Blaine :

— Allons-y pour le reflet. Je veux tout d'elle dans ce tableau. Ce matin, je suis resté sur ma faim.

Mes joues s'embrasent. Il vient de faire une plaisanterie très intime. Tout à l'heure, quand Blaine a toqué à la porte, nous étions sous la douche et ne faisions pas que nous laver. J'étais sur le point de conclure mon petit déjeuner de fruits et de fromage par une délicieuse portion de Damien. Hélas, l'arrivée du peintre a calmé notre enthousiasme… Et Damien en a conçu une certaine aigreur à l'égard de ce pauvre Blaine.

Je souris tendrement à mon amant :

— Au fait, nous sommes mardi, non ? Vous n'aviez pas rendez-vous quelque part, aujourd'hui ?

Je revois Carl m'expliquant que la présentation prévue aujourd'hui avait été avancée au samedi parce que M. Stark était indisponible à la date convenue au départ.

Damien me regarde sans comprendre, puis son visage s'éclaire :

— Non, je n'ai pas de rendez-vous. Je dois aller au bureau, mais c'est tout.

Il ne me faut pas longtemps pour comprendre ce qui s'est passé vendredi soir : comme Damien voulait me revoir au plus vite, il a menti à Carl.

— Quelqu'un a enfreint une règle, dis-je. Vous avez menti…

Son sourire devient machiavélique.

— Je n'ai jamais dit que cette règle s'appliquait à moi.

Blaine glousse, moi aussi… mais en fait, je viens de me prendre une bonne claque.

Je n'ai jamais dit que cette règle s'appliquait à moi.

Damien a employé le ton de la plaisanterie, d'accord, mais en même temps je suis sûre qu'il pense vraiment ce qu'il vient de dire. Et si la règle ne s'applique pas à lui, ça signifie qu'il a pu me mentir. Sans volonté de nuire, j'imagine, mais parce qu'il le peut… Parce que, parfois, ça simplifie les choses.

Je repense aux questions qu'il a éludées et à toutes ces conversations qu'il a menées où il le voulait. D'accord, c'est un mec, et les mecs ne sont pas du genre à se confier, mais quand même… Et si c'était juste un type réservé ?

À moins qu'il ne me cache vraiment quelque chose.

Un autre commentaire d'Evelyn me revient à l'esprit : après une jeunesse éprouvante, quoi d'étonnant à ce que Damien soit aussi secret ? Et forcément un peu abîmé, aussi.

Je pense à l'homme qui m'a serrée dans ses bras, qui m'a embrassée, qui a ri avec moi, qui m'a taquinée… J'ai vu le côté lumineux de Damien Stark, que la plupart des gens ne connaissent pas. Mais quand verrai-je sa part d'ombre ?

— Eh, la blondinette !

L'exclamation de Blaine me tire de mes pensées. Merde, il me demande encore de me déplacer ! Je suis ses instructions à la lettre, j'adopte enfin ce qu'il considère comme la pose parfaite et je me fige pour un long moment.

Damien surgit à côté de moi et dépose un baiser sur mon front.

— À ce soir, me dit-il. J'ai des réunions toute la journée, mais je vous ferai savoir ce que j'attends de vous pour la suite. Edward vous ramènera chez vous dès que la séance sera terminée.

— Cette fille fait un sujet fabuleux. Je pourrais la garder ici toute la journée… marmonne Blaine.

Je proteste :

— Toute la journée ? Je pose depuis deux secondes, et je suis déjà complètement ankylosée !

— Je n'ai pas dit que je le ferai, réplique le peintre. Notre copain l'homme d'affaires va me virer si je vous fatigue trop vite ou si je vous garde trop longtemps.

— Et comment ! mugit Damien.

Puis, en baissant le ton :

— J'ai des projets pour elle.

Sa voix m'enveloppe, me pénètre, envoie mon sang pulser dans toutes sortes d'endroits intrigants.

— Parfait ! J'adore ce rouge à vos joues, Nikki ! s'extasie Blaine.

Je ne peux pas bouger, mais quand Damien quitte la pièce, je suis littéralement en ébullition, et je glousse tout bas en l'entendant descendre l'escalier de marbre.

Après son départ, Blaine se transforme en véritable tornade, sans cesse en mouvement : il regarde, ébauche, ordonne, modifie les lumières. Et malgré la nature résolument érotique de ce qu'il me demande de faire, on s'amuse beaucoup, lui et moi. Je ne perçois pas la moindre noirceur chez cet homme.

— Evelyn meurt d'envie de vous revoir, me dit-il au terme de notre première séance. Elle espère que vous lui raconterez plein de potins sur Damien.

J'enfile le peignoir, puis je noue la ceinture à ma taille.

— Ah bon ? Mais c'est elle qui connaît tous les potins, et pas seulement sur Damien !

— Vous avez bien cerné mon amoureuse…

— Je vais lui passer un coup de fil. Moi aussi, j'ai très envie de la revoir. Tiens, pourquoi pas demain ?…

Blaine me lance un regard que je n'arrive pas à interpréter :

— Tirez-vous, maintenant. Vous m'empêchez de me concentrer.

— Vous avez l'air pressé de me voir partir, dites donc !

Quelle façon étrange de terminer une conversation ! Mais c'est sans doute le tempérament artistique de Blaine qui montre le bout de son nez.

— Je peux y aller, vous êtes sûr ? Vous ne pouvez pas me peindre si je ne suis pas là !

— Quand on peint un être vivant, c'est incroyable le nombre de choses qu'on peut représenter sans l'avoir en face de soi. Allez-vous-en ! Edward doit s'ennuyer comme un rat mort… conclut-il en agitant son pinceau pour appuyer ses propos.

— Quoi ? Il m'attend ? Depuis tout ce temps ?

Moi qui croyais devoir l'appeler…

Je ramasse mes affaires, mais avant de me précipiter dans l'escalier, je prends en vitesse des photos de la chambre, de Blaine et du portrait à peine ébauché.

— Ça ne m'arrive pas très souvent, ce genre de trucs. Je vais tenir un journal…

— Je comprends ce que vous ressentez, blondinette.

Edward n'est pas du tout contrarié d'avoir dû faire le pied de grue. Il a pris l'habitude d'écouter des livres audio dans la Lincoln et semble aimer ça. La semaine dernière, c'était Tom Clancy, et cette semaine, Stephen King, me confie-t-il.

Pendant le trajet entre Malibu et Studio City, il écoute son roman, et moi je m'écoute penser. Ou plutôt, j'essaie. Tout s'embrouille dans ma tête… Damien, ce boulot que j'ai perdu. Damien, le portrait, le million de dollars. Damien, Jamie et Ollie… Ah oui, et puis Damien, bien sûr.

Je me détends et me laisse aller à somnoler. En moins de temps qu'il n'en faut pour le dire, mon chauffeur se gare devant l'appartement et sort de la voiture pour m'ouvrir la portière.

— Merci, Edward.

— C'était un plaisir. Par ailleurs, M. Stark m'a demandé de vous remettre ceci en mains propres. Et je suis chargé de vous préciser que c'est pour ce soir.

Le chauffeur me tend une boîte blanche entourée d'une ficelle également blanche. Une boîte qui ne pèse absolument rien…

J'ai hâte d'en savoir plus, mais ma recherche d'emploi passe avant tout. En entrant dans ma chambre, je jette la boîte sur le lit et j'allume aussitôt mon ordinateur. Précaution un peu infantile, j'affiche mon CV à l'écran avant d'appeler Thom. Je tiens à l'avoir sous les yeux au cas où il me poserait une question sur la date de mise en vente de l'une de mes applications, ou sur le titre du mémoire soutenu pendant mon internat d'été il y a deux ans. Il peut aussi me demander de lui renvoyer le CV après en avoir changé la police…

J'en imprime une copie, puis je téléphone à Thom.

— Je vous ai envoyé mon CV hier. Je sais que c'est un peu tôt, mais, bon, je vous contacte au cas où vous auriez déjà trouvé quelque chose à me mettre sous la dent…

— Ouais, et c'est même un gros morceau.

— Ah bon ?

L'image de Damien me demandant ce qui m'empêche de travailler pour lui me vient soudain à l'esprit.

— Une seconde… C'est quoi, le gros morceau ?

— Innovative Resources, répond-il. Vous les connaissez ?

— Non.

Je pousse un soupir de soulagement. Les liens et les bandeaux de soie, c'est très excitant au lit, et je passe des moments délicieux à fantasmer sur mon histoire avec Damien ; mais la perspective de devoir me contrôler tout le temps en sa présence pendant des réunions de travail ne me tente pas du tout.

— Quel genre de gros morceau ?

— Un entretien d'embauche, à leur demande. Il leur manque du personnel et ils sont pressés. Ils voudraient vous voir à leur bureau demain après-midi, à l'heure qui vous arrange. Ça vous va ?

— Absolument, dis-je, déjà convaincue que Blaine ne m'en voudra pas.

Si j'y vais à quatorze heures, nous aurons toute la matinée pour travailler, lui et moi, puis j'aurai le temps de revenir à Studio City et de me changer avant de filer chez Innovative.

Thom va organiser la rencontre et rassembler un maximum d'informations pour m'aider à me préparer. Je raccroche, j'abandonne mon attitude de pro et j'entame une danse de la victoire qui me conduit jusque dans l'entrée. Ensuite, je cogne à la porte de Jamie. Comme elle n'est pas là, je continue mon petit délire dans la cuisine. Je fais sauter la capsule d'un Coca light. Youpi, c'est la fête ! Je vais même jusqu'à récupérer la barre de Mars glacée dans ma planque secrète, derrière les vieux plateaux télé.

Le pied !

Je retourne dans ma chambre en suçotant ma friandise, quand j'aperçois le Monet toujours posé par terre près de la table de la cuisine. Jamie m'a promis de m'aider à l'accrocher – après quelques mauvaises blagues sur la qualité médiocre de cette croûte ; mais pour l'instant, nous n'avons fait aucun progrès en ce sens. J'emporte le tableau dans ma chambre où je dégage un espace sur ma coiffeuse et le pose face au miroir. Maintenant, quand je me regarde dans la glace, je me vois sur fond de coucher de soleil impressionniste. La vie n'est pas si moche, quand on y réfléchit.

Dans le miroir, j'aperçois derrière mon reflet celui de la boîte blanche qu'Edward m'a remise. « C'est pour ce soir », m'a-t-il dit. Je me retourne pour l'observer, puis je la prends et la secoue.

Je coupe la ficelle avec des ciseaux à ongles, je soulève le couvercle... À l'intérieur, je découvre un bout de tissu et une tresse de perles. Je les regarde un moment, perplexe, puis je passe un doigt sous les perles. Quand je les soulève, la dentelle suit.

Une petite culotte.

Un string, plus précisément. Et bien évidemment, les perles sont enfilées sur le string.

Je laisse la chose sur mon oreiller et j'attrape mon téléphone. Damien Stark est sans doute occupé à s'offrir l'univers. Tant pis ! il aura quand même droit à un texto : *J'ai bien reçu votre cadeau. Très joli, mais niveau confort, j'ai comme un léger doute.*

Il me répond presque aussitôt : *C'est la femme qui adore avoir atrocement mal aux pieds qui me dit ça ?*

Sourcils froncés, je tape du pouce à toute vitesse. *Bien vu. Mais un type qui peut se payer des continents et des petites planètes aurait pu avoir une meilleure idée.*

Je m'imagine son sourire quand sa réponse arrive :

Faites-moi confiance. Ce cadeau va beaucoup vous plaire, je vous assure. Vous avez lu la carte ?

Je tape : *???*

Il répond : *Sous le string. Lisez-la. Suivez bien les instructions. N'enfreignez pas nos règles.*

Puis, quelques secondes plus tard : *Je vous laisse, je dois acheter une énorme planète. À ce soir.*

Je jette mon téléphone sur le lit en gloussant comme une idiote et je reprends la boîte. Surprise ! Une carte dans le papier de soie ! Je la lis, puis ramasse la toute petite culotte dont je fais rouler les perles entre mes doigts, déjà émoustillée. D'infimes gouttes de sueur naissent entre mes seins et une bouffée de chaleur m'envahit.

Les yeux fermés, je visualise les mots que je viens de lire : *Mettez-le ce soir. Je viendrai vous chercher à dix-neuf heures. Robe de soirée. Vous allez avoir envie de vous toucher. Ne le faites pas. C'est un privilège qui m'est réservé.*

Chapitre 23

Je ne douterai plus jamais de Damien.

Je suis prête à dix-huit heures, et à dix-neuf heures je me pâme déjà. Les petites culottes de ce genre devraient être interdites. Elles sont tout, sauf pratiques. Assise sur le canapé, une bouteille d'eau pétillante à la main, j'essaie de lire, mais je passe mon temps à presser la bouteille contre ma nuque parce que, dès que je bouge, les perles s'y mettent aussi. Si ça continue, je vais me liquéfier avant l'arrivée de Damien.

Ou je vais enfreindre les règles.

Le simple fait de respirer me rend folle. Je crois entendre la voix de Damien à mon oreille, Damien qui me dit que je le fais bander et qu'il sait les tourments que j'endure ; que je vais mouiller pour lui et qu'il m'est interdit de faire quoi que ce soit pour relâcher cette pression qui monte en moi.

Oh, et puis merde !

J'ai enfilé un porte-jarretelles et des bas noirs. Confortablement installée, je frôle du bout des doigts l'intérieur de mes cuisses. Je n'ai qu'à me dire que ce sont les doigts de Damien, même si c'est un peu de la triche. Et après tout, je ne suis pas obligée de le lui avouer…

Je fais rouler les perles, mais je ne me touche pas. Seulement le string. Ça me fait le même effet que quand je marche : des sensations stupéfiantes, comme si ces cailloux minuscules me transperçaient, réveillant tous mes sens. Je suis si mouillée que ça en devient presque insupportable. Je sens les mains de Damien sur mes cuisses, sa bouche laissant une traînée de baisers sur ma jambe, sa langue qui me lèche doucement.

Je gémis tout bas… puis sursaute, prise en faute. Quelqu'un vient de frapper à la porte, alors je crie :

— J'arrive !

Je rabats ma jupe, respire un grand coup pour tenter de retrouver une contenance – personne ne doit découvrir mon secret ! –, puis me précipite vers la porte.

C'est Damien, bien sûr, un Damien terriblement sexy en smoking. D'ailleurs, je crois que je vais jouir à sa simple vue… Pas besoin de perles, de doigts ou autres artifices du même genre. La vue de cet homme me suffit…

— Vous êtes superbe ! s'exclame-t-il en me faisant signe de tourner sur moi-même.

Je m'exécute volontiers… avec tant d'énergie que le jupon de ma robe s'envole autour de moi. C'est une robe vintage d'un mauve profond que je porte depuis des années, taille bien ajustée et décolleté plongeant. Sexy et classe à la fois, façon Grace Kelly. Quand je la porte, je me sens renversante. Dans ces conditions, j'accepte tous les compliments de bonne grâce.

— Vous n'êtes pas trop mal non plus, lui dis-je.

Il se penche vers moi pour m'embrasser tendrement et en profite pour me pincer les fesses. Ouille !

— Méfiez-vous ! Si vous continuez, nous n'allons pas pouvoir sortir !

— Ah bon ? Et pourquoi donc ? me demande-t-il, l'air innocent.

Un gentil sourire aux lèvres, j'attrape mon sac à main, puis je me dresse sur la pointe des pieds en m'appuyant sur son épaule pour lui chuchoter à l'oreille :

— Parce que votre petit cadeau m'excite tellement que je n'ai plus qu'une obsession : votre queue dans ma chatte…

Je recule d'un pas, en lui souriant toujours aimablement. Tiens, il n'a plus l'air aussi innocent, tout d'un coup. Avec une certaine suffisance, je le précède jusqu'à la porte et lui lance depuis le seuil :

— Alors, vous venez ?

Il ne se le fait pas dire deux fois.

Il a opté pour la limousine et je déglutis en revoyant cette banquette arrière que je connais si bien. Je vais devoir faire de gros efforts pour conserver ma dignité.

D'un hochement de tête, je salue Edward qui nous ouvre la portière. Je monte la première dans la voiture. Les perles épousent tous mes mouvements. Quand je m'installe sur la banquette, un petit hoquet de plaisir m'échappe. Difficile de garder un air nonchalant…

Damien s'assoit à côté de moi et pose une main sur mon genou :

— Vous avez dit quelque chose, mademoiselle Fairchild ?

— Je… Non, rien.

Je me racle la gorge. Qu'est-ce qu'il fait chaud dans cette voiture…

— Où allons-nous, Damien ?

— À un gala de charité.

Je m'en fous, moi, de son gala de charité. Je ne pense qu'à une chose, l'état dans lequel je suis en ce moment. Jouer les saintes-nitouches, c'est marrant cinq minutes, mais cette petite plaisanterie se transforme en torture.

— Quel gala de charité ? Je vous suggère de leur signer un gros chèque, et basta ! Comme ça, on pourrait retourner chez vous. Dans votre maison ou votre appartement. On peut rester ici, aussi. Ici, c'est très bien.

Jusqu'à présent, Damien souriait de toutes ses dents, mais il est maintenant saisi d'un irrépressible gloussement. Il appuie sur le bouton qui actionne l'écran de séparation.

— Vous avez raison. Ici, c'est parfait.

Merci, mon Dieu…

— Je crois que vous avez quelque chose à me dire, mademoiselle Fairchild, me réprimande-t-il, le regard sombre, affamé.

Je m'éloigne un peu de lui, mais ce n'est pas une très bonne idée : les perles agissent aussitôt. Devant mon expression, il a du mal à ne pas sourire. Il adore me voir souffrir, cet enfoiré.

— Alors ?

— Je… je ne sais pas de quoi vous parlez.

Il se rapproche de moi, puis me prend la main, la guide jusqu'à ma cuisse et retrousse ma jupe, juste assez pour dévoiler l'ourlet de mon bas.

— Vous rayonnez quand vous êtes excitée. Et ça me fait bander à mort…

Je susurre, et mes mots sont comme du miel dans ma bouche :

— C'est vrai ?

— Vous ne l'avez pas fait, j'espère ?

Il entraîne ma main plus haut et me fait frôler mes cicatrices, puis cet endroit tendre et velouté où se rejoignent mes cuisses et ma chatte.

— Ne me dites pas que vous vous êtes touchée avant mon arrivée…

Il fait glisser ma main sur mon sexe moite, l'amène au-dessus des perles, puis me plie l'index de force et m'oblige à les faire rouler.

— Vous vous êtes titillé le clitoris ? En pensant à moi ?

Tandis qu'il continue à guider mon doigt, je chuchote :

— Oui…

— Vous aviez lu la carte ?

Nos mains jointes continuent à me caresser et je gémis :

— Oui…

J'ai désespérément, douloureusement faim de lui.

— Oui, qui ?

En m'efforçant de ne pas sourire, je souffle :

— Oui, Monsieur…

— Que disait la carte ?

— Interdiction de me toucher…

Je penche un peu la tête pour le regarder dans les yeux. Je suis brûlante, couverte d'une pellicule de sueur, et ma robe me colle à la peau.

— Parce que ce privilège vous est réservé…

— Et pourquoi m'est-il réservé ?

Submergée par une irrépressible envie qu'il me prenne, j'arrive à peine à articuler :

— Parce que je suis à vous…

— Exactement.

Lentement, deux de ses doigts s'enfoncent en moi. Je me mords la lèvre pour ne pas crier. Oh, mon Dieu ! faites qu'il me baise ici et maintenant…

Mais il n'en fait rien. Il retire ses doigts, éloigne doucement nos deux mains et redescend ma jupe. Je geins, frustrée.

— Vous avez enfreint les règles, mademoiselle Fairchild. Et qu'arrive-t-il aux vilaines filles qui enfreignent les règles ?

Je me cambre, histoire de permettre aux perles de continuer ce que nous venons de commencer et je gémis :

— Elles sont punies…

— Je vous conseille de rester tranquille, mademoiselle Fairchild, me gronde-t-il en regardant fixement mon entrejambe.

— Damien… Je vous en supplie…

Il se penche vers moi et plonge ses mains dans le corsage de ma robe. En les sentant durcir sous ses doigts, il pince sans pitié mes tétons fragiles. Pas assez fort pour me faire vraiment mal, heureusement. Une nouvelle vague de plaisir me submerge, me laissant pantelante.

— Vous aimez ?

— Oh oui, c'est bon…

Une main toujours posée sur mes seins, il retire les baguettes laquées dont je me suis servie pour fixer mon chignon. Aussitôt, mes cheveux cascadent en boucles souples sur mes épaules, et il fait rouler des mèches entre ses doigts pour respirer leur parfum.

— Vos cheveux me rendent dingue !

Il les empoigne à pleine main, puis tire ma tête en arrière pour m'obliger à le regarder. Quand ses lèvres frôlent les miennes, j'entrouvre la bouche, prête à recevoir son baiser, mais il n'a pas du tout l'intention de m'embrasser. Il me torture, le chien !

— Vous êtes cruel, monsieur Stark…

— Vous trouvez ? ricane-t-il en chatouillant du bout des lèvres ma joue et ma tempe. Mais dites-moi, mademoiselle Fairchild, quelle punition pensez-vous mériter ? Que vais-je infliger à cette vilaine qui se masturbe alors qu'elle n'est pas censée le faire ?

Je me rappelle ce qu'il m'a chuchoté au téléphone la première fois que je suis montée dans cette limousine. Il m'a dit qu'il aurait peut-être à me punir un jour et qu'il avait sa petite idée sur la question. Il m'a dit que s'il avait été là, il m'aurait donné la fessée. Il plaisantait – il jouait… mais j'ai compris à son ton qu'il en crevait d'envie et ça m'a fait mouiller encore plus.

Je le regarde droit dans les yeux et lui dis, en me passant la langue sur les lèvres :

— Je mérite une bonne fessée, Monsieur.

Ses yeux deviennent si noirs que je pourrais me perdre en eux.

— Bon sang ! Nikki…

Je me tortille sur la banquette pour adopter la position adéquate, puis je retrousse ma jupe avec une lenteur délibérée. Excepté les perles coincées entre mes fesses et le porte-jarretelles auquel sont solidement fixés mes bas, mon cul est nu. Je chuchote :

— Allez-y, fessez-moi…

Je suis toute mouillée et ma chatte pulse, impatiente. Je ne crois pas à ce que je suis en train de faire.

Damien me caresse le cul et je ferme les yeux. Cette main sur mes fesses, c'est carrément indicible.

— Vous en avez besoin, Nikki ?

Je devine un soupçon d'inquiétude derrière le désir qui le consume. Je repense à mes cicatrices. Je lui ai juré que je ne ressentais plus le besoin d'avoir mal… Je chuchote :

— Non, j'en ai envie.

L'inquiétude se mue en fièvre lascive.

— Vous avez été très vilaine, mademoiselle Fairchild.

Sa voix me fait vibrer comme la peau d'un tambour.

— Oui, Monsieur…

Nouvelle caresse sur mes fesses, puis je sens la rapide morsure de l'air frais et sa main s'abat sur mon cul. Je pousse un cri de surprise. La douleur viendra plus tard. Pour l'instant, il me pétrit à nouveau. Ses doigts explorent la raie de mes fesses jusqu'à l'antre humide et brûlant prêt à le recevoir. Sans ménagement, il y introduit deux doigts et mon vagin, en se contractant, lui arrache un gémissement :

— Oh, mon Dieu…

Il retire sa main et m'assène énergiquement une nouvelle claque.

Cette fois, je ne sursaute pas. Les yeux clos, je hoquette, en imaginant mon cul d'albâtre virer au rose parce que Damien me flanque une fessée.

— Alors, c'est bon ?

— Oh oui, c'est bon…

— Si vous trouvez ça bon, ce n'est pas vraiment

une punition. *Pan !* Oh, bon sang ! moi aussi, j'aime ça. *Pan ! Pan !*

Mon cas est vraiment désespéré. Je n'ai pas spécialement mal, bien au contraire. Je suis tellement excitée que si Damien ne me baise pas sur-le-champ, je vais devenir dingue.

À la claque suivante, je le supplie d'arrêter, et il marque un temps d'hésitation. Il s'attend sûrement à ce que je prononce le mot qui mettrait un terme à mon châtiment. En fait, je profite de ce répit pour changer de position. Je le chevauche, à présent, les mains posées sur le revers de son smoking.

— Baisez-moi, lui dis-je. Baisez-moi maintenant, sinon vous ne reverrez plus jamais mon cul !

Il éclate de rire, m'attire contre lui et m'embrasse avec rudesse. J'ai sorti sa queue de sa braguette et écarté mes jolies perles. Je refuse de l'attendre plus longtemps ! Et à ce stade, je n'ai plus aucune retenue. Je m'assois sur lui et je l'engloutis, les paumes collées au toit de la limousine pour pouvoir enfoncer sa queue le plus loin possible dans mon ventre. Il agrippe ma taille pendant que je le chevauche ; j'oublie tout ce qui m'entoure, sauf cette sensation de plaisir et de plénitude, la queue de Damien en moi, le contact de mon cul endolori sur la belle étoffe de son smoking.

— Oh, bon Dieu ! Nikki, ces perles…

Tiens, elles lui font de l'effet, à lui aussi… Cette pensée parvient jusqu'à mon cerveau malgré le brouillard de passion qui le trouble, et je ne peux m'empêcher de rire. Et quand je jouis, c'est avec un sourire aux lèvres. En se contractant, mon vagin se resserre sur la queue de mon amant, déclenchant son orgasme juste après le mien. Je m'effondre sur lui, mes bras sur ses épaules, et nous soufflons ensemble, pantelants, épuisés, repus. Je chuchote :

— Super idée, le string…

Et Damien, qui s'est ramolli en moi, éclate de rire à son tour.

Le doigt sur le bouton de l'intercom, il demande à Edward de faire le tour du quartier ; j'en déduis que nous sommes arrivés à la soirée. Bizarre, je n'avais pas remarqué. On se demande bien pourquoi…

Quand nous aurons remis de l'ordre dans nos vêtements – il ne faudrait quand même pas que quelqu'un se doute que nous venons de baiser à l'arrière d'une limousine –, Damien demandera à son chauffeur de nous déposer au gala.

— Votre rouge à lèvres a bavé, me fait-il remarquer, amusé.

— Ça alors ! Comme c'est étonnant !

Aucun problème, j'ai ce qu'il faut dans mon sac à main. Pour commencer, je me démaquille du mieux possible avec une serviette trouvée dans le bar, puis je recommence, poudre compacte et rouge à lèvres. Mais au moment où je fais le geste de remonter mes cheveux, Damien m'immobilise le poignet :

— N'y touchez pas. Cette cascade de boucles sur vos épaules, c'est incroyablement sexy.

Je me débarrasse des baguettes que j'allais utiliser pour refaire mon chignon et je m'ébroue énergiquement. Ensuite, je me penche à la vitre pour jeter un coup d'œil au Beverly Hills Hotel, l'imposante bâtisse où doit se dérouler le gala de ce soir :

— On est vraiment obligés d'y aller ?

— Eh oui, hélas !

Un employé nous ouvre les portières, mais c'est Damien qui m'aide à sortir. La main posée au creux de mes reins, il me guide vers l'entrée.

Niché dans les collines, le Berverly Hills Hotel est tellement sélect que, même pour moi, c'est une découverte. Cet hôtel est incroyable : la réception occupe à elle seule une aile entière du bâtiment ! Nous empruntons un couloir au sol dallé jusqu'à une double porte ouverte. Détournée de son usage initial, une voiturette de golf nous attend et nous conduit rapidement au bâtiment où se déroulent les festivités. Je passe tout le trajet à admirer le paysage. Derrière les arbres j'aperçois des bungalows isolés, mais pas trop, ce qui permet à leurs résidents de se rendre à pied à la piscine, sur les sentiers de randonnée ou dans l'un des restaurants cinq étoiles dispersés dans le parc.

La bâtisse en stuc où a lieu le gala côtoie un court de tennis. Les oiseaux de paradis et les palmiers qui l'entourent évoquent la Californie des années vingt, mais à l'intérieur l'atmosphère est nettement moins rétro. Ça sent le pognon à plein nez : c'est le Beverly Hills d'aujourd'hui. Les murs sont en bois clair, les sols en pierre polie, et un bar immense monopolise tout un mur. Les fenêtres de deux autres murs s'ouvrent du sol au plafond sur un patio de pierre abritant un énorme foyer. Des tables de jeu occupent tout l'espace. J'aperçois des parties de roulette, de dés, de black jack…

Des serveurs portant des plateaux chargés d'amuse-gueules et de boissons circulent dans la foule. La salle est bondée de petits groupes de gens qui s'esclaffent, discutent, font des paris. La plupart ont l'air de bien s'amuser. Au-dessus de l'entrée s'étale une bannière portant l'inscription « F.E.S. – cinq ans, cinq millions d'enfants, et bientôt plus ». Intriguée, j'interroge Damien :

— Ça veut dire quoi, F.E.S. ?

Mais nous avons repris notre progression et le bruit de fond couvre ma question.

— Vous voulez jouer ? me demande-t-il en arrêtant une femme qui porte une tenue d'employée de casino.

— Avec plaisir ! Comment fait-on ?

— On achète des jetons et on mise pour gagner des prix. Tout l'argent que nous dépenserons ira à la Fondation éducative.

OK, je crois avoir compris ce que signifie le sigle F.E.S.

— F.E.S., c'est pour « Fondation éducative Stark » ?

— Vous êtes drôlement maline, mademoiselle Fairchild !

Il tend à la fille quelques billets de deux cents dollars et reçoit des jetons en échange.

— Je n'ai qu'un billet de vingt dollars, moi…

— Je vous suggère vivement de les dépenser. C'est pour une très bonne cause, vous savez. Mais nous pouvons déjà commencer avec ça.

Il me tend la moitié des jetons et ajoute :

— Où voulez-vous aller ?

Comme je suis nulle en black jack, j'opte pour une table de roulette.

— Cette dame sent que la chance est de son côté,

dit Damien à la petite rousse, pas plus de seize ans au compteur, qui fait office de croupier.

— Elle vous accompagne, monsieur Stark ! Bien sûr qu'elle a de la chance !

Au final, c'est Damien qui rafle tout. Après une demi-heure, il a déjà quadruplé le montant des jetons reçus au départ. Quant à moi, je perds tous ceux qu'il m'a donnés.

— Je laisse tomber, lui dis-je en attrapant un verre sur le plateau d'une serveuse pressée. On se mêle à la foule ?

— D'accord.

Il me prend le bras et nous quittons la table.

— Je crois que notre donneuse… c'est comme ça qu'on les appelle, non ?

— Oui, aux États-Unis. À Paris, ce serait une femme croupier. Donc, vous disiez ?

— Je crois qu'elle est un peu amoureuse de vous.

Il se fige et me dévisage :

— Ah bon ? Pourquoi dites-vous cela ?

— Elle vous regardait tout le temps. Mais je vous déconseille de céder à ses charmes. Elle est beaucoup trop jeune pour vous.

— Elle n'est pas si jeune, vous savez…

Je lève les yeux vers lui, surprise :

— Vous la connaissez ?

— Et comment ! C'est l'une des bénéficiaires de notre bourse, une fille extrêmement brillante. Elle a grandi dans une ville perdue du Nevada, avec une mère qui se servait du chèque des allocations familiales pour s'acheter sa méthadone. Grâce à la fondation, Debbie est en licence de chimie, aujourd'hui.

— Génial ! Vous m'expliquez en quoi ça consiste, cette fondation ?

— Nous identifions les gamins particulièrement doués pour les sciences et qui, pour une raison ou une autre, ne pourraient pas s'inscrire à l'université sans nous. La plupart viennent de familles comme celle de Debbie, mais nous avons aussi quelques handicapés physiques parmi nos bénéficiaires. Un jeune homme tétraplégique, par exemple. Après l'accident qui l'a laissé paralysé, il a cru devoir faire une croix sur ses études. En ce moment, il prépare son doctorat au MIT.

— Vous m'excusez deux secondes ? dis-je, les yeux soudain humides, en déposant un baiser sur sa joue.

Je m'approche de l'une des employées et j'échange mes vingt dollars contre des jetons. Ce n'est pas grand-chose, mais ce geste compte soudain énormément pour moi.

Damien sourit en me regardant revenir. Sans un mot, il me prend gentiment la main. Pendant un moment, nous faisons mine de nous mêler aux invités, et puis soudain, il se fige.

— Je viens d'apercevoir quelqu'un avec qui je dois absolument parler. Ça ne vous ennuie pas si je vous abandonne un instant ?

— Je peux me débrouiller seule, vous savez.

Ses lèvres frôlent les miennes, puis mon beau prince charmant s'éloigne, ce qui ne serait pas vraiment un problème si je connaissais quelqu'un dans cette salle. Je pars à la recherche d'un visage familier… Génial, Ollie est là ! Sauf que Damien l'intercepte avant que j'aie eu le temps de le rejoindre.

Un petit nœud de trouille se forme dans mon ventre.

Bon sang, que peut-il bien lui vouloir ? Je ne vois qu'une raison à son intérêt pour mon meilleur pote : les allusions répétées d'Ollie aux craintes et soupçons que lui inspirent Damien et ses éventuels cadavres dans le placard. Mais quand j'ai raconté qu'un de mes amis se faisait du souci pour moi, à aucun moment je n'ai mentionné le prénom d'Ollie, j'en suis certaine. Ou alors…

Ou alors je parle dans mon sommeil.

J'ai très envie de me mêler à la conversation, mais qu'est-ce qu'ils penseraient de moi ? Du coup, je m'oblige à leur tourner le dos. Hourra, un autre visage connu !

Blaine m'aperçoit aussi et me tend les bras. J'accepte avec gratitude son étreinte vigoureuse.

— Youpi, mon modèle préféré !

L'air faussement irrité, je lui lance :

— Quel petit cachottier ! Evelyn est ici, c'est ça ? C'est pour ça que vous avez fait cette tête, ce matin ? Vous saviez que je viendrais ce soir ?

— Bingo !

Il fait signe à quelqu'un, et une seconde plus tard Evelyn nous rejoint.

— Bon, je vous la laisse, Nikki. Je la vois tout le temps. À force, je la connais sous toutes les coutures, ricane Blaine en m'adressant un clin d'œil.

Evelyn et lui échangent un baiser passionné et, vu le petit cri qu'elle pousse, j'imagine qu'il l'a pelotée au passage. Puis il s'en va d'un pas nonchalant, amoureusement contemplé par sa compagne.

— Regardez-moi ce petit cul… dit-elle, pensive.

Quand le postérieur en question disparaît enfin

dans la cohue, elle se tourne vers moi avec un gros soupir :

— J'ai presque soixante ans et c'est seulement maintenant que je m'éclate vraiment au lit ! Vous vous rendez compte ? La vie est injuste !

— Elle est peut-être très gentille avec vous, au contraire, lui dis-je.

Elle éclate de rire.

— Vous êtes plutôt de ceux qui voient le verre à moitié plein, vous, hein ? Vous avez raison, Miss Texas. Et j'aime votre façon d'envisager les choses.

Jusqu'à aujourd'hui, je ne m'étais jamais considérée comme particulièrement optimiste… Décidément, j'adore cette femme.

— Vous savez que tout le monde me dit du bien de vous ? reprend-elle. Donc, si je comprends bien, c'est une comédie romantique. Ou alors un film X, à vous de me le dire…

Je sens le rouge me monter aux joues.

— C'est possible…

— Tant mieux pour vous. Tant mieux pour vous deux, même. Ce garçon…

Elle secoue la tête et j'ai soudain l'impression de voir une gentille mamie.

— Qu'alliez-vous dire, Evelyn ?

Je meurs d'envie de lui tirer les vers du nez, mais en général les gens n'aiment pas trop être soumis à un tel régime, alors je me retiens.

— Je l'ai vu vous embrasser, tout à l'heure. Galant, mais si passionné…

Je bois ses paroles comme du petit-lait :

— Il est si fermé, d'habitude… C'est merveilleux de le voir s'ouvrir à vous de cette façon !

— Oui, je trouve aussi.

En fait, je me demande de quoi elle parle. Alors, comme ça, il s'ouvre à moi ? Je n'en ai pas l'impression, pourtant. Je constate plutôt que Damien est encore bien plus secret que je ne le pensais. Et ce silence me retourne l'estomac, surtout depuis que je lui ai tout dit de ma vie… Mais je n'en montrerai rien. Ce soir, la Nikki-en-société pète le feu.

— Il a dû surmonter tant de choses ! dis-je à Evelyn d'un air entendu.

J'espère ainsi la pousser à me donner encore des bribes d'information sur le terrible passé de Damien.

— Vous vous rappelez, quand je vous ai dit qu'on ne sait jamais ce qu'il pense ? Vous comprenez, maintenant ? Tous ces trucs qu'on cache sous le tapis… Ils finissent toujours par resurgir un jour ou l'autre. Le contraire serait étonnant, d'ailleurs.

— Vous avez raison, lui dis-je, toujours sans savoir de quoi elle parle.

Bon sang de bonsoir ! mais c'est quoi, ces foutus machins cachés sous le tapis ?

— Vous lui faites du bien, c'est évident. Il y a à peine un an, il aurait fallu le traîner par les cheveux pour qu'il daigne assister à cette collecte de fonds. Aujourd'hui, il a débarqué avec vous à son bras comme si le monde entier lui appartenait.

— Ben, c'est un peu le cas, non ?

— Bien vu ! Merde, je suis là depuis un bon moment et je n'ai pas encore la moindre goutte d'alcool dans le sang ! Venez, allons mettre la main sur une de ces garces maigrichonnes qui portent les plateaux de boissons.

Je lui emboîte le pas, en me disant qu'elle va peut-être enfin me raconter tout ce qu'elle sait sur Damien. Mauvais calcul. Très vite, nous sommes aspirées par la foule et les vagues fluctuantes des conversations.

Quand Damien me retrouve une dizaine de minutes plus tard, j'ai perdu Evelyn de vue et je discute des films de Humphrey Bogart avec un type qui semble avoir douze ans, mais me jure être le réalisateur de films d'horreur que tout le monde s'arrache à Hollywood en ce moment.

Heureusement, Damien me tire de ses griffes.

Je ne peux m'empêcher de lui demander :

— Tout va bien entre Ollie et vous ?

Il me décoche un regard perçant, puis caresse du pouce ma lèvre inférieure. Depuis que je le fréquente, cette lèvre est devenue une redoutable zone érogène.

— Je vais vous déguster jusqu'à plus soif, chuchote-t-il en me tirant doucement les cheveux pour incliner ma tête en arrière.

Un grand type maigre à la tignasse poivre et sel l'empêche de mettre sa menace à exécution.

— Bonsoir, Charles, lance sèchement Damien.

J'ai l'impression que son mécontentement n'est pas seulement dû à une arrivée impromptue.

— Il faut que je vous parle, monsieur Stark.

L'homme se tourne vers moi :

— Permettez-moi de me présenter. Charles Maynard. Je dois interrompre votre conversation, et vous m'en voyez terriblement désolé.

Je ne sais pas quoi répondre, alors je marmonne :

— Ce n'est pas grave, je vous assure.

Maynard entraîne Damien à l'écart, et aussitôt Ollie se glisse à côté de moi :

— Salut ! Ça fait un moment que je te cherche.

D'un ton glacial – c'est plus fort que moi –, je réplique :

— Et pourtant, je suis ici depuis le début de la soirée.

Ollie ne s'est pas rendu compte de ma froideur, ou bien il fait semblant :

— Je sais, mais je voulais te voir seule.

— Et pourquoi ça ?

Je dois avoir l'air excédé. Une chose est sûre, l'idée d'écouter Ollie et ses commentaires sibyllins sur ce M. Stark qui ne serait pas l'homme qu'il me faut ne m'enchante pas vraiment.

— Je voulais te dire encore une fois à quel point je suis désolé. Pour ce qui s'est passé avec Jamie… C'était complètement débile de ma part et…

Je le coupe aussitôt :

— Vous êtes des adultes tous les deux. Mais vous êtes aussi mes amis. Et toi, tu es fiancé, par-dessus le marché.

Je prends ses deux mains dans les miennes :

— S'il te plaît, ne fous pas en l'air le truc génial qui t'arrive. En plus, je ne veux pas me retrouver tiraillée entre vous deux.

— Oui, je sais… J'ai fait une connerie, mais c'est terminé.

Je me demande si je dois le croire… En tout cas, je n'ai plus envie d'en parler. Je décide de changer de sujet :

— Et Damien, qu'est-ce qu'il voulait ?

— Oh ! ça…

Il fourre ses mains dans ses poches.

— Il m'a serré la main. Tu sais, parce que j'ai été là pour toi après cette histoire avec Kurt…

Je sens mes joues s'embraser :

— C'est vrai, tu m'as beaucoup aidée.

— Tu n'as pas à me remercier. Tu sais très bien que je ferais n'importe quoi pour toi.

Je jette un coup d'œil dans la salle et repère la nuque de Damien :

— C'est un mec bien, Ollie. J'espère que tu commences à t'en rendre compte.

— Mais oui… me répond-il d'un ton un peu bizarre qui me met hors de moi.

— Mais qu'est-ce qu'il y a, bon sang ? Qu'est-ce qui te gêne tant chez Damien Stark ? C'est à cause du frangin de Sara Padgett, qui aime tant remuer la merde ?

Il pousse un énorme soupir et je comprends que j'ai tapé dans le mille.

— Putain, Nikki… Stark est une célébrité ! Il ne fait pas la une des journaux, mais c'est quand même un mec célèbre, alors les rumeurs sordides, c'est pas étonnant ! Comme d'autres avant lui, Eric Padgett lance des trucs en l'air pour voir où ils retombent !

Je le dévisage avec attention :

— Et c'est tout ? Il n'y a que ça qui te gêne ?

Ollie rajuste sa cravate, signe indéniable qu'il ne m'a pas tout dit.

— Mais oui, c'est tout. Bon, tu m'excuses, je viens d'apercevoir une cliente. Faut que j'aille lui parler…

Je l'attrape par le poignet :

— Qu'est-ce que tu me caches, bon sang ?

— Rien du tout !

— Mais enfin, Ollie, c'est moi, Nikki ! Allez, dis-le-moi !

— Je… Oh ! et puis merde… D'accord.

Il se passe la main dans les cheveux, puis me prend par le bras et m'entraîne vers un coin plus calme.

— Ça fait un bon moment que je veux t'en parler. Mais j'hésitais, parce que, si ça se trouve, c'est du vent.

Je m'efforce de garder mon calme et j'attends.

— C'est vrai, quoi, il a l'air cool, ce mec.

— Il est cool. Et maintenant, raconte-moi tout.

— D'accord, mais tu devras garder ça pour toi, OK ? C'est top secret. Je pourrais me faire virer, si quelqu'un apprend que je t'en ai parlé !

Je hoche la tête, un peu nerveuse :

— D'accord, Ollie.

— OK. Bon. Je ne travaille pas directement sur les dossiers Stark, mais j'ai entendu des trucs. Des rumeurs, des bruits de couloir. Tu vois ce que je veux dire ?

— Non, pas du tout.

— Oh, bon sang, Nikki ! Des collègues en ont parlé devant moi sans faire gaffe, et c'est là que j'ai commencé à me faire du souci pour toi. Donc, dès que j'en ai eu l'occasion, j'ai un peu fureté.

— Mais encore ?

— Jamie m'a raconté ce que Stark t'a dit à la fête d'Evelyn. Il savait que tu avais renoncé au MIT et à Cal Tech, par exemple.

— Et alors ?

— Comment l'a-t-il appris ? Quand ces écoles t'ont répondu, tu avais terminé la fac ! Ce n'est pas comme si tu l'avais signalé sur ta demande de bourse !

Je fronce les sourcils. Là, il marque un point.

— Continue…

— Les dossiers Stark sont conservés à l'étage dans

une pièce fermée à clé. Tout le monde n'y a pas accès. L'autre jour, Maynard m'a demandé d'aller y chercher un truc urgent pour un autre client et j'ai sauté sur l'occasion.

— Comment ça ?

— Notre boîte gérant les bourses Stark, les dossiers des bénéficiaires sont là-bas, eux aussi. J'ai mis la main sur le tien et j'y ai jeté un coup d'œil.

— Et ?

— Et je n'y ai rien trouvé sur le MIT ou Cal Tech.

J'éclate de rire :

— C'est vachement gentil de ta part de mettre en danger ta carrière parce que tu te fais du souci pour moi, mais si tu tenais tant à le savoir, tu n'avais qu'à me le demander ! Je garde une copie de toutes mes demandes de bourses.

— Ce que tu ne sais pas, c'est que ton dossier n'a pas droit au même traitement que les autres.

— Comment ça ?

— Il est conservé à part.

— Ce qui veut dire ?

— Je n'en sais rien. Mais c'est le seul…

— Arrête, Ollie ! Tu n'aimes pas Damien Stark, d'accord, et ça me désole. Mais tu n'es pas sérieux, j'espère ? Alors, comme ça, mon dossier est classé à part ? La belle affaire ! C'est peut-être parce que je suis allergique à la pénicilline, ou parce que j'étais la plus photogénique des bénéficiaires de cette bourse et qu'ils ont pensé à moi pour une campagne de pub. Et d'abord, qu'est-ce qui te dit que c'est une initiative de Damien ? T'as pensé à ton patron ? Ou à un employé de ta boîte qui aurait un gros faible pour l'ancienne Miss Dallas Fort Worth ?

Il est sur la défensive, à présent.

— Je sais tout ça. Je t'ai dit que ça ne valait peut-être pas la peine d'être mentionné. Mais tu ne trouves pas que c'est curieux ? Pas seulement le classement de ton dossier, d'ailleurs... Ce mec qui connaît tant de trucs sur ton passé, c'est troublant, non ?

— Tu déconnes ou quoi ? Oui, il savait que j'avais été acceptée dans ces écoles. Et alors ? Ce n'est pas un secret d'État, bordel ! Enfin, Ollie, réfléchis !

Et puis soudain, tout en parlant, je me rappelle que Damien connaissait mon adresse, mon numéro de téléphone, et même mes préférences en matière de produits de beauté. Si ce n'est que, dans chaque cas, l'explication était très simple.

— Je te demande juste d'y réfléchir, me dit Ollie.

Il fait signe à quelqu'un, puis croise mon regard.

— Tu me le promets, Nikki ?

Voyant que je ne réagis pas, il pousse un soupir, s'éloigne et disparaît dans la foule. Moi, dans mon coin, j'essaie de faire le tri dans mes émotions. Je suis désemparée, ça c'est sûr. Et de plus en plus furax. Mais à cause de qui ? Damien ou Ollie ?

Pour calmer mon anxiété, je sors de la salle. J'emprunte jusqu'au terrain de tennis le sentier dallé qui court le long du bâtiment. En le regardant, je n'ai aucun mal à m'imaginer le petit Damien courant après la balle, exubérant et heureux. Une évocation agréable, qui efface les dernières traces de mon angoisse. Ollie peut bien s'inquiéter s'il en a envie. Moi, j'ai mieux à faire.

Je devine que Damien m'a rejointe avant même de l'entendre. Comme si l'air s'écartait pour le laisser passer...

J'ai un peu peur qu'il ne m'en veuille d'être venue ici. Il m'a bien fait comprendre que, pour lui, le tennis c'est terminé. Mais quand je me retourne, il me paraît calme et serein. Il s'approche de moi et m'embrasse sur le front en m'empoignant les fesses.

— Méfie-toi, mon pote ! lui dis-je, et il éclate de rire.

— Vous vous êtes défilée, Nikki ?

— Oui, pour penser.

— Ah bon ? À quoi ?

— À vous.

Du menton, je lui désigne le court :

— Je vous imaginais en train de jouer.

Je retiens mon souffle. On va voir si mon aveu l'énerve.

— Et je gagnais, je suppose ? ricane-t-il, un peu ironique.

Je réponds en riant :

— Comme d'habitude !

— C'est bien, ma petite.

Il plaque sa bouche sur la mienne et m'offre un baiser fougueux, profond, intense. Il me touche à peine – je sens une main dans mon dos et l'autre sur mon bras –, mais c'est comme s'il était en moi, comme s'il me remplissait, me caressait à l'intérieur.

Quand il rompt ce baiser, je gémis, frustrée.

Il recule d'un pas :

— On se voit plus tard dans la salle, mademoiselle Fairchild ?

— Vous repartez déjà ? Vous n'êtes qu'un vulgaire allumeur !

— Je suis venu vous dire que je vais faire un discours dans une quinzaine de minutes. Au cas où vous seriez tentée de vous joindre à moi.

— Je ne manquerais ça pour rien au monde !

Je regarde le court de tennis, la nuit qui s'étire à l'infini, et je chuchote :

— Je vous suis dans une minute. J'ai envie de rester encore un peu sous les étoiles.

Il me presse la main et s'en va. En le voyant disparaître au coin du bâtiment, je prends conscience du bonheur sans faille qui m'envahit. Les soupçons d'Ollie ? Envolés !

Je m'abandonne à ce sentiment délicieux pendant un instant, puis je tourne les talons pour rentrer à mon tour. Un grand moustachu en costard froissé marche dans ma direction. Rien d'inquiétant, me dis-je, jusqu'au moment où il m'adresse la parole.

— Vous êtes la nouvelle bimbo de Damien Stark ?

Je m'arrête. J'ai sûrement mal entendu.

— Pardon ?

— Il vous a proposé du pognon, c'est ça ? Faites attention, il va vous sauter, vous utiliser, et quand il vous jettera comme un Kleenex, il sera encore plus riche.

Les jambes en coton, je vacille. J'ai la bouche sèche, les aisselles moites… Je ne sais pas qui est cet individu, mais je suis sûre qu'il est dangereux et que je dois m'en éloigner au plus vite. Je jette un coup d'œil autour de moi. De l'autre côté de l'allée, une pancarte signale des toilettes presque invisibles dans le paysage.

— Excusez-moi, je… je dois vous quitter.

Je m'écarte et fonce dans cette direction.

— Je connais tous les secrets de cet enfoiré ! me crie l'homme dans mon dos. Je suis au courant, pour les corps ! Vous croyez vraiment que ma sœur est sa seule victime ?

Eric Padgett. C'est forcément Eric Padgett !

Le cœur battant à tout rompre, j'ouvre à la volée la porte des toilettes. La lumière s'allume automatiquement et je me rue à l'intérieur. Comme j'y découvre plusieurs box, j'en conclus que la porte que je viens de claquer ne doit pas avoir de verrou. Heureusement pour moi, je me trompe. Je me jette dessus, la verrouille, et là, paf ! la lumière s'éteint.

J'ai du mal à trouver de l'air. Merde, je commence à paniquer…

Calme-toi, Nikki, calme-toi. La lumière s'est éteinte parce que tu as verrouillé la porte. Voilà comment ça marche : quand le gardien ferme la porte à clé en repartant le soir, les ampoules s'éteignent automatiquement. Donc, il suffit de la déverrouiller pour les rallumer.

La main tremblante, j'essaie. En me disant qu'au moins, ici, Eric Padgett ne peut pas m'atteindre…

Le verrou est coincé.

Oh non ! pas ça…

Bon… Ce n'est pas grave. Je vais trouver une solution. Le verrou éteint les lumières, mais il y a forcément un interrupteur à l'intérieur ; sinon, n'importe qui pourrait se retrouver coincé dans le noir. J'en suis la preuve vivante. Vivante, haletante et paniquée.

Je tâtonne à côté de la porte, mais pas de bol, je ne trouve pas d'interrupteur. Ma respiration devient sifflante.

Arrête, Nikki. Réfléchis !

Oh ! là ! là ! tout s'embrouille dans ma tête…

Je m'efforce de respirer lentement. Ça, au moins, je peux y arriver, en m'appliquant un peu. Terrifiée, trempée de sueur, je n'ai qu'une envie, défoncer cette foutue porte… Mais Eric Padgett m'attend dehors, encore plus effrayant que les ténèbres, et…

Ou alors, il s'est barré.

Je cogne sur la porte en hurlant :

— Hé, y a quelqu'un ? À l'aide !

Il ne se passe rien.

Je recommence, encore et encore et…

— Nikki ?

— C'est vous, Damien ?

— Oh, ma pauvre chérie, tout va bien ?

En fait, je me sens si mal que je n'arrive même pas à le formuler. Je parviens tout juste à articuler :

— Oui, ça va.

— Je n'arrive pas à ouvrir ! Il y a un verrou, de votre côté ?

— Oui, mais il est coincé…

Tout en prononçant ces mots, je refais une tentative, et le verrou se comporte cette fois comme un bon petit machin bien huilé. Aussitôt, nous nous précipitons dans les bras l'un de l'autre. Mon Dieu, que c'est bon ! Le souffle court, je bredouille :

— Désolée… Je suis désolée…

Quand j'ai retrouvé mes esprits, il prend mon visage dans ses mains :

— Vous n'avez pas à vous excuser.

— Je suis si contente que vous soyez revenu… Pourquoi vous êtes revenu ?

Il me donne un jeton de cinquante dollars :

— Au cas où vous auriez envie de miser avant mon discours.

Pour une raison que je ne m'explique pas, cette petite attention me bouleverse. Je marmonne, en me blottissant contre lui :

— C'était Padgett…

— Quoi ? s'exclame-t-il, inquiet et furieux.

— Il ne s'est pas présenté, mais je suis sûre que c'était lui.

Je lui décris l'homme en question et lui répète ce qu'il m'a dit.

Je n'ai jamais vu une expression aussi dure sur son visage. Il s'écarte un peu et me palpe avec frénésie :

— Vous n'avez rien ?

— Non. Il ne m'a même pas menacée. Il m'a foutu une trouille bleue, par contre. C'est pour ça que je me suis réfugiée ici…

Face à la colère de Damien, face à son inquiétude criante, mes dernières craintes s'évanouissent.

— Si vous le revoyez, dites-le-moi, d'accord ? Même s'il est à trois rues de distance et que vous n'êtes pas sûre qu'il s'agisse bien de lui.

— Je vous le promets.

Il me prend la main :

— Venez, Nikki. Dès que j'aurai fini mon discours, je vous ramène chez vous.

Je me poste près de l'estrade. Une femme distinguée en tailleur Chanel vient de prendre la parole. Elle nous remercie tous pour nos dons généreux à la Fondation éducative Stark, puis nous présente Damien Stark en personne.

Sous les applaudissements fournis de l'assistance, les miens inclus, l'homme qui monopolise désormais mes journées et mes nuits monte à son tour sur l'estrade. De sa voix puissante, il parle de l'aide que sa fondation apporte aux enfants, de la main qu'elle leur tend, des esprits brillants qu'elle élève au-dessus de leur condition.

Ce discours éloquent éteint les dernières braises de panique qui couvaient encore en moi. Me voilà au bord des larmes, mais ce sont des larmes de fierté. Les secrets, les squelettes dans le placard, je m'en moque complètement. À cet instant, je ne vois que le cœur de Damien. Et j'aime ce que je découvre.

Chapitre 24

Sous le regard soutenu de deux hommes, je contemple par la baie vitrée l'océan qui scintille dans la lumière matinale. Blaine m'observe d'un point de vue strictement professionnel, mais la fièvre avec laquelle Damien me contemple fait pointer mes tétons, malgré la présence d'un autre homme dans la pièce.

Déroutant… mais je me sens invincible.

— Ça devrait être interdit, les femmes aussi sexy que vous ! J'ai le feu aux joues, me fait remarquer Blaine.

— Ce ne serait pas plutôt tout le vin que vous avez bu hier soir ?

— C'était de la vodka. Je ne sais pas pourquoi je vous ai demandé de vous pointer ici à huit heures. Faut vraiment être con ! Non, une seconde… Je sais pourquoi. Parce que dans la lumière du matin, vous rayonnez.

C'est plus fort que moi, je me tourne vers Damien. Il est amusé, tout comme moi. Nous pensons la même chose : Damien dit toujours que je rayonne quand je suis excitée.

Mon corps tout entier semble le fasciner. Je ne vais pas tarder à rayonner pour de bon, si ça continue.

Et moi, je dois rester plantée là comme une statue

parce qu'un autre homme se trouve dans la même pièce…

Damien se racle la gorge. Je crois comprendre que lui aussi regrette cette séance de pose.

Blaine nous considère à tour de rôle d'un air faussement innocent :

— Un problème ?

— Une balade à bicyclette avant le bureau me ferait le plus grand bien, marmonne Damien.

Je dois faire un effort surhumain pour ne pas éclater de rire. Moi, je pose à poil devant un balcon et je vais devoir rester ici, à mariner dans mon énergie sexuelle, tandis que lui va évacuer la sienne à vélo. Trop injuste !

— Je ne serai sûrement plus là à votre retour, dis-je. J'ai un entretien d'embauche aujourd'hui. Vous vous rappelez ?

— Bien sûr ! réplique-t-il en s'approchant de moi.

— Bon… Prenez votre temps pour vous dire au revoir. Moi, je vais faire du café, dit Blaine.

Et il disparaît dans la cuisine. Je souris de toutes mes dents.

— Il est vraiment super, ce type, dis-je.

Damien m'attire dans ses bras. Ses vêtements sont frais sur ma peau nue. Serrés l'un contre l'autre, nous allons regarder la toile. Elle était cachée quand je suis arrivée et j'ai hâte de voir où elle en est. Blaine a fait un énorme travail en très peu de temps, je me reconnais immédiatement dans cette esquisse de silhouette, le dos raide, la tête haute… J'ai du mal à définir ce que j'éprouve, mais une chose est sûre, cette peinture sera forcément superbe.

— Je suis jaloux de la façon dont il vous perçoit,

chuchote Damien, si bas que j'ai failli ne pas l'entendre.

Je le dévisage, étonnée :

— Ah bon ? Où est le problème ?

— Il vous sublime sur la toile. Et vous sublimer, c'est mon boulot, murmure-t-il en enfouissant son visage dans mes cheveux.

— Vous le faites très bien.

— Et si on lui demandait d'aller nous chercher des beignets ? Je pourrais laisser tomber le tour à vélo… me dit-il en reniflant ma crinière.

— Sûrement pas ! dis-je en le repoussant pour rire. J'ai un tas de trucs à faire aujourd'hui, rappelez-vous ! Il faudra que j'aille me changer chez moi, que je lise au moins une partie de la doc sur la compagnie qui va me recevoir, etc. Tous ces trucs de fille qui cherche un boulot bien payé…

— Je vous embauche sur-le-champ, si vous voulez. Histoire de régler le problème du boulot bien payé.

— Non ! Mille fois non !

— Ça ne coûtait rien d'essayer. D'accord. À plus tard, Nikki.

Il m'embrasse longuement, en prenant son temps. Je conclus :

— Ça, vous pouvez en être sûr.

Je passe trois heures très intenses dans les locaux d'Innovative Resources. Je crois bien que j'ai rencontré à peu près tout le personnel, du concierge au propriétaire de la compagnie, Bruce Tolley.

Au début, je me sens fébrile et ultranerveuse, mais j'adopte très vite un débit de parole satisfaisant.

M. Tolley et moi, nous discutons bientôt sur le ton de la conversation. Ce type est brillant, et toutes les bonnes choses que j'ai lues sur la compagnie se révèlent fondées. Plus important encore, Tolley ne manifeste aucun des tics du chef tel que le conçoit Carl.

En d'autres termes, Bruce ne s'intéresse qu'au boulot. Mes seins et mon cul, il s'en fout.

C'est peut-être un peu tôt pour émettre un jugement, mais cet homme me plaît.

Il m'emmène visiter les bureaux puis la cafétéria, la salle de gym des employés et les salles de repos ; il me montre même une armoire à fournitures. Un peu exagéré pour un premier entretien, jusqu'au moment où nous le concluons dans la salle de réunion principale. Là, il me fait une offre.

Moi, bien sûr, je lui dis que je dois réfléchir, ce que je fais pendant trois longues secondes, avant d'accepter avec enthousiasme.

Je conserve ma dignité jusqu'à la sortie, mais dehors, j'exécute une danse de la victoire autour d'un poteau. Ensuite j'appelle Damien.

Cruelle déception : je tombe sur sa messagerie vocale.

Intrépide, je décide de lui envoyer un texto : *Gagné ! Je commence la semaine prochaine. Des tonnes de baisers.*

Il me répond immédiatement : *Je savais que ça marcherait. Félicitations. Des mégatonnes de baisers. P.-S. Avez-vous enfreint le règlement ? PC ou SG ?*

Il me faut une seconde pour comprendre, et je me sens rougir jusqu'à la racine des cheveux. *Pas de petite culotte, et j'ai pensé à vous. Pas de soutien-gorge non plus. J'ai gardé ma veste boutonnée.*

Du tac au tac, il m'envoie : *Parfait. À tous les étages.*

Je tape : *Je suis tout énervée, maintenant. Pas de petite culotte, poussée d'adrénaline... Vous êtes dispo ?*

Sa réponse met une minute entière à me parvenir : *Si seulement ! Je sais comment m'y prendre pour vous détendre.*

Avec un grand sourire, je tape : *Vous pourriez m'appeler, par exemple. Vous êtes très doué pour me détendre au téléphone.*

Quand je lis sa réplique, mon sourire s'élargit encore : *Je pourrais, mais j'assiste à une réunion avec des types de Tokyo. Je retourne bientôt au bureau. Je vous verrai plus tard. Et sous toutes les coutures... En attendant, imaginez-moi en train de vous toucher.*

Aucun problème, c'est devenu l'un de mes passe-temps favoris. Juste après Damien qui me touche pour de vrai.

Quand j'arrive à la maison, Jamie est là, heureusement. Mon amie fait preuve d'un enthousiasme si convaincant que j'en oublie ma déception. Je me sens de nouveau euphorique.

— Qu'est-ce qu'on fait pour fêter ça ? me demande-t-elle.

— On va voir un film ?

— Pas question ! Je veux que tu me racontes toutes les cochonneries que tu as faites avec M. Plein-de-thunes. Sushis ?

— D'accord.

Comme j'en ai ras le bol des talons, des jupes et des chemisiers bien coupés, je vais me changer dans ma chambre. D'abord, je suis tentée d'enfiler un jean, comme Jamie, puis je me ravise et j'opte pour une jupe en jean, des sandales, et toujours pas de petite culotte, bien sûr. Même quand Damien n'est pas là, le règlement, c'est le règlement.

En ce qui concerne le soutien-gorge, je trouve un bon prétexte pour m'en passer : j'enfile un dos-nu. C'est la mode, tout le monde sait ça.

Je crie à Jamie :

— T'es prête ?

— Dans cinq minutes ! Hé, t'as vu le journal, aujourd'hui ?

— Non, pourquoi ?

— Il est sur la table basse ! Jette un coup d'œil sur la chronique mondaine !

Je m'installe sur le canapé et prends le journal. Je le feuillette rapidement, jusqu'aux dernières pages où un truc retient mon attention. Et ce « truc », c'est moi.

Plus précisément, une photo de Damien et moi.

Elle accompagne un article consacré à la Fondation éducative Stark et au gala de charité. Sur une double page, s'étalent des clichés pris sur le vif de tous les invités. Sourire aux lèvres, je les scrute pour tenter de repérer Blaine, Evelyn, Ollie… Sans succès.

En revanche, je vois Giselle – la fameuse Audrey Hepburn –, et en découvrant l'homme qui se tient à côté d'elle, mon sang se glace. Bruce Tolley.

Mais putain, c'est quoi ce… ?

Damien ne m'a pas dit qu'il connaissait mon nouveau patron ! Peut-être parce qu'il ne le connaît pas, tout simplement. Bruce et Giselle côte à côte… Et si c'était une coïncidence ?

Mes illusions s'effondrent quand je lis la légende : Bruce est le mari de Giselle, l'homme avec qui Damien avait rendez-vous le soir de notre rencontre. Damien, qui ne m'a pas prévenue quand je lui ai parlé de ce job chez Innovative. Et qui ne m'a rien dit non plus par texto.

Qu'est-ce que ça signifie ?

Rien de bon, c'est sûr. Et cette bizarrerie combinée aux craintes d'Ollie me donne la nausée.

Et merde !

J'attrape mon portable et compose le numéro de Damien… mais je m'interromps. Ce n'est pas le genre de conversation qu'on peut avoir au téléphone. Tant pis, j'y vais, même si ça se retourne contre moi. Et maintenant que j'ai pris ma décision, plus question de tergiverser. Je hurle :

— James ! Faut que je te laisse ! Désolée pour les sushis !

Je n'attends pas sa réponse. En claquant la porte derrière moi, je l'entends beugler :

— Quoi ? Mais pourquoi ?

Pendant le trajet jusqu'au bureau de Stark, j'ai la tête trop vide, ou trop pleine, et aucune pensée cohérente n'émerge de ce magma. En arrivant, je demande à Joe si Stark est déjà de retour, mais ce n'est pas le cas.

— Très bien. Je vais l'attendre dans le penthouse. Dites-lui que Mlle Fairchild veut le voir tout de suite.

Sous le regard interloqué de Joe, je fonce vers les ascenseurs et j'appuie sur le bouton d'appel. Je laisse au gardien le soin de téléphoner là-haut et de relayer mes exigences auprès du personnel zélé de Stark.

La cabine qui se présente n'est pas celle dans laquelle je suis montée la première fois avec Carl et mes anciens collègues, mais l'autre, l'ascenseur privé de Stark. J'ai droit à un traitement spécial, on dirait ! J'y entre avec une impression de puissance et de self-control. Il va m'entendre, ce M. Stark. C'est sûr, ça va barder !

Ma détermination délirante retombe un peu quand s'ouvre la porte donnant sur l'appartement de la tour. Soudain intimidée, je me dis que je vais rester dans la cabine et appuyer sur le bouton de secours jusqu'à ce que la porte d'en face, celle des bureaux, daigne s'ouvrir. Et puis je renonce. Je prends une grande inspiration et m'avance dans l'appartement. L'ascenseur se referme derrière moi…

Le souffle court, je me retourne et j'appuie frénétiquement sur le bouton d'appel. Bon sang, pourquoi suis-je nerveuse à ce point ?

La porte reste close.

Bon, on dirait que je vais rester ici jusqu'à l'arrivée de Stark.

D'accord. Pas de problème.

Je suis déjà venue une fois, je connais un peu la disposition des lieux. Je vais chercher un Coca light dans le frigo derrière le bar et l'emporte dans le salon. Je m'assois, j'essaie de retrouver mon calme… mais deux secondes plus tard je commence déjà à faire les cent pas. Je suis trop inquiète et trop furax pour rester assise dans un fauteuil.

Du coup, je décide d'explorer l'appartement. Ce n'est pas bien, je le sais, mais pourquoi me priverais-je de ce plaisir ? Stark connaît un tas de trucs sur moi, après tout ! Je veux au moins voir à quoi ressemble sa chambre. Ce que je découvre me surprend… mais pas tant que ça.

Je vois un meuble bas, une coiffeuse aux lignes épurées avec des poignées encastrées, et une double porte très élégante donnant sur une salle de bains. Le troisième mur est entièrement composé de baies vitrées offrant une vue imprenable sur une bonne partie de la ville. Typique de Damien, ça. Et puis il y a le lit.

Contrairement à celui de la maison de Malibu, ce lit n'a pas de montants. Très bas, il est couvert de draps blancs empesés, et d'une couverture d'un bleu profond négligemment jetée dessus. Rien d'autre, excepté deux oreillers aux taies blanches. Pas de tête de lit, mais sur le mur, un grand panneau sombre en acajou. Une sorte de fausse tête de lit, dont la fonction serait de faire de ce meuble l'élément central de la pièce.

C'est sobre, élégant, un peu triste, aussi. Comme un masque, me dis-je. Ne montrant de Damien que ce qu'il choisit de laisser voir.

Je me demande quelles femmes il a amenées ici. Moi, je suis spéciale, je ne fais pas partie du lot, me dis-je en frissonnant.

— Nikki ?

Je sursaute. Je suis tellement préoccupée que je ne l'ai pas entendu arriver. Il m'observe depuis le couloir, appuyé contre un mur. Il porte le pantalon de son costume, mais il a ôté sa veste et sa cravate, et les deux premiers boutons de sa chemise sont défaits. Délicieusement sexy… Et voilà, il me détourne de mon objectif. Ça mériterait une bonne gifle !

Mon silence finit par l'inquiéter.

— Tout va bien ? Que se passe-t-il ?

— Pourquoi ne m'avez-vous pas dit que vous connaissiez Bruce ?

Il ouvre de grands yeux. Il a l'air réellement surpris !

— Vous vouliez que je vous dise quoi ?

— Vous vous fichez de moi ? Vous m'avez pistonnée !

— J'ai juste appris à Bruce que vous étiez libre, c'est tout ! me répond-il vivement. Vous avez décroché ce job parce que vous êtes super compétente dans votre branche et parce que vos références sont excellentes. Vous êtes intelligente, bosseuse… Vous le méritiez plus que n'importe qui.

Je le regarde droit dans les yeux. J'en ai marre qu'il me raconte des salades.

— Et toutes ces choses que vous connaissez sur mon compte, c'est en me voyant poser à poil que vous les avez devinées ? En me sautant, peut-être ?

— Il suffit de vous observer, Nikki.

— Ouais, c'est ça. Parce que vous m'observez depuis très, très longtemps…

— Mais qu'est-ce que vous racontez ?

— Commençons par la soirée chez Evelyn. Vous m'en vouliez carrément d'avoir accepté le poste d'assistante de Carl. Vous m'avez cité mes références mieux que je l'aurais fait moi-même. Comment pouviez-vous savoir tous ces trucs ? Ceux qui n'étaient pas dans ma demande de bourse, je veux dire. Comment, Damien ?

— J'ai suivi votre parcours universitaire. J'ai discuté avec vos profs. J'ai observé votre épanouissement.

— Mais… mais pourquoi ?

La nature prosaïque de sa confession me désarçonne complètement.

— Parce que je vous désire, Nikki. Je vous désire depuis le concours de beauté.

Son ton fiévreux me heurte avec une force telle que j'ai le plus grand mal à me concentrer. Tout s'embrouille dans ma tête…

— Mais… vous n'aviez qu'à me parler à ce moment-là…

— J'ai failli. Mais vous suiviez un chemin qui pouvait vous conduire à moi et je voulais voir jusqu'où il vous mènerait. Je peux me montrer extrêmement patient quand l'objet de mon désir en vaut la peine…

Je ne sais plus quoi dire.

— Mais… pourquoi moi ?

Il a du mal à réprimer un sourire.

— Je vous l'ai déjà dit. Nous sommes des âmes sœurs. Vous êtes forte, Nikki. Il y a en vous un concentré de force et d'assurance qui vous rend tout simplement irrésistible.

— Vous rigolez ou quoi ? Vous avez oublié les cicatrices ? Je suis pitoyable !

J'ai peur que Damien ne veuille me fréquenter que parce que je suis faible. Damien qui aime tant contrôler son monde…

— Vous pensez vraiment ce que vous dites ? me lance-t-il en me regardant comme si je divaguais. Vous vous trompez, Nikki. Il y a une force immense en vous. Vous êtes une survivante. Et quand je vous tiens contre moi, je ressens cette force. J'ai l'impression de tenir un câble sous tension…

Il s'approche de moi et me prend doucement la main.

— Et ça décuple mon désir. Les femmes faibles n'ont aucun intérêt à mes yeux.

Je frémis. Cet homme perçoit en moi ce que je trouve si attirant chez lui. La force, l'assurance, le talent…

Mais ces caractéristiques me définissent-elles vraiment, ou ne concernent-elles que la Nikki que je veux montrer à mon entourage, la Nikki que voit Damien ? Cela dit, cette Nikki-là fait peut-être partie de moi, après tout…

— Vous savez tant de choses sur moi… et moi je

vous connais à peine ! Avez-vous conscience que je vois votre chambre à coucher pour la première fois ?

— Elle n'est pas très intéressante.

— Là n'est pas la question !

Je lève les yeux sur lui et constate qu'il me fixe avec une grande intensité.

— Nikki, rassurez-moi. Tout va bien entre nous, n'est-ce pas ?

C'est aussi mon vœu le plus cher, mais il va me falloir davantage que de vagues souhaits ou des exigences péremptoires. Je reste silencieuse pendant quelques secondes, puis je chuchote :

— Vous essaierez ? Vous essaierez de vous livrer un peu plus ?

— Je vous ai déjà confié plus de choses qu'à aucune autre femme.

Je repense à ce qu'il m'a dit sur son père, sur sa carrière de tennisman. Je hoche la tête :

— C'est vrai. Mais je tiens à… à vous connaître dans les moindres détails, vous comprenez ?

Je sais qu'il me cache quelques épisodes de son passé, mais ça, je le garde pour moi. Je me force à sourire gaiement :

— Et contrairement à certaines personnes, je ne dispose pas des moyens suffisants pour tout découvrir par moi-même.

— Vous n'avez pas accès à Wikipédia ? réplique-t-il du tac au tac.

Me voyant grimacer, Damien se penche vers moi et m'embrasse sur le nez. Un geste espiègle, sensuel… Tous mes doutes s'envolent aussitôt. Est-il parvenu à les apaiser ? Ou suis-je tout simplement incapable de réfléchir posément en sa présence ?

— Ce n'est pas facile, pour moi. Jusqu'à maintenant, j'ai toujours voulu garder secrets certains détails de ma vie, dit-il avec une intensité qui me surprend.

Je chuchote, pour ne pas tuer le maigre espoir qui m'habite :

— Vous avez envie de les partager, maintenant ?

— Oui, répond-il en frôlant ma joue du bout des doigts.

Mon soulagement est tel qu'une vague de ferveur me submerge.

— Vous allez essayer ?

— Oui, je vous le promets.

Il entre dans la chambre et me tend la main :

— Venez.

Comme d'habitude, le contact de nos deux peaux déclenche en moi un fourmillement voluptueux. Il m'entraîne jusqu'à la baie et pose mes paumes sur la vitre. Il est juste derrière moi, les bras autour de ma taille, sa stature impressionnante m'empêchant de basculer vers la cité qui s'étale à l'infini dans le crépuscule.

— Nikki…

Il parle bas, d'un ton fiévreux, et mon corps réagit au quart de tour. Mes seins s'alourdissent, mes tétons durcissent et, entre mes cuisses, mon sexe frémit… Bon Dieu ! c'est si brutal, si puissant… Je chuchote :

— Tout disparaît quand je suis avec vous. Pourquoi ?

— Parce qu'il n'y a plus que vous et moi. Tout le reste cesse d'exister…

Il me tient toujours par la taille, mais pose une main sur ma jambe et retrousse ma jupe. Mon cul nu est collé à son pantalon et je sens contre moi cette queue qui tend une pièce d'étoffe sûrement plus chère que ma voiture.

— Je vous en supplie…

Je veux qu'il me prenne vite et fort. Je veux sentir dans la moindre parcelle de ma chair la passion qui nous dévore. Il le faut, pour effacer mes derniers doutes. Il ne restera plus que moi, Damien, et le monde à nos pieds.

— Je vous en supplie, baisez-moi…

— Oh, Nikki… gémit-il.

Je l'entends ouvrir hâtivement sa braguette, puis il se colle à moi et son érection est comme une barre d'acier contre mon cul offert.

— Écartez les jambes, vite…

Je m'exécute. Il me caresse la chatte, me titille, m'oblige à me tortiller contre lui. Mais ce n'est pas ça que je veux. Je veux qu'il me défonce, là, tout de suite, et je le lui dis.

Il m'empoigne les hanches, puis se positionne. Je suis sur la pointe des pieds, et quand il me pénètre d'une seule poussée, je décolle. Dans cette position, je n'ai aucune prise. Tout repose sur Damien, qui s'enfonce toujours plus loin en moi, la puissance de ses coups de reins me propulsant contre la vitre, m'écrasant contre elle. Le vide immense m'appelle, et la seule chose qui m'ancre à cette hauteur, c'est lui, c'est Damien.

Comblée, pilonnée, je commence à me caresser le clitoris.

— C'est ça, ma chérie… me souffle-t-il.

Dehors, la pénombre rampe sur L.A. Je vois maintenant nos reflets dans la vitre, et le plaisir me foudroie à l'instant précis où je croise son regard. Mon vagin se contracte, lui soutire sa semence, et il jouit à son tour en expulsant en moi de longues giclées de sperme.

Secouée par cet orgasme cataclysmique, je halète, pantelante. Je suis toujours plaquée contre la vitre, le dos cambré, la queue de Damien enfoncée en moi.

— Regardez. Que voyez-vous ? me chuchote-t-il.

— Le soleil qui se couche, lui dis-je gaiement.

Il presse sa bouche contre mon oreille, et son ton à lui n'a rien de joyeux :

— Jamais, ma chérie… Entre nous, le soleil ne se couchera jamais.

Rassurée, assouvie, je murmure :

— Jamais…

Chapitre 25

Damien devant passer la journée à San Diego, je suis de retour chez moi avant huit heures du matin. À ma grande surprise, Jamie est déjà réveillée.

— Mais putain, qu'est-ce qui t'a pris de filer comme ça à l'anglaise ? m'engueule-t-elle.

— Je sais… Comme coloc', je ne suis pas ce qu'on fait de mieux, mais j'ai bien l'intention de me rattraper. Je t'invite à déjeuner, d'acc' ?

— Et tu me raconteras tout ?

— Promis, lui dis-je, la main sur le cœur pour lui prouver ma bonne foi.

Nous finissons chez DuPar's, sur Ventura Boulevard, et je n'omets aucun détail, Bruce, les craintes d'Ollie, les explications de Damien… Là, je découvre que Jamie est vraiment ce qui se fait de mieux au rayon meilleures amies : elle est de mon côté à cent pour cent.

— Ollie, c'est un peu le frangin trop protecteur. Et Damien est tellement sexy qu'on ne peut pas lui en vouloir longtemps. En plus, il n'a pas demandé à Bruce de t'embaucher, il lui a juste parlé de ton CV !

— Exactement.

Et comme nous avons fait notre possible pour résoudre nos problèmes la nuit dernière, Damien et moi – ainsi que me le confirme une certaine partie de mon corps quelque peu endolorie –, je décide de changer de sujet.

— C'est ma dernière semaine parmi les oisifs, alors profitons-en. Et si on allait voir un film ?

En fait, on s'en envoie deux d'affilée ; ça a du bon de ne pas bosser ! Nous rentrons chez nous le cerveau embrumé par les images, le pop corn et les boissons gazeuses.

Il n'est même pas quatre heures de l'après-midi quand Jamie décide de se mettre en pyjama. À l'instant même où je vais l'imiter, quelqu'un frappe vigoureusement à la porte. Je crie :

— Une seconde !

Si c'est Douglas, je le rembarre. Ollie aura droit au même traitement, d'ailleurs.

Raté : je me retrouve nez à nez avec Edward.

— Bonjour, mademoiselle Fairchild ! Je suis chargé de vous dire de la part de M. Stark à quel point il est désolé de ne pas pouvoir passer la journée avec vous pour fêter votre nouveau poste.

Il a une attitude très pro, comme d'habitude, mais je remarque ses yeux pétillants de gaieté et je réprime un sourire.

— Vraiment ?

Nous l'avons pourtant bien fêté cette nuit, ce nouveau boulot. Une bonne nuit de sexe… et vachement inventif, en plus ! Nous avons exploré à peu près toute la gamme…

— Puis-je à mon tour vous présenter mes plus sincères félicitations pour ce succès ?

— C'est très gentil, Edward. Mais je ne comprends pas trop pourquoi M. Stark vous a envoyé. Il m'a déjà félicitée la nuit dernière…

— Certes, mais je suis également chargé de vous livrer un cadeau. Ou plus exactement, de vous livrer à ce cadeau.

Je plisse les yeux, interloquée :

— Que voulez-vous dire ?

— J'ai reçu l'ordre formel de ne pas révéler de quoi il s'agit. M. Stark m'a simplement demandé de vous préciser qu'il pense avoir trouvé ce qui pourrait vous détendre.

— Oh ! Hum… D'accord, je préviens ma coloc' et j'arrive.

— Mlle Archer est invitée, elle aussi.

— Ah bon ?

Voilà qui devient intéressant ! Je me tourne vers la chambre de Jamie et je crie :

— Hé, James ! Changement de programme ! On va… quelque part !

Elle passe sa tête par la porte en tirant sur le T-shirt qu'elle n'a même pas fini d'enfiler.

— Hein ? Où ça ? marmonne-t-elle en apercevant Edward.

— Monsieur n'a pas le droit de nous le dire. C'est une surprise. De Damien. Un truc censé nous détendre, mais méfions-nous. Pour Damien, le verbe « se détendre » n'a pas forcément le sens que nous lui donnons.

— Et je suis invitée aussi ?

— Absolument ! confirme Edward.

— C'est dingue, ça… médite-t-elle. Oh, et puis merde ! Je ne vais quand même pas refuser le cadeau mystère d'un mec riche à milliards ! Ça ne me ressemblerait pas du tout…

— Bien formulé, ma cocotte. D'accord, nous venons, dis-je à Edward.

Jamie échange son bas de pyjama contre un jean, puis nous attrapons nos sacs et emboîtons le pas à Edward. Tiens, la limousine ! Est-ce une décision de Damien, ou notre chauffeur a-t-il opté pour elle, histoire de filer le grand frisson à Jamie ? Si c'est le cas, ça marche du tonnerre. Elle essaie tous les sièges, ouvre le bar, se penche sur tous les gadgets de la console.

— Du vin ? me propose-t-elle.

Elle a mis la main sur une bouteille de chardonnay stockée dans le minifrigo. Moi, je suis tellement tête en l'air que je n'avais même pas remarqué la présence d'un frigo dans cette voiture. Cela dit, je n'y suis montée que deux fois, et j'y ai rapidement trouvé d'autres sujets de distraction…

Un peu étonnée, je constate que nous prenons l'autoroute de l'est. Je m'attendais à la plage, ou un truc dans le genre…

— À ton avis, on va où, Jamie ?

— Qu'est-ce qu'on en a à foutre ? réplique-t-elle sans même lever les yeux de la collection de DVD qu'elle passe en revue.

Encore un détail que je n'avais pas remarqué, tiens…

Je médite sa réponse pendant un instant. Assurément, elle marque un point.

Un quart d'heure plus tard, nous quittons Los Angeles, je déguste un deuxième verre et Madonna beugle *Like a Virgin*.

— Putain ! qu'est-ce que c'est rétro ! couine Jamie en s'agitant sur son siège.

Je songe à contester ce choix musical, mais le morceau est marrant et on s'éclate bien.

Quand nous longeons les éoliennes qui signalent le désert aux environs de Palm Springs, nous avons déjà écouté plusieurs standards de rock et de country, et un choix varié de chanteurs à la mode. Nous avons dansé – enfin, plus ou moins, ce n'est pas évident en voiture, même dans une limousine – et chanté à tue-tête, comme dans la discothèque la plus hype du pays. Et nous avons ri aux larmes, aussi. Ça fait longtemps que je n'avais pas passé un aussi bon moment avec Jamie. Au moins depuis l'époque où nous séchions les cours du vendredi pendant notre première année de fac à Austin, pour aller en bagnole à La Nouvelle-Orléans.

Dès que je reverrai Damien, il faudra que je lui prouve ma gratitude.

Edward quitte l'autoroute pour une nationale moins fréquentée, puis une simple route de campagne et, enfin, un chemin carrossable. À ce stade, je me dis que notre destination doit être un terrain de camping, jusqu'au moment où je vois le soleil se refléter contre un bâtiment en stuc blanc niché au pied des montagnes.

Nous franchissons un portail de sécurité et je constate bientôt que ce que j'ai pris pour un bâtiment de grande taille est en réalité un ensemble de bâtisses plus petites, toutes entourées de palmiers si grands qu'ils semblent frôler le ciel.

C'est Jamie qui voit la pancarte en premier.

— Oh, putain ! On est au Desert Ranch, le spa ! s'exclame-t-elle, le nez collé à la vitre.

— T'es sérieuse ?

Je ne vois pas pourquoi je suis surprise à ce point. D'accord, c'est un endroit qui grouille de célébrités en mal de solitude et les séjours y coûtent un fric monstre, mais Damien peut se le permettre, non ?

— On passe la nuit ici, tu crois ? me demande Jamie. Putain, ce serait carrément génial ! C'est la première fois que je mets les pieds dans un endroit pareil !

La limousine emprunte le chemin sinueux menant à l'entrée principale. Je vide mon verre de vin en vitesse et me glisse vers la portière, prête à jaillir du véhicule aussitôt qu'Edward l'aura ouverte. Une femme en pantalon fuseau et débardeur de soie nous accueille à notre descente de voiture.

— Mademoiselle Fairchild, mademoiselle Archer, bienvenue au Desert Ranch, nous dit-elle avec un fort accent d'Europe de l'Est. Je m'appelle Helena. Veuillez me suivre, je vous prie. Je vous conduis à votre bungalow.

— *Un bun-ga-low*, articule Jamie, les yeux ronds.

Nous cavalons derrière notre hôtesse sur un sentier paysager, moi dans le rôle de la Nikki-que-rien-n'étonne – ben oui, quoi, je circule tout le temps en limousine et les lieux de farniente pour grosses fortunes n'ont plus de secrets pour moi, c'est bien connu –, et Jamie qui gambade comme un chien fou.

— Pour info, je suis raide dingue de ton petit ami, me souffle-t-elle tandis qu'Helena nous ouvre la porte.

« Petit ami. » Voilà qui sonne fort bien, ma foi.

Le bungalow est modeste, mais remarquablement bien agencé. Il comporte deux chambres à coucher, une kitchenette et un salon, avec un divan confortable, des fauteuils et une cheminée. Mais l'endroit le plus sympa, c'est la terrasse couverte à l'arrière : vue imprenable sur les montagnes, sans aucune trace des équipements qui nous entourent.

— Vous dînerez au bungalow, n'est-ce pas ? Très bien. Demain matin, nous commencerons à huit heures.

J'hésite presque à poser la question qui me brûle les lèvres :

— Nous commencerons quoi, au fait ?

— Le grand jeu, me répond Helena en souriant.

Une sonnerie discrète nous réveille en douceur à sept heures et demie. Bizarrement, nous n'avons aucun mal à nous lever, malgré une longue soirée passée à papoter en dégustant du vin, après un repas digne des plus grands chefs – bar du Chili et risotto. Nous engloutissons des litres de café et de jus d'orange, puis enfilons les peignoirs qu'on nous a demandé de porter ce matin.

Becky et Dana, nos « agents de liaison », nous trouvent piaffant d'impatience sur notre seuil. À quelle sauce allons-nous être mangées ? Nous découvrons très vite qu'Helena ne nous a pas menti. Nous commençons par quelques immersions dans des bassins d'eaux minérales, puis nous regagnons l'intérieur pour la suite : massages faciaux et épilations à la cire. « À la demande expresse de M. Stark… » me chuchote Becky, je suis soumise à une épilation un peu plus intime. Pas brésilienne, quand même, parce que… ouille ! Mais à la fin de cette étape, j'ai un ticket de métro bien net, rien à voir avec le massacre au rasoir et à la mousse que je m'inflige depuis des années. Mes jambes sont douces et mes sourcils fabuleusement bien soulignés quand nous passons aux massages faciaux. Ensuite, nous avons le choix entre un bain de boue et un enveloppement d'algues.

J'opte pour le bain de boue parce que ça se passe dehors, mais surtout parce que ma mère m'interdisait de jouer dans la gadoue quand j'étais gamine. Comme c'est aussi le choix de Jamie, nous nous allongeons toutes les deux dans la terre molle, un verre d'eau gazeuse à la main et des tranches de concombre bien fraîches sur les yeux. Déjà complètement détendues, nous choisissons de nous taire, bien décidées à absorber par tous les pores de notre peau le luxe incroyable dans lequel nous baignons. C'est si divin que je grogne presque de dépit quand on vient nous chercher dans nos cuves. On nous débarrasse de la boue avec des trucs qui ressemblent à des raclettes miniatures, puis on nous conduit vers d'autres sources d'eau minérale. Nouveau moment de détente, dont nous ressortons propres comme des sous neufs.

Après ce traitement, une immersion en eau froide nous réveille efficacement. C'est l'heure du déjeuner : un repas délicieux, comme il se doit. Ensuite, nous profitons côte à côte d'une manucure et d'une pédicure.

La dernière étape de notre journée au spa, c'est le massage. Ensuite, nous pourrons retourner au bungalow. Des vêtements propres nous y attendront, pantalons de lin et petits hauts mis à notre disposition par la maison. Il ne nous restera qu'à consulter la liste d'activités qu'on nous propose, de la randonnée à l'équitation en passant par le yoga et le golf.

Disposant chacune de notre propre salle de massage, nous nous séparons pour la première fois. Ma masseuse, une femme aux bras musclés – une ancienne athlète professionnelle, sans doute –, me conduit à la table. Elle s'enduit les mains d'une huile qui sent vaguement les épices. Je hoche la tête, ravie. C'est une odeur curieuse, un peu piquante, qui me rappelle Damien.

Damien, qui va recevoir des remerciements à la hauteur de son cadeau, j'en fais le serment.

Une fois nue, je me glisse sous le drap. Un trou est ménagé dans la table pour le visage, et je m'abandonne, les yeux clos. Ça fait très longtemps que je ne me suis pas sentie aussi bien. Je chuchote :

— Juste le dos, les bras et les mollets, s'il vous plaît. Pas les cuisses…

— D'accord !

La masseuse choisit une musique, et la séance commence. Des mains magiques chassent toutes les tensions tapies le long de ma colonne vertébrale. Oh purée, c'est le paradis…

Les gestes de cette femme sont vigoureux, mais jamais désagréables, et bientôt, je somnole. Je ne dors pas, mais je ne suis plus vraiment là non plus. Soudain, les mains s'éloignent. Ma masseuse y verse de nouveau un peu d'huile. Je perçois aussi un déclic que je ne parviens pas à identifier. Je n'ai qu'une envie, qu'elle reprenne très vite ce massage.

Quand elle repose ses mains sur mon corps, j'éprouve une sensation bizarre, comme si elles avaient changé. Elles sont plus grandes, plus fortes… Tout à coup, mon pouls s'affole. Mon corps a compris avant moi : c'est Damien…

Je souris sans rien dire. Ses mains qui glissent sur moi défont tous les nœuds de mes muscles et je ne tarde pas à frétiller de désir.

Il me masse d'abord les bras, puis s'attarde sur chacun de mes doigts, opération si sensuelle que je sens entre mes jambes la saccade de chaque caresse. Il poursuit ce travail sur mon dos, puis passe au-dessus de la serviette qui me couvre les fesses et les cuisses. Ses mains descendent fermement sur l'arrière de mes jambes, jusqu'à mes pieds, dont il caresse la plante, m'arrachant des gémissements de plaisir.

Les orteils, maintenant, l'un après l'autre… Oh bon sang, il y a de quoi devenir dingue ! Puis vient le tour de mes mollets.

Ses longues et douces caresses grimpent de plus en plus haut jusqu'à frôler le bord de la serviette. Il écarte mes jambes de quelques centimètres pour remonter encore un peu.

C'est si bon que c'en devient presque insupportable. Je mouille comme une folle, j'ai envie de me cambrer, de remuer mes hanches, de le sentir en moi, bon Dieu ! Mais comme je suis bien décidée à profiter jusqu'au bout de ce moment, je parviens à me contenir.

Je suis sûre qu'il sait l'effet que me font ses mains. Il retrousse la serviette pour me masser les cuisses. Ses caresses sont fermes et régulières. D'abord à l'extérieur, puis la face interne, en s'approchant si délicieusement de ma chatte que je dois me mordre la lèvre pour ne pas hurler de frustration chaque fois que je comprends qu'il ne va pas me toucher.

Oh seigneur… il effleure du bout des doigts mon clitoris ultrasensible, puis malaxe vigoureusement mon brasier humide. Le bout de son index danse autour de mon bouton. Là, je ne peux plus tenir. Je me tortille, je me pâme… D'un seul coup, le monde semble s'évanouir. Je ne suis plus que ce minuscule concentré de sensations qui enfle entre mes cuisses, m'entraînant de plus en plus vite vers les cimes… Il enfle, il enfle, et puis explose, et je me brise en mille morceaux dans la main de mon amant. Je chuchote :

— Damien…

Je suis vaincue, liquéfiée. Vais-je un jour retrouver l'usage de mon corps ?

Il glousse tout bas, puis je sens la pression de ses lèvres sur ma nuque.

— Vous aviez deviné que c'était moi ? Vous ne pouvez pas savoir à quel point ça me soulage…

Quand je ne suis plus une nouille flasque, quand mes membres m'obéissent de nouveau, je descends de la table et j'enfile mon peignoir. Nous sortons en même temps, Damien et moi, et la porte de Jamie s'ouvre juste au moment où nous passons devant elle. Ma copine nous regarde à tour de rôle, puis jette un coup d'œil en coin à son masseur, un grand blond avec d'immenses mains sans doute très efficaces.

— Ne le prenez pas mal, mais je pense que je n'ai pas bénéficié de la même qualité de service que mon amie, lui lance-t-elle sèchement.

Le masseur lui sourit aimablement.

— Venez, lui dit-il, en lui faisant signe de le suivre.

— Pfff ! quelle chance… murmure Jamie en me croisant.

De retour au bungalow, je renonce à la tenue en lin, Damien m'ayant apporté une jupe paysanne et un corsage assorti. Le contact du tissu sur ma peau récurée m'enchante.

Damien prévient Jamie qu'il me ramène à Los Angeles et lui propose de prolonger son séjour d'une nuit. Si elle le souhaite, Edward viendra la chercher demain matin, à neuf heures, ajoute-t-il. Ma copine accepte avec un enthousiasme si délirant qu'il en devient presque gênant…

— C'est quoi, la suite du programme ? dis-je à mon amant sur le chemin du parking.

— On va s'éclater, répond-il avec un sourire énigmatique.

Pas la peine de chercher à lui tirer les vers du nez…

Sur le parking, ce n'est pas la voiture hors de prix au nom imprononçable qui nous attend, mais l'une des trois Ferrari de Damien. Car il en a bien trois, il ne m'a pas menti. Garée devant la réception, c'est un monstre noir brillant de mille feux.

— Ça vous dirait de l'emmener faire un petit tour ?

— Vous êtes sérieux ?

Il m'ouvre en riant la portière côté conducteur et je me glisse derrière le volant.

— Au début, allez-y doucement. Mais quand vous voudrez vraiment vous marrer, appuyez sur le champignon, conclut-il avec un sourire goguenard.

Le siège baquet épouse mon corps et je soupire d'aise tandis que Damien s'installe côté passager.

— Elle est neuve ?

— Non, pourquoi ?

— Elle sent le neuf. J'en déduis que ce n'est pas un vieux modèle super rare…

Damien enfonce la clé dans le contact.

— En route, Nikki…

— D'accord, c'est parti.

Je débraye en inspirant à fond, puis je démarre. Le moteur ronronne, un bruit incroyablement doux. Lentement, avec mille précautions, je passe la première puis quitte l'allée pour emprunter le chemin par lequel nous sommes arrivées hier.

— Au croisement, prenez à gauche. Après le spa, il n'y a plus rien, ni habitations ni commerces. Normalement, on ne croisera pas grand monde.

Sur le chemin, je roule au ralenti. Mon allure d'escargot doit quelque peu frustrer mon passager, mais je ne veux à aucun prix soulever des gravillons qui viendraient érafler la peinture de cette belle demoiselle.

Je l'avoue, je suis carrément intimidée.

Je m'arrête à l'intersection et lance à mon passager :

— Vous en êtes sûr ?

— Et comment !

— Et si je malmène les vitesses ?

— Mais j'espère bien ! Ça m'obligerait à vous malmener à mon tour, pour vous punir…

Immédiatement, je me tortille, effarée qu'il me fasse cet effet chaque fois.

— Ne dites pas des choses pareilles, voyons ! Vous me déconcentrez !

Il me prend la main en riant et la pose sur le levier de vitesses :

— Toute cette puissance au creux de votre main…

Oh, bon sang ! S'il veut me faire mouiller, c'est réussi. Je ricane :

— C'est bien les mecs, ça ! Bon, on y va…

Dès que j'ai tourné à gauche, j'appuie sur le champignon. Il me faut une bonne minute pour m'habituer à la direction et à la vitesse, mais j'éprouve déjà des sensations grisantes, je dois le reconnaître. Au moment où je passe la septième, le compteur affiche plus de deux cents kilomètres à l'heure ! La suspension est si performante qu'on remarque à peine les accélérations. Je pourrais pousser encore le moteur, mais les contreforts se rapprochent et les virages en montée me dissuadent de taquiner le champignon.

Je lève le pied, rétrograde et me range au bord de la route, puis je m'extirpe du siège conducteur après avoir coupé les gaz. Ensuite, j'escalade la console – ce qui n'est pas une mince affaire – pour me retrouver à califourchon sur les genoux de Damien.

— C'était génial, Damien ! Complètement génial ! Ma parole, j'en tremble encore ! Vous sentez ? Mon corps vibre à cause de la vitesse !

Après un baiser brutal et rapide, je pose la main de mon amant sur ma cuisse pour qu'il se rende compte par lui-même.

— Pas mal, ce gros joujou, hein ? Et on dirait que ça plaît aux filles ! réplique-t-il, hilare.

— Ça, vous l'avez dit !

Je l'embrasse à nouveau. Le sentant aspirer ma langue dans sa bouche, je cherche sa braguette à tâtons. Il déboutonne mon corsage et caresse mes seins. Sa queue est bien dure – je la sens contre ma jambe –, mais il secoue la tête d'un air rusé :

— N'y pensez même pas. Vous allez devoir attendre, ma petite.

Hein ? Comment ça ? Dépitée, je me mords la lèvre. Cela dit, c'est une torture très alléchante. Qu'il est doux de mourir d'envie qu'il me saute, qu'il me défonce, qu'il me chavire…

Il glisse sa main entre mes jambes et me flatte furtivement. Une seule caresse, et si brève… quelle cruauté ! Allez, courage. Je resserre ma prise sur sa cuisse.

— Alors, ma chérie, il vous a plu, mon joujou ? susurre-t-il.

— Oh, oui alors…

— J'ai un nouveau jeu à vous proposer.

— Ah bon ?

— Je parie que je peux vous faire jouir sans vous toucher.

— Si vous me laissez de nouveau conduire cette merveille, c'est sûr que je vais finir par jouir.

— Certes, mais il faut varier les plaisirs ! s'esclaffe-t-il. Et je vous ai apporté un autre joujou.

Je recule un peu pour le dévisager. Son expression est à la fois passionnée et joyeuse, avec en plus une once de ruse. Ce type a une idée derrière la tête, mais laquelle ? Mystère…

— D'accord… Vous avez réussi, je brûle de curiosité.

Il sort de sa poche un petit sac en tissu dont il extrait un œuf métallique.

— Qu'est-ce que c'est ?

— Je vais vous montrer.

Comme je suis toujours à cheval sur ses genoux, il en profite pour glisser sa main entre mes jambes et enfoncer le bidule dans ma chatte.

— Mais qu'est-ce que vous faites ?

— Vous verrez.

— Mais….

— Ça vous fait quel effet ?

— C'est… hum… intéressant.

C'est même carrément excitant, ce truc fourré dans mon vagin, et je guette toutes mes sensations.

— Intéressant, dites-vous ?

Au moment où il prononce ces mots, l'œuf se met à vibrer en moi. Pantelante, je halète :

— Oh…

Damien éclate de rire et la vibration s'interrompt. Je le regarde avec des yeux ronds.

— Vive les télécommandes ! me dit-il d'un ton badin.

Il ouvre la portière, me fait descendre de ses genoux et sort de la voiture, puis nous échangeons nos places. L'excitation étant un peu retombée, je pense à ce machin étrange en moi, ce petit appareil surprenant qu'il a rapporté pour épicer nos jeux. Franchement, ce n'est pas désagréable. Une idée bizarre, certes, mais je ne vais pas m'en plaindre.

Il reprend la route avec un aplomb très supérieur au mien. Je mettrais ma main à couper qu'à un moment nous dépassons les trois cents kilomètres à l'heure. Puis nous ralentissons pour nous engager sur l'autoroute. Une vingtaine de minutes plus tard, nous prenons la sortie vers une petite ville nommée Redlands.

— Il y a par ici un restaurant que j'adore.

Nous longeons des maisons victoriennes restaurées et entrons dans un centre-ville ancien. À vingt heures, en semaine, il n'y a presque personne dans les rues. Le restau lui-même, loin d'être bondé, est un entrepôt rénové, dont le design élégant contraste avec le gros œuvre de brique et de pierre traversé par d'innombrables conduits métalliques.

— Sympa, cet endroit… dis-je.

— L'ambiance est excellente et la nourriture, je ne vous en parle même pas !

On nous mène jusqu'à un box tranquille, dans un coin, et je me glisse sur la banquette. Au lieu de s'asseoir à côté de moi, Damien prend la chaise d'en face.

— Je veux vous regarder, m'explique-t-il.

Je ne le crois qu'à moitié. Ne l'oublions pas, il a

une télécommande dans la poche... Il mijote quelque chose, c'est sûr. Penchée vers lui, je chuchote :

— Vous n'avez pas intérêt ! On est au restaurant...

Mais il se contente de sourire. Et d'actionner un court instant le bidule, juste pour me faire réagir.

Vaguement inquiète, j'inspecte les alentours. Tous ces gens qui m'ont vue bondir ont à coup sûr deviné notre petit manège. Mais aucun client ne nous observe, et le personnel ne fait pas attention à nous.

Je déglutis, je remue un peu... Et si je me concentrais sur le menu ? Plus facile à dire qu'à faire, sachant qu'à tout moment Damien peut décider d'enclencher sa machine infernale. D'ailleurs, malgré mon appréhension, j'attends ça avec impatience...

— On lit en vous comme dans un livre ouvert, mademoiselle Fairchild.

Je lui décoche un regard furibond, puis me consacre à un choix cornélien : Martini ou bourbon sec ? Allez ! bourbon... Je me demande pourquoi je me pose encore la question.

La serveuse revient avec nos boissons, prend notre commande – steak pour tous les deux – et repart, nous laissant seuls dans notre petit box.

— Vous me torturez, vous savez...

Damien lève les mains en riant :

— Hé, je ne fais rien du tout, là !

— Ben justement.

— L'attente, c'est ce qu'il y a de mieux dans le plaisir.

— L'attente, ça me rend folle, si vous voulez tout savoir.

Il me prend la main, son pouce caressant le mien.

— Alors, racontez-moi. En quoi va consister votre nouveau job ?

Je lui lance un coup d'œil suspicieux :

— Vous n'en savez rien, vraiment ?

— Rien du tout, je vous assure.

Ravie de pouvoir aborder ce sujet, je lui décris par le menu les attributions de mon poste.

— Bruce a vraiment l'air cool. Je vais apprendre beaucoup de choses avec lui, j'en suis sûre.

— Oui, moi aussi. Cela dit, je ne comprends pas ce qui vous empêche de vous mettre à votre compte. Vous voulez développer un logiciel inédit, c'est bien ça ?

— Oui, mais pour tout vous dire, ça me fait un peu peur. Pendant cinq ans, j'ai étudié la technique, les sciences et l'ingénierie, mais l'aspect commercial m'échappe…

Je hausse les épaules, désabusée, et j'ajoute :

— Il devrait y avoir des cours sur la recherche de fonds à la fac. On y apprendrait comment constituer un capital, etc. Bref, je ne me lancerai pas tant que je ne me sentirai pas vraiment sûre de moi. Parce que sinon, votre argent va me filer entre les doigts…

Oh ! là ! là ! je suis grillée. Il va me prendre pour une grosse nulle…

— Cet argent, il est déjà à vous ou le sera bientôt. Et si vous avez besoin d'aide, vous pouvez compter sur moi. Je ne me débrouille pas trop mal dans cette branche.

— Je vous en prie, Damien, je… j'ai envie d'y arriver toute seule comme une grande, vous comprenez ?

— Dans le monde des affaires, personne ne survit sans associé.

— Damien…

— OK, mais je vais quand même vous donner un conseil. Si vous voulez créer la surprise dans le domaine des nouvelles technologies, n'attendez pas. Je ne sais pas ce que vous avez en tête, mais je peux vous dire que vous n'êtes pas la seule sur le marché. Si vous vous creusez trop longtemps les méninges, quelqu'un va vous coiffer au poteau.

— Ce qui est arrivé à Carl…

— Exactement. Alors, vous me l'exposez, cette idée ? Depuis le temps que je veux savoir…

Je ne mets pas longtemps à me décider. Je ne tiens pas à travailler pour ou avec Damien, mais son opinion compte beaucoup à mes yeux. Et puis je suis si fière de mon idée qu'il me paraît naturel de la partager avec l'homme qui occupe mes pensées.

— J'ai déjà mis au point plusieurs applis pour Smartphone, et je continuerai à les vendre, bien sûr. Mais le produit phare de ma boîte, ce sera un système de partage de notes multiplateforme sur Internet.

— Vous m'intriguez. Expliquez-moi ça.

— Mon idée, c'est une application réseau permettant aux utilisateurs de laisser des sortes de Post-it virtuels sur n'importe quelle page Web, que leurs amis et collègues pourront consulter en accédant au même site. Ce serait l'usage le plus évident, mais j'entrevois toutes sortes de permutations possibles. Je crois qu'il y a un vrai potentiel.

— J'en suis convaincu, moi aussi. Quand vous serez prête, je vous aiderai.

C'est sûrement idiot, mais je me sens bouffie d'orgueil. Damien Stark a marqué mon idée du sceau de son approbation… Hourra ! Rayonnante, je passe à autre chose :

— Parlons un peu de vous, maintenant. C'était comment, ce voyage à San Diego ? Vous avez acheté un conglomérat ? Un pays ? Une chaîne de pâtisseries fines ?

Damien ne réagit pas du tout comme je m'y attendais. Bon, je le reconnais, mes blagues ne sont pas très finaudes, mais quand même… Sa réaction me paraît un peu exagérée : il se ferme comme une huître et la température chute de quelques degrés. Mais qu'est-ce que j'ai dit ? Il avale une longue lampée d'eau, puis pose son verre et le contemple pendant quelques secondes qui me semblent durer une éternité. Enfin, il lève les yeux vers moi et lâche, d'un ton plat et indifférent :

— Je suis allé voir mon père.

Il vient de me faire une véritable confidence, je m'en rends bien compte. Il aurait pu me dire qu'il avait passé une sale journée, je m'en serais volontiers contentée. Mais non, il tient parole ! Il me livre un peu de sa vie… Et pour moi, c'est énorme. Prudemment, sur le ton de la conversation, je demande :

— Il vit là-bas depuis longtemps ?

— Oui. J'avais quatorze ans quand je lui ai acheté cette baraque. C'est l'année où je l'ai viré et où j'ai recruté un nouveau coach.

Tiens, ce détail m'a échappé sur Wikipédia. J'étais tellement obsédée par Damien que j'ai négligé les infos relatives à son entourage.

— C'était sympa de votre part de lui rendre visite. J'imagine que vos relations ne sont pas faciles…

— Pourquoi dites-vous ça ? réplique-t-il vivement en me décochant un coup d'œil perçant.

Je hausse les épaules. C'est évident, non ?

— Il a contrôlé votre carrière d'une main de fer. À cause de lui, vous avez dû continuer à jouer, alors que ce n'était plus votre priorité et que vous vouliez entrer en fac de sciences.

— C'est vrai.

Il s'adosse à la banquette d'un air étrangement soulagé. Mais je me fais sûrement des idées, ça n'aurait aucun sens…

— Donc, vous êtes allé le voir. C'est très gentil de votre part.

— Plutôt une obligation déplaisante, je dirais.

J'en reste bouche bée. Heureusement, l'arrivée de notre serveuse me sauve, et pendant le repas, la conversation dérive vers un autre sujet, notre séjour au spa. Je lui raconte mon aventure en détail :

— C'était génial ! La première fois que je prenais un bain de boue !

— Je suis désolé d'avoir raté ça, réplique-t-il d'un ton fiévreux.

En entendant cette voix torride, je sens mon sexe se contracter, rappel brutal du petit œuf d'argent qui s'y trouve. Je souffle :

— Oui, c'est vraiment dommage…

Je me sens sexy, décadente… et un peu sur les nerfs, aussi, puisque je n'ai aucune idée du moment où Damien va se décider à déclencher ce bidule.

— Et Jamie ? Elle s'est bien amusée ?

— Vous plaisantez ! Elle dit que vous êtes le plus grand bienfaiteur au monde. Sans rire, c'est vraiment merveilleux, ce que vous avez fait pour elle. D'autant plus qu'elle en a bien besoin en ce moment.

— Comment ça ?

— Elle est actrice.

À Hollywood, il me semble que cela veut tout dire.

— Elle a déjà décroché des rôles ?

— Quelques pubs sur les chaînes locales, des petits boulots de ce genre. Mais elle poireaute ici depuis des années, et sa carrière n'évolue pas beaucoup. Ça commence à la frustrer, et son agent aussi se fatigue. En plus, elle a des problèmes de fric, je le sais. Elle n'en est pas encore à arpenter les trottoirs en bas résille, mais je crois qu'il lui est déjà arrivé de coucher avec certains mecs pour qu'ils payent le loyer et la bouffe…

— Et vous, vous vous êtes installée chez elle.

— Oui, ça la soulage un peu. Mais il faudrait qu'elle se trouve un job. Le pire, c'est qu'elle a vraiment du talent et que la caméra en est folle. Si seulement elle pouvait… Désolée, je radote. Mais j'adore cette fille et ça me rend malade de la voir tourner en rond comme ça.

— Vous aimeriez pouvoir l'aider, hein ?

— Absolument.

Sous la table, sa jambe se presse contre la mienne.

— Je connais ce sentiment.

Quelques mots d'une douceur à couper le souffle… mais comme je ne veux pas croiser son regard, je m'absorbe dans la contemplation de mon verre de vin. Ouf, Damien passe à un autre sujet ! Il me raconte comment il a découvert ce restau, au cours d'un week-end consacré à l'exploration des bourgades californiennes. Sur ce, le café et les desserts arrivent, et j'oublie les problèmes de ma coloc'. Bien plus, les histoires de Damien sont si amusantes que j'oublie aussi complètement la présence du petit jouet décadent… jusqu'à ce qu'il se rappelle à mon bon souvenir en vibrant inopinément.

Je sursaute, et il s'en faut de peu que la cuillère que je porte à mes lèvres ne rate ma bouche. Face à moi, Damien m'adresse un sourire innocent.

— Vous rayonnez de nouveau, mademoiselle Fairchild. C'est la crème brûlée qui vous fait cet effet-là ?

— Vous êtes cruel, monsieur Stark. Il est temps de régler l'addition, je crois.

Nous sommes attablés depuis des heures, et le quartier est sombre et désert lorsque nous quittons le restaurant. Nous avons laissé la voiture dans un parking payant, à quelques rues de là. Nous prenons un raccourci, une allée de traverse. Il n'y a pas un chat dehors… Sur une impulsion, j'entraîne Damien vers le bord du chemin.

— Que vous arrive-t-il ?

— Pas grand-chose, vous allez voir.

Je lui donne un baiser fougueux, puis me colle dos au mur d'un immeuble de briques rouges.

— Allez-y, faites-le vibrer.

— Bon sang, Nikki…

Il râle pour la forme. Il a mis le jouet en marche.

Je lui prends la main, la glisse sous ma jupe et la plaque sur ma chatte dégoulinante.

— Allons faire ça dans la voiture ! proteste-t-il.

— Pas question !

Je déboutonne son jean et j'empoigne sa queue dure comme du béton.

— Baisez-moi. S'il vous plaît…

Il pousse un grognement. Il fait tout ce qu'il peut pour se contenir, le pauvre.

— Baisez-moi. Sans me retirer ce truc. Et ne l'éteignez surtout pas.

Il est déjà au bord de l'orgasme quand il baisse son jean et me plaque brutalement contre le mur. Le souffle court, j'enroule une jambe autour de sa taille.

— Je vous en prie, je vous en supplie… Je n'en peux plus d'attendre… Je vous veux tout de suite !

Je m'empare de son sexe et guide son gland entre mes jambes. Ma jupe retombe sur nos cuisses, le léger contact du tissu ajoutant encore à notre frénésie. Conjugués aux vibrations, ses vigoureux coups de reins m'expédient en un rien de temps au septième ciel, et lui avec moi.

— Oh putain, quel pied… murmure-t-il en s'agrippant à moi de toutes ses forces.

— Vous avez eu votre dose de bonnes vibrations, vous aussi ?

— Vous êtes une sacrée polissonne.

— C'est vous qui dites ça ? Vous qui m'avez juré que vous ne faisiez jamais l'amour en public ?

— C'est une de mes règles, en effet. Et celle qui s'est donné tant de mal pour m'amener à la transgresser mérite un châtiment proportionnel à son audace.

Mes tétons se dressent aussitôt, caressés par cette voix grave et autoritaire… Ma punition sera à la hauteur, j'en suis persuadée.

— Venez, mademoiselle Fairchild. Il est grand temps de vous ramener à la maison.

Chapitre 26

Quand nous arrivons chez moi, je me sens encore dans un état second. Damien m'a autorisée à retirer le petit œuf magique, mais interdit de croiser les jambes dans la voiture. Cette position, les vibrations, le châtiment très spécial que me réserve mon amant… je suis au bord de l'orgasme à chaque coup de frein ou changement de régime du moteur.

Il se gare d'une main experte puis coupe les gaz, mais reste dans la voiture, pour une raison que je ne m'explique pas. Un peu angoissée, je lui chuchote :

— Vous montez, hein ?

C'est peut-être ça, la punition. *Il ne va pas me toucher*, me dis-je horrifiée. Un éclair prédateur illumine son regard :

— Oui, je viens…

Je pousse un soupir de soulagement, mais mon cœur cesse de battre quand je le vois se pencher et ramener, de derrière son siège, une fine mallette en cuir, une sorte de serviette mais en plus petit. Un sourire énigmatique aux lèvres, Damien sort de la voiture, vient m'ouvrir la portière et m'aide à sortir à mon tour. Tout cela, très formel, très poli, augmente encore ma nervosité.

Qu'est-ce qu'il mijote ? Et que contient cette fichue mallette ?

Ma main tremble quand j'introduis la clé dans la serrure. La proximité de Damien, ses sous-entendus… Je me sens terriblement fébrile et consciente de mon corps comme jamais. L'excitation, l'impatience et l'appréhension m'électrisent de la tête aux pieds.

À l'intérieur, je ne sais quelle contenance adopter. Je suis comme une ado qui reçoit un mec chez elle pour la première fois. Bizarre… Damien est déjà venu ici et on a déjà baisé ensemble !

Jamie étant toujours au spa, nous avons le champ libre. Sans la moindre hésitation, Damien dépose la mallette sur la table où nous mangeons. Qu'est-ce qu'elle contient ? Pourquoi ne l'ouvre-t-il pas ? Il m'observe avec une attention si soutenue que je n'ai qu'une envie, fuir son regard dévorant.

Non, je ne craquerai pas. Je reste figée, la tête haute. C'est le jeu, je dois attendre.

La tête un peu penchée, Damien se caresse le menton, à la manière d'un conservateur de musée examinant une œuvre d'art. Mais quand il se décide enfin à parler, c'est pour me sortir un truc très prosaïque, bien loin de l'art et de la culture :

— Ôtez votre jupe.

Je baisse la tête pour lui cacher mon sourire.

Je fais glisser la jupe, qui tombe à mes pieds, et je l'enjambe. J'ai gardé mes sandales, Damien ne m'ayant rien dit à leur sujet.

— Le haut, maintenant.

Je m'exécute et lance le vêtement sur la table. Je suis toute nue, éclairée seulement par la veilleuse installée près de la porte des toilettes.

Je perçois le souffle lent et régulier de Damien, qui reste immobile. Je me fais des idées ou l'air se réchauffe entre nous ? J'ai subitement très, très chaud.

— Débarrassez-vous de vos chaussures, et ensuite écartez les jambes.

Me voilà pieds nus et les jambes écartées. Damien s'approche lentement de moi et m'inspecte sous toutes les coutures, comme un mec qui viendrait s'offrir une jeune beauté sur un marché aux esclaves. Puis il s'arrête derrière moi, glisse sa main entre mes jambes et m'empoigne la chatte. Dès qu'il me chatouille le clito, ma chair frémit dans sa paume. Les yeux fermés, je réprime un gémissement.

— Vous en voulez encore ? me demande-t-il en caressant mon sexe.

— Oui…

Ma réponse a tout d'un feulement étranglé.

Lentement, la main se retire. Damien vient se placer devant moi.

— Allez dans votre chambre et allongez-vous sur le lit. Et ne vous touchez surtout pas, me chuchote-t-il à l'oreille. Promettez-le-moi, Nikki. Cette fois, c'est important.

— D'accord.

Il me regarde, sourcils levés.

— Je veux dire… oui, Monsieur.

J'aimerais bien savoir combien de temps je vais devoir l'attendre, mais je ne me risque pas à le lui demander. La chambre, le lit… Et l'attente commence. Je guette avec une impatience croissante l'entrée de Damien et de sa mystérieuse mallette.

Le désir, le manque, cette attente idiote… Je suis une femelle en rut et je vais craquer, si ça continue.

Mes seins, mon clitoris sont devenus ultrasensibles. Si la climatisation se met en route, je vais jouir, je le sens. Il faut absolument que je me masturbe, sinon je vais hurler… Mais Damien me l'a interdit, alors je garde les bras et les jambes écartés pour ne pas céder à la tentation.

Cette position ne me soulage pas, au contraire. Elle ne fait que m'exciter davantage. Car c'est à Damien que je m'offre ainsi… Mes tétons turgescents me font mal, maintenant. Ils auraient bien besoin de ses coups de langue et de ses caresses, et moi, j'aurais bien besoin de sa queue dans ma chatte.

Mais où est-il ?

Et puis, soudain, la télé s'allume.

Je pousse un gémissement retentissant. Je suis sûre que Damien m'a entendue… sûre aussi qu'il sourit.

Et moi, toute seule, je me ronge les sangs, sans pouvoir remédier à mon mal. Dans la pièce voisine, Damien zappe d'une chaîne à l'autre, sans doute très content de lui.

Quel salaud. C'est ça, mon châtiment. Quand il se décide enfin à éteindre la télé – une demi-heure plus tard –, je suis au bord de l'explosion. Je veux qu'on me défonce !

Pile au moment où je me dis qu'il va se barrer sans rien faire, il apparaît sur le seuil.

— J'adore vous regarder, sourit-il, adossé au chambranle.

Grâce à lui, je suis de fort méchante humeur.

— Je préfère quand vous me touchez. Pas très gentil, ce que vous faites.

— Et vous n'avez encore rien vu, ma chère ! s'esclaffe-t-il.

Et il saisit la mallette posée par terre à ses pieds. Mon rythme cardiaque s'affole. Je ne l'avais pas vue ! Il la pose sur le lit et l'ouvre, me révélant son contenu. Il réfléchit un long moment, comme s'il envisageait toutes sortes d'options, puis en sort une boîte à bijoux.

Je fronce les sourcils. Qu'est-ce que c'est que ce truc ?

L'objet suivant, je le reconnais tout de suite : un fouet. Plusieurs fines lanières de cuir fixées à un manche.

— Ça s'appelle un chat à neuf queues, m'explique-t-il d'un ton aimable.

Je me mordille la lèvre. Le peu de raison qu'il me reste frémit à cette vue, mais ma chatte ronronne de plaisir.

Il pose le fouet sur le lit et ouvre la boîte à bijoux, dont il sort deux anneaux d'argent reliés par une chaîne, chacun muni de deux petites boules métalliques. Il ouvre l'un des anneaux en écartant les deux boules, puis glisse l'un des côtés de la boîte à bijoux dans l'intervalle ménagé et relâche les boules. Elles se remettent en place aussitôt, comprimant le carton.

Je suis perplexe. Je ne comprends pas.

Damien perçoit mon trouble, c'est évident, mais il ne daigne pas éclairer ma lanterne. Toujours en souriant, il pose les anneaux sur la table de nuit, puis referme la boîte et s'en débarrasse. Il reprend le fouet, passe les doigts entre ses fines lanières, et le place à côté de moi. Penché vers ma chatte en chaleur, il l'empoigne sans ménagement. Je me cambre, espérant qu'il va y enfoncer ses doigts, et je le supplie en silence : *Branle-moi, allez !*

— Vous avez été très vilaine. Vous ne méritez pas de jouir.

— Ce n'est pas vrai, Monsieur…

Tiens, je l'ai fait rire. J'en éprouve une certaine satisfaction.

— Fermez les yeux et ne les rouvrez pas, surtout. Vous y arriverez ? Sinon, je vous les bande…

— Non, non, je ne les ouvrirai pas.

— Vous me le jurez ?

— Oui, dis-je sans hésitation.

Le châtiment qui s'ensuivrait n'en serait pas vraiment un, je le sais, mais je vais quand même m'efforcer de tenir ma promesse.

Je le sens se déplacer près de moi. Il me demande de soulever mes hanches et me glisse un oreiller sous les fesses.

— Les jambes bien écartées… Oui, comme ça… Oh ma chérie, vous êtes si belle… Et cette chatte qui n'attend plus que moi…

Il m'effleure tout doucement, sous le nombril. Secouée par un spasme, brûlante de désir, je me cambre aussitôt. Ensuite, c'est au tour des lanières de cuir de me frôler les seins et le ventre. Le chat à neuf queues… Damien le promène sur tout mon corps et, soudain, le fait claquer mollement sur ma poitrine.

Je pousse un cri. Je ne m'attendais ni à ce coup ni à la réaction qu'il suscite en moi. Une légère morsure, suivie d'une douce et pénétrante chaleur. Un mélange de plaisir et de douleur.

— Vous aimez ? chuchote Damien.

Il me malaxe un sein, exacerbant sa sensibilité.

Je m'humecte les lèvres, indécise. Lui mentir, ce serait enfreindre les règles. De toute façon, je n'y tiens pas du tout. Je suis son esclave et chaque fois qu'il me touche, c'est un cadeau. Je lui réponds enfin :

— Oh oui, j'adore…

— Vous vous rappelez, quand je vous ai dit que le jour où je vous ferais mal, ce serait uniquement pour décupler votre plaisir ?

— Oui, je me souviens… je… Oh oui, encore…

— Oh ! là ! là ! Nikki… Vous réalisez l'effet que vous me faites ?

— Si ça ressemble à celui que vous, vous me faites, j'en ai une petite idée, oui.

Ses éclats de rire s'éteignent très vite. Le visage enfoui entre mes seins, il les mordille, les suçote, les taquine, transformant mes tétons en deux perles dures presque douloureuses, tant il les sollicite. Mais sa bouche s'éloigne déjà, remplacée par un truc froid, dur, qui comprime violemment l'un d'eux. Le choc est si violent que j'ouvre les yeux.

— Non ! s'écrie-t-il.

Très bien, je les referme.

La douleur brutale du début s'évanouit, vite remplacée par une sensation de lourdeur, de pression, avec la conscience aiguë d'un plaisir sous-jacent qui n'attendait que ça pour surgir. Un instant plus tard, l'autre téton subit aussi ce traitement délicieusement douloureux.

— Vous avez des nichons si sensibles… murmure-t-il tout en explorant mon sexe du bout des doigts. Oh… Oui, vous aimez vraiment ça, pas de doute…

Aussi loin que remontent mes souvenirs, je n'ai jamais été aussi consciente de mon corps. Le moindre souffle d'air exacerbe ma sensualité, me secoue violemment.

Petit à petit, je sens mes seins se tendre, et je halète, pantelante. D'abord, c'est presque imperceptible, puis de plus en plus fort, et je devine que Damien tire sur la chaîne qui réunit les deux anneaux. Il me force à décoller du lit, le poids de mon corps rendant cette traction encore plus exquise. Toute douleur a disparu, remplacée par la tension et l'excitation. D'un ton désespéré, je chuchote :

— Damien…

Il me réduit au silence en plaquant sa bouche sur la mienne. Son baiser est brutal, exigeant, et j'enfonce ma langue dans sa bouche en me disant qu'ainsi je vais peut-être réussir à le retenir. Il répond d'abord à mes assauts, mais se retire trop vite, en me repoussant doucement sur le lit.

— N'ouvrez pas les yeux, Nikki.

À nouveau, je sens la douce caresse du cuir sur mon ventre, puis sur mes jambes. Je me tortille, mais pas longtemps : Damien m'ordonne de ne pas bouger.

Quand le fouet s'aventure entre mes jambes, mon vagin se contracte aussitôt. Et soudain, clac ! un coup léger sur ma vulve… Le souffle coupé, je savoure sans comprendre le plaisir dément que me procure ce coup infligé à ma chatte. Oh, mais si, je comprends… les coups de boutoir de Damien, voilà ce que ça me rappelle ! C'est très logique, tout ça.

Endolorie, offerte, affamée, j'attends le coup suivant, mais rien ne vient.

— Encore ! Je vous en supplie !

Son gémissement de plaisir m'apprend qu'il n'attendait que cela pour recommencer. Il tenait à s'assurer que ce nouveau jeu me plairait. C'est gagné, mec. Oh oui, j'adore ça…

De nouveau les lanières me frôlent, excitant toutes mes terminaisons nerveuses, et de nouveau je me cambre, le clito gorgé de sang. J'ai l'impression qu'il est énorme… Sûr, si l'une de ces neuf queues le touche, il va exploser ! Je chuchote :

— Damien…

Et la magie opère. Le cuir cède la place à une bouche brûlante, modifiant radicalement mes sensations. Les mains posées sur mes cuisses, il me lèche et me fouaille en gémissant tout bas. Ça vient, je sens que ça vient… Je me tortille comme une folle, en collant frénétiquement ma vulve à son visage ; sa barbe de quelques jours chatouille ma peau déjà trop sensible.

J'y suis… J'y suis presque… et là, il s'éloigne, le salaud ! Je crie, je proteste, quand soudain il me pénètre… Et mes protestations s'éteignent. C'est le moment d'ouvrir les yeux. Il est là, au-dessus de moi. Il me fixe si fiévreusement… Je passe un bras autour de son cou pour attirer sa bouche contre la mienne.

Nous échangeons un baiser aussi brutal et profond que ses coups de reins et quelques secondes de ce régime suffisent à m'emporter vers l'orgasme le plus colossal de toute mon existence. Damien me suit de près, puis s'allonge en restant en moi. Le fouet est toujours posé sur l'oreiller, là où il l'a laissé.

— C'est sympa d'être une vilaine fille. Ça va me plaire, je le sens… lui dis-je en souriant.

— Je le savais, glousse-t-il.

Un peu plus tard, il détache doucement les anneaux de mes tétons, provoquant un afflux de sang immédiat. Oh Seigneur ! ça recommence, j'ai envie de lui sauter dessus !

Il m'embrasse sur le bout du nez :

— Quelle délicate attention… Malheureusement, je dois filer au bureau.

— Vous devinez toujours ce que je pense. Comment vous faites ?

Il me répond par un sourire. Moi, je m'en fous, je connais déjà la réponse et elle ne m'effraie pas : Damien me voit derrière le masque.

— Vous êtes vraiment obligé d'y aller ? Il est très tard…

— Je dois participer à une téléconférence avec Tokyo, et les dossiers dont j'ai besoin sont restés au bureau.

— Je vous verrai demain matin, alors.

— Zut ! j'ai oublié de vous prévenir… Blaine a dû descendre à La Jolia, pour une histoire de galerie exposant ses œuvres, je crois. Il vous propose de reporter votre séance à demain soir. Rendez-vous à dix-sept heures, ça vous va ? Je partirai tôt du boulot, comme ça on pourra prendre un verre avant son arrivée.

Je ne résiste pas à l'envie de le taquiner :

— Et si j'ai envie d'autre chose ?

— Je suis certain que nous trouverons de quoi satisfaire toutes nos envies. Allons faire un brin de toilette.

Nous prenons une douche très chaste. Il me savonne et me rince en me manipulant avec mille précautions, comme si j'étais un objet fragile et précieux. De retour dans ma chambre, j'enfile un peignoir et Damien se rhabille. Il range les anneaux dans leur boîte, puis me les confie.

— Un jour, je vous demanderai peut-être de les porter sous vos vêtements, me dit-il.

Je hoche la tête, émoustillée. En déposant la boîte sur mon bureau, il heurte par hasard mon ordinateur et découvre mon nouveau fond d'écran : la photo de Damien Stark exultant sur la plage.

— Tiens… marmonne-t-il, l'air vaguement dérouté.

— J'adore cette photo. Vous sembliez si heureux !

Il se tourne vers moi, me dévisage longuement et réplique :

— Je me sens mis à nu, tout à coup.

— Vraiment ? Plus que moi dans la maison de Malibu ? lui dis-je en riant.

— Vous avez encore marqué un point, mademoiselle Fairchild.

— Attendez !

Je sors mon appareil photo du tiroir de ma table de nuit, je le pose sur le bureau. Une fois le retardateur déclenché, j'entraîne Damien vers le lit.

— Mais qu'est-ce que…

— Allez-y, dites *Cheese* !

— Nikki…

Le flash et le déclic de la prise de vue lui coupent le sifflet. Il se raidit, l'air scandalisé.

— Je vous préviens, Damien, elle n'ira pas dans la corbeille. Je ne vais pas l'effacer, je vais même la regarder. Je voulais une photo de nous deux, et il va bien falloir vous y faire.

Il fait une de ces têtes… J'ai peut-être un peu dépassé les bornes. Et soudain, il hausse les épaules et dépose un baiser sur le bout de mon nez :

— Très bien. Vous m'en enverrez une copie ?

Le lendemain, je m'offre une grasse mat' d'enfer. Quand je me lève enfin, je découvre que Damien m'a déjà choisi une tenue : jupe courte en jean et T-shirt pourri difficile à porter sans soutif. Pas très glamour, tout ça, mais je m'y ferai. Et puis de toute façon, je vais me mettre à poil dès que je serai à Malibu.

Un sourire ironique me monte aux lèvres. Pas de

doute, ce mec adore contrôler tout ce qui le concerne dans les moindres détails…

Je me drape dans mon peignoir pour aller me doucher. Une note sur la porte de Jamie m'avise que je ne dois surtout pas la réveiller, parce qu'elle est crevée et compte bien dormir jusqu'à l'année prochaine. Amusée, je poursuis mon chemin sur la pointe des pieds.

L'eau bouillante me ramène un peu à la vie. Je suis vidée, mais je me sens si bien… Hier… Ah, hier, j'ai passé une journée démente. Relaxation totale, excitation, passion, érotisme, sensualité… Tout, quoi ! Mais surtout, surtout… on s'est vraiment bien marrés.

C'est peut-être bête, mais voir Damien heureux, je trouve ça génial. *Et c'est moi qui l'ai aidé à chasser les mauvaises vibrations de sa visite à son père*, me dis-je, très fière.

Je pense à leurs relations exécrables en versant un peu de shampoing dans ma main, puis en me frottant le cuir chevelu. Damien ne m'a rien dit là-dessus, mais je jurerais qu'elles ont été au moins aussi toxiques pour lui que, pour moi, les miennes avec ma mère. N'empêche, ç'a dû être dur de virer son père à l'époque, surtout pour un gosse de son âge !

Cette histoire me préoccupe. Elle me rappelle vaguement quelque chose. Le visage tourné vers le jet, je me rince les cheveux en les démêlant pour en ôter toute trace de savon. Je n'arrive pas à mettre le doigt sur ce qui me turlupine. Et après la douche, dans ma chambre, ça me tracasse toujours.

J'enfile ma jupe quand j'ai une illumination. Son obsession du contrôle… Je connais son origine !

Et mille détails me reviennent, qui sont autant d'indices : son expression quand il m'a raconté que son père l'avait forcé à continuer le tennis ; son refus de me parler de l'autre coach, l'ordure, et de ce qui a tué en lui le plaisir de pratiquer son sport ; sa fondation destinée à aider les enfants ; les allusions d'Evelyn, les secrets cachés sous le tapis, etc. Et ce contrôle incessant, de ses affaires, de ses relations, au lit…

Je peux me tromper, bien sûr, mais ça m'étonnerait.

Damien a subi des abus quand il était gosse.

Sur Internet, je ne trouve rien qui vienne soutenir ma thèse, mais je suis presque certaine d'avoir raison. Qui l'a maltraité ? Son père ? L'entraîneur ? Les deux ? J'ai une vague préférence pour le coach. Ce salaud se sentait tellement coupable qu'il s'est suicidé.

À l'écran, je contemple une photo de Damien à quatorze ans, après sa victoire dans un tournoi. Il brandit son trophée en souriant, mais son regard est sombre et hanté. Un regard impossible à interpréter…

Je veux savoir la vérité, mais je refuse de me tourner vers Evelyn. C'est à Damien lui-même de me la révéler.

Je passe une main dans mes cheveux. Et si je m'arrangeais pour lui tirer les vers du nez ? Non, c'est une très mauvaise idée. Il doit me parler parce qu'il en a envie, sans pressions d'aucune sorte. Car cette affaire me concerne aussi. Je dois savoir si cet homme, à qui j'ai ouvert mon cœur, me fait assez confiance pour me livrer ses secrets.

Jusque-là, je vais devoir me contenter de cette conviction : je comprends de mieux en mieux l'homme derrière le masque.

J'arrive chez lui un quart d'heure à l'avance. Je le trouve sur la terrasse, entièrement nu face à la mer.

Comme la pluie vient de cesser, il étincelle, couvert de gouttelettes. Je contourne une pile de vêtements jetés par terre, puis je m'arrête sur le seuil. Je pourrais contempler pendant des heures sa plastique impeccable. Le ciel s'éclaircit, l'océan immense s'étire à l'infini, mais c'est le corps puissant et magnifique de Damien Stark qui domine la vue. Ses épaules tendues expriment son pouvoir, sa posture, sa confiance en lui, et son dos viril, la force intérieure qui lui permet de supporter tant de choses.

Un homme qui sait ce qu'il veut et qui arrive toujours à ses fins.

Et c'est moi qu'il veut, me dis-je avec un violent élan de fierté.

— Vous êtes en avance… murmure-t-il sans se retourner.

Il a deviné ma présence, mais je ne lui demande pas comment. Moi aussi, j'ai senti ce flux d'énergie circuler entre nous. Nous n'avons pas besoin de nous voir pour savoir que l'autre est là.

— Quelques minutes de plus en votre compagnie, c'est toujours bon à prendre.

— Je suis content que vous soyez là, dit-il en se tournant vers moi.

Il sourit, mais je constate que la tension de ses épaules est présente dans tout son corps.

— Que se passe-t-il, Damien ?

— Quelques avocats et quelques trous du cul se sont donné le mot pour me gâcher la journée. Désolé.

— Vous voulez que je m'en aille ?

— Surtout pas.

Il me tend la main et m'attire contre lui. Son sexe durcit contre ma cuisse. Ses lèvres dans mes cheveux, il soupire :

— Nikki…

Je lève les yeux vers lui. Il va m'embrasser, c'est sûr… Oh, non ! Un téléphone sonne sur une table et Damien me repousse gentiment.

— Un appel que j'attendais… s'excuse-t-il en s'emparant de l'appareil.

Il ne perd pas de temps en formules inutiles :

— C'est réglé ? Bien. Oui, je comprends, mais gardez à l'esprit que je vous paie seulement pour vos conseils. Les décisions, c'est moi qui les prends, compris ? Oui, bien sûr. Hein ? Bordel, j'aurais craché plus, vous le savez foutrement bien ! Mais évidemment, qu'il fallait le faire ! Pas question qu'on la traîne dans cette merde. Non, non, c'est fait. Je ne reviendrai pas sur ma décision. On fera avec.

Long silence, puis :

— Charles, vous me dites des trucs que je n'ai pas envie d'entendre. Franchement, je me demande à quoi vous me servez…

Donc, c'est Maynard, au bout du fil. Du coup, je redouble d'attention, mais ce n'est pas facile de décrypter une conversation quand on n'a qu'un des deux interlocuteurs sous la main.

— D'accord, d'accord… Et votre détective ? Il a réussi à localiser l'homme qui m'intéresse ? Ah ouais ? Enfin une bonne nouvelle ! Je m'en occupe demain matin en priorité.

Je me demande de quoi il parle. Ce n'est pas très clair, tout ça, du coup je n'écoute plus que d'une oreille. Et puis je commence à en avoir marre, de cet appel interminable.

— Et à San Diego ? Cette histoire avec le concierge ? Quelqu'un doit s'en charger, vous m'entendez ? Quoi ?

Bon sang, vous vous foutez de moi ! Comment ont-ils déterré cette histoire ?

Je ramasse les fringues par terre avec l'intention de les ranger, mais un petit diable assis sur mon épaule me suggère de les enfiler : le pantalon d'abord, puis la chemise, dont les manches glissent sur ma peau nue. Porter les vêtements de Damien, c'est incroyablement érotique. En revanche, avec ce pantalon, je crois bien que j'ai enfreint le règlement…

Les boutons de la chemise me donnent tant de fil à retordre que je n'entends pas la fin de l'appel. Et je sursaute de frayeur quand un truc en verre et en plastique s'écrase avec un bruit retentissant contre le parement de la cheminée.

Damien a balancé son téléphone. Ce coup de fil l'a mis de mauvais poil.

Je me précipite vers lui :

— Damien ? Ça va ?

Il me regarde des pieds à la tête, mais sans vraiment me voir. Et j'ai l'impression qu'il ne m'a pas entendue, non plus. Il doit se passer et repasser la conversation qu'il vient d'avoir.

— Damien ?

— Non ! répond-il sèchement. Non, ça ne va pas. Et vous, ça… Oh, bon Dieu ! Nikki…

— Moi ? Oui, tout va bien. Je…

Il me coupe la parole en m'embrassant si brutalement que nos dents se heurtent. Il empoigne mes cheveux pour m'immobiliser la tête, puis dévore ma bouche avec une telle violence que je vais sûrement en garder des bleus…

Tout en me serrant contre lui, il me pousse vers le lit et m'y jette en cherchant la ceinture du pantalon que je porte. Comme il est bien trop grand pour moi, Damien le baisse sans le déboutonner. Je me retrouve mollets et chevilles entravées…

Il se rue sur moi et m'écarte les genoux sans ménagement. Je suis déjà trempée. Je mouille encore plus quand il m'enfourche, puis enfonce sa queue dans ma chatte pour me pilonner sans autre forme de procès. C'est dur, rapide, brutal. Je contemple le visage d'un guerrier, d'un homme résolu à se battre jusqu'à la victoire.

Si seulement je pouvais le toucher… une intuition me pousse à y renoncer. Damien a besoin de se comporter ainsi. Il a besoin de me prendre. Au sens propre.

Et j'en ai tant besoin, moi aussi…

Au moment de la délivrance, un long grognement sourd lui échappe. Il s'écroule sur moi, se redresse aussitôt et me regarde, les yeux pleins de souffrance.

— Oh merde… gémit-il tout bas.

Il se lève. Il veut quitter la pièce, mais devant la cheminée il s'arrête et se retourne. Il regrette terriblement ce qui vient de se passer, je le lis dans son regard. Il va me dire quelque chose, mais aucun mot ne franchit ses lèvres.

Un instant plus tard, il est parti.

Je me débarrasse d'un coup de pied du pantalon qui entrave mes mouvements, puis je m'enroule dans un drap. Je ne sais pas quoi faire. Qu'est-ce qui a bien pu le mettre dans cet état ? Le coup de fil, probablement. Damien semble vouloir se réfugier dans la solitude, mais je ne vais pas abandonner la partie. Ce soir, il a morflé. Je ne peux pas le guérir, certes, mais je veux au moins le prendre dans mes bras.

J'ôte la chemise et me glisse dans le peignoir rouge

que j'ai trouvé à sa place habituelle : sur un tabouret, juste à côté du chevalet.

Pieds nus, je pars à la recherche du maître des lieux. Une tâche plus rude qu'il n'y paraît. Cette maison est immense et, dans les parties encore en travaux, les sons se répercutent, perturbant mon sens de l'orientation.

Un bruit sourd un peu bizarre attire mon attention. Il me mène au premier étage, où je découvre Damien dans une pièce immense encore vide. Elle ne contient qu'un tapis de marche, un tatami et un punching-ball.

Le martèlement des poings de Damien m'a guidée jusqu'à lui. Je lui lance :

— Hé, ça va ?

Il se défoule une dernière fois, puis se tourne vers moi. Il a enfilé un short, mais ne porte pas de gants. Ses articulations saignent, à vif. Je soupire :

— Mon pauvre chéri…

Je repère une serviette et une bouteille d'eau dans une corbeille en plastique, avec les gants qu'il aurait dû porter. Je verse un peu d'eau dans la serviette et je le rejoins.

— Ça va piquer un peu…

— Oh, Nikki… Je suis désolé… Vous allez bien ?

Il pose sa main blessée sur ma joue. La sauvagerie qui assombrissait son regard a complètement disparu. Le démon qu'il combattait a rendu les armes… ou a été admis en soins intensifs.

— Ça va, vous êtes sûre ?

— Mais oui ! Par contre, vous, vous m'inquiétez.

Je lui prends la main et tamponne doucement ses articulations en bouillie.

— Je vous ai fait mal… gémit-il d'une voix brisée qui me fend le cœur.

— Non, Damien. Pas du tout. Vous aviez besoin de moi, et c'est justement ce que je veux. Et puis on sait tous les deux que je suis capable de supporter la douleur…

Je lui souris, en espérant que ma petite plaisanterie va lui remonter le moral. En fait, il n'apprécie pas du tout.

— Mais pas comme ça !

— Quel est le problème, franchement ?

— Bon sang, Nikki ! Je vous avais dit que je ne vous ferais jamais de mal !

— Pfff ! J'ai déjà eu droit à une fessée… Vous m'avez même fouettée !

— Parce que vous m'avez assuré que vous aimiez ça ! C'était un jeu ! Ça me faisait bander et ça vous excitait aussi !

Il n'a pas tort, dans le fond.

— Mais ce que je viens de faire… J'étais hors de moi ! Je n'aurais jamais dû vous sauter dans un état pareil ! Ça ne me ressemble pas…

Par deux fois, il se retourne et cogne sur le punching-ball.

Je m'approche de lui, bien résolue à tirer tout ça au clair :

— Je vais très bien, Damien. Mais vous… C'est vrai, vous n'étiez pas dans votre état normal. Cela dit, vous avez eu raison de venir à moi. C'est ce que j'attendais de vous.

— Je me suis servi de vous !

— Mais je m'en fous ! Vous n'êtes pas une rencontre d'un soir, ou un étranger croisé dans la rue ! Vous êtes l'homme… *(Attention, Nikki !...)* Vous êtes le mec à qui j'ai confié tous mes secrets. Je vous ai ouvert mon lit et vous occupez toutes mes pensées !

Vous la voyez, la différence, maintenant ? Je serai là pour vous chaque fois que vous aurez besoin de moi. Et aucun de vos secrets n'y changera jamais rien !

— Vous en êtes certaine ? murmure-t-il, pensif.

Il a l'air de se demander s'il va relever le défi. Et moi, j'attends, vaguement mal à l'aise.

— Je vais dire à Edward de vous ramener chez vous, me déclare-t-il enfin.

— Non, merci.

Ça, c'était un « non » bien senti.

— Mais enfin, Nikki !

— Quand je dis non, c'est non.

Je me dresse sur la pointe des pieds et murmure à son oreille :

— Vous ne m'avez pas fait mal. Ma chatte était toute mouillée, vous le savez très bien. Contrairement à ce que vous prétendez, vous ne m'avez pas forcée.

D'une main, je me cramponne à son bras, tandis que l'autre s'égare sur son torse puis descend vers l'élastique de son short. Son rythme cardiaque s'accélère et, quand il me parle de nouveau, c'est d'une voix étranglée de désir :

— Arrêtez…

— Parfois, on dit le contraire de ce qu'on pense.

Je m'agenouille sur ce tapis de sol qui me facilite beaucoup les choses et je contemple la bosse gonflant le short de Damien. Il est temps de libérer ce malheureux pénis.

— Nikki…

— Je vais m'occuper de vous, Damien.

Je lèche son membre d'un bout à l'autre. Un membre incroyablement dur et velouté à la fois, au goût de sel et de chatte.

Je vais l'engloutir tout entier, mais d'abord je chuchote :

— Je vous prête mon mot magique. Océan, vous vous rappelez ?

Zut, faudrait pas qu'il le prononce tout de suite ! Vite, je commence à lécher son gland, à le sucer comme si c'était une énorme sucette obscène. Et son sexe durcit, il durcit… Quand je suis certaine que Damien va atteindre le point de rupture, je le tète… Et je le caresse, je le chatouille, je le suce à fond, de plus en plus excitée moi aussi.

Le plaisir enfle en lui, je le perçois aux infimes réactions de son corps. Puis, soudain, au moment où je le sens sur le point de jouir, il sort sa queue de ma bouche et me relève en m'étreignant de toutes ses forces. Cette fois, quand il m'entraîne vers le tapis de sol, son baiser est doux et sucré.

Je veux parler, mais il pose un doigt sur mes lèvres :

— Taisez-vous, Nikki.

Il dénoue mon peignoir et s'allonge sur moi. Jambes écartées, genoux pliés, je m'abandonne au plaisir de me faire pénétrer.

Il bouge sur un rythme très doux, très lent. Rien à voir avec la baise qu'on a eue à l'étage ! Il me fait l'amour… et sans jamais me quitter du regard. Quand il me prend la main et la glisse entre nous, je comprends tout de suite où il veut en venir. Déjà au bord de l'extase, je me caresse le clitoris, comme il me le demande, en me calant sur le rythme de ses poussées. Et c'est lui qui jouit le premier, me précédant de quelques secondes.

Vidé, il s'allonge à côté de moi sur un pan du peignoir en soie. Sur mon épaule, il trace du bout des doigts un petit sentier paresseux.

— Je suis vraiment désolé, Nikki. Et fou de rage, aussi.

— À cause de moi ?

— Non, pas du tout. Je m'en veux terriblement…

— Mais pourquoi ? On était d'accord, non ? Ce n'est pas grave, ce qui s'est passé là-haut !

En me dévorant du regard, il répond :

— Je m'en veux, parce que depuis que vous êtes entrée dans ma vie, je ne peux plus supporter l'idée de vous perdre.

Chapitre 27

Le reste de la soirée se déroule normalement. Blaine arrive, j'adopte la pose convenue, il reprend le portrait. Damien nous observe pendant quatre heures depuis son fauteuil. Ensuite, nous dégustons une bonne bouteille en contemplant la lune qui se lève sur l'océan. Damien propose à Blaine de dormir sur le tatami, et nous nous y remettons très tôt le lendemain matin. Nous remballons les pinceaux à neuf heures, quand Damien part au bureau.

Vers dix heures, en arrivant chez moi, je trouve un petit mot de Jamie, qui me signale qu'elle passe une audition. Pourvu que ça marche ! Je décide alors de rester tranquillement à la maison le reste de la matinée. De toute façon, Damien est en réunion jusqu'au déjeuner. J'aurais bien aimé me pelotonner dans son lit, mais rester devant la télé et lire le journal en gratouillant Lady Miaou-Miaou, c'est très sympa aussi.

Une tasse de café à la main, je me cale sur une chaîne qui diffuse des classiques du cinéma. D'un autre côté, je ferais peut-être mieux de m'attaquer à la lessive…

Tiens, un de mes films comiques préférés ! La lessive attendra.

Mon téléphone sonne pendant le générique de début. C'est Ollie.

— Tu pourrais te libérer pour le déjeuner ? Onze heures, ce serait possible ? J'ai une réunion à treize heures, je dois manger tôt… Et tu pourrais venir ici ? Ma secrétaire ira nous chercher des sandwichs…

— Il y a une urgence ?

— J'ai envie de te voir, c'est tout. Il faut une raison, maintenant ?

Il a quelque chose à me dire, j'en suis persuadée. J'espère que ce n'est pas à propos de Courtney, ou pire, de Jamie… Bref, comme je lui ai promis d'arriver à l'heure, je décide d'enregistrer le film, dont je ne verrai pas la fin.

Une heure plus tard, je me pointe au bureau d'Ollie, comme convenu. La réceptionniste, qui m'attendait, m'escorte jusqu'à une salle de réunion. Des sodas et des sandwichs sont déjà étalés sur la table. Ce n'est pas la grande classe, mais ça fera l'affaire.

Comme il n'est pas encore là, je sirote un Coca light en piochant dans un sachet de chips. Si je veux aider mon ami à traverser ce sale moment, je dois me montrer positive, me dis-je. L'engueuler à ce stade, ça ne servirait plus à rien. Ah ! le voilà, une énorme pile de dossiers dans les bras.

— Salut, Nikki !

— Oh merde, c'est pour moi, tout ça ? Quelle horreur…

Ma vanne le désarçonne un peu, puis son visage s'éclaire.

— Non, non, rassure-toi ! C'est pour ma réunion. C'est la folie, ces jours-ci.

— Bon… Dis-moi tout. Pourquoi voulais-tu me voir ?

Ce doit être un truc grave, sinon il ne m'aurait pas demandé de venir alors qu'il croule sous le boulot.

Il appuie sur un bouton. Deux volets viennent occulter les baies panoramiques de la salle et nous nous retrouvons isolés du monde extérieur.

— Ça ne va pas te plaire…

Je me carre dans mon siège, déjà hors de moi.

— Ça concerne Damien, c'est ça ? Putain, Ollie, arrête de jouer les grands frères ! Je ne suis plus une gamine, tu sais ! Je peux me débrouiller toute seule.

Aucune réaction. Il ne m'a pas même pas entendue, je crois.

— Ça concerne aussi Kurt Claymore.

Ce connard de Kurt. Je m'attendais à tout, sauf à ça.

— Ah oui ? Et comment va-t-il, cet enfoiré ?

— Ces cinq dernières années, il a travaillé dans une entreprise de Houston.

— Et alors ?

— Et alors, ton copain Damien l'a fait licencier ce matin.

— Quoi ? T'en es sûr ?

Inconsciemment, j'ai enfoncé mes ongles dans les accoudoirs de mon fauteuil.

— Ouais, j'en suis sûr. Comme tu le sais déjà, je n'ai jamais bossé directement pour Stark. Par contre, je bosse pour Maynard et c'est moi qui ai engagé l'enquêteur chargé de retrouver Kurt. Je suis désolé, Nikki.

J'ai les mains moites tout à coup, et mon cœur s'emballe dans ma poitrine. Damien a employé les grands moyens pour retrouver Kurt, et ensuite, il s'est arrangé pour le faire licencier. Comme ça, parce qu'il le voulait. Sans daigner me consulter, sans même m'en parler…

— Damien Stark est arrogant, pété de thunes, et il se prend pour le maître du monde, reprend Ollie. Du coup, quand le monde ne se comporte pas comme il le souhaite, il sévit.

Complètement sonnée, je prends aussitôt la défense de mon amant.

— Damien n'est pas celui que tu crois. À sa manière, il a voulu me protéger, dis-je d'une voix éteinte.

— Ah ouais ? Comme il a protégé Sara Padgett ?

Je redresse vivement la tête :

— De quoi tu parles ?

— Tu sais qui est Eric Padgett ?

Je sens mes tripes se nouer. J'ai une trouille bleue de ce qu'il va me dire maintenant.

— Oui, Ollie, et tu sais que je le sais. Eric Padgett, le frère de Sara, la fille qui est morte.

— Il affirmait que Stark avait tué sa sœur et il menaçait de tout révéler à la presse. Stark nous a demandé de faire taire ce trou du cul en employant tous les moyens légaux, mais Eric n'arrêtait pas de réclamer du pognon en gueulant qu'il aurait sa peau, qu'il savait d'autres trucs pas clairs sur lui. Bref, ça puait la calomnie à plein nez. Exactement ce que je t'ai dit à Beverly Hills : un enfoiré qui voulait décrocher le gros lot.

— Que s'est-il passé ? dis-je d'une toute petite voix.

Je veux qu'il en termine au plus vite. Comme ça, je pourrai me barrer. J'ai besoin d'être seule pour digérer ce que je viens d'apprendre.

— Stark lui a filé son pognon hier. Eh oui… ricane-t-il en me voyant bouche bée. Ce même Damien Stark, si intransigeant jusqu'alors… Virage à cent quatre-vingts degrés. Il a payé le maître chanteur. Lui qui disait qu'il allait se battre jusqu'au bout sans jamais reculer, il s'est dégonflé comme une baudruche.

Je marmonne tout bas :

— Comment ça ?

— Il a lâché douze millions six cent mille dollars.

— Oh, merde…

La main plaquée sur la bouche, je fais tout ce que je peux pour retenir mes larmes.

Ollie m'observe, mais je m'en moque. Je revois Damien marchant de long en large sur sa terrasse, le téléphone collé à l'oreille, et parlant avec Charles Maynard d'un problème qui m'échappait. Et de tous ces millions de dollars…

Je ne lis aucune compassion dans les yeux de mon ami.

— Peut-être qu'il l'a fait parce qu'il en avait ras le bol, mais franchement, ça m'étonnerait. À mon avis, il cherche à enterrer ses crimes. Il est dangereux, Nikki. Je n'arrête pas de te le répéter. Il est dangereux, et tu le sais très bien, putain !

Ma Chevy pourrie et moi, nous avons pris la route de Malibu, direction la maison de Damien. C'est le chaos dans ma pauvre tête. Tout se mélange, colère, peur, sentiment de perte, déni, espoir… Complètement paumée, je ne trouve rien à quoi me raccrocher. En tout cas, une chose est sûre, ça sent mauvais, tout ça.

Et je sais aussi que je souffre comme une damnée.

Quand j'arrive, il est midi et des poussières, mais

je sais que Damien sera là. J'ai appelé son bureau en chemin et sa secrétaire m'a dit qu'il était retourné chez lui.

Chez lui, c'est-à-dire dans le studio du deuxième étage… Sauf que c'est Blaine qui m'accueille sur le seuil.

— Salut, la blondinette…

— Tiens, vous êtes encore là ?

— Je fais des recherches de coloris. Je dois trouver la bonne couleur pour le ciel, et c'est pas de la tarte. J'y suis presque, mais pas tout à fait.

Il semble enfin me voir et fronce les sourcils, vaguement inquiet :

— Vous avez un problème, on dirait…

Je jette un coup d'œil à la toile. Mon portrait s'est étoffé, mais il est loin d'être terminé. J'y apparais comme écorchée, débarrassée de la couche qui me protège. Blaine a réussi à capter la vraie Nikki… Car c'est exactement ainsi que je me sens. Damien aussi a percé ma carapace, d'ailleurs. Il a découvert ce que je cachais, me laissant complètement vulnérable.

Au moment où je pense à lui, il sort de la cuisine.

— Bonjour, Nikki. Qu'est-ce qui nous vaut ce plaisir ?

Il est content de me voir, ça s'entend, mais très vite son expression change.

— Je vous laisse, dit Blaine.

Damien ne lui accorde même pas un regard. Il me dévisage sans bouger.

Dès que la porte d'entrée s'est refermée, je respire un grand coup. Mon cœur bat si fort que les premiers mots ont du mal à sortir :

— Tu faisais d'elle ce que tu voulais, comme avec moi ?

Il ne comprend pas quelle mouche me pique, et ça me met hors de moi. Tant mieux. Ma fureur me donnera la force de l'affronter.

— Sara Padgett, Damien ! Je suis au courant !

— Et au courant de quoi, au juste ? rétorque-t-il d'un ton glacial.

— Tu veux tout contrôler. Ta vie, tes affaires, tes femmes, la baise… Même moi, j'y ai eu droit !

Une larme serpente le long de mon nez, mais je tiens bon. Moi aussi, je peux me contrôler ! Je reprends :

— C'est à cause des mauvais traitements que tu as subis, n'est-ce pas ? Du coup, maintenant, tu ne peux plus t'en passer. Ou plutôt, tu as besoin d'en faire subir aux autres, et pour ça tu dois tout contrôler…

Je cherche sur son visage une confirmation de ce que j'avance. Rien. Aucune réaction.

— Gérer les choses de A à Z, c'est comme ça que je fonctionne, Nikki. Ce n'est pas un secret.

Là, il marque un point. Mais pour le reste… Pourquoi me cache-t-il tant de choses ?

— Au début, c'était un jeu, je parie. Tu l'as ligotée, elle aussi ?

J'empoigne l'un des voilages :

— Tu as noué ce truc autour de ses bras en prenant plein de précautions, je suppose ? Ben oui, tout doucement… tu es un mec tellement attentionné… Ensuite, tu l'as serré autour de son cou, c'est ça ? Et tu lui as fait ton petit speech sur la douleur et le plaisir ?

Je fonds en larmes, mais je continue quand même, en sanglotant :

— Dis-moi que c'était un accident…

De plus en plus lugubre et menaçant, comme si une tempête faisait rage en lui, Damien marmonne :

— Je n'ai pas tué Sara Padgett.

Je parviens à soutenir son regard :

— J'ai pourtant douze millions six cent mille raisons de penser le contraire.

Il devient blanc comme un linge. Oh ! Seigneur, il l'a tuée. Je n'y croyais pas vraiment, mais là, ça se confirme.

— Qui t'a dit ça ?

En sueur, le cœur au bord des lèvres, je réponds vaillamment :

— Pas toi, en tout cas. J'imagine que tu n'avais pas du tout l'intention de me faire des confidences à ce sujet. C'est très compréhensible, d'ailleurs.

— Qui t'a dit ça, Nikki ?

Je réplique sèchement :

— Tu ne devrais pas parler au téléphone devant moi.

Le reste, il n'a pas à le savoir. Il se passe une main dans les cheveux.

— Nikki…

— Pas la peine.

J'ai envie de me tirer. Je sors de ma poche le beau bijou qu'il m'a offert. Ma cheville devra s'en passer… Avec un gros soupir, je le lance sur le lit.

Je jette en vitesse un dernier coup d'œil à la peinture inachevée avec sa Nikki écorchée, puis je tourne les talons et me rue dans l'escalier, la gorge serrée.

Damien ne fait rien pour me retenir.

Je passe les deux jours suivants dans un épais brouillard. Je me souviens vaguement d'une orgie de crème glacée, de vieux films et de chansons country bien déprimantes ; et aussi de Jamie me traînant deux fois au bord de la piscine, sous prétexte que la vitamine D, ça va me requinquer. Tu parles ! Rien n'y fait.

Mon sommeil est très perturbé. Je dors n'importe quand et je m'en fous. Je n'ai plus de boulot, alors rien ne m'oblige à me lever tôt. En revenant de Malibu, j'ai appelé Bruce pour le prévenir que je ne pouvais pas accepter son offre. Je dois couper tous les liens avec Damien Stark. Si je ne m'y résous pas, je vais rester engluée dans cette histoire. Ça me travaille déjà bien assez comme ça. Damien me manque atrocement.

Donc, je dors le jour et je végète la nuit. C'est incroyable tout ce qu'on apprend dans les publireportages. Du coup, quand quelqu'un frappe à la porte, me tirant de mon petit roupillon sur le canapé, je ne sais même plus quel jour on est, et n'ai aucune idée de l'heure. Je hurle :

— Jamie ! Va ouvrir, s'te plaît !

Comme d'habitude, elle n'est pas là. Elle a deux auditions au programme et peut-être une troisième. Je croise les doigts pour elle, bien sûr, mais en même temps je me sens seule et abandonnée.

À la porte, ça insiste lourdement. Bon… Je me redresse en râlant.

Dès que mon sang recommence à irriguer mon cerveau, je me demande qui peut bien s'acharner comme ça sur cette pauvre porte. Damien ? Sûrement pas. Je n'ai aucune nouvelle de lui. Il n'a pas cherché à se dédouaner, ni à savoir comment j'allais.

Tu as pris la bonne décision, ma cocotte. La preuve ! Pour lui, tu n'étais qu'un joli trophée. Il est déjà passé à autre chose.

Et voilà, ça recommence ! Je me sens de nouveau complètement nulle.

La personne derrière la porte cogne de plus en plus fort.

— Hé, ho ! Ça suffit ! J'arrive !

Je me lève en clignant des yeux. Le visage bouffi, les cheveux en bataille, et gras en plus… Faut dire que je ne les ai pas lavés depuis un bail. Et ça fait deux jours et deux nuits que je porte ce pyjama en flanelle informe maculé de taches de café.

Je fais pitié, mais ça m'est égal.

Je me traîne jusqu'à la porte dans mes chaussons fourrés, en veillant à ne pas marcher sur Lady Miaou-Miaou, toute contente de me voir revenir à la vie.

Je n'utilise jamais le judas, d'habitude, mais si c'est Damien, je ne lui ouvrirai pas. Pas question qu'il me voie dans cet état. Alors, je colle mon œil au petit trou.

Ce n'est pas lui.

C'est bien pire.

C'est ma mère.

Chapitre 28

— Qu'est-ce que tu fais ici, maman ?

Elle m'écarte en fronçant le nez : mon chez-moi lui déplaît, on dirait. Après une seconde d'hésitation, elle se dirige vers la table et se choisit une chaise du bout des doigts. Elle sort un mouchoir de son sac, époussette le siège et s'assoit enfin, mains croisées sur la table, raide comme un piquet.

Je m'affale sur la chaise d'en face et je pose un coude sur la table, le menton dans la main.

Ma mère me sert le sourire factice qu'elle réserve aux caissiers et aux pompistes qui lui font le plein.

Je reformule ma question :

— Que fais-tu à L.A., maman ?

— C'est évident, non ? Tu as bien besoin d'un petit coup de main.

Je suis un peu à côté de mes pompes, mais quand même… Où veut-elle en venir ?

— Damien Stark… ajoute-t-elle.

Je sens mon estomac se nouer. Je marmonne :

— Peux-tu me répéter ce que tu viens de dire ?

— J'ai vu la photo, Nikki. Je suis au courant. Pourquoi ne m'as-tu pas dit que ce monsieur te courtisait ?

Je ne comprends pas. C'est pourtant une excellente nouvelle, non ?

Je ne trouve rien à lui répondre.

— Ma chérie, si tu veux épouser un homme comme Stark, tu dois mettre toutes les chances de ton côté. Sinon, il va très vite se lasser de toi.

Mais oui, bien sûr. Pour ce que j'en sais, c'est déjà fait.

Les lèvres pincées, elle me toise de la tête aux pieds. Elle a sorti un téléphone de son sac à main Chanel :

— Inutile de se leurrer, nous avons du pain sur la planche. Quel est le meilleur salon de beauté à proximité ? Nous allons d'abord nous occuper de ton maquillage. Oh mon Dieu, tes cheveux… c'est répugnant ! Heureusement, ils ont gardé leur nature formidable. Il va falloir retailler les pointes, évidemment… Il te faudra aussi une garde-robe convenable. Et cet appartement, il est à revoir également. S'il y a des choses auxquelles Jamie tient, elle pourra toujours les stocker dans un garde-meubles.

— On a rompu, maman. Et c'est moi qui suis partie.

— *Quoi ?* Mais tu es folle, ma pauvre fille ! Qu'est-ce qui t'a pris ?

Elle change de couleur, la pauvre. On dirait que je viens de lui annoncer qu'il ne me reste plus qu'une journée à vivre.

Qu'est-ce que je vais bien pouvoir lui répondre ?

— Tu tiens vraiment à le savoir, maman ? D'accord, je vais te le dire. Il a fini par me gonfler. Il voulait tout contrôler en permanence. Ça ne te rappelle pas quelqu'un ?

Elle se lève lentement, avec des gestes contenus. Je connais cette attitude, elle est folle de rage, mais ne veut pas le montrer. Les dames bien comme il faut n'affichent jamais leurs émotions et ne perdent jamais leur sang-froid.

— Petite idiote, me dit-elle froidement. Toujours trop maline pour ton propre bien, à ce que je vois. Nichole savait tout mieux que tout le monde. Nichole avait toujours raison.

— Si c'est bien de Nichole que tu parles, c'est tout à fait exact. Seule Nichole peut savoir ce que Nichole veut.

Ses traits sont si crispés que son visage se déforme, montrant toutes les imperfections de son maquillage : fond de teint trop épais, craquelures…

— Sale petite ingrate ! Je n'arrive pas à croire que j'ai bousculé mon emploi du temps et pris l'avion pour venir te rendre visite. Je retourne à l'hôtel. Tu devrais réfléchir à ta vie, Nikki. À ce que tu veux vraiment, à ce qui t'attend, à ce que tu risques de perdre. Je reviendrai quand tu te seras calmée et que tu pourras tenir des propos cohérents.

Elle s'en va sans même claquer la porte.

Je suis sonnée. Je devrais me secouer, je le sais, mais c'est au-dessus de mes forces. Le regard dans le vague, je reste assise à ma place. J'ai l'impression de flotter au-dessus de mon corps.

Quelques minutes – ou quelques heures plus tard… j'ai perdu toute notion du temps –, une crampe à la jambe m'oblige à remuer un peu. À ma grande surprise, je constate que je serre toujours le poing. En l'ouvrant lentement, je découvre les marques que mes ongles ont laissées sur ma paume. Certaines sont si profondes que le sang a du mal à les irriguer.

Je me lève et vais dans la cuisine les yeux rivés sur ma main, sans trop savoir ce que je fais. Je prends un couteau dans son bloc, puis j'allume le gaz. Malgré le brouillard dans lequel je flotte, je n'oublie pas que je dois stériliser la lame, mais si je dois quitter la cuisine pour aller chercher du désinfectant, je n'aurai plus le courage de passer à l'acte.

Je présente la lame à la flamme, la laisse refroidir et l'approche de mon avant-bras bien tendre. Un endroit inédit pour une souffrance nouvelle. Je m'entaille… et je balance violemment le couteau à travers la pièce. Il s'écrase contre le mur, laissant dans le plâtre une marque bien visible.

Tout devient flou autour de moi. Je chiale, on dirait… Désemparée, complètement perdue, je tourne en rond dans la cuisine. Malgré ce qui nous sépare, j'ai désespérément besoin de Damien, de ses paroles réconfortantes, de ses bras qui m'étreignent, de son épaule pour pleurer…

Non, non, non, bordel de merde !

Il y a des ciseaux sur l'égouttoir. Je les saisis et me laisse glisser par terre dans le coin du lave-vaisselle. J'empoigne une mèche de mes cheveux que je coupe aussitôt. Puis une deuxième, une troisième, etc. Très vite, me voici entourée d'un tapis de mèches.

Je les regarde, je les ratisse du bout des doigts. Ces cheveux que ma mère, que Damien aimaient tant…

Puis je ramène mes genoux contre moi et je sanglote, la tête basse.

Je ne me rappelle pas avoir regagné ma chambre, je ne me rappelle pas m'être couchée, mais je me réveille dans mon lit. Et quand mes paupières se soulèvent, Damien est là, près de moi.

— Salut, Nikki… murmure-t-il, ses grands yeux tristes fixés sur moi.

Damien ! Mon cœur se gonfle de gratitude et le nuage noir qui semblait s'accrocher à moi se dissipe d'un seul coup.

Quand il me caresse la tête, je me redresse brusquement.

Merde, mes cheveux !

— Tu as besoin d'un bon shampoing, mais ça te va bien, les cheveux courts.

— Qu'est-ce que tu fais ici ?

— C'est grâce à Jamie. Je l'ai appelée tous les jours pour qu'elle me donne de tes nouvelles. Tu avais besoin de prendre du recul, j'en suis conscient, mais ta mère…

Je hoche la tête. Ça y est, ça me revient : Jamie m'a mise au lit et, pendant qu'elle me bordait, je lui ai raconté la visite de ma mère. Pourvu qu'elle ne se repointe pas, celle-là…

— Elle est toujours en ville…

— Non, elle est partie, me rassure Damien, les yeux pétillants de gaieté. Je suis allé à son hôtel, je lui ai dit qu'elle devait s'en aller et je l'ai collée dans mon jet. Ça tombait bien, ça faisait un moment que Grayson avait envie de tenir le manche. C'était l'occasion rêvée de lui confier un vol. Et ta mère m'a paru tout excitée à la perspective de voyager en jet privé.

Je le regarde, ébahie.

— Merci…

— Je te l'ai dit, ma chérie. Je ferais n'importe quoi pour toi.

— Arrête, Damien. Nous deux, c'est fini…

Il se lève, le regard empli de sollicitude.

— À cause de Sara, c'est ça ? Bon sang, Nikki…

Voyant que je n'ose pas le regarder en face, il se rassoit au bord du lit et me relève le menton.

— Tu penses vraiment que je l'ai tuée ?

— Non, dis-je du tac au tac.

Et je suis tout à fait sincère. Une larme roule sur ma joue.

— Pardon, Damien. Tu ne peux pas savoir à quel point je regrette…

— Allons… Tout va bien… murmure-t-il en essuyant mes larmes. Mais tu as raison, je ne l'ai pas tuée. Je n'étais même pas présent, cette nuit-là. J'étais à San Diego et je peux en fournir la preuve : Charles a réussi à se procurer les images de la caméra de surveillance de l'hôtel où je séjournais. J'ai passé une bonne partie de la nuit au bar, à parler affaires avec le propriétaire d'une entreprise que je comptais acquérir. Tu comprends maintenant pourquoi Maynard est furieux que j'aie cédé au chantage ? Nous possédions toutes les preuves nécessaires pour clouer le bec à Padgett, et moi j'ai cédé…

Je me redresse un peu :

— Mais pourquoi ? Je ne comprends pas…

— Pour deux raisons. La première, c'est que même si je n'étais pas là quand Sara est morte, je suis en partie responsable de son décès. J'aurais dû mettre un terme à notre relation avant que ça ne tourne au cauchemar. Je voulais racheter ses parts dans leur compagnie et j'y suis arrivé. J'ai procédé de même avec d'autres actionnaires, et dès que j'ai obtenu la majorité, j'ai évincé Eric et mis en place une équipe capable de relancer l'entreprise. Très vite, celle-ci a recommencé à faire des bénéfices et la valeur des actions a augmenté.

Je ne vois toujours pas où il veut en venir.

— Pendant toute cette période, nous sommes sortis ensemble, Sara et moi. Pourtant, ce n'était pas dans mes habitudes, ce genre de relation qui dure. Je ne l'aimais pas, mais j'étais pris par mon travail et elle ne refusait jamais une partie de jambes en l'air quand l'occasion se présentait. C'était pratique, quoi. Elle a commencé à être de plus en plus présente, mais j'ai fait comme si de rien n'était. J'aurais dû couper les ponts, je le savais, mais je bossais sur des fusions-acquisitions difficiles et j'ai laissé courir. J'ai attendu de conclure cette affaire pour rompre avec Sara. Autant la pousser dans le vide… Je ne m'attendais vraiment pas à ce suicide et jamais, au grand jamais, je n'étoufferais une femme au cours de jeux sexuels. Mais ça ne change rien au fait que j'ai joué un rôle dans sa mort.

— Tu n'y es pour rien, Damien. Et ce type qui porte contre toi ses accusations atroces… Pourquoi lui as-tu donné ce qu'il voulait ?

— Je l'ai fait pour toi.

Là, il m'en bouche un coin.

— Comment ça ?

— J'étais prêt à me battre le temps qu'il faudrait, jusqu'au soir où il s'en est pris à toi, pendant le gala de charité. Je refuse de te mêler à tout ça ! Si ce type touche à un seul de tes cheveux, s'il essaie de te faire peur…

Je suis en état de choc. Tétanisée. Mortifiée.

Damien a revu tous ses plans parce qu'il se faisait du souci pour moi !

— Je… mais, Damien… douze millions de dollars ?

— C'est la valeur actuelle des actions que Sara m'a cédées, plus la valeur de celles d'Eric, que je viens de lui acheter. J'ai fait une bonne affaire. La compagnie se porte bien. Je rentrerai dans mes frais.

— Tu n'aurais pas dû… Je peux me défendre toute seule, tu sais.

Je croise son regard. Dans ses yeux, je lis bien plus que du désir. Ils me disent que Damien a besoin de moi, que je lui manque terriblement et qu'il m'aime – peut-être.

— Ça, j'en suis sûr, réplique-t-il. Mais ce n'était pas ton combat.

Il me prend la main et ajoute :

— Je ne veux pas risquer de te perdre, Nikki.

Je ne rêve plus que d'une chose, me blottir dans ses bras. Et pourtant, je m'écarte un peu de lui et je détourne le regard :

— Il y a autre chose, Damien.

— Je sais…

Je me retourne vivement :

— Et que sais-tu, au juste ?

— Jamie me l'a dit. Ollie lui a tout raconté, apparemment.

— Ollie ?

Oh putain !

— Ne t'inquiète pas, je n'en parlerai pas à Charles. Ton ami a trahi ma confiance, c'est vrai, mais il l'a fait pour toi, et ça change tout. C'est un petit salaud, mais je comprends ses motivations. J'aurais agi exactement comme lui.

— Tu as fait licencier Kurt…

— Et comment !

— Tu ne peux pas faire ça aux gens !

— Dans ce cas-là, je pouvais. Il travaillait pour une de mes compagnies.

À vrai dire, je m'en moque, du licenciement de ce pauvre type. J'en retire même une vague satisfaction. Mais il n'y a pas que ça…

— Nikki ? chuchote-t-il.

Damien me regarde, attentif, vulnérable. Je lui caresse la joue, sa barbe naissante me chatouille, et je me sens revivre à ce simple contact. Cet homme et moi, nous ne faisons qu'un. Il est comme l'air que je respire ! J'ai tellement besoin de lui… Mais lui, a-t-il vraiment besoin de moi ?

— Tu te trompes sur mon compte, Damien.

— Que veux-tu dire ?

— Tu penses que je suis forte, mais c'est faux.

— Ma pauvre chérie… Viens dans mes bras…

Je me blottis contre lui. J'ai l'impression d'être chez moi. L'oreille collée à sa poitrine, j'écoute les battements de son cœur.

— Tout le monde craque un jour ou l'autre, murmure-t-il. Ce n'est pas une preuve de faiblesse, mais le signe que quelque chose nous a vraiment blessés. Sache que je serai toujours là pour soigner tes blessures…

Très émue, je relève la tête pour le regarder bien en face. J'ai du mal à l'imaginer en situation de craquer, mais je sais qu'il parle d'expérience. Tout le monde peut craquer. Même lui.

— Alors, ma chérie, tout va bien entre nous ?

Je revois ma mère me disant de réfléchir à ce que je vais perdre. Elle a peut-être raison, finalement. Ce serait le premier bon conseil qu'elle me donne, et il se pourrait bien que je le suive…

Mais je veux la chasser de mes pensées, alors je ferme les yeux de toutes mes forces. Et quand je les rouvre, je ne vois plus que Damien. Je chuchote – parce que j'y tiens vraiment :

— Oui, tout va bien entre nous…

Son soulagement m'apaise comme un baume, et toutes mes appréhensions s'envolent. Et puis, brusquement, je lui demande :

— Jamie est là ?

J'espère qu'elle n'a pas entendu notre conversation. Ici, les murs sont fins comme du papier à cigarette.

— Euh… non, me répond-il, un peu hésitant.

Bizarre…

— Pourquoi cette grimace, Damien ?

— Le moment est sans doute mal choisi, mais je vais quand même t'avouer un truc : Jamie va recevoir sous peu un appel de son agent.

— Comment le sais-tu ?

— Il va lui proposer de tourner dans une campagne de pub pour une compagnie dont je suis actionnaire.

Il parle avec prudence, en me surveillant du coin de l'œil. Il doit avoir peur que je ne pique une crise…

— Tu as fait ça pour elle ?

— Euh… pas vraiment. Je l'ai fait dans l'intérêt de la compagnie. Des trois actrices que nous a proposées l'agence, c'était Jamie la plus convaincante.

Mon sourire s'élargit encore, à l'immense surprise de Damien.

— Étrange… marmonne-t-il. Elle, j'ai le droit de l'aider, mais toi, pour Innovative, tu as presque hurlé contre moi ! Tu peux m'expliquer pourquoi ?

Je grimace. Il marque un point, là.

— C'est comme ça, mon cher.

Nous pouffons tous les deux. Il dépose un doux baiser sur mes lèvres et chuchote :

— Nikki ?

— Oui ?

— Je t'…

Il n'a pas terminé sa phrase, mais j'ai eu le temps d'y percevoir toute la tendresse qu'il me porte. Il a failli me dire « Je t'aime », j'en suis sûre. Des mots qui sonnent juste et n'ont rien d'effrayant.

— Ne me quitte plus jamais, Nikki.

— Jamais. Je suis à toi corps et âme…

Il s'allonge sur moi et sème une traînée de baisers dans mon cou.

— Tu prétends que j'ai besoin de tout contrôler…

— Ce n'est pas une révélation !

— Cette fois, c'est à toi de jouer, Nikki.

— Que veux-tu dire ?

— C'est toi qui décides. Explique-moi ce qui te fait envie, le plus précisément possible.

— C'est surtout toi que je veux…

— Oui, mais où aimerais-tu que je te touche, et comment ? Dois-je te mordiller le téton ? Te mordre l'oreille ? Dois-je plonger ma langue dans ton con si doux ? Allez, Nikki, dis-moi ce qui te branche.

— Très alléchant, tout ça. Mais pour commencer, embrasse-moi !

Il pose ses lèvres sur les miennes, avec douceur d'abord, puis avec de plus en plus d'insistance. Nos langues se cherchent, se trouvent, et je me dis : *Qu'est-ce qu'il attend pour me toucher ?*

Ah oui, je me le rappelle, il fera seulement ce que je lui demande.

Doucement, j'interromps notre baiser :

— Mes seins, caresse-les, puis pince-moi les tétons.

C'est une première pour moi, cet itinéraire du tendre. Mais avec Damien, je n'ai peur de rien.

— Plus fort…

Il s'exécute et, cette fois, j'ai presque mal. Je réagis en me cambrant.

— Embrasse-moi partout, jusqu'à mon clitoris… Lèche-le, enfonce tes doigts dans ma chatte. En même temps, continue à me caresser les seins.

— À vos ordres, Madame.

Sa bouche explore mon corps en prenant son temps, par d'innombrables détours. Moi, je m'offre à lui avec tant de fièvre que je tremble des pieds à la tête. Le simple contact du drap me pousse au bord de l'extase. Mon corps tout entier est devenu une immense zone érogène. Oh oui, Damien, plus bas… Je te veux partout, aujourd'hui !

Et soudain, j'ai un sursaut, car je viens de comprendre ce que j'attends de lui. Malgré le plaisir que je ressens à me faire sucer ainsi, je repousse Damien, puis je bascule sur le côté et me colle à lui en guidant sa main vers mes fesses.

— Prends-moi là, je t'en supplie…

Tout son corps se tend et devient brûlant.

— Tu en es sûre ?

— Je suis à toi, Damien. À toi de tout mon être.

Il m'aide à me redresser en levrette et me flatte gentiment la chatte. Après avoir bien humecté ses doigts, il en enfonce un dans mon cul, m'arrachant un hoquet brutal.

— Je m'arrête quand tu veux, Nikki.

— Non, continue… C'est si bon…

Cet outrage déclenche en moi des ondes délicieuses qui se diffusent dans tout mon corps.

— C'est la première fois ?

— Oui…

À cet aveu, il grogne de plaisir.

— Où est le lubrifiant ?

Je lui indique le tiroir de ma coiffeuse. Il en sort le flacon, s'enduit copieusement les doigts, puis me caresse avec douceur. Mon Dieu, que c'est bon…

— On va y aller tout doucement.

Il me picore le dos, titille mon clitoris et je sens sa queue me taquiner le postérieur. Puis de nouveau, il enfonce un doigt dans mon anus. D'abord crispée, je m'abandonne très vite aux sensations nouvelles qui m'envahissent.

— On y va ?

— Oui, je t'en supplie…

Le plaisir me rend folle. Et aussi, la satisfaction de savoir que, pour la première fois, je m'offre à lui sans réserve. Et que ce cadeau, il sera le seul à y avoir goûté.

— Vas-y, je suis prête. Mais pas trop brutalement, s'il te plaît…

Le gland de sa queue s'introduit entre mes fesses. En le sentant si dur, si raide, je me cambre d'instinct.

— Ma chérie… Comme c'est bon !

Il me pénètre lentement, et bientôt je le supplie d'y aller plus fort.

— Tout doux, ma chérie, tout doux… Bon Dieu, tu es si chaude…

Il bouge en moi sans hâte. La sensation de cette queue qui m'écartèle pourrait à elle seule me faire jouir, j'en ai peur.

— Caresse-moi le sexe…

Au rythme des allées et venues de son sexe, il

imprime des petits cercles autour de mon clitoris. Jamais nous n'avons connu une telle communion, lui et moi. Il bouge tout doucement pour ne pas me faire mal, en me chatouillant la chatte ; notre fièvre grimpe à l'unisson.

— Oh Nikki, je vais jouir…

Son orgasme est rapide, violent, prodigieux. En éjaculant, il me compresse le clitoris, me faisant franchir le cap à mon tour. Je jouis comme je n'ai jamais joui…

Nous nous sommes effondrés ensemble, et Damien me couvre de baisers en me serrant contre lui. L'épaule, le dos…

Tout doucement, nous reprenons notre souffle.

— Tu es à moi…

— Oui, Damien, lui dis-je avec une profonde sincérité.

Damien a encore fait jouer ses relations, j'imagine. Il a réussi à m'obtenir un rendez-vous le soir même dans l'un des meilleurs salons de coiffure de Beverly Hills. Je peux donc aller dîner avec une nouvelle coupe de cheveux ravissante. Quand je marche, mes boucles s'animent joliment sur mes épaules, débarrassées du poids de ma défunte crinière.

Je me suis douchée, épilée, et je sens délicieusement bon. Le repas était succulent, et le gâteau au chocolat presque aussi sublime qu'un orgasme.

Mais surtout, Damien est là, près de moi.

La vie est belle, finalement.

Après avoir dégusté un Martini au chocolat blanc, je dis à mon amant, en l'embrassant sur le nez :

— Je vais faire un tour aux toilettes. Je reviens tout de suite.

Il me retient et m'embrasse si fort, si goulument que je me liquéfie presque dans notre box.

— Dépêche-toi. Je veux rentrer. J'ai des projets pour toi.

— D'accord. Tu payes l'addition ?

— Tu as fini ton dessert ?

En le dévorant du regard, je réplique :

— Tu plaisantes ? Je n'ai même pas encore commencé !

Récompensée par l'incendie que je lis dans ses yeux, je me dirige en souriant vers le fond du restaurant, en ondulant très légèrement des hanches. Malheureusement, je croise Carl dans le couloir des toilettes et mon sourire s'éteint aussitôt.

— Ben ça alors ! Nikki Fairchild ! Salut, princesse ! Vous couchez toujours avec Stark ? Figurez-vous que moi aussi, je vais le baiser !

Du coup, je m'arrête, exaspérée :

— De quoi parlez-vous ?

— Les cadavres, vous savez ? Ceux qu'on cache dans les placards…

— Je ne comprends rien à ce que vous dites.

— Pauvre, pauvre M. Stark, si puissant, sur son Olympe… Mais quand on dégringole de la stratosphère, la chute n'en est que plus dure.

— Mais qu'est-ce que vous racontez ?

— À vous ? Rien, je n'en ai rien à foutre de vous. Mais dites à votre amoureux transi qu'il aura bientôt de mes nouvelles.

Tant pis pour le petit tour aux toilettes. Je rejoins Damien en toute hâte et lui raconte ma brève discussion avec Carl. Visiblement, cet incident le met en rage.

— Qu'est-ce qu'il te veut ? Tu le sais ?

Je repense à ce qu'il a subi dans son enfance. Ces abus dont il ne m'a pas encore parlé…

— Non. Aucune idée, me répond-il calmement.

Mais je vois une ombre dans ses yeux, et je sens cette froideur familière émaner de lui à nouveau… Va-t-il se renfermer et me repousser, comme au début ?

Et puis, soudain, il pousse un soupir et me serre contre lui :

— Ça concerne mon père, probablement. Mais ne t'en fais pas, Nikki. Carl Rosenfeld et ce vieux salaud n'arriveront pas à nous gâcher la soirée.

Il m'étreint, puis m'embrasse fougueusement. Moi non plus, je ne veux pas de ces types entre nous.

De retour à Malibu, nous faisons l'amour sans hâte, avec douceur, et je m'abandonne à ses caresses qui effacent mes peurs et mes soucis. Sous la douche, Damien me savonne de la tête aux pieds, puis nous nous rinçons tous deux. J'ai l'impression de revivre… Il m'enveloppe dans une serviette, m'entraîne vers le lit et se glisse sous le drap avec moi.

Maintenant, il me regarde, un sourire mystérieux aux lèvres. Je passe ma main dans ses cheveux et je chuchote, en le regardant droit dans les yeux :

— Toi aussi, tu es à moi…

— Oui…

J'attire sa bouche sur la mienne.

Il s'endort tout contre moi, la respiration apaisée. Moi, je ne peux m'empêcher de penser aux squelettes et aux fantômes qui hantent encore les recoins sombres de son passé. Quels sont les « secrets » évoqués par

Eric Padgett ? Quand je pense que Damien devra peut-être bientôt affronter ces ténèbres, je frémis. Mais je serai là pour lui et nous les affronterons ensemble.

Car quand Damien est près de moi, je n'ai plus peur du noir.

Découvrez dès maintenant
le premier chapitre de

Possède-moi
le nouveau roman de
J. Kenner

aux Éditions
Michel Lafon

POSSÈDE-MOI

J. KENNER

POSSÈDE-MOI

Traduit de l'anglais (États-Unis)
par Pascal Loubet

MICHEL LAFON

Titre original
CLAIM ME

Chapitre premier

— Ça y est ? je demande. Ça fait au moins cinq minutes que le soleil est couché.

À quelques mètres, Blaine se penche et pointe son nez de derrière la toile. Je ne bouge pas, mais du coin de l'œil j'aperçois ses épaules, son crâne chauve et sa barbiche d'un roux flamboyant.

— Mentalement, je te vois toujours baignée de lumière. Maintenant, ne bouge plus et tais-toi.

— Pas de problème.

Ma réponse, qui enfreint ses règles avec insolence, me vaut un grognement irrité. Bien que je sois nue dans l'embrasure d'une porte, notre échange semble tout à fait normal. J'ai l'habitude, à présent. L'habitude que la brise fraîche de l'océan fasse pointer mes tétons. Que le couchant éveille en moi quelque chose de si profond et passionné que je meurs d'envie de fermer les yeux et de m'abandonner à cette violente tapisserie de lumière et de couleur.

Cela ne me fait plus rien que Blaine me toise, et je ne tressaille plus quand il se penche si près qu'il frôle mes seins ou mes hanches, quand il ajuste ma posture à l'angle qui lui convient. Même ses « Parfait.

Nikki, tu es parfaite » ne me nouent plus l'estomac, et j'ai cessé d'imaginer mes poings se serrer de fureur et mes ongles enfoncés dans mes paumes. Je ne suis pas parfaite, il s'en faut de beaucoup. Mais cela ne me rend plus dingue d'entendre ces simples mots.

Dans mes rêves les plus fous, jamais je n'ai imaginé que je pourrais me sentir aussi à l'aise en m'exhibant à ce point. Certes, j'ai passé la majeure partie de ma vie à parader sur un podium, mais à l'époque des concours de beauté j'étais toujours habillée, et même lors des passages en maillot mon intimité était pudiquement couverte. Je ne peux pas imaginer combien ma mère serait mortifiée si elle me voyait en ce moment, menton levé, reins cambrés, un cordon de soie rouge retenant mes poignets dans mon dos, et coulant entre mes jambes pour s'enrouler délicatement autour d'une cuisse.

Cela fait des jours que je n'ai pas vu la toile de Blaine, mais je connais son style et je vois d'ici ce qu'il a fait de moi avec ses pinceaux et ses couleurs. Une déesse captive.

Cela ne fait aucun doute, ma mère en ferait une maladie. Moi, en revanche, ça me plaît. Mince, peut-être est-ce pour cette raison que ça me plaît ? J'ai jeté les oripeaux de Nikki la princesse pour devenir Nikki la rebelle, et cela me fait un bien fou.

J'entends des pas dans l'escalier et je me force à garder la pose, même si je meurs d'envie de me retourner pour le regarder. *Damien*.

Damien Stark est l'unique sujet sur lequel je me refuse la moindre concession.

— L'offre tient toujours. (Les paroles de Damien remontent dans l'escalier de marbre jusqu'au troisième étage. Il n'a pas haussé la voix, et pourtant elle est animée d'une telle force et d'une telle assurance qu'elle emplit la pièce.) Dites-leur de bien regarder leurs comptes. Il n'y aura aucun bénéfice, et avant la fin de l'année il n'y aura même plus d'entreprise. Ils sont en chute libre, et quand ils s'écraseront en flammes, tous leurs employés seront au chômage jusqu'au dernier, l'entreprise sera morte et les brevets bloqués pendant des années, le temps que les créanciers se disputent leur dépouille. S'ils acceptent l'offre, je leur apporterai un sang neuf. Vous le savez. Je le sais. Et ils le savent.

Les pas s'arrêtent, je me rends compte qu'il est maintenant en haut de l'escalier. La pièce ouverte sert de réception, et celui qui monte ces marches est gratifié du panorama sur l'océan Pacifique qui occupe tout l'autre bout de la pièce.

Mais là, ce que voit Damien, c'est moi.

— Débrouillez-vous pour que cela se fasse, Charles, dit-il d'une voix tendue. Je dois vous laisser.

Je connais si bien cet homme, maintenant. Son corps. Son allure. Sa voix. Et je n'ai pas besoin de le voir pour sentir que la tension dans sa voix n'a rien à voir avec la conclusion d'une affaire. J'en suis la cause. Et c'est aussi enivrant que du champagne bu à jeun. *Un empire entier exige son attention, et pourtant, en cet instant, je suis tout son univers*. Je suis flattée. Étourdie. Et, j'avoue, tout excitée.

Je souris, ce qui me vaut d'être rabrouée par Blaine.

— Bon sang, Nik. Cessez de sourire.

— On ne voit même pas mon visage sur le tableau.

— Moi, je le vois, dit Blaine, alors cessez.

Il me taquine.

— Oui, monsieur, dis-je.

J'éclate presque de rire en entendant Damien toussoter, manifestement pour dissimuler un gloussement. Le « monsieur » est notre secret, le jeu que nous jouons. Un jeu qui va officiellement se terminer ce soir, maintenant que Blaine met la dernière touche au tableau que Damien a commandé. C'est une perspective bien mélancolique.

Certes, je serai heureuse de ne plus avoir à rester figée. Même le plaisir de narguer ma mère ne vaut pas les crampes que j'ai aux jambes à la fin de chaque séance. Mais le reste me manquera, surtout la sensation du regard de Damien posé sur moi. Ces lentes inspections torrides qui rendent l'intérieur de mes cuisses tout moite et me forcent à me concentrer si fort, pour rester immobile, que ces séances deviennent délicieusement douloureuses.

Et notre jeu me manquera, oui. Mais avec Damien, je désire plus qu'un jeu, et malgré moi j'ai hâte d'être au lendemain, lorsqu'il n'y aura plus que Damien et Nikki, et rien d'autre. Quant aux secrets que nous partageons… Eh bien, avec le temps, ils s'envoleront aussi.

Difficile de croire aujourd'hui que j'aie été choquée au départ par la proposition de Damien : un million de dollars en échange de mon corps. Pour que mon image soit exposée en permanence sur une toile plus grande que nature ; et pour que le reste de ma personne soit entièrement à sa disposition.

Ce choc a été remplacé par un pragmatisme flagrant, mêlé d'ardeur et d'indignation. Je désirais Damien autant qu'il me désirait, mais en même temps je voulais le punir. Parce que j'étais convaincue qu'il ne voyait en moi que la reine de beauté, et que, dès qu'il aurait eu un aperçu de la femme blessée cachée sous cette façade raffinée, il battrait en retraite, aussi offensé d'avoir perdu pareille mise que d'avoir vu ses attentes déçues.

Je n'ai jamais été aussi heureuse de m'être trompée.

Notre accord n'était prévu que pour une semaine, mais il en avait duré deux, tandis que Blaine s'affairait sur sa toile en se tapotant le menton du manche de son pinceau, sourcils froncés, tout en marmonnant qu'il lui fallait encore un peu plus de temps. Pour que tout soit – encore ce mot – « parfait ».

Damien avait accepté. Après tout, il avait engagé Blaine en raison de sa réputation de peintre grandissante, et parce qu'il avait indéniablement du talent quand il s'agissait de traiter un nu fortement érotisé. Si Blaine avait besoin de plus de temps, Damien serait heureux de lui en accorder.

Je ne m'en plaignais pas, pour des raisons moins pragmatiques. Je voulais simplement que ces journées et ces nuits avec Damien durent encore. Telle mon image sur la toile, je renaissais à la vie.

Je m'étais installée à Los Angeles quelques semaines auparavant seulement, bien décidée à conquérir le monde des affaires à l'âge bien avancé de vingt-quatre ans. J'étais loin d'imaginer qu'un homme comme Damien Stark puisse me désirer, et encore plus vouloir mon portrait. Mais je ne peux nier le feu qui avait jailli entre nous dès l'instant où je l'avais croisé à l'une des expositions de Blaine. Il m'avait fait une cour assidue, et je m'étais efforcée d'y résister, parce que je le savais : il voulait quelque chose que je n'étais pas prête à céder.

Je n'étais pas vierge, mais je n'avais pas non plus une très grande expérience. Celles et ceux qui, comme moi, ont souffert ne se précipitent pas dans le sexe. Un garçon auquel j'avais fait confiance m'avait blessée, et mes émotions étaient encore à vif, autant que les cicatrices que je portais dans ma chair.

Damien, cependant, ne voit pas ces cicatrices. Ou plus exactement, il les voit pour ce qu'elles sont : une partie de moi. Des blessures de guerre infligées par ce que j'ai vaincu et que je continue de combattre. Moi qui pensais que mes cicatrices étaient le reflet d'une faiblesse… lui les voit comme un signe de force. Et c'est sa faculté de me voir clairement et entièrement qui m'a attirée aussi inexorablement vers cet homme.

— Tu souris encore, dit Blaine. Je peux deviner du premier coup à quoi tu penses. Ou à qui. Faut-il que j'expulse notre petit Médicis ?

— Vous allez devoir supporter son sourire, dit Damien avant même que j'aie le temps de répondre. (Une fois de plus, je me force à ne pas me retourner pour le regarder.) Car rien ne me fera quitter cette pièce sans Nikki.

La douceur veloutée de sa voix m'enchante et je sais qu'il est sincère. Nous avons passé tout l'après-midi à faire du lèche-vitrine sur Rodeo Drive, pour fêter le nouveau boulot que je dois commencer demain. Nous nous sommes promenés avec indolence dans les rues magnifiques, main dans la main, en sirotant des mokas glacés bourrés de calories et en faisant comme si rien d'autre au monde n'existait. Même les paparazzi, ces vautours armés d'appareils photo qui s'intéressent désagréablement à tout ce que Damien et moi faisons, nous ont laissés en paix.

Sylvia, l'assistante de Damien, a essayé de lui passer plusieurs appels, mais il a refusé tout net.

— C'est notre moment à nous, a-t-il répondu à la question que je ne posais pas.

— Dois-je alerter les journaux financiers ? l'ai-je taquiné. Cela n'affole-t-il pas les marchés, quand Damien Stark prend une journée de congé ?

— Je suis prêt à risquer l'effondrement du Dow Jones pour quelques heures avec toi. (Il porte ma main à ses lèvres et me baise le bout des doigts.) Bien entendu, plus nous faisons de shopping, plus nous soutenons l'économie, dit-il d'une voix sourde et sensuelle pleine de séduisantes promesses. Nous pourrions aussi retourner à l'appartement. J'ai en tête plusieurs idées intéressantes pour passer l'après-midi, et qui n'ont aucun impact fiscal.

— Tentant, ai-je répondu. Mais je ne crois pas que je prendrais le risque d'une crise économique pour avoir un orgasme.

— Crois-moi, ma chérie, tu n'en aurais pas qu'un.

J'ai ri, et finalement nous avons réussi à éviter la catastrophe mondiale, et lui à me donner un orgasme. Trois, à vrai dire. Damien n'est que générosité. (Et les chaussures qu'il m'a achetées sont vraiment sublimes.)

Quant au téléphone, il a tenu parole. Malgré l'insistance du vibreur, il l'a ignoré jusqu'à ce que nous arrivions à la maison de Malibu et que j'aie tenu à ce qu'il ait pitié de celui ou celle qui tenait tant à le joindre. Je me suis hâtée d'entrer pour retrouver

Blaine, et Damien a un peu traîné pour rassurer son avocat : non, le monde ne s'était pas effondré malgré son absence temporaire.

Je suis tellement perdue dans mes pensées que je ne me rends pas compte que Blaine s'est approché de moi. Il tapote ma lèvre du bout de son pinceau, et je sursaute.

— Bon sang, Nikki, tu étais dans la lune !

— Tu as fini ?

Cela ne m'ennuie pas de poser, et Blaine est devenu un ami, mais là j'ai juste envie de le voir filer. En cet instant, tout ce que je veux, c'est Damien.

— Presque. (Il lève les mains en forme de cadre et me regarde à travers.) Juste là, dit-il en désignant l'endroit du bout de son pinceau. La lumière sur ton épaule, la lueur sur ta peau, le mélange des couleurs… (Il laisse sa phrase en suspens tout en retournant à sa toile.) Bon sang ! dit-il finalement. Je suis un putain de génie. C'est vraiment toi. Si je m'y laissais prendre, je m'attendrais à te voir surgir du châssis.

— Alors ça y est, tu as fini ? Je peux venir voir ?

Je me tourne sans réfléchir, me rendant compte trop tard qu'il aurait préféré que je ne bouge pas. Mais tout à coup ça m'est égal. Tout a disparu. Blaine, le tableau, le monde qui m'entoure. Car ce n'est pas la toile que je vois, c'est Damien.

Il est exactement là où je l'imaginais, en haut de l'escalier, nonchalamment appuyé à la rambarde en fer forgé, encore plus appétissant que dans mon imagination. J'ai peut-être passé tout l'après-midi avec lui, mais peu importe. Un simple regard est comme une gorgée d'ambroisie qui n'étanchera jamais ma soif.

Je le dévore des yeux en m'attardant sur chacun

de ses traits parfaits. Sa mâchoire bien dessinée est soulignée par l'ombre de sa barbe. Les épais et doux cheveux noirs ébouriffés par le vent, si familiers à mes doigts. Et ses yeux. Ces yeux incroyables aux iris bicolores se concentrent avec une telle intensité que je les sens sur ma peau.

Il porte un jean et un T-shirt blanc. Mais même dans une tenue aussi décontractée, il n'y a rien d'ordinaire chez Damien Stark. C'est le pouvoir incarné, l'énergie déchaînée. Ma seule terreur est de savoir que l'on ne peut ni capturer ni posséder la foudre, et je ne veux pas perdre cet homme.

Nos yeux se croisent et je frissonne sous le choc. Le sportif, la célébrité, l'homme d'affaires et le milliardaire disparaissent pour ne laisser que l'homme, et une expression qui me fait bouillonner le sang de désir. Une expression si brute et primale que, si je n'étais pas déjà nue, le moindre vêtement aurait été réduit en cendres sous le feu de son regard.

J'ai la chair de poule et je dois me forcer pour rester immobile.

— Damien, je murmure, incapable de résister à la sensation de son prénom sur mes lèvres.

Les deux syllabes sont comme suspendues dans l'air entre nous. Devant son chevalet, Blaine se racle la gorge. Damien se penche juste assez pour le regarder, et je crois bien lire de la surprise sur son visage, comme s'il avait oublié que nous n'étions pas seuls. Il va rejoindre Blaine et contemple à son côté l'immense tableau. De là où je suis, je vois le cadre de bois sur lequel la toile est tendue et, sur le côté, les deux hommes contemplant l'image que je ne peux voir.

Mon cœur bat la chamade et je ne quitte pas des yeux le visage de Damien. Il semble fasciné, comme s'il admirait un objet de culte. Cette bénédiction muette me fait chanceler. J'ai envie de tendre le bras pour me retenir d'une main au lit près duquel je pose, mais mes poignets sont toujours attachés dans mon dos.

Mon immobilité me rappelle à ma place, et je réprime un autre sourire : je ne suis pas libre. J'appartiens à Damien.

Dans l'idée originale du tableau qu'ils ont eue tous deux, Blaine et lui, je devais me tenir simplement à cet endroit, devant les tentures de mousseline flottant autour de moi, en détournant le visage. L'image était sensuelle mais distante, comme si l'artiste ou le spectateur tentaient vainement d'atteindre cette femme. L'œuvre était éblouissante, mais il lui manquait quelque chose. Damien suggéra de faire contraster les tentures voletantes qui me frôlaient à peine avec une cordelette rouge sang, celle qui retient en cet instant mes mains dans mon dos.

J'ai accepté. Je voulais l'homme. Je voulais être liée à lui. Lui appartenir. Être considérée comme sa propriété.

Mon image ne serait plus hors d'atteinte. Au contraire, la femme du portrait serait un trophée. Une déesse éphémère domptée par un homme qui en était digne.

Damien.

Je le scrute pour tenter de deviner ce qu'il pense du portrait, mais je ne lis rien sur son visage. Il arbore son expression d'homme d'affaires, ce masque indéchiffrable qu'il porte pour ne pas divulguer ses secrets.

— Alors ? je demande, à bout. Qu'est-ce que tu en penses ?

L'espace d'un instant, Damien reste silencieux. Blaine se dandine à côté de lui, mal à l'aise. Les quelques secondes qui passent ont le poids de toute l'éternité. Je sens presque la frustration de Blaine, et je comprends qu'il ne puisse s'empêcher de lancer :

— Allez, quoi, c'est parfait, non ?

Damien laisse échapper un long soupir et se tourne respectueusement vers Blaine.

— C'est plus que parfait, dit-il en me regardant. C'est elle.

Le sourire satisfait de Blaine est un véritable rayon de soleil.

— C'est vrai que je n'ai jamais eu peur de me vanter de ce que je fais, mais là, c'est… vrai. Sensuel. Et surtout sincère.

Damien ne me quitte pas du regard. Mon cœur bat si bruyamment que je m'étonne d'entendre ce qui se passe. Je suis certaine que mon émoi est visible, et j'ai peur que Blaine ne se rende compte que je retiens désespérément le désir qui bouillonne en moi. Je dois me retenir pour ne pas le supplier de quitter la pièce et crier à Damien de venir m'embrasser. Me toucher.

Un bip aigu perce le silence, Damien sort le téléphone de sa poche et réprime un juron en lisant le message. Une ombre passe sur son visage, tandis qu'il range l'appareil sans répondre. Je me mords les lèvres, prise d'inquiétude.

Blaine, qui étudie la toile, tête penchée, n'a rien remarqué.

— Nik, ne bouge pas. Je veux juste rectifier la lumière là, et…

La sonnerie perçante du téléphone de Damien le coupe. Je m'attends à ce qu'il ignore l'appel aussi, mais il répond, après s'être éclipsé d'un pas si vif et décidé que je l'entends à peine dire sèchement : « Quoi ? ».

Je me force à rester immobile pour Blaine et réprime une vague de crainte. Ce n'est pas un coup de fil professionnel, Damien Stark ne se laisse pas ébranler dans les affaires. Au contraire, la traque et la conquête le nourrissent. Non, c'est autre chose, et je ne peux m'empêcher de penser aux menaces dont il a été l'objet et aux secrets qu'il continue de garder. Damien m'a vue nue, dans tous les sens du terme. Et pourtant, moi, j'ai l'impression de n'avoir fait que l'apercevoir – et encore, dans la pénombre.

Du calme, Nikki. Se mettre à l'écart pour répondre au téléphone, ce n'est pas la même chose que dissimuler un secret. Et chaque coup de fil ne fait pas partie d'un immense complot destiné à cacher son passé ou quelque chose du genre.

Je sais tout ça. J'y crois, même. Mais la raison n'apaise pas le petit pincement au cœur, ni la crainte qui me noue le ventre. Et devoir rester nue et immobile ne m'aide pas à raisonner clairement. Au contraire, cela me précipite sur la pente vertigineuse de l'angoisse, que je dévale malgré moi à tombeau ouvert.

En fait, je suis sur des charbons ardents depuis que mon ancien patron a menacé Damien. L'entreprise de Carl avait présenté un projet à Stark Applied Technology, et Carl m'en a voulu lorsque Damien l'a décliné. Il m'a aussi virée, mais il ne s'est pas arrêté là ; et la dernière fois que je l'ai croisé, il m'a juré qu'il bousillerait Damien. Jusqu'à maintenant, il n'y a rien eu. Mais Carl est déterminé et plein de ressources, et il s'estime dans son droit. Pour lui, Damien a tué dans l'œuf l'un de ses plus importants contrats. Les pertes projetées doivent se compter en millions, et Carl n'est pas le genre d'homme à oublier aussi facilement un affront ou un manque à gagner.

Le fait qu'il ne se soit rien passé depuis plus d'une semaine me tracasse. Que peut signifier ce silence ? J'y ai réfléchi encore et encore, et la seule conclusion que j'ai pu en tirer est qu'il s'est passé quelque chose, et que Damien a préféré ne rien m'en dire.

Je me trompe peut-être, je l'espère. Mais l'inquiétude et la peur me tenaillent et me chuchotent cruellement que si Damien a mis tous mes secrets au jour, les siens sont toujours dans l'ombre.

— Bon sang, Nikki ! Mais voilà que tu grimaces, maintenant, s'amuse Blaine. Parfois, j'adorerais être dans ta tête et savoir à quoi tu penses.

— À des choses sérieuses, je réponds avec un sourire forcé. Mais pas négatives.

— Tant mieux.

Il a un regard interrogateur, peut-être même un peu inquiet. Je me demande ce qu'Evelyn, la maîtresse de Blaine, qui connaît Damien depuis l'enfance, lui a dit du passé de cet homme. Pour le coup, je me demande si Blaine en sait plus long que moi sur celui qui m'a possédée.

Damien ne s'est absenté que quelques minutes, et quand il revient je meurs d'envie de me précipiter sur lui.

— Qu'est-ce qu'il y a ?

— Rien que je ne puisse oublier en te regardant.

J'éclate de rire, espérant qu'il ne remarquera pas que ses paroles sonnent faux. Il porte de nouveau le masque qu'il arbore en public. Mais je ne suis pas le public, et je ne suis pas dupe. Je le fixe, et lorsqu'il croise enfin mon regard, brusquement, ses lèvres pincées s'incurvent en un sourire sincère qui m'illumine.

Il vient vers moi et mon cœur bat de plus belle au rythme de ses pas. Il s'arrête à quelques centimètres, j'ai soudain beaucoup de mal à respirer. Après tout ce que nous avons fait ensemble – après chaque douleur qu'il a apaisée et chaque secret qu'il a entrevu –, comment se fait-il que chaque instant avec Damien soit toujours comme le premier ?

— Sais-tu tout ce que tu représentes pour moi ?

— Je… (Je prends une profonde inspiration et me reprends.) Oui. Autant que ce que tu représentes pour moi.

Je suis prise au piège du feu de ses yeux et de sa présence. Il ne me touche pas, mais c'est tout comme. En cet instant, il n'y a rien en moi qui n'exprime ce que je ressens pour Damien et son effet sur moi. Je voudrais l'apaiser, lui caresser la joue et passer mes mains dans ses cheveux. J'ai envie d'attirer sa tête contre ma poitrine en murmurant doucement, et de faire l'amour lentement et délicatement avec lui, jusqu'à ce que les ombres de la nuit disparaissent et que la lumière de l'aube nous baigne de ses couleurs.

Blaine toussote poliment depuis son chevalet. Damien sourit, narquois. Nous nous sommes seulement regardés, mais c'est comme si Blaine avait été témoin de quelque chose de profondément intime.

— Bon, d'accord. Je vais filer. Le cocktail est à 19 heures samedi, c'est bien ça ? Je viendrai dans l'après-midi vérifier si elle a besoin d'une retouche de dernière minute, puis je m'occuperai de l'accrochage et de la disposition des autres toiles sur les chevalets.

— Parfait, répond Damien en me fixant toujours.

— J'avoue que ça va me manquer, tout ça, ajoute Blaine en rassemblant ses affaires.

Pendant un instant, il me semble voir une ombre mélancolique dans le regard de Damien.

— Oui, dit-il. À moi aussi.

Je ne sais pas très bien quand Blaine s'en va, je me rends seulement compte qu'il est parti. Mais Damien est encore là, il ne me touche toujours pas et je vais devenir folle si je ne sens pas ses mains sur moi.

— C'est vraiment terminé ? Je n'ai toujours rien vu.

— Viens voir.

Il me tend la main. Je me tourne pour lui présenter mon dos, pensant qu'il va me détacher. Mais il n'en fait rien, il pose une main sur mon épaule et me guide vers le chevalet. Je dois marcher avec précaution à cause de la cordelette rouge enroulée autour de ma jambe gauche. Il ne se donne pas non plus la peine de me passer le peignoir qui attend au pied du lit.

— Enfin, mademoiselle Fairchild, vous ne pensez tout de même pas que je vais gâcher une si belle occasion ?

J'essaie de prendre un ton fâché, mais je suis sûre qu'il a perçu le rire dans ma voix. Mais il ne répond pas, car nous sommes arrivés devant le tableau. J'étouffe un cri : c'est moi, oui. La courbe de mes fesses, celle de mes seins. Mais c'est plus que moi. Aguicheuse et soumise, puissante et vulnérable à la fois. C'est aussi une image anonyme, comme l'a promis Damien. Dans le portrait, mon visage est détourné et seules quelques mèches s'échappent de mes boucles dorées relevées sur ma tête pour caresser mon cou et mes épaules. Désormais, ces boucles n'existent plus, puisque j'ai récemment coupé mes longs cheveux pour un carré frôlant mes épaules.

Je fronce les sourcils en me remémorant le poids des ciseaux dans ma main, lorsque j'ai coupé mes cheveux ce jour-là... alors qu'en réalité je voulais me les enfoncer dans la chair. J'étais perdue à cette époque, certaine que la seule manière de retenir le passé était de me cramponner à la douleur comme à une bouée.

Ce souvenir me glace et je frissonne.

Machinalement, je baisse le regard vers les jambes de la fille du tableau. Mais ses (mes) cuisses sont jointes et vues sous un angle tel que les pires cicatrices ne sont pas visibles. En revanche, on voit celle de la hanche gauche. Mais Blaine a réussi à donner à cette blessure une autre beauté. Les bords sont flous, et la cordelette rouge passe sur la chair abîmée comme si elle avait causé les marques parce qu'elle était trop serrée.

Quand on y pense, c'est peut-être vrai. Je me détourne, troublée par cette évidence : la fille du tableau est belle, malgré les cicatrices.

— Nikki ?

Du coin de l'œil, je vois que c'est moi et non le tableau que Damien regarde, une expression soucieuse sur le visage.

— Il a du talent, dis-je avec un sourire forcé. C'est un magnifique portrait.

— C'est vrai, acquiesce-t-il. Il est en tout point comme je le voulais.

Il y a une chaleur familière dans sa voix, et je comprends autant les mots qu'il a prononcés que je perçois ceux qu'il a gardés pour lui. Je souris, spontanément cette fois. Damien me gratifie d'un regard joueur.

— Quoi ? je demande, à la fois amusée et circonspecte.

Il hausse les épaules et se retourne vers la peinture.

— Ce sera un miracle si j'arrive à travailler dans cette pièce, dit-il en désignant du menton le mur de pierre au-dessus de la cheminée où doit être accroché le tableau. Et il n'est pas question que je reçoive des gens ici.

— Ah bon ?

Il a prévu un cocktail dans cette pièce, dans deux jours.

— Je me rends compte que c'est une erreur de donner une soirée quand on arbore une érection permanente.

— Eh bien dans ce cas, peut-être aurais-tu dû prévoir de le mettre dans la chambre ?

— Je n'en ai pas besoin dans ma chambre, puisque j'y ai le modèle.

— En effet. Dûment acheté et payé. Au moins jusqu'à minuit, heure à laquelle je me transformerai en citrouille.

Son regard s'assombrit. Il ne plaisante plus.

— Minuit… répète-t-il.

Est-ce de la dureté que je perçois dans sa voix ? Après tout, je ne vais pas vraiment me transformer en citrouille, quand notre petit jeu sera terminé. Et je ne vais pas partir non plus, je n'en ai pas la moindre envie. La seule chose qui changera, c'est qu'il n'y aura plus de règles, plus de « monsieur », plus d'ordres, plus de mot de code. Je porterai culottes, soutiens-gorge et jean quand cela me chantera. Et, oui, il y aura un million de dollars à la clé. Mais par-dessus tout, il y aura encore Damien.

— Suis-moi, dit-il.

De nouveau je regarde ma jambe, puis j'agite mes mains liées.

— Détache-moi.

Il reste un instant à me regarder, et je constate que nous continuons à jouer. Mon cœur bat la chamade et mes tétons se durcissent. Mes mains liées dans mon dos tirent mes épaules en arrière, relevant mes seins. Je les sens fermes et débordants de désir, et je me mords la lèvre en attendant sans un mot la main de Damien.

Un jeu, oui. Mais qui me plaît. Dans ce jeu, il n'y a pas de perdants.

Lentement, son regard glisse sur moi. Ma respiration se fait haletante et des gouttelettes de sueur perlent sur ma nuque. Je sens une moiteur entre mes cuisses, un désir vibrant, et c'est au prix d'un immense effort que je parviens à ne pas le supplier de me prendre. Le lit que Damien a acheté comme décor pour le portrait n'est qu'à quelques pas. *Là-dessus*, ai-je envie de hurler. *Emmène-moi là-dessus*.

Mais je n'en fais rien. Parce que je connais cet homme. Et surtout, je sais qu'avec Damien cela vaut la peine d'attendre. Enfin, il se baisse et défait la cordelette autour de ma jambe, mais quand il atteint mes poignets, il s'arrête et les laisse attachés dans mon dos.

— Damien, dis-je en essayant de prendre un ton sévère, mais incapable de dissimuler mon amusement et mon excitation. Je croyais que tu allais me libérer.

— Achetée et payée, n'oublie pas. Je ne suis pas arrivé là où je suis sans apprendre comment exploiter une transaction commerciale jusqu'à la dernière seconde.

— Oh !

— Viens, dit-il en faisant glisser la cordelette entre mes cuisses et en tirant dessus comme sur une laisse. Une laisse érotique et excitante. La douceur de la soie agace mon sexe brûlant, et mes jambes flageolent tant que je ne suis même pas sûre d'arriver là où il m'entraîne.

Il tire la corde d'une main douce et enjôleuse, et lorsque j'atteins la salle de bains grande comme un spa, je suis épuisée de désir. Dévorée par un feu intérieur, je regarde avec envie les huit jets de douche stratégiquement disposés. La pensée de Damien derrière moi, ses mains sur mes seins, ses lèvres frôlant ma nuque est presque insoutenable, et je geins.

— Plus tard, glousse Damien à côté de moi. Pour le moment, j'ai autre chose en tête.

Étourdie, j'envisage toutes les possibilités. Nous avons déjà dépassé le lit. Il a écarté mon désir de prendre une douche et ne prête aucune attention à la profonde baignoire-Jacuzzi. J'ignore ce qu'il a en tête, mais je m'en moque. Ce soir, ce qui compte, ce n'est pas la destination, mais le voyage. Et d'après la manière dont Damien a posé la main sur mon épaule et tire sur la cordelette, ce voyage s'annonce très agréable.

Le dressing dans lequel il me conduit fait au moins la taille du salon de l'appartement que je partage avec Jamie dans Studio City. Ce n'est pas la première fois que j'y entre, mais je m'y perds à chaque fois.

Il me faudrait des années pour porter tous les vêtements que Damien m'a achetés. Et bien que le côté gauche du dressing soit près de déborder, je suis pratiquement certaine qu'au moins une douzaine de nouvelles tenues ont été ajoutées depuis ma dernière visite.

— Je ne me rappelle pas avoir jamais vu celle-ci, dis-je en désignant du menton une robe argentée qui étincelle dans la faible lumière, et paraît assez petite et moulante pour ne plus rien laisser à l'imagination.

— Vraiment ? répond-il avec un sourire aussi nonchalant que le regard qu'il laisse glisser sur moi. Je peux t'assurer que ce ne sera plus un problème quand tu l'auras mise. Personne ne pourra plus jamais l'oublier.

— Toi moins qu'un autre ?

Je le taquine.

Son regard s'assombrit et il se rapproche, laissant retomber la cordelette. Ma déception de ne plus la sentir ne dure pas. Damien est à quelques centimètres de moi, et l'air entre nous vibre intensément. Le moindre poil de mon corps se hérisse comme si j'étais prise dans l'air chargé d'électricité d'un orage. Je laisse échapper un cri quand son pouce caresse doucement la ligne de ma mâchoire. J'ai envie de savourer Damien. De me laisser consumer par le feu de sa présence.

— Il n'y a rien chez toi que je pourrais jamais oublier, dit-il. Tu es gravée dans ma mémoire. Tes cheveux luisant dans la lueur des bougies. Ta peau moite et douce, quand tu sors de la douche. La manière dont tu ondules sous moi quand nous faisons l'amour. Et la façon dont tu me regardes, comme si tu ne voyais rien en moi qui te donne envie de fuir.

— C'est le cas, dis-je à mi-voix.

Ses yeux sont posés sur moi. Il se rapproche et la pointe de mes seins frôle sa chemise en coton. J'étouffe un cri à ce contact presque électrique. Je suis parcourue de fourmillements, et tandis qu'il laisse descendre le bout de ses doigts le long de mon bras nu je n'ai qu'une pensée : je veux me coller contre lui. Je veux le sentir en moi. Avec douceur ou brutalité, peu importe. J'ai juste envie de lui, là, maintenant.

— Comment ?

Je parviens à peine à articuler, malgré ma gorge nouée.

— Comment quoi ?

— Comment peux-tu me faire l'amour d'un simple frôlement ?

— Je suis un homme plein de ressources. Je croyais que tu le savais. Peut-être devrais-je t'en faire une démonstration plus parlante ?

— Parlante ? je répète, la bouche sèche.

— Je vais te faire jouir, ma chère Nikki. Sans te toucher de mes mains, sans te caresser de mon corps. Mais je te regarderai. Je verrai tes lèvres s'entrouvrir, ta peau rougir. Je te verrai tenter de te maîtriser. Et je te dirai un secret, Nikki. Moi aussi, je vais essayer de maîtriser les choses.

Je me rends compte que j'ai reculé tandis qu'il parlait. Je suis désormais appuyée contre la commode qui sépare sa moitié de l'immense dressing de la mienne. C'est salutaire, car sans ce robuste soutien je ne crois pas que mes jambes tremblantes auraient pu me porter.

— Qu'est-ce que tu vas faire ?

J'ai appris bien des choses durant le temps que j'ai passé avec lui, et je sais désormais qu'avec Damien j'ai toute liberté de me déchaîner. Alors, pourquoi voudrais-je me retenir ? Pourquoi s'attend-il à ce que je me maîtrise ?

Il ne répond pas à ma question. Je me mords la lèvre et le scrute, essayant de deviner ses intentions. Il recule, et même si je sais qu'il s'agit seulement de mon imagination, l'air semble se glacer à mesure qu'il s'éloigne. La cordelette qui était retombée se redresse. Damien s'arrête à une trentaine de centimètres de moi, mais il continue de tirer dessus jusqu'à ce qu'elle remonte entre mes cuisses. Il tire lentement, mais je la sens de nouveau. Je suis si excitée que je gémis, et mon corps tremble. Je sens presque l'orgasme.

Mon regard plonge dans le sien, il sourit victorieusement.

— Ne vous inquiétez pas, mademoiselle Fairchild, dit-il. Je vous promets que ça ne s'arrêtera pas là.

Il s'avance en gardant la cordelette tendue en contact avec mon corps. Chaque mouvement fait bouger légèrement la soie et je ferme les yeux pour ne pas me mordre les lèvres ni me déhancher. J'ignore à quel jeu il joue, mais je le sais désormais : j'ai envie que ça dure.

Ses doigts frôlent mon cou et j'ouvre les yeux. Je redresse la tête vers lui, mais il évite mon regard. Il se concentre sur sa tâche : enrouler la cordelette autour de mon cou.

Je déglutis, en proie à un ouragan d'émotions. De l'excitation, oui, mais mêlée de crainte. De quoi, je ne sais pas trop. Je n'ai pas peur de Damien, jamais je ne pourrai. Mais mon Dieu, pourquoi m'attache-t-il au bout d'une laisse ? Et compte-t-il serrer encore ?

— Damien, dis-je, surprise que mes paroles semblent normales. Qu'est-ce que tu fais ?

— Ce que je veux, dit-il.

Et même si cela ne répond pas à ma question, je suis envahie par une vague de soulagement suivie d'une délicieuse anticipation.

Cela a commencé ainsi pour nous, avec ces quatre mots. Et, le ciel me vienne en aide, je n'ai pas envie que cela s'arrête.